Das Buch

John Winter ist 38, geschieden und kinderlos. Um sein Leben nach der Trennung neu zu ordnen, zieht er mit seiner 67-jährigen Mutter Marie in ein abgelegenes Haus nahe Rabenstadt – nichts Besonderes, bis auf den beeindruckenden Gewölbekeller aus grauem Naturstein.

Dort stößt John unerwartet auf ein Mitglied einer mysteriösen Gemeinschaft, die seit Jahrhunderten das Leben auf der Erde schützt. Dieses mächtige Kollektiv, das sich bis jetzt im Verborgenen hielt, sieht sich nun gezwungen, in das Schicksal der Menschheit einzugreifen. Es will den Menschen mit allen Mitteln Einhalt gebieten, da diese das Leben auf dem Planeten an den Rand der Vernichtung bringen.

Der Autor

Gernot Mauthner wurde 1973 in Weiz (Österreich) geboren. Er studierte Technische Physik an der Technischen Universität Graz. Nach der Promotion arbeitete er in verschiedenen Forschungsinstituten.

Seine beruflichen und privaten Interessen waren und sind die erneuerbaren Energien und das Handeln gegen den Klimawandel.

Debütroman (2021): ›Zwei Leben‹

Informationsbuch (2023): ›Erheben wir uns endlich – Eine Entgegnung zu Klima-Desinformationen von Bundeskanzler Nehammer in seiner Rede zur Zukunft der Nation Österreich 2030‹

Weitere Informationen zum Autor und zu seinen Projekten finden Sie unter:

www.gernot-mauthner.at
www.facebook.com/Gernot.Mauthner.Autor

Gernot Mauthner

Die Wächter
Zehntausend Generationen

Roman

Bibliografische Information der Deutschen Nationalbibliothek:
Die Deutsche Nationalbibliothek verzeichnet diese Publikation in der
Deutschen Nationalbibliografie; detaillierte bibliografische Daten sind
im Internet über https://dnb.dnb.de abrufbar.

Verlag: BoD · Books on Demand GmbH, In de Tarpen 42,
22848 Norderstedt, bod@bod.de
Druck: Libri Plureos GmbH, Friedensallee 273, 22763 Hamburg

ISBN: 978-3-7693-0738-2

Für Stephen King
Vielen Dank für Ihre Inspiration!

Danksagung

Mein großer Dank gilt meiner Frau Bettina Mauthner – danke für deine Zeit und Unterstützung auf diesem Weg! Ebenso danke ich Franziska Fehringer, meiner Tante, für all die Gespräche, Diskussionen und wertvollen Hinweise. Lieber Andi, dein Schreibtisch ist der passende Ort, um die Phantasie fliegen zu lassen.

Ein besonderer Dank geht an all jene, die als kritische Stimmen und Korrekturleser*innen zur Seite standen, insbesondere an Bettina, Franziska Fehringer, Barbara Kerber und Gerald Gansberger.

Lieber Peter Gerstmann, ich danke dir herzlich für das Korrektorat.

Lieber Oliver Hirzberger – es war eine Freude, mit dir am Cover zu arbeiten. Es ist fantastisch geworden!

Liebe Leserin, lieber Leser!

Die Geschichte ›Die Wächter – Zehntausend Generationen‹ hat mich tatsächlich überrumpelt, ja, man kann es durchaus so ausdrücken. Denn eigentlich sollte sie nur eine schaurige Kurzgeschichte mit der Länge von etwa fünfzig Seiten werden. Wie Sie nun sehen können, sind es um einige mehr geworden. Und das ist gut so!

Mit Geschichten ist es so ähnlich wie mit den eigenen Kindern. Man liebt sie, aber man weiß nicht, wie sie sich entwickeln werden und was letztendlich aus ihnen wird. Und diese hier, die sie gerade in Händen halten, hat es geschafft, mich um den Finger zu wickeln, hat mir immer wieder neue Ideen und Anregungen zugeflüstert, sodass ich irgendwann die Zügel einfach losließ, mein ursprüngliches Vorhaben, eine Kurzgeschichte zu schreiben, über Bord warf und mit Spannung zusah, was sich da gerade entwickelt.

Ich hoffe, Ihnen bereitet das Lesen dieser Geschichte ebenso viel Spaß und Spannung, wie ich beim Schreiben von ›Die Wächter – Zehntausend Generationen‹ hatte.

Noch eine kleine Anmerkung:
Diese Geschichte enthält wissenschaftlich belegte Fakten und Tatsachen bezüglich der Klimakrise, die mittels wissenschaftlicher Publikationen oder seriöser Artikel von Online-Medien referenziert und als Fußnoten oder im Anhang als Endnoten (mit Großbuchstaben gekennzeichnet) angegeben werden.

Ihr Gernot Mauthner

Oft ist der Mensch selbst sein größter Feind.
Marcus Tullius Cicero (106 - 43 v. Chr.)

Inhaltsverzeichnis

Prolog 11

TEIL 1: Das Haus 13

TEIL 2: Erkenntnisse 89

TEIL 3: Reisen durch Raum und Zeit 139

TEIL 4: Nick 215

TEIL 5: Der Weg 293

TEIL 6: Ein neues Leben 311

Nachwort und ergänzende Worte 329

Anhang 331

Verzeichnis der Referenzen 335

PROLOG

23. Juni

Es war schon wieder passiert.

Er war aufgewacht durch die Kälte an seinem Bauch, Po und dem Rücken. Er versuchte sich zu orientieren. Er tastete im Stockdunkeln in jene Richtung, in der er den Wecker vermutete. Dann hatte er ihn gefunden und drückte die große Taste auf dessen Oberseite. Die Zeitanzeige leuchtete ihm mit dunklen Ziffern auf gelb-orangem Hintergrund ins Gesicht – 6:16 Uhr.

Die Bettdecke, er musste sich von dieser Decke befreien. Er verzog sein Gesicht und sogar im spärlichen Licht des Weckers hätte jeder seinen Ekel erkennen können. Das Gelb-Orange erlosch. Abermals drückte er die Taste, hob die Bettdecke an und sah den riesigen Fleck darunter, der dunkel, beinahe schwarz, aussah.

Jenes Wort, das ihm als erstes in den Sinn kam, war ›Scheiße‹. Aber natürlich stimmte das nicht. John Winter hatte sich zwar wieder in sein Bett erleichtert, das war nicht zu leugnen, aber er hatte nur uriniert und nicht auch noch das große Geschäft darin erledigt.

Unschlüssig, was er tun sollte, drehte er seine Beine aus dem Bett und stand auf. Das Licht ging wieder aus. John betastete im Dunkeln zuerst Oberkörper und Bauch, dann seinen Schritt, Po und Oberschenkel. Je weiter er nach unten gekommen war, desto mehr hatte er seinen Kopf geschüttelt und gedacht: *Gott sei Dank ist das Licht wieder aus.*

Obwohl die nasse Boxershorts unangenehm war, begann er nicht damit, diese auszuziehen, sondern beschloss, mit seinem Bett zu beginnen. Es sollte schnell über die Bühne gehen, daher entschied er, nun doch das Licht einzuschalten. John kniff die Augen zusammen, bis sie sich an die Helligkeit gewöhnt hatten. Dann stöhnte er auf – natürlich war alles zu wechseln. Die Überzüge der Decke und des Polsters flogen in Richtung Tür, danach folgte das Spannleintuch. John seufzte, als er auf die Matratze blickte.

Es hatte vor wenigen Tagen angefangen. Den Grund für seine neue körperliche Unzulänglichkeit kannte er nicht oder besser gesagt, sein Gehirn gab es ihm nicht preis. Es war so, als ob die Lösung auf einem Zettel geschrieben stand, der gerade so weit entfernt lag, dass er die Wörter darauf nicht entziffern konnte. Und jedes Mal, wenn er meinte, die Lösung erkennen zu können, verschwamm sie vor seinen Augen.

Doch John wusste, bald würde nicht er die Lösung finden, sondern die Lösung würde zu ihm kommen, ob er dies nun wollte oder nicht. Und vielleicht war es genau diese Erkenntnis, die sein Unterbewusstsein dazu veranlasste, wenn es im Schlaf Macht über seinen Körper erlangte, sich von jeglicher Last zu befreien, um bereit zu sein – wofür auch immer.

Als John sich ins Bad aufmachen wollte, um sich zu säubern, hielt er kurz inne und beurteilte seine Lage. Alles in allem war die Situation zwar unangenehm, doch nicht dramatisch. Bettzeug gab es massenhaft und die Waschmaschine konnte er zwei bis dreimal in der Woche, ohne dass seine Mutter es merkte oder auffällig fand, für seine ›Zwecke‹ einschalten. Und das Bettnässen würde sich bestimmt mit der Zeit von selbst erledigen. Doch in seinem tiefsten Inneren wusste John, dass er sich mit solchen Gedanken nur beruhigen, ja sogar schützen wollte.

Nicht nur, dass sich etwas um ihn herum zusammenbraute, das war ihm ohnehin klar, sondern er ahnte, dass es sich um etwas Außergewöhnliches, etwas Furchteinflößendes handeln musste, wenn sein Körper derart drastisch darauf reagierte. Auch wenn dies eine rationale Erklärung für seine Blasenschwäche war, war dieses Leiden mehr als ungewöhnlich, denn John war 38 Jahre alt.

TEIL 1

Das Haus

1

Knapp sechs Monate zuvor: 12. Jänner

Es war kein schönes Haus. Aber es war praktisch und ebenerdig, genau passend für Johns Mutter, Marie Winter, die mit ihren 67 Jahren dem Treppensteigen unbedingt hatte ›Lebe wohl‹ sagen wollen. Und jetzt, da John und seine Mutter beschlossen hatten, sich ein Haus am Rande irgendeines Waldes zu kaufen, waren die vordringlichsten Kriterien für einen positiven Kaufabschluss die folgenden gewesen: Erstens, kein erster Stock, dafür ein Erdgeschoss mit Küche, Wohn- und Esszimmer, zwei Schlafzimmern und ein zusätzlicher Raum, der als Büro dienen sollte. Zweitens, das Haus musste unterkellert sein, mit Räumen, die vollständig ausgebaut waren, das heißt, der Boden ist verfliest und die Wände sind verputzt und mit Farbe bemalt.

Der Verkäufer, bestimmt an die 75 Jahre alt, hatte John überraschend kräftig die Hand geschüttelt. Dann hatte er sich mit »Hallo, mein Name ist Hermann, Herbert Hermann« vorgestellt.

John hatte ihn misstrauisch angesehen, war sich unsicher gewesen, ob er gerade auf die Schaufel genommen wurde oder ob Herbert Hermann doch sein wahrer Name war. Er entschied, dass es unwahrscheinlich war, von einem Fremden gleich beim *ersten Kontakt* mit einem Scherz dieser Art begrüßt zu werden.

Doch das Problem, das sich nun für John auftat, war, ob Hermann oder Herbert der Nachname war. John wollte nicht nachfragen, außerdem hatte der alte Mann Hermann zuerst genannt, also sagte er: »Guten Morgen, Herr ... Hermann?«

John wartete kurz auf eine Reaktion, die in Form eines gutmütigen Lächelns kam. Aus einem Reflex heraus hätte

John beinahe hinzugefügt: › *Und mein Name ist Wayne, John Wayne.*‹ Er war knapp davor gewesen, hätte dies unendlich gerne auf Hermanns Lächeln geantwortet, doch er sagte in möglichst seriösem Ton: »Winter, mein Name ist John Winter.«

Das Haus lag abgelegen, etwa hundert Meter von der Hauptstraße entfernt, nur erreichbar über einen schmalen Schotterweg. John fragte sich, wie er im Winter zur Arbeit fahren sollte, wenn zwanzig Zentimeter Neuschnee auf dem Weg lagen, denn Gemeindearbeiter hätten bestimmt Besseres zu tun, als seine Zufahrt zu räumen. Und er selbst? Hundert Meter? Bis er mit seiner Schneeschaufel den Weg freigeschaufelt hätte, würde es ohnehin Frühling sein. Daher fügte er diese Frage auf seine Gedankenliste › *Wichtige Fragen an den Verkäufer*‹ hinzu.

Herr Hermann war mit John eine Runde durch das Haus gegangen. Es war akzeptabel. Deutliche Gebrauchsspuren waren an der Küche und, nun ja, beinahe überall zu erkennen. John hatte in Gedanken bereits die nächsten Hausannoncen im Kopf und überlegte, wie lange er nach Rabenstadt und dann nach Landau brauchen würde.

»Tja, es ist eben doch schon eine alte Dame«, meinte Hermann. »Gebaut von meinem Großvater vor etwa siebzig Jahren und umgebaut und saniert von mir selbst – ich stimme Ihrem Blick zu.« John war überrascht, dass seine Gedanken derart gut lesbar waren.

Hermann hob seinen Zeigefinger und sagte: »Aber der Keller, der ist vollständig renoviert. Den zeige ich Ihnen jetzt.«

»Hören Sie, das ist nicht nötig. Der Preis ist einfach zu …«

Doch Herr Hermann hatte die Tür zum Keller nicht nur schon längst geöffnet, sondern er war bereits auf halbem Weg hinuntergegangen und John vermutete, dass dieser gar nicht gehört hatte, was er gesagt hatte. John seufzte, gab sich einen Ruck und folgte dem alten Mann.

Die Treppe war steil und nur eine Lampe beleuchtete den

Abgang. Wenn man von ihrer Leuchtstärke ausging, musste sie in etwa das Alter des Hauses haben. Sie war direkt über der Kellertür angebracht und John fragte sich, wer diese hervorragende Idee wohl gehabt haben könnte, der Hausherr oder vielleicht sogar ein Architekt, denn John warf seinen Schatten beim Hinabgehen immer genau auf die nächsttieferliegende Stufe.

»Wo bleiben Sie denn?!«, kam es von unten.

»Bin gleich da.«

Als John im Kellergang angekommen war, sah er sich erstaunt um. Es war exakt so, wie John sich den perfekten Keller vorgestellt hatte, so wie es sein musste, nicht zu groß, aber auch nicht zu klein. Vor ihm erstreckte sich ein etwa vier Meter langer Gang. John notierte sich geistig: ›*Alles sauber, kein Schimmel. Bodenfliesen sind für das Alter okay.*‹ Drei Türen führten in weitere Räume – eine links, die andere rechts und die dritte am Ende des Gangs.

Herr Hermann stand vor der linken Tür und öffnete diese, als John ihn erreichte. Er schaltete das Licht ein, sagte nichts und ließ den Raum auf John wirken.

Dann: »Die Werkbank samt dem Werkzeug, sogar ein Schlaghammer mit verschiedensten Meißeln und eine Handkreissäge befinden sich darunter. Alles im Preis mitinbegriffen.«

John war beeindruckt. Die Werkbank erstreckte sich über die gesamte Raumlänge. Sie bestand aus einer etwa zehn Zentimeter dicken verleimten Holzplatte, unter der sich Schubladen und offene Fächer befanden. An den anderen Wänden standen Stellagen; darin lagen streng sortiert Zangen, Schraubendreher, Rollmaßbänder und noch weiteres Werkzeug.

Während John sich umsah, hatte der Verkäufer bereits die Tür gegenüber geöffnet.

»Und hier finden Sie ausreichend Platz für Lebensmittel, Sportgeräte oder was auch immer Sie nicht sofort, sondern erst in fünf Jahren wegwerfen wollen.« Hermann grinste. John nickte ihm zustimmend zu.

»Aber jetzt, mein Lieber ...«, begann Hermann und John runzelte bei diesen Worten die Stirn. Dem Verkäufer war dies nicht verborgen geblieben, denn er lächelte John zu. Dann sprach er weiter und seine Stimme war zu einem Flüstern geworden: »Nun zeige ich Ihnen das Schmuckstück des Hauses.«

Er hatte mit seiner rechten Hand bereits die Türklinke der dritten Tür hinuntergedrückt und John wunderte sich, dass Herr Hermann versuchte Spannung aufzubauen.

Die Tür öffnete sich, leicht quietschend, so als ob sich die Türbänder gegen beginnenden Rost wehren mussten. John sah in den Raum hinein, erkannte jedoch nichts, denn nur ein kleiner Teil des Fußbodens, der durch die Gangbeleuchtung erhellt wurde, war sichtbar geworden.

›Fliesen sind das keine‹, vermutete John, denn die Struktur war viel zu grob. Der Verkäufer ging ins Dunkel, John folgte ihm. Dann sagte Hermann: »Es werde Licht!«

Es folgte ein Klacken, das, wie John annahm, von einem altertümlichen Schalter stammte. Gleich darauf erhellten zwei Glühlampen den Raum. Es war ein seltsames Licht; angenehm in der Farbe, es erinnerte an das Licht eines orangefarbenen Lagerfeuers, doch es wirkte, als sähe man nicht hundertprozentig scharf, so als wollte das Licht Einzelheiten des Raumes verbergen.

John hielt unbewusst den Atem an. Vor ihm erstreckte sich ein Kellerraum, der vollständig – auch der Fußboden – aus grauem rechteckförmigem Naturstein aufgebaut war. Aber es war kein gewöhnlicher Keller. Er war mindestens zehn Meter lang, wenn nicht zwölf, und etwa drei Meter über dem Boden spannte sich ein wunderbares Gewölbe. Nicht dass es völlig regelmäßig gebaut worden war, nein, es war in seiner Struktur grob und dadurch strahlte der Raum eine undefinierbare Aura aus, die John sprachlos machte. An den Wänden, links und rechts, befanden sich fensterartige Einbuchtungen für die Lagerung von Obst und Gemüse. John fühlte die hohe Luftfeuchtigkeit, die solche Lebensmittel frisch halten würde.

»Der Keller ...«, sagte John und schüttelte den Kopf, »... nun, wenn mich meine Orientierung nicht im Stich lässt, dann geht sich das mit dem Haus darüber nicht aus.«

»Gut beobachtet! Der Gewölbekeller erstreckt sich weit über seine Hälfte in den Hügel hinein, das heißt, er ist dann vollkommen mit Erde umhüllt. Das garantiert eine stabile Lufttemperatur. Ein kleiner Nachteil ist aber, dass es hier drinnen speziell bei anhaltendem Regen recht feucht werden kann.«

John drehte sich einmal langsam im Kreis, schüttelte wieder unmerklich seinen Kopf und dachte: ›Einfach genial! Damit hat mich dieser alte Herr tatsächlich erwischt.‹

Plötzlich flackerte das Licht.

»Ja, ja! Das kommt hin und wieder vor. Ich glaube, es hängt mit dem Schalter zusammen. Ich hatte vor, ihn zu reparieren oder vielleicht sogar auszutauschen, aber ich möchte ehrlich zu Ihnen sein. In meinem Alter vergisst man so manche Sachen, wenn man sie sich nicht notiert.«

›Nicht nur in Ihrem Alter‹, dachte John. Auch er selbst kannte dieses Leiden, obwohl er über dreißig Jahre jünger sein musste.

»Manchmal fällt das Licht sogar aus. Es springt aber meistens nach wenigen Sekunden wieder an. Ich hoffe, sie fürchten sich nicht im Dunkeln?!« John vermutete, dass diese Frage nicht nur zum Spaß an ihn gerichtet worden war, denn Hermann sah ihn durchdringend an. John schüttelte als Antwort den Kopf.

»Für Notfälle gibt es hier im Regal eine Taschenlampe, und wenn auch die den Geist aufgeben sollte, Kerzen mit Streichhölzern.«

John hatte genug gesehen: »Herr Hermann, Sie und Ihr Haus haben mich überzeugt. Besprechen wir nun doch das

Vertragliche, und ...«, John machte eine kurze theatralische Pause, dann fügte er hinzu: »... vielleicht können Sie mir noch ein paar Prozent vom Preis nachlassen.«

Mit einem gutmütigen Lächeln antwortete Hermann: »Nein, das kann ich leider nicht. Aber Sie dürfen mich ab jetzt *Herbert* nennen!«

Nach einer weiteren halben Stunde hatte das Haus seinen Besitzer gewechselt.

*

Schuld am Hauskauf hatte eigentlich Johns Ehefrau Carina Winter, die er nun seit gut einem Jahr seine Exfrau nennen durfte. Bei der Scheidung einigten sich die beiden darauf, dass Carina die 140 Quadratmeter große Eigentumswohnung in Landau bekommen sollte, in der das Ehepaar sieben Jahre verlebt hatte. Dafür wanderten neunzigtausend Euro auf Johns Bankkonto. Carina und John waren durchaus nicht mittellos, und den Betrag aufzubringen, war für Carina keine große Sache.

John war zufrieden gewesen, denn er hatte nur eines im Sinn gehabt und das war endlich aus dieser Ehe herauszukommen. Verantwortlich für ihre letztendlich schnelle Einigung war auch der Umstand gewesen, dass sie kinderlos waren und somit Streitereien über Unterhaltszahlungen ausgeblieben waren.

Nach der Scheidung verspürte John ein nur verschwindend kleines Bedürfnis, in der gleichen Stadt wie seine Ex-Frau zu wohnen. Es zog ihn zurück in seine Heimat, nach Rabenstadt. Mit der Zeit hatte sich ein Gedanke langsam, aber stetig in seinem Kopf eingenistet – er wollte ein eigenes Haus.

Sein Plan war der folgende: Seine Mutter, die zu diesem Zeitpunkt im zweiten Stock eines Mietshauses ohne Lift wohnte, sollte zu ihm ins Haus ziehen. Falls John irgendwann eine neue Beziehung eingehen sollte, dann könnte Marie im Haus bleiben und er und seine neue Partnerin würden, vorerst, die alte Wohnung seiner Mutter übernehmen.

Marie war anfangs skeptisch. Doch John wusste, dass die Idee im Grunde brillant war. Erstens, John war ein Einzelkind und der Tod seines Vaters hatte eine tiefe Verbundenheit zwischen ihm und seiner Mutter reifen lassen, die bereits in Johns Jugendalter einer innigen Freundschaft gleichkam. Zweitens, Marie wurde nicht jünger und ein zweiter Stock ohne Lift würde in naher Zukunft untragbar sein.

Nach nur wenigen Nachdenk-Wochen hatten sich John und Marie geeinigt.

2

Vor fünf Monaten bis zum 18. Juni

Einen guten Monat hatte der Umzug gedauert, einen weiteren, um die Sachen an die passenden Positionen im Haus zu verteilen und einen dritten, bis das Haus begann, John und seiner Mutter Freude zu bereiten.

Es brauchte noch zwei weitere Monate, bis der erste Starkregen über Rabenstadt und somit auch über Johns Haus hereinbrach – es war der 18. Juni. Die Intensität und Dauer, mit der es regnete, versetzte John in Staunen. Er hatte befürchtet, dass die Regenfront nicht nur einen Zwischenstopp über seinem Haus eingelegt hatte, sondern sich gleich hier in der Nähe ein Zimmer für die Nacht buchen wollte. Und so war es dann auch gekommen. Nach knapp zwei Stunden ging der Sturm zwar in einen normalen Dauerregen über, der aber die ganze Nacht hindurch anhalten sollte.

3

Sonntag, 19. Juni

»John! Hörst du mich?« Nach einer Weile: »Jooo-ohn!«

›Mama, was ist los?‹

John quälte sich aus dem Bett. Er war etwa einen Meter achtzig groß und hatte für seine 38 Jahre einen sportlichen Körperbau. Seine kurzen braunen Haare standen wild durcheinander. Er blickte auf seinen Wecker, es war halb sieben in der Früh und ... es war Sonntag.

›Einen Tag, bitte, wenigstens einen hätte ich gerne, an dem ich ausschlafen darf.‹ Und ausschlafen hieß für John keinesfalls zehn oder elf Uhr, er war mit acht völlig zufrieden.

»Jooooohn!« Eindeutig aus dem Keller.

Patschen, Weste, gäääähnen, gleichzeitig am Zweitagesbart kratzen. »Ja, ich komme! Ist etwas passiert?«

»Könnte man so sagen.«

›Klingt nicht so, als hätte sie sich ein Bein oder irgendetwas anderes gebrochen. Wenigstens etwas!‹

John ging die Treppe zum Keller hinunter, dann den Gang entlang, sah das Licht im Gewölbekeller und sagte, als er den Keller betrat: »Ich hoffe, es ist wich ...« Dann brach er ab, machte noch drei weitere Schritte, stand dann neben seiner Mutter.

»Was zur Hölle?« Seine Stimme hatte einen leicht schrillen Ton angenommen.

»Wichtig?«, fragte seine Mutter.

John nickte. »Ja, wichtig.«

*

Eine halbe Stunde später hatten John und Marie vier Eimer und zwei Wäschekörbe in den Keller gebracht. Außerdem noch alte Decken, Bettwäsche und Handtücher. Marie stand mit dem Küchenbesen in Händen vor John, der gerade ein Handtuch ins Wasser legte, schüttelte den Kopf und dachte:

›So viel Wasser. Netter Verkäufer! Schön, dass er John darauf hingewiesen hat, dass so etwas passieren kann.‹ Sie sagte jedoch nichts, schluckte ihren Ärger vorerst hinunter.

Während Marie ihren Gedanken nachhing, *würgten* Johns Hände das nasse Handtuch über einem Eimer aus, und pressten es danach wieder unter die Wasseroberfläche, so als ob der Fetzen Stoff für dieses Desaster verantwortlich wäre. Der Keller stand stellenweise bis zu drei Zentimeter unter Wasser. Das alleine wäre bereits eine Katastrophe gewesen, doch was die Lage noch deutlich dramatischer machte, war das Rinnsal, das – etwa in Brusthöhe – durch die Fugen zwischen den grauen Steinen der Kellermauer, gegenüber der Eingangstür, stetig zu Boden rann.

Mithilfe eines Spezialklebebandes, welches sogar an nassen Oberflächen haftete, hatte es John geschafft, das herabsprudelnde Wasser zwar nicht aufzuhalten, aber in zweckmäßige Bahnen zu lenken. Nun rann es über eine Folie in einen der Wäschekörbe – somit mussten er und seine Mutter sich zuallererst nur mehr um die schätzungsweise ...

› *Verdammt!*‹, dachte John. In einer ersten Überschlagsrechnung hatte er die Wassermenge, die den Fußboden bedeckte, errechnet. Er verdrängte die Zahl und sah seiner Mutter zu, wie sie mit dem Besen das Wasser in seine Richtung trieb.

Marie war knapp einen Meter siebzig groß, schlank und hatte weißes Haar, das kurz über den Schultern endete. Er riss sich von ihrem Anblick los und wrang ein weiteres Mal das Handtuch aus. Wieder hatte sein Handeln eine Ähnlichkeit mit dem eines Gewaltverbrechers, der sich eines Zeugen entledigen musste. Danach ließ er den Stoff abermals ins Wasser gleiten.

Er seufzte und sagte: »Hundert-sieben-und-fünfzig.«

*

Eine Stunde später.

Die Luftfeuchtigkeit war deutlich angestiegen, doch die

Temperatur lag konstant, genauso wie es sich für solch einen Keller gehörte, bei etwa sieben Grad Celsius. John hatte unter den Gummihandschuhen, die ihn gegen das Wasser schützten, dünne Stoffhandschuhe angezogen – sie bewahrten seine Finger wenigstens ein bisschen vor der Kälte.

Die beiden Glühlampen flackerten immer wieder. John hoffte, dass die Feuchtigkeit nicht über die Verrohrung der Stromleitungen hinein bis in den Schaltschrank kroch und so Ausfälle oder gar Kurzschlüsse in den Stromkreisen verursachen würde. Als hätten die Lampen im Gang seine Gedanken gelesen, begannen nun auch diese ein Eigenleben zu entwickeln.

»Warum hat dieser idiotische Hermann nicht erwähnt, dass sich der Gewölbekeller im Sommer bei Starkregen, also wahrscheinlich alle vierzehn Tage, in ein Aquarium verwandelt?« John fluchte! »Scheiß Herbert Hermann! Scheiß auf Herrn Herbert Hermann! Scheiß H-H-H!«

Seine Mutter sah ihrem Sohn nur stumm zu, konnte seine Wut zwar verstehen, schüttelte aber dennoch den Kopf. Sie wusste genau, wenn sie versuchte, ihn jetzt zu beruhigen, würde der Schuss nicht nur nach hinten losgehen, sondern dann würde Johns Wut, die eindeutig diesem Herrn Hermann gebührte, auf sie überschwappen. Also kehrte sie stumm das Wasser in Richtung der wütenden Schallquelle, von der zwar leise, aber dennoch konstant, ein »... verdammtes ›Hinterhältiges-Hirnloses-Hinterteil‹!« auf sie eindrang.

Dann hielt John inne und überlegte: ›Im Grunde war H-H-H absolut nicht hirnlos gewesen, sonst hätte er das mit der Inkontinenz seines Kellers gebeichtet!‹

Er versuchte es noch einmal: »Hinterhältiges-Halsabschneiderisches-Hinterteil!« John war mit sich nicht unzufrieden und beschloss die restliche Zeit, in der er sich im Wasser, wenn schon nicht den Tod, dann mit Sicherheit eine saftige Verkühlung einhandeln würde, mit weiteren Kreationen zu vertreiben. Möglicherweise würde das Säubern des Bodens dadurch kurzweiliger werden. Wenn nicht? Völlig egal! Seine Wut brauchte einen Kanal ... so wie auch der Keller einen gebraucht hätte!

Bei diesem Gedanken flammte neuer Zorn in John auf: »Wie kann man nur so dämlich sein, einen Keller ohne Wasserabfluss zu bauen?!« Erst jetzt, da ihm dieser Gedanke gekommen war, überlegte er, wie töricht der Hausherr wohl gewesen sein musste und er hoffte, dass sich nicht noch weitere ungeliebte Ostereier irgendwo im Haus verstecken würden.

Doch allmählich traten die Wutgedanken über Wasser, das Aufwischen und seine kalten Hände in den Hintergrund, denn John überlegte sich weitere Namen für Herrn Hermann.

4

Joseph wird zu John

John hieß eigentlich nicht John, sondern Joseph. Doch diesen Namen hatte er nie gemocht. In Wahrheit hatte er ihn sogar gehasst.

Lange bevor er den Kindergarten besucht hatte, hatte er seine Mutter gefragt, ob er nicht einen anderen Namen bekommen könnte, vielleicht zu seinem Geburtstag oder als Weihnachtsgeschenk. Verständlicherweise hatte seine Mutter verneint und ihm – Joseph – erklärt, dass sein Name das Andenken an seinen Großvater innehatte und es daher eine Ehre für ihn darstellte, diesen Namen zu tragen. Joseph hatte die Stirn gerunzelt und seiner Mutter ins Ohr geflüstert: »Warum hat er nicht *Ben* geheißen?«

Josephs absoluter Held war zu dieser Zeit Benjamin Blümchen gewesen, aber er hatte sich vorerst seinem Schicksal ergeben. Doch als es zwei Jahre später im Kindergarten darum gegangen war, wer beim Krippentheater neben Maria den

Josef spielen sollte und alle gelacht und auf ihn gezeigt hatten, war endgültig der Zeitpunkt gekommen, an dem er sich selbst versprochen hatte, sich wegen seines Namens nie wieder Gedanken machen zu wollen und schon gar nicht von anderen deswegen ausgelacht zu werden.

Er würde sich selbst umtaufen. Er würde sich aus einem würdigen Gefäß Wasser über den Kopf kippen und seinen neuen Namen für alle, die es hören oder auch nicht hören wollten, hinausbrüllen; egal was seine Eltern dazu sagen würden. Damals hatte Joseph nur noch nicht gewusst, welchen Namen er annehmen sollte.

*

Eines Nachmittags – es war Wochenende gewesen und seine Mutter hatte außer Haus zu tun – war sein Vater auf der Couch vor dem Fernseher eingeschlafen. Es lief ein Western. Joseph nannte diese Filme nur ›Cowboy-und-Indianer-Filme‹. Bis jetzt kannte er nur einen Indianer mit Namen und der war der beste, mutigste, tapferste und klügste Indianer, den es bis jetzt gegeben hatte und jemals geben würde, das war für Joseph so sicher, wie er wusste, dass er heute Abend Zähneputzen musste. Sein Name war Winnetou. Sogar seine Mutter hatte einmal zu Joseph gesagt: »Von dem könnten viele Leute etwas lernen. Der ist die Gerechtigkeit in Person – immer fair und auch dann ehrlich, wenn es unangenehm für ihn selbst wird oder ihm sogar an den Kragen gehen könnte ... und außerdem ... er sieht wirklich gut aus!«

Joseph konnte Letzteres weder bestätigen noch verneinen. Doch er fand, und diesen Gedanken hatte er bereits im Kindergartenalter, dass das Aussehen für Helden letztrangig sein sollte; insgeheim ahnte er jedoch schon damals, dass dem in der Realität nicht so war.

Wie es aussah, hatte die heutige Nachmittagsveranstaltung für Indianer nur wenig Gutes zu bieten. Sie fielen reihenweise von ihren Pferden und ein einziger Cowboy konnte es anscheinend mit einem ganzen Stamm aufnehmen. Er ritt ein braunes Pferd, das fünf markante weiße Stellen aufwies; einmal von der Stirn vor bis zu den Nüstern und zusätzlich waren alle vier Beine, vom Huf bis zum Sprunggelenk, weiß, sodass es aussah, als hätte es weiße Socken angezogen. Der Cowboy hatte ein rotes Tuch um den Hals geknotet, einen großen Cowboy-Hut und einen Revolver, der ihm an der rechten Hüfte hinabhing.

Joseph setzte sich zu seinem schlafenden Vater; dieser wachte auf, orientierte sich kurz und schätzte die Lage ein. Dann sagte er: »Na, mein Kleiner? Der Film ist eigentlich nichts für dich.«

Joseph hatte die Worte seines Vaters nicht gehört, viel zu sehr war er von den Szenen am Bildschirm gefangen. Er fragte nur: »Wer ist das?«

»Das ist der wohl bekannteste Cowboy, den es jemals gegeben hat!« Joseph nickte nur und seine Gedanken wanderten zu einem speziellen Apachen-Häuptling.

»So bekannt, wie Winnetou?«

»Ja, klar.«

Joseph konnte es kaum fassen. Der einzige Cowboy, den er mit Namen kannte, war eigentlich gar kein Cowboy. In den Winnetou-Filmen hatten sie ihn oft ›Greenhorn‹ genannt. Er hatte keine Ahnung, was das bedeuten sollte, aber sein Name war es bestimmt nicht, denn der war ›Old Shatterhand‹.

»Sein Name ist ›John Wayne‹.«

»Cool!«

Sein Vater überlegte, dann versuchte er Joseph etwas zu erklären: »Hör zu, es ist so: Bei Winnetou ist die Filmrolle jedem bekannt und nicht unbedingt der Schauspieler, obwohl der natürlich auch berühmt ist. Aber bei John Wayne ist es genau umgekehrt, denn da ist der Schauspieler mit seinem Namen bekannt und nicht unbedingt eine seiner Filmrollen. Hast du das verstanden?«

Joseph hatte überhaupt nichts verstanden. Er hatte die ganze Zeit über, während sein Vater ihm einen Vortrag über

Filmrollen und Namen von irgendwelchen Indianern und Cowboys gehalten hatte, nur an eines gedacht: ›John! Was für ein cooler Name!‹ Dann war er aufgestanden – übrigens fand er Winnetou-Filme um Längen besser als diesen hier – und war nachdenklich aus dem Wohnzimmer verschwunden.

Seit jenem Film war ihm eines unwiderruflich klar geworden, und zwar, dass der Name ›Joseph‹ so schnell wie möglich in die ewigen Jagdgründe eingehen musste, und ab diesem Zeitpunkt sollte ›John‹ der neue ›Häuptlingsname‹ in seinem Leben sein. Er würde zu John werden und würde nicht ruhen, bis ihn alle mit diesem Namen ansprechen würden.

*

Wenige Wochen später war aus Joseph John geworden; selbst seine Freunde im Kindergarten hatten Joseph binnen kurzer Zeit vergessen.

*

Bald darauf wucherte Krebs in der Bauchspeicheldrüse seines Vaters und kein Jahr später verstarb er. Viel zu früh, denn aus John war noch lange kein Mann, geschweige denn ein Häuptling geworden.

5

Montag, 20. Juni

Aus aktuellem Anlass hatte sich John den nächsten Tag frei genommen, hatte in seiner Arbeitsstelle Zeitausgleich angemeldet. Gründe dafür waren jedoch nicht die Verspannungen in seinem Rücken und in den Unterarmen, durch das stundenlange Auswringen der Handtücher und Decken, sondern schlicht und einfach der Wetterbericht für die nächsten Tage.

Die Wetterkarten hatten nichts Gutes gezeigt. Zwei weitere Regenfronten, groß und fett, zogen direkt auf

Rabenstadt zu. Und eines war John absolut klar gewesen, bis die erste eintraf, musste die Krise im Keller beseitigt sein oder wenigstens so weit repariert, dass es zu keinen weiteren Überflutungen kommen konnte. Laut Wetterprognose blieben ihm fünf Tage Zeit. John wollte die Sache selbst in die Hand nehmen, hatte sich noch am selben Abend einen Zeit- und Arbeitsplan für sein Vorgehen zurechtgelegt.

Jetzt lagen neben ihm auf einer dicken Plastikplane, die mehr als den halben Kellerboden fein säuberlich bedeckte, seine besten Freunde von gestern – Handtücher, Decken, Kübel und Wäschekorb. Zwei Baustellenscheinwerfer, einer links und einer rechts von John positioniert, waren hellstrahlend auf die rissige Kellerwand gerichtet. Zu guter Letzt lagen vor seinen Füßen ein Kapselgehörschutz, eine Schutzbrille – beides setzte er nun auf – und der Schlaghammer inklusive Flachmeißel von Herrn-Scheiß-Herbert-Hermann. Er zog seine Arbeitshandschuhe an, bückte sich und hob den Schlaghammer auf.

»Nun, dann wollen wir mal sehen«, sagte John und eröffnete mit dem Starten des Schlaghammers das Rennen gegen die nächste Gewitterfront.

*

Zwanzig Minuten später hatte sich die zuvor graue Kellerwand stark verändert. Etwa in Brusthöhe tat sich mitten in der Mauer ein gezackter, rundlicher und bröckelnder Bereich auf. Als John vor ein paar Minuten zur Toilette gegangen war und danach wieder den Keller betreten hatte, hatte für ihn das Loch, das noch gar kein richtiges Loch war, sondern nur eine tiefe trichterförmige Einbuchtung, wie eine Schusswunde ausgesehen.

Dadurch, dass der Raum kein Fenster besaß, und der einzige Zugang die Kellertür war, hatte sich der feine Staub der Abbrucharbeiten, trotz geschlossener Türen, bis hinauf in den Wohnbereich geschlichen. Erst als sich seine Mutter darüber beschwert hatte, hatte John eine Folienschutzschicht zwischen der aufgestemmten Kellerwand und dem Kellereingang aufgebaut, die nun den Hauptteil des Staubes abfing.

Das Stemmen war anstrengend, sehr sogar, denn manche der unförmigen Steine schienen die Festigkeit von Beton zu haben. John war verschwitzt und vor allem sein Gesicht und der Oberkörper sahen aus, als wären sie mit einer dicken Schicht aus grauem Staubzucker bestreut worden. Trotzdem erhöhte er den Druck auf den Schlaghammer und plötzlich fuhr der Meißel ins Leere. John schaltete das Gerät aus, nahm den Gehörschutz ab und sagte in angestrengt-knurrendem Tonfall: »Das wurde auch Zeit!«

Nachdem er zwei Schritte zurückgetreten war, bildete sich auf seinem Gesicht ein Ausdruck, als würde er auf ein künstlerisch wertvolles Gemälde blicken. Mitten in der Kellerwand befand sich die verletzte Stelle, sah aus wie eine Wunde, aus der Fleischstücke herausgerissen worden waren. In deren Mitte steckte noch immer der Schlaghammer.

John schüttelte seine Arme aus. Nach unten zu stemmen und die Schwerkraft als Verbündeten zu haben, war einfach, doch in dieser Höhe, in der John die Mauer bearbeitet hatte, änderte die Gravitation bereits ihre Meinung und wurde zum lästigen Spielverderber, der solche Arbeiten äußerst beschwerlich machte.

John überlegte kurz, drehte sich dann um, ging in den Werkzeugkeller, holte den sieben Kilogramm schweren Vorschlaghammer und legte diesen zum linken Scheinwerfer. Dann schnappte er sich wieder jenes Gerät, das zwar guten Dienst erwiesen hatte, ihn jedoch morgen wegen seines Muskelkaters zum Fluchen bringen würde, schaltete es ein und arbeitete weiter.

*

Als das Loch in der Mauer einen Durchmesser von etwa vierzig Zentimetern aufwies – auf der Mauerhinterseite, so schätzte John, würden es wohl nur etwa zehn sein –, schaltete

John das Gerät aus und zog den Meißel aus der Mauer. Das Metall war etwa bis zur Hälfte weiß vom Staub, doch die Vorderseite, die bereits hinter der Mauer gesteckt hatte, war feucht und kleine Erdbrocken hafteten daran. Der Schlaghammer fand seinen Platz neben dem Vorschlaghammer am Boden.

John näherte sich wieder dem Loch, langsam und vorsichtig, so als ob dahinter etwas auf ihn lauern könnte. Die Scheinwerfer erledigten ihre Arbeit zwar gut, dennoch konnte er ausgeprägte Strukturen nur an der Maueröffnung erkennen. Im Grunde sah er nur ein schwarzes Loch.

Dann plötzlich, ohne darüber nachzudenken, zog er seine Handschuhe aus, hob seinen rechten Arm, streckte ihn aus und schob seine Hand vorsichtig in das Loch der etwa fünfzig Zentimeter dicken Mauer. Er betastete die kantigen abgesplitterten Mauersteinreste. Je weiter seine Hand in das Loch vordrang, desto enger wurde es. Und gerade als die Glühlampen wieder zu flackern begannen − sein gesamter Unterarm war bereits ›verschwunden‹ −, spürte er die Erde hinter der Mauer. Sie war nicht nur feucht, es war regelrechter Schlamm, in den sich seine Finger bohren konnten. Kalte, nasse, völlig aufgeweichte Erde. Er holte, eine Handvoll davon als Souvenir von der anderen Seite mit und betrachtete die dunkle Masse in seiner Hand.

»Das wird schmutzig.«

Er säuberte sich, zog wieder seine Handschuhe an, nahm den Vorschlaghammer in die Hände und sagte: »Let's rock!«

*

Johns Mutter Marie saß in der Küche. Die Donnerschläge, die vom Keller heraufquollen, ließen das Haus jedes Mal kurzzeitig erbeben. Aber sie atmete auf, denn dies war leichter zu ertragen als das Dauerfeuer, das der Schlaghammer vorher auf das Haus abgefeuert hatte.

Trotzdem beschloss sie, nach wenigen Erschütterungen einen ausgedehnten Spaziergang zu machen.

*

Als Marie zwei Stunden später das Haus betrat, war es totenstill. Kein Geräusch war zu hören. Sie ging zum Kellerabgang, doch das Licht war ausgeschaltet. Nichts deutete darauf hin, dass John noch arbeitete. Marie betätigte den Lichtschalter. Die Lampe blieb unbeeindruckt.

So, als ob sie meinte, sie könne damit eine größere Wirkung erzielen, drückte sie den Lichtschalter immer wieder auf und ab. Erst als sie von unten hörte, »Es ist vor ein paar Minuten ausgefallen«, gab sie auf.

»Es springt bald wieder an – ist schon das dritte Mal. Komm herunter, aber vorsichtig! Ich möchte dir etwas zeigen.«

Als Marie auf halbem Weg die Treppe hinunter gegangen war, ging das Licht wieder an.

*

Maries Mund stand noch immer offen, lange nachdem John begonnen hatte, ihr zu erklären, was er hier gemacht hatte und vor allem was er noch alles vorhatte zu machen. Ihr Verstand wollte das Bild, welches sich vor ihr ausbreitete, nicht wahrhaben und sie dachte immer wieder: ›Was ist bloß in meinen Sohn gefahren?‹

Links vor Marie, direkt an der Wand, war ein riesiger Schutthaufen aus zerbrochenen grauen Steinen gewachsen, und wenn sie geradeaus schaute, sah sie etwas, das ihr Verstand als ein finsteres Tor in die Unterwelt übersetzte. An jener Stelle, an der sich einmal der Riss in der Wand breitgemacht hatte, war die Mauer in einer Breite von etwa einem Meter bis zum Boden hinab abgetragen worden, sodass die nackte, beinahe schwarze Erde dahinter zum Vorschein gekommen war. Für Marie sah der dunkle Bereich tatsächlich aus wie die geschrumpfte Version eines Kirchenportals – außen die Mauer und dann der Durchgang, finster und einschüchternd.

»John, du hast tatsächlich die gesamte Mauer auch unter dem Riss herausgerissen?« Es war eine Frage und eine fassungslos ausgesprochene Tatsache zugleich. Das ›Bist du

32

völlig verrückt geworden?‹, hatte sie nur mit Mühe unterdrückt. So als ob sich auch die Glühlampen mit Maries Schock infiziert hätten, begannen sie zu flackern, stabilisierten sich aber gleich wieder.

»Experten! Was ist mit Leuten von einer Baufirma?« Marie starrte noch immer auf die Erde hinter der Wand, die sich senkrecht vor ihr aufbaute. Plötzlich ein Gedanke: »Was ist, wenn die gesamte Erdwand nachgibt und in den Keller hereinrutscht?«

»Keine Gefahr. Komm her, ich zeig dir etwas.«

Marie überwand die letzten Meter und stellte sich neben John, der mit seiner Hand langsam beinahe vorsichtig über die Erde strich. Unwillkürlich tat sie es ihrem Sohn gleich. Kühl, feucht – aber nicht überall und ... Marie runzelte die Stirn. John lächelte über ihre Erkenntnis.

»Genau! Hier ist der Riss in der Wand gewesen und hier ist auch die Erde sehr feucht, beinahe nass.« John demonstrierte dies, indem er seinen Zeigefinger – etwa in Brusthöhe – ohne Probleme in die Erde steckte.

»Der Bereich ist fast kreisrund und hat einen Durchmesser von an die neunzig Zentimeter. Außerhalb dieses Kreises ist die Erde trocken und kompakt.«

Das Nicken von Marie hatte Johns Worte begleitet, denn sie hatte den runden Bereich erst aus der Nähe erkennen können. Die feuchte Erde war ein wenig von oben nach unten abgerutscht, und legte somit eine Art Oberkante frei.

John fügte hinzu: »Du wirst bestimmt gleich annehmen, dass ich spinne, aber ich glaube, oder besser gesagt, für mich sieht dieser nass-feuchte Bereich fast wie ein ... Rohr aus.«

Johns Mutter wusste nicht, ob sie laut auflachen sollte. Selbst sie, die sich zu keiner Zeit ihres Lebens mit Kanalrohrsystemen beschäftigt hatte, wusste, dass solche Systeme niemals an der Außenseite von Kellerwänden endeten.

»Was meinst du, wie so etwas entstehen kann?«, fragte

Marie.

»Keine Ahnung.«

»Und was hast du jetzt vor?« Marie nickte in Richtung Schutthaufen und dann zur zerstörten Wand.

»Ich habe mir auch morgen frei genommen. Als ich meinem Chef die Situation geschildert habe, hat er mir angeboten, dass ich die ganze Woche Zeitausgleich nehmen könne. Als erstes kommt die feuchte Erde heraus und dann versuche ich so etwas wie eine Drainage zu verlegen, die das Regenwasser ins Grundwasser abfließen lässt.

Der zweite Punkt, den ich morgen erledigen werde, ist, dass ich beim Baumarkt nach einem Spezialisten – besser noch – nach einem Team von Spezialisten fragen werde. Ich befürchte aber, dass alle mit Arbeit ohne Ende eingedeckt sind. Ich rechne damit, dass sie sich diese Sache hier frühestens in einer Woche ansehen werden und, wenn wir Glück haben, in vier mit den Arbeiten beginnen können. So lange haben wir aber nicht Zeit. Die nächste Gewitterfront soll schon in wenigen Tagen über uns hinwegziehen. Ich muss wenigstens ein Provisorium schaffen.«

Für Marie klang das Ganze zwar einleuchtend, doch, und das sprach sie ihrem Sohn gegenüber nicht aus, was würde geschehen, wenn John es nicht schaffen würde, fertig zu werden? Was würde geschehen, wenn John den einzigen wirklichen Schutz gegen das Wasser heute am Nachmittag zerstört hatte und er mit seiner Rohrtheorie Recht hatte und Wasser durch ein neunzig Zentimeter dickes Rohr in ihren Keller geleitet wurde?

Marie sah ihren Sohn an, doch sie konnte derartige Sorgen und Befürchtungen nicht aus seinem Gesicht ablesen.

»John, bitte beeil dich mit der Mauer. Ich habe da ein schlechtes Gefühl.«

»Ok! Mach ich.« John blickte auf seine Uhr – 17:05 Uhr. »Ich fahre gleich jetzt zum Baumarkt und werde nach Spezialisten fragen. Und morgen werde ich, wenn es dir recht ist, gegen sechs Uhr damit beginnen, die Erde von der Wand zu kratzen. Es könnte aber wieder laut werden; also mit schlafen ist es dann vorbei.«

Marie nickte und sagte eindringlich: »Ja, bitte mach das!«

Damit ging John ins Badezimmer, stellte sich kurz unter die Dusche und keine fünfundvierzig Minuten später stand er im Baumarkt und besprach seine Situation mit der Bauinformation. Wie John befürchtet hatte, würde es über den offiziellen Firmenweg mindestens einen Monat dauern, bis Hilfe bei ihm eintreffen würde. Die andere − inoffizielle − Variante, die ihm der Angestellte offenbart hatte, lief über die Telefonnummer eines ehemaligen Baumarktmitarbeiters. Möglicherweise eine rasche Hilfe, jedoch gab es keine Gewährleistung oder Garantie für die Arbeit, was nichts anderes bedeutete, als ›alles geht auf Johns Risiko‹.

*

Eines konnten John und seine Mutter Marie zu diesem Zeitpunkt jedoch noch nicht ahnen, und zwar, dass er sich die Mühe hätte sparen können, einen Spezialisten aufzutreiben. Denn John würde am nächsten Morgen die nasse Erde im Keller nicht bearbeiten. Aber das war beileibe nicht alles. Johns Gedanken über seinen ›verwundeten‹ Keller würden nicht nur in den Hintergrund getrieben werden, sondern würden nahezu aus seinem Gedächtnis ausradiert und mit Neuem, unendlich Wichtigerem überschrieben werden.

Denn in dieser Nacht, als John tief und traumlos schlief, hatte es begonnen.

6

Dienstag, 21. Juni

John erwachte. Es war stockdunkel.

Er blinzelte, drückte auf die Oberseite seines Weckers −

2:38 Uhr. Er musste nicht auf die Toilette, aber er war sich sicher, irgendetwas oder irgendwer, wahrscheinlich seine Mutter, hatte ihn durch ein Geräusch geweckt.

›*Hoffentlich ist sie nicht aus dem Bett gefallen.*‹ John bezweifelte dies jedoch. Er konzentrierte sich, hörte in die Finsternis hinein und versuchte jedes Geräusch zuzuordnen. Das war im Grunde sehr einfach, denn es gab keine Geräusche zu hören … obwohl, das stimmte nicht genau. Denn je mehr John sich bemühte, mit seinem Gehör in die Dunkelheit des Hauses zu ›*sehen*‹, desto lauter hörte er sein eigenes Blut in den Ohren rauschen.

›*Komm schon, entspann dich!*‹

Er setzte sich in seinem Bett auf und horchte wieder.

Nichts, absolut nichts.

Aber John und sein Instinkt wussten, dass er nicht ohne weiteres aufgewacht war. Er hatte etwas wahrgenommen – im Schlaf. Seine Sinne hatten ihn gerüttelt, hatten gerufen und ihn gewarnt ›*Achtung! Da ist etwas!*‹ und hatten ihn letztendlich geweckt. Erst jetzt merkte John, dass sein Puls nicht dem entsprach, was man unter einem Ruhepuls verstand.

»Was ist hier los?«, fragte er sich selbst, doch die Antwort blieb er sich schuldig, denn er kannte sie nicht. John schwang seine Beine aus dem Bett und ging zur Zimmertür, öffnete sie einen Spalt, wartete und horchte in Richtung Vorraum. Nach einer Weile … noch immer ›*nichts*‹. Kein Einbrecher, kein Siebenschläfer, der den Dachstuhl unsicher machte und keine Mutter, die sich aus der Küche ein Glas Wasser holte, sondern bestimmt tief und fest schlief.

Nichts! Absolut nichts!

›*Vermutlich habe ich geträumt; mir ein Geräusch unterbewusst vorgestellt.*‹ Aber John musste sich eingestehen, er konnte sich an keinen Traum erinnern – es gab keine Gedankenreste oder letzte Traumblitze, die zu fassen waren. Er schüttelte seinen Kopf, drehte sich um und zog die Tür hinter sich zu. Doch kurz bevor sie ins Schloss schnappte, erstarrte er.

›Da ...‹

John fokussierte sich, schloss nun, trotz der Dunkelheit, die in seinem Zimmer herrschte, seine Augen, um sich ganz auf seinen Gehörsinn zu konzentrieren.

Es war ein leises, sehr leicht zu überhörendes Rauschen, beinahe so wie das Blätterrauschen eines Baumes oder das Geräusch, das Laub macht, wenn der Wind mit ihm spielt. Doch erstens hörte sich das Blätterrauschen für John wie eine sehr gute, aber dennoch wie eine Imitation an, und zweitens, was – *bitte schön* – machten Bäume mit ihren Blättern oder ihrem Laub, in seinem Keller?

*

John stand am Kellerabgang und die Kellertreppe wies ihm den Weg.

Kurz zuvor, als er sein Zimmer verlassen hatte, hatte er erst das Vorzimmerlicht und dann auch das Kellerlicht eingeschaltet. Danach war er zurück in sein Zimmer gegangen, hatte seinen Kleiderschrank geöffnet und den Baseballschläger, den er sich vor etwa zehn Jahren gekauft hatte, geholt. Es hatte eine Zeit gegeben, da hatte John ein Zwiegespräch mit sich selbst zum Thema Selbstschutz geführt und war zur Erkenntnis gelangt, dass er einen Einbrecher nicht unbedingt gleich abknallen wollte, jedoch hätte dieser einige Schläge mehr als nur verdient. Somit lag nun seit Jahren keine Pistole in seinem Schrank, sondern dieses Stück Holz, das sich im Hier und Jetzt in Johns Händen sehr gut und beruhigend anfühlte.

John gab sich einen Ruck und überwand die erste Stufe mit einer Anstrengung, die – gefühlt – dem Bezwingen eines mittelgroßen Bergmassives gleichkam. Doch als diese Barriere überwunden war, schritt er weiter voran, vorsichtig, aber stetig – den Baseballschläger hielt er in angespannter Schlaghaltung über die rechte Schulter.

Seine Füße machten kein Geräusch. John fluchte in sich hinein, denn in der Hektik hatte er keine Hausschuhe angezogen. Es dauerte keine weitere Sekunde, dann holte ihn ein Rascheln zurück in die Realität. Eindeutig das gleiche Geräusch, aber nun lauter. Johns Verstand raste, dachte nach, suchte nach rationalen Erklärungen.

›*Natürlich! Die Folie, die ich als Staubbarriere quer durch den Keller gespannt habe!*‹

Tatsächlich könnte sie sich so anhören, wenn jemand daran rüttelte oder der Wind sie aufblähte, wie ein Segel, und danach abflaute, um gleich darauf wieder an Stärke zu gewinnen. Möglichkeit Nummer eins – ein Einbrecher – wäre mehr als unerfreulich, Johns Blick wanderte kurz nach rechts zum Schläger. Die zweite war in einem rundum geschlossenen Kellerraum, bei dem nur die Eingangstür geöffnet war, jedoch praktisch unmöglich.

›*Vielleicht spukt es und ein Vorfahre von diesem H-H-H treibt hier sein Unwesen, um mir nach dem Kellerdesaster noch eins auszuwischen.*‹

John war angespannt und empfand diesen Gedanken daher nicht sonderlich unterhaltsam. Er verordnete sich eine Denksperre. Ohnedies würde er die Lösung des Rätsels in wenigen Sekunden erfahren – er war an der offenen Gewölbekellertür angekommen. Im Keller selbst herrschte Dunkelheit, nur die quergespannte gewellte Plastikfolie reflektierte an einigen Stellen das Ganglicht. Ob hinter der Folie etwas *Unerfreuliches* auf ihn wartete, konnte John nicht erkennen.

Er schaltete das Licht ein. Eine Lampe schickte ihr Licht vor der Folie, die andere dahinter, aus. Durch den Kunststoffvorhang konnte John keine Einzelheiten ausmachen, die auf einen Eindringling hindeuteten. Er setzte sich in Bewegung.

›*Langsam John! Vorsichtig!*‹

An der Folie angelangt, ließ er die linke Hand vom

Baseballschläger zur Folie gleiten. Doch nun beging John einen kleinen Fehler. Wie hätte er dies auch ahnen können? Er berührte die Folie, schob sie leicht zur Seite und erzeugte dadurch ein leises Schleifen des Kunststoffs am Kellerboden.

Dann passierte alles gleichzeitig.

Rauschen, wie von Laub, das durch einen Sturmwind weggeblasen wird, erfüllte den Raum. Ein Schatten, der bis zu dessen Bewegung unsichtbar gewesen war, sprang vom Kellerboden zum ›Portal‹ in der zerstörten Kellerwand und verschwand in der nassen Erde. John zuckte zurück, ließ die Folie los, so als hätte er einen elektrischen Schlag bekommen. Sobald der Schatten verschwunden und das Rauschen abgeklungen war, hörte John ein anderes Geräusch hinter der Folie. Es war nicht exakt zu identifizieren – ähnlich einem Summen –, aber es stellten sich seine Nackenhaare auf.

Johns Überlebensinstinkt brüllte ihm ins Ohr: ›*Hau ab, du Idiot! Morgen kaufst du dir eine Pump-Gun und ERST DANN siehst du dir die Sache genauer an! Aber jetzt hierbleiben? Bist du völlig VERRÜCKT!?*‹

Allerdings war Johns Neugier von jener Sorte, die sich nicht so einfach durch unidentifizierbare Geräusche geschlagen gab. Daher blieb ihm nichts anderes übrig, als nochmals die Folie zur Seite zu schieben, um zu sehen, was sich dahinter verbarg.

Mit der Bewegung der Folie erstarb das Geräusch, und als John auf der anderen Seite angekommen war, sah er im Licht der Deckenlampe ... nichts Ungewöhnliches. Alles war, wie er es vor einigen Stunden verlassen hatte.

Bis auf ...

Johns Atem stockte. Sein Herz beschleunigte und er spürte den steigenden Druck des Blutes in seinen Schläfen. Seine Augen waren starr auf die freigelegte Erde in der Kellerwand gerichtet. Dort, wo er mehrfach seine Finger in die nasse Erde versenkt hatte, war keine Erde mehr zu sehen. Nun blickte John in ein schwarzes Loch, das an jener Stelle entstanden war, wo die Erde am feuchtesten gewesen war. Der obere Rand war etwa in Augenhöhe; die rundliche Öffnung hatte einen Durchmesser von etwa einem Meter und schien sich, ähnlich einem riesigen Maulwurfsgang, weit in den Hügel hinein fortzusetzen.

*

Nach einigen Minuten der eingehenden Begutachtung der Öffnung versuchte John, die neue Situation zu beurteilen. Wieder wollte sein Verstand alle irrationalen Gedanken, die sich einen Spaß daraus machten, ihn gegen viertel vor drei in der Früh einzuschüchtern oder zu ängstigen, verdrängen und nur rationale zuzulassen. Er war nun endlich zu einer akzeptablen Lösung für das Rätsel gekommen.

›*Hör zu John, die Erklärung ist absolut simpel*‹, versuchte ihn sein Verstand zu beruhigen. ›*Durch das Loch … wie auch immer es entstanden sein mag, vielleicht hat die weiche Erde einfach nachgegeben und ist herausgefallen …*‹, ein Blick zu Boden bestätigte diesen Verdacht, ›*… nun ja, also wenn diese Röhre oder dieser Gang direkt an die Oberfläche führt und mit der Umgebungsluft in Verbindung steht, dann könnte eine Sogwirkung wie bei einem Rauchfang entstehen. Vergiss nicht, die Kellertüren standen offen.*‹

John hatte sich während des Meinungsaustauschs mit seinem Verstand die Taschenlampe geholt, die er im Keller aufbewahrte. Nun leuchtete er damit ins Loch und verscheuchte die Dunkelheit einige Meter in die Röhre hinein. Doch sie lauerte weiterhin darin, denn die Röhre bog nach wenigen Metern nach links ab.

»Der Luftzug erklärt auch das Rascheln!« Er war sich nun absolut sicher: »Es *kann* nur die Plastikfolie gewesen sein.« John ging zur Folie, bewegte sie, so als würde ein Windstoß sie aufblähen und meinte eine gewisse Ähnlichkeit erkennen zu können.

›*Aber DU hast keinen Luftzug gespürt!*‹, versuchte ihn sein Urinstinkt, der sein Leben lang auf der Hut vor dem

Unbekannten war, zu warnen.

»Egal!«, sagte John, sah sich kurz um und fügte wieder hinzu: »Es kann nur die Plastikfolie gewesen sein.« Und damit war das Thema erledigt.

Er schaltete die Taschenlampe aus, wandte dem Loch den Rücken zu, um endlich wieder ins Bett zu kommen. In wenigen Stunden wollte er damit beginnen, dieses Schlachtfeld hier in Ordnung zu bringen.

Die Glühlampen begannen zu flackern. John machte einen Schritt. Dann erinnerte er sich – im gleichen Moment schrie ihm sein Verstand zu: ›*DENKFEHLER! Verdammter Denkfehler! Du hast auch noch etwas ANDERES gehört! Kein Rascheln ...*‹

Und da war es wieder, ein leises Summen – keine Insekten, eher wie das Summen von Elektrizität. John kannte ähnliche Geräusche, die von elektrischen Schaltungen oder Anlagen abgegeben werden konnten. Ruckartig drehte er sich wieder in Richtung des Erdloches, des Ganges oder was auch immer es war, um. Das Summen wurde unmerklich lauter, war jedoch immer noch so leise wie eine einzelne Biene.

Dann erreichte es die Öffnung in den Keller. Langsam quoll etwas Dunkles, absolut Schwarzes, ähnlich einem Nebel, der schwerer als die ihn umgebende Luft war, aus einem Rohr, glitt zu Boden, verteilte sich jedoch nicht über den Fußboden (so wie man es sich von einem Nebel erwartet hätte), sondern begann sich zu formieren.

John traute seinen Augen nicht.

Keine drei Meter vor ihm formte der Nebel zuerst Füße, dann Beine und einen Rumpf – es war, als würde eine Flüssigkeit in ein unsichtbares Gefäß fließen und somit erst jetzt, da es gefüllt wurde, die Form preisgeben – zuletzt Arme, Hände und den Kopf. Eindeutig, das leise Summen ging von dieser Gestalt, diesem Geschöpf vor ihm aus und es war das gleiche, das vor wenigen Minuten in der Röhre verschwunden war.

Der Nebel hatte die Gestalt eines Menschen angenommen, und sie war groß. John schätzte sie auf gute zwei Meter. Seine Umgebung hatte aufgehört zu existieren. Es gab nur mehr dieses Ding vor ihm, das offensichtlich eine feste Gestalt annehmen konnte, aber dessen tiefschwarze Oberfläche, obwohl unbewegt, andauernd die Schattierung veränderte (vielleicht hervorgerufen durch wechselnde Lichtreflexionen).

Noch immer wollte Johns Verstand die Realität des Wesens nicht wahrhaben. Langsam, so als wollte er das Wesen nicht verschrecken oder gar verscheuchen, hob John seinen linken Arm und streckte seine Hand dem unbekannten Geschöpf entgegen. Das Summen wurde für einen kurzen Moment lauter, bedrohlicher, die wabernden Schemen im Körper der Erscheinung, beschleunigten sich. John erinnerte dieses Verhalten an einen beschleunigten Herzschlag, wenn man sich in Gefahr befindet oder einer unangenehmen Situation gegenübersieht.

›*Kann es sein*‹, dachte John, ›*dass nicht nur ich dieses Ding, sondern auch, dass dieses Ding das erste Mal einen Menschen erblickt?*‹

John stoppte seine Bewegung und auch das Wesen schien sich zu beruhigen. Doch er war neugierig, er war sogar sehr neugierig. Vielleicht war er der erste Mensch überhaupt, der ein solches Wesen sah, und vielleicht war es gar nicht von hier – vielleicht war es außerirdisch.

›*Himmel, John! Außerirdisch?! So ein Mist!*‹

John ging zwei Schritte auf den schwarzen Körper zu. Seine Hand hatte nur mehr einen Abstand von etwa zwanzig Zentimetern, dann würde sie die Oberfläche, vielleicht eine Art Haut, des Oberkörpers berühren. Das Summen blieb unverändert.

Langsam, wie in Zeitlupe – fünf Zentimeter. John begann zu schwitzen, sein Herz raste.

Zwei Zentimeter – wenn das Wesen jetzt auch nur leicht gezuckt hätte, hätte John vermutlich einen Herzinfarkt erlitten und ihm wäre somit vieles erspart geblieben.

Ein Zentimeter.

Berührung.

*

In jenem Moment, als John den Oberkörper der Kreatur berührte, erfüllte ihn ein unbekanntes Gefühl der Glückseligkeit. Es war nichts geschehen, die Haut, wenn es denn eine war, fühlte sich weder kalt noch warm an. Doch John konnte bei der Berührung nicht wissen, dass für ihn die Zeit, um zu reagieren, bereits verstrichen war. Er war zu einem Passagier geworden, der sich dem Kommenden fügen musste.

John spürte es zuerst an den Fingerspitzen. Es war ein leichtes Kribbeln und gleich danach ein Gefühl, welches einem sanften Windhauch glich, der über die Hand streicht. Doch plötzlich, völlig unerwartet, wurde seine Hand bis zum Handgelenk in den Brustkorb der Kreatur hineingezogen. Er konnte sich nicht wehren, der Körper des Wesens schien wie ein Sumpf zu sein, in dem man immer weiter versank – unerbittlich und erbarmungslos. Die Materie des Wesens quoll einige Zentimeter seinen Unterarm empor und bildete einen Meniskus, so wie es Flüssigkeiten an Glasscheiben machen.

Johns Augen weiteten sich. Panik erfasste ihn.

»Scheiße, Scheiße, Scheiße!«

John versuchte seine Hand herauszuziehen. Er nahm seine rechte Hand zu Hilfe, zog am linken Ellenbogen, vermied es jedoch, mit dieser das Ding zu berühren. Keine Chance, die Hand steckte fest, wie in einem Schraubstock. Das Verwirrende daran war, dass er keinen Druck fühlte. Nur ganz zu Beginn, als sich die Materie des Wesens über seine Hand ergossen hatte, hatte er ein kurzes Brennen auf seiner Haut gespürt, so wie wenn man die Hand in eine zu heiß eingelassene Badewanne steckt. Doch dieses Gefühl war binnen Sekunden verschwunden gewesen. Jetzt spürte er nichts mehr.

Mittlerweile hatte er aufgegeben, seine Hand herauszieren zu wollen und blickte unbewegt hoch zum Kopf des Wesens. Bilder von Schaufensterpuppen ohne Gesichtsmerkmale kamen John in den Sinn. Allerdings bewegte sich auch im Kopf des Wesens irgendeine Art von Materie – wie ein Schwarm aus winzig kleinen Fischen, der in diesem beengten Gefäß unermüdlich seine Bahnen zog.

John flüsterte, mehr zu sich selbst als zu jenem Ding, das nach wie vor unbewegt vor ihm stand: »Wer bist du? ... *Was* bist du?«

Mit diesen beiden Fragen schien John einen Mechanismus ausgelöst zu haben, denn obwohl er seine Augen nicht von dem konturlosen Schädel abwenden konnte, wurde ihm gestattet, seine Hand langsam aus dem Körper herauszuziehen.

Wäre John nicht derart vom Anblick des augenlosen wabernden Kopfes gefesselt, nahezu hypnotisiert gewesen, dann wäre sein Blick unweigerlich auf seine Hand gefallen. Er hätte aufgeschrien, hätte losgebrüllt – nicht vor Schmerz, sondern vor Entsetzen und dem Grauen, das sie ihm geboten hätte. So aber verfloss jene Sekunde und bereits in der nächsten löste sich die Gestalt auf, zerfiel vor Johns Augen zu schwarzem Staub, der sich langsam in alle Richtungen des Raums verteilte. John kniff die Augen zu, einerseits vor Schrecken, doch andererseits auch um sich zu schützen. Doch kein einziges Partikel traf ihn.

Mit zu Schlitzen zusammengepressten Augen sah er sich um. Das, was ihm nun seine Augen boten, war jedoch keineswegs weniger verstörend, und John war sich in diesem Moment absolut sicher, dass er durch eine bösartige Laune der Natur unvermittelt verrückt geworden sein musste. Es gab keine andere Erklärung. Denn vor John war etwas anderes, etwas vollkommen Widernatürliches zum Vorschein gekommen. Johns Verstand arbeitete auf Hochtouren: ›*Es hat sich nicht versteckt! Nein John, es hat sich mit Hilfe des Nebels getarnt, um dich zu täuschen, um dich mit Hilfe einer normalen menschlichen Gestalt in Sicherheit zu wiegen!‹*

Danach hatten Johns Gedanken noch eine Sekunde Zeit, ihm auszurichten, dass vor ihm eine etwa zwei Meter große, tiefschwarze Gottesanbeterin steht! Dann wurde sein gesamter Körper nach vorne gerissen.

Zwei Fangarme hatten sich aus dem Körper der Gottesanbeterin ausgeklappt, wie Taschenmesser, hatten John an Schultern und über den Rücken gepackt. John hätte vor Panik geschrien, doch es war unmöglich, denn die Kraft, mit der er gefangen gehalten wurde, presste ihm den Atem aus der Lunge. Er stand leicht nach hinten gebeugt und mit weit aufgerissenen Augen und Mund vor diesem Ding, das aussah, wie ein Insekt aus einem Horrorfilm.

Und dann ging alles ganz schnell.

Dort, wo der Mund der ›Gottesanbeterin‹ sein sollte, schnellten plötzlich zwei dünne Rüssel hervor. Einer, der dünnere, bohrte sich in Johns Nase, wand sich, wie eine in Panik geratene Schlange und schlängelte sich hoch, durch die Nasenhöhle, in den Bereich des Riechkolbens und durchdrang an dieser Stelle mühelos die Barriere zu Johns Gehirn.

John krümmte und schüttelte sich vor Schmerz, doch noch viel mehr aus Angst um sein Leben, denn er wusste, dass bei vielen Arten von Gottesanbeterinnen nach der Begattung die Männchen bei lebendigem Leib gefressen werden. Aber er hatte keinen Sex bekommen, also sollte ihn dieses verdammte Scheißding endlich loslassen! Doch schon nach wenigen Sekunden beruhigte und wunderte er sich, weshalb er die Lage kurz zuvor noch als bedrohlich eingeschätzt hatte. Was John allerdings nicht wusste, war, dass ihm ein Sedativum durch den Rüssel direkt ins Gehirn befördert worden war.

Als John vollkommen ruhig und entspannt seinen Kopf in den Nacken legte, benutzte das Ding seinen zweiten Rüssel. Vorsichtig führte es diesen in Johns Mund ein; er suchte sich seinen Weg durch Johns Speiseröhre – das Beruhigungsmittel hatte auch Johns Würgereflex ausgeschalten. Knapp vor seinem Magen spürte John einen Stich, dann einen leichten Druck, so als ob in seinem Bauch etwas zur Seite geschoben worden wäre. John ertrug den Schmerz voller Geduld und genoss das Glücksgefühl, das sich weiter verstärkte, während beide Rüssel ihren Aufgaben nachkamen.

Nach etwa einer Minute, John hätte in seinem Zustand unmöglich diese Zeitspanne abschätzen können, entfernte die ›Gottesanbeterin‹ ihre Rüssel aus seinem Körper. John fühlte weder Angst, noch versuchte er sich aus den Fängen des Wesens zu befreien, auch die Schmerzen waren nicht mehr existent. Er starrte die Kreatur an und dann fragte er nochmals: »Wer bist du?« Und das Wesen beantwortete John diese Frage und alle weiteren, die er ihm stellte.

Kurz bevor das Wesen im neu entstandenen Loch der Kellerwand verschwand, gab es John einen Auftrag.

7

Mittwoch, 22. Juni (8:23 Uhr)

Er erwachte durch ein Klopfen an der Tür. Die Bettdecke war bis zum Hals hochgezogen.

Danach: »John, ist alles ok? Jooohn? John, mach endlich auf!«

Er versuchte sich zu orientieren, sah sich um, versuchte herauszufinden, wo er war. Erst langsam kamen ihm der Raum und das Bett, in dem er lag, vertraut vor.

›John?‹, dachte er. Sein Kopf dröhnte.

»John, ich komme jetzt hinein.« Die Türschnalle bewegte sich langsam nach unten. An der Tür wurde gerüttelt.

»John, mach auf!« – fordernd.

»Bitte, John.« – flehend.

Sein Hals und Rachen fühlten sich ausgetrocknet an, so als

ob er seit Tagen keinen Schluck Wasser mehr getrunken hätte und als er sprach, erkannte er seine eigene Stimme nicht wieder.

»Ok, ich bin gleich so weit.« Er musste noch etwas sagen, um Zeit zu gewinnen: »Gib mir fünf Minuten.«

»Gut! Ich warte in der Küche auf dich.«

Er sagte nichts mehr, betrachtete nur seine linke Hand, die er unter der Decke hervorgeholt hatte und die zusammen mit einem Teil des Unterarms vollständig einbandagiert war.

»Hmmm«, sagte er zu sich selbst. Er konnte sich nicht daran erinnern, sich verletzt zu haben.

Und dann spürte er es, feucht und warm. Er hob die Bettdecke an – schlagartig fühlte er Kälte um seinen Bauch und um seine Lenden.

»Das kann ...« Es verschlug ihm die Sprache. John konnte es nicht glauben. Doch letzte Nacht hatte er sich im Schlaf erleichtert. Er musste sich säubern. Danach würde er sich um seine Hand kümmern und mit jener Frau sprechen, die ihn geweckt hatte.

*

John hatte sich unbemerkt ins Badezimmer geschlichen. Nun öffnete er die Tür der Waschmaschine und warf das Bettzeug samt Bettdecke in die Trommel, schüttete unbeholfen Waschpulver hinzu – viel zu viel –, schloss die Tür und schaltete die Maschine ein.

»Oh nein!« Er dachte an die Matratze. Tja, wenn sie aufgetrocknet war, würde sich wohl ein gewaltiger Urinfleck entfaltet haben. Bestimmt gab es irgendein einfaches Hausmittel, um diesen zu verschleiern. Völlig verbergen? Das wäre bestimmt nicht möglich. Er beschloss, in den nächsten Tagen eine neue Matratze zu kaufen.

Als sich die Trommel der Waschmaschine geräuschvoll zu drehen begann, überlegte John, wer die Frau war, die ihn geweckt hatte – er runzelte die Stirn. Dann, so als ob ihm sein Gehirn nur einen kleinen Streich spielen hatte wollen, war alles wieder da. Trotzdem war John mehr als nur irritiert. Er spürte es in seinen Eingeweiden, dass hier etwas ganz und gar nicht stimmte.

»Hmmm, warum erkennst du die Stimme deiner Mutter nicht wieder? Und überhaupt ...« Er blickte nachdenklich zur Waschmaschine.

Nach einigen Sekunden löste er seinen gedankenverlorenen Blick, ging zum Waschbecken und betrachtete sich im Spiegel. Er erkannte keine offensichtliche Veränderung an seinem Aussehen. Seine blauen Augen wirkten müde und seine kurzen dunkelbraunen Haare standen, wie immer nach dem Aufstehen, in alle Richtungen.

»Na gut, um deine Demenz kümmerst du dich später.«

Sein Spiegelbild blickte auf die Hand und fügte die Worte, »Jetzt mach endlich!«, als Startschuss für den ausbrechenden Wahnsinn in seinem Leben hinzu.

*

Mit der rechten Hand betastete John die Bandage.

Hätte ihn jemand dabei beobachten können, wie er in seinem Badezimmer vor seinem Spiegel stehend seine verbundene Hand betrachtete, gleichzeitig den weißen Stoff berührte und danach zusammendrückte, diese Person hätte in Johns Gesicht erst Erstaunen und dann Unglauben entdeckt. Unmittelbar darauf hätte man erkennen können, wie sich tiefe Sorgenfalten hinzugesellten, denn der Druck auf die Bandage löste in seiner Hand nicht nur keinen Schmerz aus, sondern er löste nichts aus – *kein* Gefühl. Er spürte absolut nichts.

Johns Bauch verkrampfte sich.

»Mein Lieber, jetzt ist es an der Zeit aufzuwachen.«

Um jeden Zweifel zu beseitigen, drückte John kräftig an seinem Ohrläppchen, dann den Bizeps des linken Arms. Alles fühlte sich normal an. Er befand sich in der Wirklichkeit – kein Zweifel.

»Also dann!« Es gab kein Zurück, auch wenn ihm sein Verstand zuschrie: ›*John, tu es nicht! Ich bitte dich! Fahr in die Stadt und betrink dich! Sauf am besten den ganzen Tag und auch noch die ganze Nacht durch! Oder mach etwas anderes, was auch immer du willst ... aber ... NEIN! Tu das nicht!«*

Doch John hatte bereits begonnen die Bandage zu lösen und wickelte gleich darauf den Stoff vom Arm und dann von der Hand. Je weiter er seine Hand freilegte, umso langsamer wurden seine Bewegungen.

Der Stoff fiel zu Boden. John hob die Hand, blickte sie an, durch sie hindurch. Dann lief er zur Toilette und übergab sich.

8

Mittwoch, 22. Juni (9:04 Uhr): Am Frühstückstisch

Am Tisch standen zwei Tassen Kaffee und ein halb volles Glas Wasser.

John stierte mit gerunzelter Stirn auf die schwarze Oberfläche des Kaffees und nahm an, dass er sich wohl ein weiteres Mal übergeben würde, wenn er sich auch nur einen kleinen Schluck davon genehmigen würde. Angesichts der Menge, die er vor etwa einer halben Stunde die Toilette hinuntergespült hatte, würde es wohl nur bei einem angestrengten Würgen mit hochrotem Kopf über der Toilettenschüssel bleiben.

»Wie geht es dir?«

Die Oberfläche des Kaffees war noch immer interessanter als seine Mutter. Er erwiderte nichts auf ihre Frage, denn in Wahrheit kannte er die Antwort darauf selbst nicht. Schmerzen spürte er weder im Arm noch in der Hand, nur sein Körper war unendlich verspannt, so als hätte er mit völlig verdrehtem Rumpf die Nacht durchgeschlafen.

In seinem Kopf befand sich noch immer eine undurchdringliche Mauer, die seine Erinnerung blockierte.

John konnte sich nicht erinnern, was gestern Nacht passiert war. Montag war da, die anstrengenden Stemmarbeiten im Keller, die nasse Erde hinter der abgetragenen Kellerwand und … da war noch etwas anderes gewesen, etwas Wichtiges. Doch immer, wenn John sich an diesen Gedanken klammerte, verschwammen die Bilder in seinem Kopf und er sah nur wirbelnden schwarzen Rauch. Eines jedoch hatte sein Gedächtnis hervorgespült, eine Botschaft an seine Mutter und an ihn selbst.

»Hör jetzt bitte genau zu, Mutter!«

Marie blickte ihren Sohn, der noch immer mit leicht geneigtem Kopf dasaß und seinen Kaffee anstarrte, besorgt an.

»Du darfst nicht in den Gewölbekeller gehen! Unter keinen Umständen! Hast du verstanden? Unter *keinen* Umständen!«

Nach einer Sekunde der Verwirrung fragte Marie: »Weshalb nicht? Ich wollte dir beim Aufräumen des Schutts helfen.«

›*Ja John, weshalb sollen deine Mutter und auch du selbst, nicht in den Keller gehen?*‹ Diese Frage konnte er nicht beantworten, doch er wusste mit absoluter Sicherheit, dass es ihrem und auch seinem Schutz diente, dass es gefährlich war, jetzt und in den nächsten Tagen in den Keller zu gehen; dies war die Wahrheit, eine unumstößliche Tatsache.

Wovor sie Schutz brauchten oder wovon die Gefahr ausging? John hatte keine Ahnung, nicht den Funken eines Wissens, also improvisierte er und sagte: »Ich habe gestern Abend, als ich im Keller zusammengeräumt habe, etwas gerochen. Ich glaube es ist irgendeine Art von Gas.«

Selbst für John klang diese Erklärung völlig absurd, doch er hatte damit angefangen und musste diese Geschichte somit auch beenden. »Dürfte durch die feuchte Erde ins Haus geströmt sein und solange ich nicht weiß, worum es sich handelt, möchte ich, dass keiner von uns beiden hinuntergeht. Ich werde noch heute bei der Baufirma anrufen, um

Informationen einzuholen.«

Marie sah ihn skeptisch an, sagte dann aber: »Gut! Ich gehe nicht hinunter. Was ist mit den anderen Kellerräumen?«

»Nein!« John wurde ohne einen für ihn ersichtlichen Grund schroff. »Auf keinen Fall!«

»Schon gut, schon gut.«

»Versprich es mir!«

»Versprochen.« Marie machte eine kurze Pause, dann fügte sie hinzu: »Eines noch, John. Du hast gerade gesagt, dass du gestern Abend im Keller gearbeitet und dann das Gas gerochen hast. Aber ... du warst gestern nicht im Keller.«

Jetzt war es für John an der Zeit, das Interesse an der schwarzen Flüssigkeit über Bord zu werfen. Er blickte seine Mutter fragend an, denn natürlich hatte er gestern im Keller gearbeitet, er spürte immer noch seine Muskeln von der Anstrengung ... und dann – ja genau – war er mitten in der Nacht aufgestanden, war zur Kellerstiege gegangen ... und ...

Der Schutzwall, der sich in seinem Gehirn aufgebaut hatte, um seine Erinnerungen dahinter zu verbergen, hielt Johns Angriffen mühelos stand.

»John?«

»Alles ok.« Doch das stimmte nicht. Nichts, absolut nichts war hier ok!

»Natürlich habe ich gestern im Keller gearbeitet. Gestern, Montag, habe ich Zeitausgleich genommen, dann auch noch heute und ebenso die ganze restliche Woche.« John sah seine Mutter durchdringend an und fügte hinzu: »Ist bei dir alles ok?«

Maries Verstörung wuchs. Sie stand auf, ging zur Kommode. Als sie zurück zum Esstisch gekommen war und sich wieder gesetzt hatte, reichte sie John eine Zeitung. John verstand im ersten Moment nicht, was seine Mutter damit wollte. Er nahm die gefalteten Blätter, öffnete diese und blickte auf die Titelseite. Es war die Tageszeitung, der ›Rabenstädter Merkur‹. John verstand noch immer nicht, blickte kurz zu seiner Mutter, suchte aber gleich darauf nach der Schlagzeile. Er kam nur bis zum ersten Wort: »Jahrhundertereignis ...« Dann fanden seine Augen etwas anderes, etwas, das ihn die Schlagzeile von einer Sekunde zur anderen vergessen ließ.

Am Titelblatt, direkt unter ›*Rabenstädter Merkur*‹, stand das Datum. John flüsterte: »*Mittwoch, 22. Juni.*«

John erhob sich, doch noch immer konnte er seinen Blick vom Wort ›*Mittwoch*‹ nicht lösen. Dann sah er seine Mutter mit einer Mischung aus Unglauben und versteckter Hysterie an, und sagte in ernstem Tonfall: »Geh nicht in den Keller!«

Mit der Zeitung in der Hand ließ er seine Mutter und seinen unberührten Kaffee zurück, ging in sein Zimmer und versperrte hinter sich die Tür.

*

Mittwoch, 22. Juni (9:22 Uhr)

Neben John, der am Fußboden im Schneidersitz saß – die Matratze glich noch immer eher einem Sumpf als einer angenehmen Sitz- oder Liegestätte – lag das Häufchen Stoff, das noch vor einer Minute seine Hand verborgen hatte.

Wieder hielt er die Hand hoch, so wie er es heute schon im Badezimmer getan hatte, doch dieses Mal überkam ihn keine Übelkeit. Es war Fassungslosigkeit gepaart mit grenzenlosem Unglauben, die ihn auf das Unwirkliche blicken ließen.

John berührte mit dem Zeigefinger seiner rechten Hand den linken Unterarm knapp nach der Ellenbogenbeuge und ließ ihn langsam in Richtung Handgelenk wandern. Nicht, dass John glaubte, es gäbe dort etwas Besonderes zu ertasten, sondern der Grund war schlicht und einfach der, dass er seinen Augen nicht traute.

Er fühlte die Haut und das darunterliegende Fleisch, seine Härchen, alles normal – auch die Hauttemperatur. Doch als er knapp vor der Handwurzel angekommen war, versteifte sich sein Körper. In der Früh, im Badezimmer, hätte er um nichts in der Welt seinen Arm berührt, hatte (nachdem er sich übergeben hatte) unverzüglich den Verband wieder angelegt und war zum Frühstück ›geflüchtet‹. Jetzt bewegte er seinen Finger weiter. John schluckte, als sein Zeigefinger die kleine Kuppe hinunterglitt und auf etwas Hartes traf. Dort wo vor einiger Zeit noch Fleisch und Haut um seine Handwurzel, seine Mittelhand und seine fünf Finger gewesen waren, war nun nichts mehr, nur blanke weiße Knochen, als wäre John der leibhaftige Erbe von Gevatter Tod, der sich jedoch noch in einer anfänglichen Entwicklungsphase seines neuen Berufes zu befinden schien.

John war inzwischen über die Handwurzelknochen hinweg. Es war weder schauerlich noch unangenehm gewesen, denn die blanken Knochen waren trocken, fühlten sich an wie das Holz eines unlackierten Bleistifts und John konnte die Berührung in seinen Knochen nicht spüren. Es war so, als ob er die Hand eines Skeletts in der Biologiesammlung einer Schule erkundete.

Nun ergriff John mit Zeigefinger und Daumen der rechten Hand das vorderste Glied des blanken Zeigefingerknochens.

»Das ist Wahnsinn«, sagte er kaum hörbar, als er den Knochen leicht bewegte. Dieser löste sich zwar nicht von den anderen, trotzdem ließ er ihn sofort wieder los. Bemerkenswert, eher sollte man *grotesk bemerkenswert* sagen, war jener Bereich am Arm, an dem Haut und Fleisch endeten und der blanke Knochen begann. Das dunkelrote, rohe Fleisch war weder zerfetzt noch vernarbt, es war trocken und gut verwachsen, so als ob die Wunde bereits Monate alt gewesen wäre und nicht so wie bei ihm – keine 48 Stunden. Und eines war für John nun klar, seine Augen arbeiteten richtig und zuverlässig.

›*Aber wie ist es passiert?*‹

Die Knochenhand, der *verlorene* Dienstag und sein

Gedächtnisverlust hingen mit den Kellerarbeiten zusammen, das war für John offensichtlich. Er musste der Sache auf den Grund gehen. Daher musste er hinunter in den Keller, vielleicht fand er Hinweise darauf, was geschehen war ... aber ... nicht heute, vielleicht morgen, wenn er sich besser fühlte. Außerdem musste er nachdenken und seine Gedanken ordnen, denn Unordnung gab es in seinem Kopf zur Genüge.

*

Mittwoch, 22. Juni (12:37 Uhr)

Erst gegen Mittag nahm John wieder den ›Rabenstädter Merkur‹ zur Hand, denn er war am Boden seines Zimmers eingeschlafen, war dort gute zwei Stunden gelegen.

Nun saß er im Schneidersitz neben seinem Bett und starrte auf das Titelblatt. Erst war ihm der Hinweis auf den Artikel (Seite dreizehn) entgangen. Zu groß war der Schock über den unerklärlichen Zeitverlust von eineinhalb Tagen gewesen. Außerdem war er von einer Mutter, die ihre neugeborenen Vierlinge in die Kamera hielt, angestrahlt worden. Das Foto war beinahe die halbe Titelseite groß – darüber stand zu lesen: *Jahrhundertereignis in Rabenstadt!*

›*Wenigstens einmal, dass die positive Meldung und nicht die negative die Poleposition erhalten hat*‹, dachte John, doch gleich darauf blätterte er weiter zum Artikel auf Seite dreizehn.

Unter dem Titel befand sich ein Bild vom Rabenstädter Badesee oder besser gesagt von Sträuchern, die den See teilweise umringten und dann in einen Schilfbereich übergingen. Vor dem Gebüsch standen vier Polizisten. Drei davon waren John unbekannt, doch den vierten erkannte er sofort. Es war Nick!

*

Nick Berger, er hieß eigentlich Nikolaus Berger, war ein alter Freund, mit dem John das Gymnasium Landau besucht hatte. Ihre Wege hatten sich getrennt, nachdem Nick in der siebenten Klasse von der Schule geflogen war. Wiedergetroffen hatten sie sich, als sein ehemaliger Schulkamerad plötzlich vor ihm gestanden war – mit einer Kappe auf dem Kopf und in Uniform gekleidet. Nick hatte ihm damals – es war vor etwa einem Jahr gewesen – erzählt, dass er vor einigen Monaten bei der Rabenstädter Polizei ›angeheuert hatte‹.

Sie hatten Telefonnummern ausgetauscht und Nick hatte gemeint: »Wenn du etwas brauchst, dann melde dich bei mir.«

John hatte genickt und ihm zu seiner neuen Arbeitsstelle gratuliert. Dann hatte er gesagt: »Gehen wir doch einmal auf ein Bierchen oder zwei!« Dabei hatte er Nick freundschaftlich auf die Schulter geklopft und gehofft, dass sein ehemaliger Freund sein aufbrausendes und unberechenbares Temperament, das vor langer Zeit zwei Schülern des Gymnasiums blutige Nasen und Nick selbst den Schulverweis beschert hatte, in den Griff bekommen hatte.

Sie hatten einen Termin festgelegt und zwei Wochen später hatte es tatsächlich ein Treffen zwischen ihnen gegeben.

*

John schüttelte die Gedanken an Nick aus seinem Kopf und begann, den Zeitungsartikel zu lesen.

Grauenvoller Leichenfund erschüttert Rabenstadt!

In der Nacht auf Dienstag, den 21. Juni, machten zwei Frauen im Alter von 23 und 26 Jahren bei ihrem nächtlichen Nachhauseweg von einem Discobesuch am Rabenstädter Badesee eine grauenvolle Entdeckung: In einem Gebüsch lagen die Leichen einer Frau und eines Mannes. Beide sind bis jetzt nicht identifiziert. Die Polizei vermutet, dass es sich um ein Pärchen gehandelt hatte.

»Wir hörten ein Geräusch im Gebüsch – keine zwanzig Meter vor uns. Anfangs dachten wir, es wären Tiere. Doch es klang wie das Strampeln von Beinen und dann hörten wir unverständliche

---

Stimmen. Meine Freundin und ich hatten eigentlich große Angst, trotzdem gingen wir in die Richtung der Geräusche, die bald darauf verstummten. Wir schalteten die Taschenlampen unserer Handys ein und riefen immer wieder: ›Ist da jemand? Brauchen Sie Hilfe?‹ Gleich darauf haben wir sie gefunden. Ich konnte nicht glauben, was ich sah. Es war grauenhaft, einfach schrecklich. Den beiden fehlte am gesamten Kopf bis hinunter zu den Schulterblättern jegliches Körpergewebe, nur Knochen waren zu sehen.«

Das berichtete Anna P., die jüngere der beiden Frauen. In einem Nachsatz fügte sie hinzu: »Ob mir die Polizei nun glaubt oder nicht, ist mir egal, aber ich habe im Schein der Taschenlampe etwas von den beiden ... wegfliegen sehen! Es sah aus wie ein Schwarm abertausender Mücken. Meine Freundin hat es auch gesehen und meinte, es sah aus wie ein fliegender schwarzer Nebel.«

Bezirksinspektor Fink meinte zum Fund: »Noch nie in meiner Karriere habe ich so etwas gesehen. Der Anblick ist ... es fehlen mir die Worte.«

Der Fall wird ...

John legte die Zeitung beiseite, er hatte genug gelesen. Seine Augen blickten starr ins Unendliche. Seine Gedankenbarriere begann zu wanken.

›*Fliegender Nebel. Schwarm. Ich kenne das!*‹

John schloss die Augen und presste gleichzeitig seine rechte Hand an die Stirn.

›*Schwarm am See ... Schwarm ... Keller ... Inkontinenz!*‹ John blickte auf seine urindurchtränkte Matratze. Dann wanderte sein Blick zu seiner Hand. Er konnte zwischen den Knochen den Parkettboden sehen.

›*Knochenhand ... Loch in der Kellerwand ... Erinnere dich! Komm schon!*‹

John schloss die Augen, versuchte seinen Geist zu fokussieren. Und obwohl er es nicht schaffte, die

Gedankensperre in seinem störrischen Gehirn einzureißen, so konnte er alleine durch das Offensichtliche einen Teil des Puzzles zusammenbauen. Das Offensichtliche – der schwarze Nebel, die Leichen, seine Hand, das Bettnässen, sein Erinnerungsverlust und all die anderen ›Kleinigkeiten‹ – ließ vor seinem inneren Auge ein grelles Bild erscheinen: den Gewölbekeller.

*

John erhob sich mühsam aus dem Schneidersitz. Sein Magen schmerzte leicht, das war kein Wunder, denn er hatte vornübergebeugt gesessen und dabei das Organ in eine unnatürliche Form gequetscht. Er ging zur Tür, drehte den Schlüssel im Schloss, drückte danach vorsichtig die Klinke hinunter und öffnete die Tür einen Spalt. Marie war in der Küche zu hören.

› *Wahrscheinlich richtet sie das Mittagessen.* ‹

John wollte auf keinen Fall von seiner Mutter dabei ertappt werden, wie er sich in den Keller begab, denn für die darauffolgende Diskussion hätte er weder die Geduld noch die Ausdauer gehabt ... und neue Geschichten erfinden? Dazu fühlte er sich eindeutig zu müde und ausgelaugt. Er schlich aus dem Zimmer und ging den Gang entlang in Richtung Kellertür. Er war noch etwa drei Meter vom Abgang entfernt, als er flüsterte: »Irgendetwas stimmt hier nicht.«

Mit jedem weiteren Schritt fühlte er sich unwohler. Es war ein seltsames, unbekanntes Gefühl, so als ob er sich auf dem Weg zur Vollstreckung seines Todesurteiles befinden würde.

Plötzlich veränderte sich sein optisches Gesichtsfeld. Je näher er dem Kellerabgang kam, desto verzerrter sah er seine Umgebung. Sein Körper reagierte immer stärker. Kurz bevor er die Tür erreichte, lief ihm ein Schauer über den Rücken und sein Magen meldete sich mit einem stechenden Schmerz und einer Verkrampfung zu Wort, die ihn aufstöhnen ließen. Als er die Tür erreicht hatte und das Metall der Türklinke ergriff, stellten sich seine Nackenhaare auf und kalter Schweiß drang aus jeder seiner Poren. Mittlerweile hatte sich sein Blickfeld so stark verändert, dass John den Eindruck hatte, als sähe er von der falschen Seite aus durch einen Feldstecher.

›*Ganz ruhig. So eine Reaktion ist in deiner Situation völlig normal.*‹

John musterte seine einbandagierte Hand.

›*Alter! Hier ist gar nichts normal! Oder glaubst du, hier in Rabenstadt ist es normal, dass sich Leute freiwillig ihres Fleisches berauben lassen, weil sie das ›Knochenoutfit‹ so trendig finden? Verdammt, John! Genau das ist der Grund, weshalb du hier und jetzt in den Keller gehen musst. Im Keller liegt die Wahrheit!*‹

John stimmte sich selber mit einem Nicken zu. Vollkommen auf das Metall in seiner Hand konzentriert, drückte er den Hebel hinunter. Die Tür glitt auf. Die ersten Stufen wurden vom einfallenden Licht überflutet; der Rest blieb im Dunklen. Doch obwohl die Barriere in den Keller beseitigt worden war, zögerte er. Er horchte, jedoch nicht in das finstere Etwas vor ihm, sondern in das Verborgene in ihm selbst.

›*Komm schon, geh endlich!*‹

John hob sein rechtes Bein und platzierte seinen Fuß keine zehn Zentimeter über der ersten Stufe, als in seinem Bauch ein Feuerwerk aus Schmerzen gezündet wurde. Wieder die Magengegend, wieder dieselbe Region, die nach der Schneidersitzsession besonders geschmerzt hatte. Nur jetzt schienen sich hunderte Nadeln über seine Innereien herzumachen. Sogar seine Speiseröhre fühlte sich an, als wäre an ihr Magensäure emporgekrochen und hätte diese verätzt. John krümmte sich, stöhnte schmerzgeplagt auf und zog instinktiv seinen Fuß wieder zurück. Sofort entspannte sich der Bauchraum. Ihm war zwar noch immer speiübel, aber der stechende Schmerz war von einem zum anderen Moment verschwunden gewesen, so als ob es ihn niemals gegeben hätte.

»John?«, rief seine Mutter.

Er gab keine Antwort, sondern riss an der Klinke, sodass die Tür mit einem lauten Knall ins Schloss fiel. Dann stürmte er los, zurück in sein Zimmer – ihm war egal, ob seine Mutter ihn hörte.

*

Als John keine Minute später in seinem Zimmer, völlig nackt bis auf die Bandage, vor seinem Kleiderschrank stand – die Zimmertür hatte er vorsorglich abgeschlossen –, und sich im Ankleidespiegel betrachtete, hörte seine Mutter, die gerade ihre Faust erhoben hatte, um an seine Tür zu klopfen, Johns Worte durch das Eichenholz: »Großer Gott!«

Marie hielt inne, ließ ihre Hand sinken und entschied, dass dieser Zeitpunkt noch nicht reif für ein Gespräch mit ihrem Sohn war. Wenn er bereit dafür war, würde er zu ihr kommen – Marie war sich dessen sicher.

*

John ahnte nicht, dass gerade seine Mutter vor der Tür stand, als er seinen Bauch rechts neben dem Nabel betastete. Was er fand, verschlug ihm zuerst den Atem, doch dann entließ er sein Entsetzen mit einem gekeuchten: »Großer Gott!«

Das Gewebe war dort fest, geradezu steinhart, war kreisförmig mit einem Durchmesser von etwa fünf Zentimetern.

Sein erster Gedanke drehte sich um Krebs, um ein bösartiges Gewächs, das ihn womöglich ›auffressen‹ würde. Gedanken an längst verstorbene Bekannte drängten sich in den Vordergrund, die unerwartet ihre Krebsdiagnose erhalten hatten und bereits ein halbes Jahr später gestorben waren.

Doch plötzlich, völlig unvermittelt und daher umso barmherziger, schwappte über John eine Müdigkeit herein, die seine Gedanken an Krankheit und Tod vehement zur Seite schob. Er schaffte es gerade noch eine dicke Decke auf die feuchte Matratze zu legen und darüber ein Leintuch zu spannen. Eine weitere Decke aus seinem Kasten zu holen und sich die Boxershorts wieder anzuziehen, kostete ihn die letzten Kraftreserven. Er ließ sich auf das Bett fallen; gleichzeitig warf er die Decke über seinen Körper, der bereits nach Schlaf *kreischte*. In jenem Moment, an dem sein Kopf mit dem Polster Kontakt aufnahm, schlief er ein.

9

Donnerstag, 23. Juni (6:16 Uhr)

John erwachte.

Jenes Wort, das ihm als erstes in den Sinn kam, war: ›*Scheiße!*‹

John hob die Bettdecke an, roch den nach Ammoniak stinkenden Urin. Er verzog sein Gesicht und sogar im spärlichen Licht des Weckers hätte jeder seinen Ekel erkennen können. Dann tastete er das Bett ab – natürlich war alles zu wechseln. So als ob es bereits eine Routineangelegenheit gewesen wäre, stand er auf, zog das Bettzeug ab und ging damit ins Badezimmer. Dort angekommen, entledigte er sich der nassen Boxershorts und schob diese mitsamt der Bettwäsche in den Bauch der Waschmaschine.

*

Nachdem John die Waschmaschine eingeschaltet hatte, war er zurück in sein Zimmer gegangen. Nun betrachtete er sich im Spiegel des Kleiderschranks.

John schüttelte den Kopf. Es hatte nichts mit seinem Körperbau an sich zu tun, denn dieser war Mittelmaß und hatte sich nicht verändert. Nein, vielmehr starrte er auf jene Stelle an seinem Bauch, die er bereits gestern angestarrt hatte und nun zu tiefen Sorgenfalten auf seiner Stirn geführt hatte. Die Haut, gleich rechts neben seinem Nabel, hatte sich etwa drei Zentimeter weit hervorgewölbt. Dieser unnatürliche

Bereich hatte einen Durchmesser von knapp zehn Zentimetern und sah aus wie die Hälfte einer Linse. Gestern war von der Wölbung noch nichts zu sehen gewesen. Nur eine Verhärtung hatte er in einem viel kleineren Bereich gespürt, doch auch diese hatte ihm bereits so etwas wie eine ›zierliche‹ Todesangst eingejagt.

Johns Blick ruhte noch immer auf der leicht gespannten Haut. Dann – unmerklich – eine Bewegung.

»Nein! Das ... das ist vollkommen *unmöglich*!«, war das Einzige, das seine Lippen passieren ließen. Wie in Zeitlupe, noch immer in den Spiegel blickend, führte er seine rechte Hand zur Ausbuchtung. Johns Zeige- und Mittelfinger fühlten seine Haut und das Gewebe darunter, das deutlich fester war als das danebenliegende. Er erhöhte mit seinen Fingern den Druck – nur sehr vorsichtig – und die Stelle gab nach. Aus der Wölbung wurde ohne weitere Kraftanstrengung eine Delle. Als John seine Finger zurückzog, wäre er am liebsten schreiend aus seinem eigenen Körper geflüchtet, denn die Oberfläche der etwa zehn Zentimeter großen Scheibe begann sich erneut zu verselbstständigen. Wie eine angestoßene Flüssigkeit bildeten sich kleine wellenartige Formen, die von einer Seite zur anderen und wieder zurück glitten.

›Ich sterbe! Vielleicht bin ich schon tot und weiß es nur noch nicht! Ein Arzt, ich muss zu einem Arzt. Nein, kein Arzt, der kann mir nicht helfen, das hier ist etwas anderes. Beruhige dich! DENK NACH!‹

John schüttelte seinen Kopf, sah sich danach im Spiegel tief in die Augen und sagte in einem befehlenden Tonfall: »Natürlich brauchst du einen Arzt, du Idiot!« Doch im gleichen Moment kamen wieder die Zweifel.

›Was kann ein Arzt schon tun. Er wird ein Ultraschallbild machen und dich danach entweder nach Hause schicken oder noch schlimmer, dich in ein Krankenhaus überweisen. Sie werden dich stationär aufnehmen. Und was wird dann aus deiner Mutter, wenn du bei einer Operation draufgehst?‹

Wäre John bei klarem Verstand gewesen, was er offensichtlich nicht war, aber zu diesem Zeitpunkt nicht wissen konnte, dann wäre die Zeitspanne für eine richtige Entscheidung etwa so lange gewesen, wie der Flügelschlag eines Schmetterlings. Doch Johns Verstand war manipuliert worden. Somit war ihm nur eines, zu tun, erlaubt: Er selbst – ohne die Hilfe von anderen – musste herausfinden, was es mit dieser Geschwulst auf sich hatte.

Wieder versuchte der rational denkende Teil seines Verstandes eine Kursänderung herbeizuführen: ›*John, im Krankenhaus sind die Spezialisten zu Hause – mit den modernsten Diagnosegeräten!*‹

Doch John schüttelte abermals den Gedanken aus seinem Kopf.

›*Noch nicht! Noch nicht!*‹

Er würde die Sache beobachten und bei Notwendigkeit (›*Hallo? Notwendigkeit?*‹, fragte sein Verstand völlig perplex) reagieren. Und je länger er diese Hautwölbung betrachtete, desto unbegründeter erschienen ihm seine Bedenken. Er sollte nicht überreagieren.

Aber *Ultraschall?* Vielleicht doch eine gute Idee.

10

Donnerstag, 23. Juni (8:14 Uhr)

Die Fahrt hatte eine Stunde und achtundvierzig Minuten gedauert. Danach war John ins Geschäft gestürmt.

Jetzt – 8:14 Uhr – eineinhalb Stunden später verließ er es wieder. Er war um etwa zehn Kilogramm schwerer, denn er trug ein Paket im Format 60x50x30 Zentimeter, welches ihn aber um exakt € 3.249,90 exklusive Trinkgeld erleichtert hatte.

*

John riskierte es, während der Fahrt nach Hause, einige Geschwindigkeitsbeschränkungen deutlich zu überschreiten – eigentlich hatte er keine einzige eingehalten –, denn wenn er in den letzten beiden Tagen eines über den ›neuen John‹ gelernt hatte, dann das, dass dessen körperliche Kraft und Energie abrupt und ohne Vorwarnung zur Neige gingen und er somit, ähnlich wie Garfield der Kater, schlafanfallsähnliche Zustände durchmachte. Die genaue Zeitspanne bis zum Auftreten eines Energieentzugs hatte er noch nicht herausgefunden. Doch er wollte auf keinen Fall das Risiko eingehen, auf der Autobahn mit hundertfünfzig Sachen über die Mittelleitschiene zu springen, um dann eine entgegenkommende Mutter mit ihren drei Kindern ins Jenseits zu befördern.

Das eigene Ableben? Nun, das wäre zwar bedauerlich gewesen, vor allem für seine Mutter, aber akzeptabel. Andererseits hatte sich in den letzten Stunden ein *Sherlock-Holms-Gen* in ihm offenbart, das jener Geschichte, in der er bis hin zu den Nasenlöchern steckte, auf den Grund gehen wollte. Denn eines war klar, eine Knochenhand und eine beinahe untertassengroße Bauchgeschwulst, auch der teilweise Gedächtnisverlust waren hinnehmbar, doch das Bettnässen war absolut inakzeptabel für den Stolz und das Selbstwertgefühl eines Mannes! Der Sarkasmus dieses Gedankens ließ John grinsen. Eines stand für John jedoch inzwischen fest, die Flüssigkeit oder was auch immer da in seinem Bauch wuchs, war kein Krebsgeschwür.

Diese plötzlichen Erschöpfungszustände, die nach wenigen Minuten in eine Art Ohnmacht mündeten, waren ein ernstes Problem. Gestern war John etwa sechs Stunden nach dem Erwachen nochmals in seinem Zimmer eingeschlafen. An den Nachmittag konnte er sich nur diffus erinnern. Einmal hatte er mit seiner Mutter durch die Tür gesprochen und sie hatte ihn gefragt, ob er Fieber hätte, und ob sie ihm etwas zu essen richten solle. An seine Antwort konnte er sich nicht mehr erinnern. Allerdings musste diese einigermaßen passend gewesen sein, denn seine Mutter hatte ihn daraufhin für den Rest des Tages nicht mehr behelligt.

Diese Ereignisse hatten das Vertrauen in seinen Körper schwinden lassen und ab einer gewissen ›Wachzeit‹ war es vernünftiger, sich auf das Unausweichliche vorzubereiten. Daher blickte John, der bis jetzt hochkonzentriert sein Auto auf der dreispurigen Fahrbahn gesteuert hatte, auf die Ziffern am Armaturenbrett – 10:39 Uhr. Er war nun knappe vier Stunden unterwegs, fühlte sich zwar noch immer gut, doch schienen ihm Vorboten einer herannahenden Müdigkeitswelle feinen Sand in die Augen zu streuen. Deshalb fuhr John beim nächsten Autobahnparkplatz ab und legte eine Pause ein. Im Schatten einer großen Linde parkte er das Auto und verriegelte die Türen. Er fühlte sich schläfrig und machte es sich in seinem Sitz bequem. Dann schlief er, noch immer angegurtet, ein.

*

Als John erwachte, hatte er noch etwa sechzig Kilometer vor sich. Er blickte auf die Uhr – 14:44 Uhr. Sein ›Bauch‹ machte sich geräuschvoll bemerkbar.

*

Um 15:34 Uhr war John endlich zu Hause. Und er war hungrig, sehr hungrig sogar. Er hätte einen Ochsen verschlingen können.

11

Donnerstag, 23. Juni (17:05 Uhr)

Nachdem John ausgiebig und mit unnatürlicher Geschwindigkeit gegessen hatte, saß er nun am Boden seines Zimmers vor dem ausgepackten Gerät. Es war noch zugeklappt und sah aus wie ein zu dick geratener Laptop, denn er maß nicht die üblichen etwa zwei Zentimeter in der Höhe, sondern beinahe zwanzig.

John drückte den Verschluss und klappte den 15,4 Zoll LCD-Bildschirm auf. Zum Vorschein kam das Bedienfeld und noch immer hätte man meinen können, dass es sich hierbei um einen mutierten Artverwandten eines Laptops handelt, wenn nicht am unteren Ende der rechten Bildschirmseite zwei dicke Kabel entsprungen wären, an denen zwei Sonden – der Verkäufer hatte sie ›Linearsonde‹ und ›Konvexsonde‹ genannt – angebracht worden wären.

Johns Blick wanderte zurück zum Karton der Verpackung. Darauf stand in Großbuchstaben ›XUS 76 ULTRA-SCHALLGERÄT‹ und gleich darunter ›Transportables Sonographie-System‹.

›John, was hast du dir nur dabei gedacht?‹

Gut und schön, bei einer Wucherung oder gar einem Tumor sollte man Ultraschall als Erstuntersuchung in Betracht ziehen. Aber ein Gerät auf eigene Kosten kaufen? Um 3.249,90 Euro? John schüttelte den Kopf. Er konnte sich seine Tat nicht erklären. Sie war vollkommen irrational. Außerdem war sein Hausarzt mehr oder weniger ein Freund und John hatte absolutes Vertrauen zu ihm.

›Also, weshalb hast du das getan?‹, fragte er sich selbst und sein Unterbewusstsein schoss gleich die Frage hinterher, ›Und warum warst du seit Montag nicht mehr im Keller, obwohl du dort eine Riesensauerei hinterlassen hast?‹

John fand auf beide Fragen keine Antworten.

Die Einschalttaste befand sich auf der Tastatur rechts oben. John drückte sie. Das Ultraschallgerät, das ohne weiteres von Notärzten für mobile medizinische Aufgaben eingesetzt werden konnte, startete und war kurz darauf einsatzbereit.

*

Als John dem Verkäufer gegenübergestanden war, hatte er diesem gesagt: »Wenn Sie es schaffen, das Gerät innerhalb von zwei Stunden zu initialisieren, wenn notwendig alle Updates zu installieren und dem Gerät alle weiteren Streicheleinheiten zu geben, die es braucht, um danach, nachdem ich zu Hause den Einschaltknopf gedrückt habe, das zu tun, was es soll, dann sind Sie bereits um 3.249,90 Euro reicher. Wenn Sie es außerdem noch schaffen, mir innerhalb dieser zwei Stunden beizubringen, wie man einfache Messungen durchführt, Bilder abspeichert und obendrein diese Bilder wenigstens grob interpretiert, dann haben Sie nicht nur die 3.249,90 Euro in der Tasche, sondern ich lege sogar noch 300 Euro Trinkgeld drauf.«

In 85 Minuten war die Sache erledigt gewesen.

*

Die Tube mit dem Ultraschallgel lag griffbereit neben dem Gerät am Fußboden. John zog sein T-Shirt aus und betrachtete die Wölbung, die ... größer geworden war? Jetzt fehlte nur noch der Polster des Betts. Dann legte er sich auf den Fußboden, stopfte sich den Polster unter den Kopf und schob das Ultraschall-Gerät links neben sich so weit hoch, dass er den Bildschirm gut im Blick hatte. Alles war perfekt.

Nun war die Konvexsonde an der Reihe. Er nahm sie aus der Halterung und legte diese neben sich auf den Boden. Dann presste er das Ultraschallgel auf seinen Bauch – *kalt* – und verteilte es. John richtete sich leicht auf und drückte genau jene Einstellungen am Ultraschall-Gerät, die ihm der Verkäufer aufgeschrieben hatte, um Bilder und sogar Videos aufnehmen zu können.

»Ok, los geht's! Wollen wir einmal sehen, *ob* wir etwas sehen.« Dann brachte er die Sonde links neben dem Nabel, somit auch neben dem ›Hügel‹, in Position. Alles ›in‹ John sah an dieser Position normal aus, so ähnlich, wie es auch im Bauch des Verkäufers ausgesehen hatte. John hatte vom Verkäufer gefordert (und dafür war auch das horrende Trinkgeld gedacht gewesen), dass dieser sein Innerstes preisgab und die aufgenommenen Ultraschallbilder mit ihm besprach.

Johns Anspannung steigerte sich, nicht nur, weil er mit

dem Verkäufer auch Tumorbilder besprochen hatte, und John – so wie jeder normaldenkende Mensch – Angst vor Krebs hatte, sondern vor allem deswegen, weil er die Befürchtung hatte, dass es gar kein Gewächs war, sondern etwas ganz anderes, etwas vor dem er *wahrlich* Angst haben sollte. John starrte die ›Erhebung‹ an. Ihm wurde flau im Magen, Schweiß bildete sich auf seiner Stirn.

»Jetzt mach schon!«, ermahnte er sich selbst. Dann befahl er seiner Hand, mit der Arbeit fortzufahren.

*

Langsam und mit geringem Druck auf die Haut, setzte John die Konvexsonde, sie sah im weitesten Sinne aus wie ein Epiliergerät, in Bewegung. Dann steigerte er den Druck auf die Bauchdecke und erhöhte gleichzeitig die Frequenz der Ultraschallwellen, um ein bestmögliches Abbild der oberflächennahen Strukturen zu erhalten. Behutsam führte er die Sonde in Richtung Bauchmitte, angespannt und zu jedem Zeitpunkt bereit die Messung abzubrechen, falls etwas Unvorhergesehenes passieren sollte. Jeder Arzt würde ihm zu diesem Gedanken ausrichten: ›*Natürlich Sie Schlaumeier, bei Ultraschalluntersuchungen passieren auch die wildesten Dinge!*‹ Aber diese Ärzte hatten bestimmt noch nie eine Wucherung erlebt, die sich ohne Fremdeinwirkung bewegt hatte!

›*Mit Sicherheit bin ich verrückt!*‹, dachte John. Aber auch dieser beinahe tröstliche Gedanke führte keineswegs dazu, dass er sich entspannte. Als der Rand des unnatürlichen Bereichs am Bildschirm erschien, begann er geräuschvoll kontrolliert ein- und auszuatmen.

›*Jetzt nimm dich zusammen und sei kein Waschlappen!*‹

Er bewegte die Sonde weiter nach rechts und auch als der sensible Bereich gescannt wurde, spürte er keine ungewöhnliche körperliche Reaktion.

Dieser neue Bereich unterschied sich jedoch deutlich vom zuvor untersuchten Bauchraum, und als John den 3.549,90

Euro teuren Schwarz-Weiß-Film seines Inneren weiter mitverfolgte, vergaß sein Körper zu atmen.

Wäre John nicht in eine Art Starre verfallen, er hätte womöglich die Sonde beiseite geworfen, wäre aufgesprungen und hätte sich in der Küche mit einem scharfen Fleischmesser die riesige Blase, die sich in seinem Bauch ausgebreitet hatte, eigenhändig herausgeschnitten. Das Identifizieren der Blase und auch deren beachtliche Größe waren für John, nach allem, was er in den letzten Tagen bereits durchgemacht hatte, nur eine *mittelgroße Affäre*. Aber die Tatsache, dass sich in dieser Blase, oder was auch immer es war, eine unbekannte Flüssigkeit nicht nur befand, sondern sich wie ein lebendiges Wesen in komplizierten Strömungsmustern bewegte, veranlassten die letzten Reste von Johns sachlich denkenden Gehirnbereichen dazu, seinem Körper unverzüglich auszurichten, Ruhe und Besonnenheit zu bewahren. Denn unzweifelhaft hatte er es hier mit etwas mehr als nur Außergewöhnlichem zu tun, dem man auf den Grund gehen musste. In diesem Zusammenhang sollte er aber die ›*Fleischermesser-Idee*‹ auf keinen Fall vergessen.

Er suchte und fand die Außengrenzen dieses Dings, verfolgte diese mit der Sonde. Es besaß in etwa die Form und Größe einer quergelegten Mango. Dann stockte er in seiner Bewegung und trotz seines Laienstatus in der Ultraschalldiagnostik erkannte er etwas Seltsames. Diese Blase war nicht an irgendein Organ gekoppelt, sondern knapp über dem Magen mit seiner Speiseröhre verbunden. Er schob seinen Kopf näher an den Bildschirm heran, um Details in der Aufnahme erkennen zu können.

»Das kann doch nicht …«, war das Einzige, das er hervorbrachte. Gleichzeitig drückte er mit dem Verband der linken Hand auf die Speichertaste, um Bilder aufzunehmen. Seine Augen identifizierten in der Flüssigkeit, die er zunächst als vollkommen homogen angesehen hatte, viele, ›*unendlich viele*‹ Punkte. Erst jetzt wurde ihm bewusst, dass er die

Strömungsmuster nur mit Hilfe dieser hoffentlich toten Partikel wahrnehmen hatte können.

Johns Blick wanderte weg vom Bildschirm hin zu seinem Bauch. Die reale Erhebung hatte sich äußerlich nicht verändert, und auch die Bewegungen darin waren nicht zu bemerken. Er begann über verschiedenste logische Erklärungen nachzudenken und hoffte damit seinen Verstand zufriedenstellen zu können, um eine schlaflose Nacht zu vermeiden.

»Wie können in einem geschlossenen Gefäß Wirbel und Strömungen entstehen oder erzeugt werden?«, fragte er sich.

»Einwirkung von außen?«

Stille.

»Fehlanzeige! Als ich gemessen habe, war ich vollkommen bewegungslos. Daher habe ich die Blase nicht erschüttert. Mist!«

Stille.

»Diese Partikel sind nicht magnetisch, denn in der Sonde ist bestimmt Stahl verarbeitet oder ein anderes ferromagnetisches Material, somit hätte es keine Strömungsbewegung gegeben, sondern die Bewegung wäre direkt hin zur Sonde erfolgt, und zwar von allen Partikeln.«

Noch während John den Gedanken zu Ende dachte, überlagerte diesen bereits ein weiterer: ›*John, du bist ein Idiot, wenn du glaubst, in dir wären winzige Metallteilchen gewachsen.*‹

John nickte und stimmte mit dieser Geste ›*Gedanken Nummer zwei*‹ zu.

»Also was zum Henker ist das?«

Und dann, wie aus dem Nichts, so als ob Chef-Ingenieur Montgomery Scott vom Raumschiff Enterprise höchst persönlich die Lösung in seinen Verstand gebeamt hatte, rief John: »Natürlich! So ist es!«, und fügte gleich darauf hastig hinzu, »Die Bewegung wird sehr wohl von außen hervorgerufen. Zwar nicht von ganz außen, also von der

Umgebung *um* meinen Körper, sondern von außerhalb der Blase, aber noch immer *in* meinem Körper. Das Gewebe und die Muskeln um die Blase werden bei jeder Bewegung, die mein Körper ausführt, gequetscht oder gedehnt und das Ganze passiert wahrscheinlich nicht überall an der Blase im selben Maß. Das heißt, sie wird auf der einen Seite zusammengedrückt und auf der anderen gedehnt, und wenn ich mich normal bewege, dann ändert sich andauernd der Grad der Beanspruchung an einem bestimmten Ort der Blase. Auch vorhin beim Messen mit der Sonde habe ich die Bauchdecke immer wieder angespannt und dann wieder entlastet.«

Kurze Pause, dann: »Ja, das ist es. Und damit ›lebt‹ in diesem Sack, der sich in meinem Bauch breitgemacht hat, absolut nichts!«

Dieser Gedanke war eine unbeschreibliche Erleichterung.

Die gesamte Zeit über hatte John die Sonde auf die Blase gedrückt gehalten, um sich von den dargestellten Bildern inspirieren zu lassen. Nun drehte er seinen Kopf vom Bildschirm weg und betrachtete die weiße Zimmerdecke und konnte sich das erste Mal, seit er sich auf diese Messung vorbereitet hatte, entspannen. Er atmete ruhig ein und aus.

»Ja, das ist die Lösung! Es gibt immer eine rationale Lösung. Jetzt muss ich nur noch herausfinden, wie ich dieses Ding loswerden kann.« Wieder landeten seine Gedanken bei seinem Hausarzt. Und wieder schüttelte er seinen Kopf. ›*Nein, noch nicht!*‹

Und dann, noch bevor er es sah, spürte er es. Der Schmerz setzte nicht langsam oder sich steigernd ein, nein, er brach ohne Verzögerung über Johns Leib herein.

Johns Augen richteten sich auf den Bildschirm. Die Flüssigkeit hatte ihre Strömungscharakteristik signifikant verändert, auch die Geschwindigkeit der Bewegung war deutlich höher geworden. Diese Veränderungen konnte John am Bildschirm erkennen. Was er jedoch nicht sehen, sondern nur spüren konnte, war die Intensität und Kraft, die dabei entwickelt wurde. Der überraschend starke periodische Druck an seiner Bauchinnenseite ließ ihn aufstöhnen. Sekundenbruchteile später formierte sich die Flüssigkeit um, verhielt sich ähnlich einem Rammbock oder einer Faust, die sich einen Weg von innen nach außen bahnen wollte. Johns Bauchdecke erbebte, wurde mit jedem ›Schlag‹ Millimeter um Millimeter weiter nach außen gedrückt und seine Gedanken glitten unweigerlich zum Film ›Alien‹ ab. Wenngleich sich der Schmerz stetig steigerte, konnte und wollte er die Untersuchung noch nicht abbrechen.

John knallte mit der linken Hand immer wieder auf den Aufnahmeknopf – ohne Rücksicht auf seine Knochen – und machte Bilder, um diese später analysieren zu können. Ein weiterer Blick auf den Bildschirm ließ seine Sorgenfalten noch tiefer werden. Das Pulsieren der Flüssigkeit war zwar gleichgeblieben, doch die Anordnung der Punkte darin hatte sich sichtbar verändert – ›FOTO‹. Sie hatten sich in der Mitte der Blase konzentriert und ihre Gesamtheit hatte nun die Form eines ›Barbapapas‹ angenommen, mit dem einen großen Unterschied, dass der ›Kopf‹, mit dem der Barbapapa nun begonnen hatte gegen Johns Bauchdecke zu hämmern, ansehnlich spitz zulief – ›FOTO‹, ›FOTO‹, ›FOTO‹.

»Ahhhhh«, tönte es durch den Raum und John war sich sicher, wenn er den Ultraschall nicht bald abschalten würde, würden diese Dinger (*Kann es sein, dass sie sich nicht nur verteidigen, sondern auch zur Wehr setzen?!*) seinen Bauch mit Gewalt von innen nach außen aufreißen, würden herausbrechen ... und was würde dann sein? Keine Ahnung, und er hatte kein Interesse, das herauszufinden.

John schlug auf die *AUS*-Taste des Geräts und gleich darauf war der Schmerz verschwunden. Er ließ seinen Kopf auf den Polster fallen, atmete tief ein und aus und spürte, wie sich sein gesamter Körper langsam entkrampfte.

Nach einigen Minuten versuchte er seine Gedanken und

Erkenntnisse zu ordnen, versuchte die Ereignisse zu begreifen. Dazu stellte sich John eine Kommode mit zwei großen Schubladen vor. Die Realität und die mit Sicherheit wahren Ereignisse der Messung kamen in die obere Lade. Irreales oder vermutlich Irreales, das nur ein Streich seiner Wahrnehmung gewesen war, beförderte er in die untere Schublade.

Seine Kommode war nicht einmal zur Hälfte gefüllt, da überlistete der Körper seinen Verstand und John schlief ein.

12

Donnerstag, 23. Juni (19:03 Uhr)

Dunkel.

Stockdunkel.

Er dreht seinen Kopf von links nach rechts und wieder zurück.

Nichts.

Doch er weiß, weiß mit Sicherheit, dass ›es‹ da ist. Er setzt einen Fuß vor den anderen, vorsichtig und zögernd, nicht nur, damit er sich nirgends den Kopf stößt, sondern vielmehr deswegen, um nicht gehört zu werden ... dass ›es‹ ihn nicht hört und mit seinen krallenbewehrten Armen einfängt.

Plötzlich ein Rauschen wie von Laub oder Blättern. Er kennt dieses Geräusch, hat es bereits einmal in seinem Leben gehört und er weiß genau, dass dieses Geräusch absolut nichts mit einer Pflanze zu tun hat! Ein kalter Schauer läuft seinen Rücken hinab, als er wieder das ›Blätterrascheln‹ – dieses Mal viel näher – vernimmt.

›Es gibt keinen Ausweg!‹, denkt er und bleibt, von jeglicher Hoffnung befreit, stehen. Er schließt seine Augen. Dennoch spürt er die Anwesenheit von ›es‹, kann dessen Aura fühlen, wie Hitze, die von einer verborgenen, nicht sichtbaren Wärmequelle abgegeben wird. Plötzlich und doch für ihn vorhersehbar, wird er gepackt, gewaltsam, fest und ohne jegliche Möglichkeit sich zu befreien. Doch ungeachtet der angewendeten Kraft schien das Wesen ihm kein körperliches Leid zufügen zu wollen.

Dann geht alles mit unglaublicher Geschwindigkeit.

Er öffnet die Augen. Vor seinen Augen formt sich das Bild eines tiefschwarzen Schädels. Der Schädel sieht aus wie ein auf den Kopf gestelltes gleichseitiges Dreieck, nur haben an den beiden oberen Ecken zwei riesige dunkle Augen ihren Platz gefunden, die sich ihren Weg in seinen Kopf suchen. Nicht, dass dieses Ding zu ihm in herkömmlicher Weise durch einen Mund oder ein Maul spricht, sondern die Worte, die es ihm nun übermittelt, bilden sich direkt in seinem Kopf.

»Bleib ruhig«, sagt ›es‹ und dann jagt es John etwas durch die Nase in sein Gehirn und gleichzeitig etwas durch seinen Mund. Schlagartig überflutet Adrenalin sein Blut und Panik erfasst ihn. Er schreit, doch kein Laut ertönt. Er schlägt seinen Kopf von einer Seite zur anderen. Und dann ist alles vorbei.

»Bleib ruhig und höre mir gut zu! Dreizehn Tage lang darfst du keinem Menschen etwas von der Wahrheit erzählen! In dreizehn Tagen werde ich den …«

Ein lautes Klopfen unterbrach die Stimme, die ihm endlich Erkenntnis zu bringen schien.

»John! John!«

›Nein, nein, NEIN!‹, schrien Johns Gedanken, noch immer mehr in seinem Traum als in der Realität gefangen, ›Nicht jetzt!‹

»… Vorhang lüften, und ich werde dir …

»Jetzt ist es genug, John! Mach die Tür auf, sonst hole ich Hilfe, das verspreche ich dir.«

Weg, alles weg.

Langsam öffneten sich Johns Augen und er bemerkte, dass er noch immer am Fußboden lag. Plötzlich richtete er sich auf und sprang hoch – der Ärger über seine Mutter war nur mehr zweitrangig –, lief mit nacktem Oberkörper zur Tür, sperrte diese auf, drängte seine Mutter zur Seite und sprintete, nachdem er die Tür wieder ins Schloss geknallt hatte, zur Toilette. Der entsetzte Blick seiner Mutter kümmerte ihn gleich wenig, wie die Fragen, die danach mit Sicherheit auftreten würden. Man musste Prioritäten setzen und absolute Priorität hatte seine erste Blase, die er bereits sein Leben lang sein Eigentum nennen durfte. Schließlich wollte John sich nicht direkt vor seiner Mutter auf den Fußboden erleichtern.

*

John hatte es gerade noch rechtzeitig zur Toilette geschafft. Nun saß er bereits über zehn Minuten auf dem Toilettensitz, obwohl sein dringend notwendiges kleines Geschäft längst erledigt war.

Zuerst hatte er gedacht, er hätte die ganze Nacht durchgeschlafen und es wäre bereits Freitagmorgen, doch dann war sein Blick auf die Waschmaschine gefallen. Im ausgeschalteten Zustand zeigte diese die Uhrzeit an. Nach einer Sekunde der Verwirrung war ihm sein Gedankenfehler bewusst geworden. 19:08 Uhr bedeutete nichts anderes, als dass er etwa zwei Stunden geschlafen hatte und heute noch immer Donnerstag war.

Dann wanderten seine Gedanken zurück in sein Schlafzimmer. Sie drehten sich in diesem Moment aber nicht um das Wesentliche in seinem Leben, sondern um das Praktische.

›Ich muss mir etwas für die Nacht überlegen, damit ich nicht unser gesamtes Bettzeug mit lustigen verschwommenen Kreisen verziere! Und im Übrigen, denk an die Matratze!‹

Nun meldeten sich zu allem Überfluss Johns Bauch und Kehle zu Wort; ersterer knurrte ihm ungeduldig zu und in seinem Rachen brannte der Durst. Außerdem spürte er die Strapazen des heutigen Tages. Nach dem Abendessen würde er früh ins Bett gehen.

Doch bevor er sich aufmachte, um seine körperlichen Bedürfnisse zu stillen, wanderten seine Gedanken zurück zu seiner Selbstuntersuchung. Wenn die nächste Ultraschalluntersuchung so verlief wie die heutige, und davon war auszugehen, dann hätte er das Geld für dieses Gerät besser anlegen können. Denn seine neu gewonnenen Freunde, wenn sie denn Lebewesen sein sollten, hatten mit dem hochfrequenten Schall offensichtlich keinen Spaß gehabt und würden diesen mit großer Wahrscheinlichkeit nicht mehr an sich heranlassen. Andererseits konnte er nun wenigstens mit Sicherheit einen Tumor ausschließen. Außerdem war da noch dieser Traum oder – wahrscheinlicher – eine Erinnerung an ein Erlebnis, welches sein Unterbewusstsein als Traum verarbeiten wollte.

Im Grunde hatte er keine Ahnung, was vor sich ging, doch er war den Dingen auf der Spur, das war so sicher wie er wusste, dass es nun Zeit für das Abendessen war.

John erhob sich, zog seine Hose hoch und nachdem er sich die Hände gewaschen hatte, verließ er das Badezimmer und machte sich für ein Gespräch bereit.

13

Donnerstag, 23. Juni (19:12 Uhr)

Doch sein Weg führte ihn nicht direkt in die Küche, – dort hörte er bereits seine Mutter –, sondern er ging in sein Zimmer, um sich das T-Shirt, das er vor der Untersuchung ausgezogen hatte, wieder anzuziehen.

Danach machte er sich auf, um seiner Mutter und ihren Fragen gegenüberzutreten. Es widerstrebte ihm zwar, doch kurz musste er sich stellen, um ihr ihre Angst und Bedenken zu nehmen, dass er sich mit einer Krankheit angesteckt hatte oder dass er gar verrückt geworden sei.

»Bist du in der Küche?«, fragte er scheinheilig.

»Ja.«

Er ging zur Tür, blieb kurz stehen und blickte in den Essraum.

›*Sie hat auf mich gewartet – natürlich*‹, dachte John, denn Marie saß auf der Esstischbank und hatte ein halbvolles Glas mit Wasser vor sich stehen.

John ging so normal er konnte an seiner Mutter vorbei zum Schrank und holte sich einen Teller. Die ganze Zeit, während er seinen Teller mit Jause aus dem Kühlschrank belud, spürte er im Rücken ihren durchdringenden Blick. Sie sagte jedoch kein Wort.

Eines war für John klar, er würde ihr nur so viel wie notwendig erzählen, gerade so viel, bis die vollkommene Unzufriedenheit beseitigt war.

»Und wie geht es dir?«, fragte John und spürte sogleich einen beinahe körperlichen Schmerz, der sich durch diese dämliche Frage in ihm ausbreitete.

»Mir geht es sehr gut, danke! Aber das ist doch nicht die Frage beziehungsweise die zu besprechende Angelegenheit, oder?«

*

Marie Winter war in ihr Berufsleben als Sozialarbeiterin für Kinder- und Jugendhilfe gestartet. Etwa zehn Jahre später schenkte sie ihrem Sohn das Leben und nach weiteren sechs Jahren verstarb ihr Ehemann Christoph Winter an Krebs. Die Wochen des Sterbens hatten Maries Psyche in einen Trümmerhaufen verwandelt und ohne ihre berufliche Erfahrung – den Lebenskrisen ihrer Klienten und deren Wege, damit zurechtzukommen – wäre sie womöglich am Tod ihres Mannes zerbrochen. Der Hauptgrund ihrer damaligen Stärke hatte jedoch auf der Existenz ihres Sohnes John beruht, den sie zwar nicht vor der Trauer, wohl aber vor anhaltendem, nichtverarbeitetem Leid schützen musste.

Wenige Wochen nach dem Begräbnis hatte Marie, von einem Tag zum anderen, gekündigt und schlug ihren neuen beruflichen Lebensmittelpunkt im *Kriseninterventions-*

zentrum-Landau auf. Christophs Tod hatte dazu geführt, dass in ihr der regelrechte Zwang erwachsen war, anderen Menschen, die sich in einer ähnlich traumatischen Lebenssituation befanden, wie sie damals selbst, mit ihrer Erfahrung und ihrer Kraft zur Seite zu stehen. Sie hatte von Beginn an gewusst, dass dieser Job keine Arbeit, sondern ihre Bestimmung sein würde – und Marie war gut, sogar sehr gut in ihrer neuen Berufung.

In ihrem neuen Job hatte sie gelernt mit den verschiedenartigsten Krisen, Tragödien und traumatischen Situationen umzugehen. Diese Erfahrung hatte dazu geführt, dass sie nun John mit Ruhe, Besonnenheit und Geduld am Küchentisch gegenübersitzen konnte.

*

»Habe ich Recht? Das ist nicht die richtige Frage!«, wiederholte Marie.

»Da stimme ich dir zu.« John nahm seinen Teller, stellte ein Holzbrett, beladen mit fünf Brotscheiben, darauf und versuchte auch noch das Wasserglas zu tragen, ohne etwas zu verschütten. Mit all dem Proviant, der normalerweise zwei Menschen für einen Tag am Leben erhielt, setzte er sich neben seine Mutter und nicht direkt gegenüber. Der Grund war einfach: Er wollte ihr während der nächsten Minuten nicht in die Augen sehen. John schwor sich, er würde alles, was sich auf seinem Teller befand, hinunterschlingen, so schnell es seine Kauwerkzeuge erlaubten, um möglichst wenige der Fragen beantworten zu müssen. Denn danach, und das war so klar, wie Motten vom Licht angezogen wurden, würde er müde sein, sehr sogar, und sein Bett würde ihn lautstark rufen – es würde sein ›Licht‹ sein.

Eine Sekunde lang überlegte John, ob er auf die erste Frage warten sollte, doch er wählte die Initiative und begann gleichzeitig zu essen und zu sprechen: »Ich kann verstehen, dass mein Verhalten in den letzten Tagen eigenartig auf dich gewirkt hat ...«

Er improvisierte und hoffte, dass eine einigermaßen plausible Geschichte den Weg zu seiner Mutter finden würde.

»... aber ich glaube, ich habe mich am Sonntag, als wir den ganzen Tag das kalte Wasser aus dem Keller befördert haben, verkühlt. Und am Montag ...«, John schob sich ein großes Stück Wurst in den Mund, »... die Anstrengungen bei den Stemmarbeiten, da dürfte ich mir etwas Grobes eingefangen haben.«

John kaute zufrieden, denn er wusste, dass er seiner Mutter die Wahrheit erzählt hatte, jedenfalls im Großen und Ganzen.

»Dafür, dass du krank bist, spricht auf jeden Fall dein Schlafpensum und deine durchgeschwitzte Bettwäsche.«

›Gott sei Dank! Danke, Mama!‹ Für diesen unangenehmen Bettwäsche-Punkt hatte John bis jetzt noch keine akzeptable Lösung gefunden.

»Aber bitte, John, was ist mit deiner Hand passiert? Und du schläfst nicht nur lange, sondern du schläfst wie jemand, der entweder seinen Gehörsinn verloren hat oder der sich nicht entscheiden kann, ob er ins Licht eintreten oder doch wieder zu uns auf die Erde zurückkommen soll. Und außerdem: Wohin – bitte schön – isst du in den letzten Tagen dein Essen? Hast du schon einmal deinen Teller angesehen, und das, was du in deiner Hand hältst?«

Der letzte Satz brachte John – mit gestrichen vollem Mund – dazu, seiner Mutter in die Augen zu sehen. Er wandte jedoch seinen Blick sofort wieder ab und starrte auf seinen Essteller und auf dessen ›Umrahmung‹: Eine große Extrawurst-Rolle, ein Goudakäse, Leberaufstrich, eine Gurke und eine Tomate, daneben der Schinken und ein Glas Oliven. Außerdem hielt John eine etwa zwei Zentimeter dicke Extrawurstscheibe, die er gedankenlos gleich nach dem Herausnehmen aus dem Kühlschrank abgeschnitten hatte, in Händen. Diese war mit einer zentimeterdicken Schicht aus Käse belegt.

John war verwirrt. Sein ungewöhnliches Essverhalten und

sein plötzlich auftretender Hunger waren ihm natürlich aufgefallen. Doch nun, da seine Mutter ihn direkt darauf ansprach, leugnete er alles: »Ich habe eben Hunger und ich werde auch jetzt noch weiteressen!« Demonstrativ biss er von seinem Stapel ab.

»Nur die Ruhe, ist ja ok. Iss, so viel du willst, aber bitte erkläre mir, was mit der Hand passiert ist.«

John stopfte sich den Rest der Wurst-Käse Kombination in den Mund, um sich ein wenig Zeit zu verschaffen, denn so wie die Menge des Materials beinahe das Kauen verhinderte, machte es das Sprechen völlig unmöglich. Als Zeichen, dass seine Mutter die eine oder andere Schweigeminute seinerseits einrechnen musste, hob John den rechten Zeigefinger an. Während er kaute, überschlugen sich seine Überlegungen. Marie war nicht dumm und würde nicht jede Erklärung annehmen. Er würgte den letzten großen Brocken die Speiseröhre hinunter und spülte diesen mit einem Schluck Wasser in seinen Magen.

»Also«, begann er, räusperte sich gleich darauf und erzählte dann sein Märchen. »Es war meine eigene Dummheit. Ich habe meine Hand verletzt ... beim ... na ja, es ist einfach zu blöd. Ich bin am Montag in der Nacht, du hast schon geschlafen, nochmals in den Keller gegangen und habe mir die Baustelle angesehen, um die nächsten Schritte durchzudenken. Unglücklicherweise bin ich über einen herausgestemmten Stein gestolpert und mit voller Wucht auf den Schutthaufen gleich neben dem Loch in der Wand gefallen. Mit der rechten Hand konnte ich mich gut abstützen, aber den linken Handballen und den Unterarm habe ich mir an den zertrümmerten, scharfkantigen Steinen komplett blutig geschnitten. Zusätzlich habe ich mir den Daumen und Zeigefinger gestaucht. Im Badezimmer habe ich dann die Wunde gesäubert und mir diesen Verband angelegt. Glücklicherweise spüre ich die Wunde fast gar nicht mehr.«

John wartete auf eine Reaktion seiner Mutter – ein Zucken

eines Augenlids, eine sich nach oben schiebende Augenbraue, auf irgendetwas, das ihren Unglauben an seiner Geschichte ausdrückte.

Doch weshalb sollte eine Mutter ihrem Sohn misstrauen, wenn es um Schürfwunden und eine Verstauchung ging? Denn keine Lüge, die er ihr erzählen hätte können, würde so unrealistisch klingen, wie die Wahrheit selbst. Schließlich wäre es wahrscheinlicher gewesen, John hätte sich die Verletzungen bei einem Verkehrsunfall zugezogen oder einem schlecht durchdachten Mord, bei dem das Opfer die Möglichkeit bekommen hätte, sich zu wehren! Natürlich hätten solche Erklärungen absolut unglaubwürdig geklungen, aber nicht so unglaubwürdig wie: ›*Die Sache ist die, irgendetwas hat Montagnacht, als du friedlich in deinem Bett geschlafen hast, meine Hand und noch dazu die Hälfte meines Unterarms weggefressen. Nein keine Angst, nur die Haut und das Fleisch – im Grunde alles bis auf die blanken Knochen. Da ich die Befürchtung hatte, dass alles auseinanderbrechen könnte, habe ich den Verband angelegt! Aber alles nicht der Rede wert, mir geht es gut!*‹

Maries Gesicht blieb ernst. Sie reagierte nur mit einem: »Zeig her.«

John der gerade dabei war, sich sehr unbeholfen ein weiteres Stück Käse abzuschneiden, erstarrte in seiner Bewegung und dachte: ›*Mist! Was jetzt?*‹

Nach einer Sekunde bewegte sich das Messer wieder durch den Käse und ohne aufzuschauen, sagte er: »Weißt du, ich habe die Wunden gerade frisch versorgt. Später, wenn ich alles wechsle, zeige ich dir die Schnitte. Ist das okay?«

Jetzt sah John einen Funken Misstrauen im Blick seiner Mutter aufflammen, doch sie schien sich fürs Erste damit abzufinden und sagte: »Gut, machen wir es so.«

John atmete innerlich tief durch. Ohne jegliche äußerliche Hektik verstaute er die übrig gebliebenen Lebensmittel im Kühlschrank, Geschirr und Messer beförderte er in den

Geschirrspüler und danach holte er sich aus einer Küchenlade einen kleinen Plastikmüllsack. Die Versuchung, zu seiner Mutter zu blicken, um zu sehen, ob sie ihn beobachtete, war überwältigend. Aber natürlich tat sie das, dafür brauchte er nicht hinzusehen. Dann ging er zur Kommode, öffnete auch hier eine Lade und ergriff eine Schere und das Textilklebeband.

Jetzt war der Zeitpunkt gekommen, an dem Marie die › *Wozu-Frage*‹ stellen würde, aber dies war ebenso jener Moment, an dem er sich seiner Mutter zuwenden und die Initiative ergreifen musste. »Ich gehe jetzt ins Bett. Mir geht es zwar nicht schlecht, aber ich bin sehr müde. Ich wünsch dir eine gute Nacht.«

John sah auf die Küchenuhr – 19:30 Uhr. Das Misstrauen war nicht aus Maries Blick gewichen und die Utensilien, die John aus den Laden gezaubert hatte, hatten nicht unbedingt zu ihrer Entspannung geführt. Doch Marie sagte nur: »Gute Nacht!« Somit blieb ihm die › *Wozu-Frage*‹ erspart.

John ging in sein Zimmer.

*

Donnerstag, 23. Juni (19:30 Uhr)

John war tatsächlich müde. Es war nicht nur eine vorgeschobene Ausrede gegenüber seiner Mutter gewesen, um die Küche zu verlassen. Er konnte seine Augen nur mehr mit Mühe offenhalten. Auf die Toilette musste er *noch* nicht. Aber das würde kommen, mitten in der Nacht, wenn er schlief und den körperlichen Drang – weshalb auch immer – nicht registrieren konnte.

John saß auf seinem Bett und hatte alle Utensilien neben sich ausgebreitet. Nun nahm er die Schere zur Hand, schnitt die beiden Tragegriffe des Plastiksacks ab und zog danach seine Hose und die Boxershorts aus.

»Ich hoffe, dir passiert heute Nacht nichts, mein Junge«,

sagte er zu seinem freiliegenden Penis. Dann nahm er das *enthauptete* Säckchen zur Hand, stülpte es über sein bestes Stück und riss danach mehrere fünf bis zehn Zentimeter lange Streifen des Textilklebebands ab. Erstaunlicherweise klebte das Band hervorragend auf Johns Haut; vom Kunststoff gab es ohnehin keine Möglichkeit mehr, es zu entfernen, ohne das Säckchen dabei zu zerreißen.

Als John mit seinem Genital-Kunstwerk fertig war, sah dieses aus wie eine silbrig-graue künstliche Erektion. Er hoffte, dass er alle Lücken geschlossen hatte, und wenn die nächtliche Flut einsetzte, die üblichen Feuchtgebiete in seinem Bett ausblieben.

John war zufrieden. Er zog seine Boxershorts wieder an, sie bot für das leere Auffangbecken zwar nur bedingt Platz, aber es sollte für diesen Abend ausreichen, und legte sich auf sein Bett. Doch bevor ihn der Schlaf ins Dunkel reißen durfte, gab es noch eine Sache zu erledigen; er spürte, dass er nur mehr wenig Zeit dafür hatte.

Der Traum!

Er versuchte sich zu erinnern: *Dreieckförmiger Kopf mit riesigen schwarzen Augen ... und ... eine Art Rüssel, der sich durch den Mund zwängte und vielleicht für diese Wucherung in seinem Bauch verantwortlich war. Und noch etwas anderes, etwas das in seine Nase und – konnte das wirklich passiert sein – in sein Gehirn eingedrungen war, um ... was zu bewirken?*

John schüttelte seinen Kopf: ›*Schwachsinn! Nur ein Albtraum!*‹

Dennoch öffnete er die Lade seines Nachtkästchens und holte ein Papiertaschentuch hervor, faltete es auseinander und blickte kurz auf das blendende Weiß. Bevor er sich ins Reich des Schlafes begeben durfte, forderte sein Verstand einen Beweis, der die Albtraumthese bestätigte. Er setzte das Taschentuch an die Nase und schnäuzte sich, aber nicht wie man es normalerweise tat, sondern kräftig, um ein unumstößliches Ergebnis zu erhalten; zuerst durch das rechte und dann durch das linke Nasenloch.

Er senkte das Tuch, blickte auf die zuvor weiße Fläche und sagte: »Verdammter Keller!«

Dort, wo das rechte Nasenloch sein Werk vollbracht hatte, zeigten sich im Taschentuch rote schleimige Flecken und kleine Blutkrusten. John bündelte seine gesamte Willenskraft, um wach zu bleiben und über die Konsequenzen des Blutes nachzudenken.

Doch keine Minute später übermannte ihn der Schlaf.

*

Die Tatsache, dass Johns Körper in dieser Nacht, im wahrsten Sinne des Wortes, schlief wie ein Toter – er bewegte sich kein einziges Mal –, täuschte darüber hinweg, dass sein Geist unermüdlich weiterarbeitete. Denn dieser konnte die schizophrene Lage, in der er und sein Körper sich befanden, nicht akzeptieren – sie war real und gleichzeitig völlig surreal.

Der Ausgangspunkt der kreisenden Gedankenkette waren jene Fragen, die ihm seine Mutter vor wenigen Stunden beim Abendessen gestellt hatte: ›*John, was ist mit deiner Hand geschehen? Warum schläfst du so tief und so ungewöhnlich lange? Warum isst du dermaßen viel?*‹

Sein Geist wühlte in jeder Windung seines Gehirns, grub diese um, um endlich Antworten zu finden. Seine Mutter hatte heute am Morgen die Tür zu diesen Antworten, die sich in seinem Traum einen Spalt weit geöffnet hatte, mit ihrer Stimme und ihren Fäusten wieder zugeschlagen, bevor er einen erleuchtenden Blick dahinter werfen hatte können. Doch der Geist ist ein beharrliches Arbeitstier, ist in seinem Tun kompromisslos und vor allem ist er frei und losgelöst vom Körper – speziell im Schlaf.

14

Freitag, 24. Juni (7:42 Uhr)

»*Das kann doch nicht wahr sein!*«, war nicht nur das Erste, was John in den Sinn kam, nachdem er erwacht war, sondern es war auch das Erste, das er lauthals ausrief. Ein Blick unter die Bettdecke hatte ihn überzeugt, dass es in seinem Leben nur wenige Tage gegeben hatte, die unheilvoller begonnen hatten als der heutige, denn an John hing mittlerweile mehr als nur *ein* Beutel und seine Hoden standen dabei aber nicht einmal auf seiner Liste.

Im ersten – dem Plastiksack, den er mit Textilklebeband an seinem Penis befestigt hatte –, hatte sich glücklicherweise jene Flüssigkeit gesammelt, die sich an den Vortagen auf und in die Matratze ergossen hatte. Er war unten aus der Boxershorts gerutscht und hing nun schlaff neben seinem rechten Oberschenkel hinab.

Aber es gab da noch einen zweiten, einen grotesk aussehenden Beutel oder Sack oder was auch immer es war, und dieser hatte sich genau an jener Stelle einen Weg durch seine Bauchdecke nach außen gebahnt, an der noch vor weniger als zwölf Stunden nur die Wölbung zu sehen gewesen war. Der Durchgang von seinem Inneren durch seine Haut war kreisrund und hatte einen Durchmesser von etwa vier Zentimetern, jedoch blähte sich der Beutel, durch die neu gewonnene Freiheit auf und hatte die Form einer grauen, nach unten hängenden › *Wasserbombe*‹ angenommen.

Während er das Textilklebeband von seinem Körper ablöste und sich somit vom uringefüllten Plastiksack befreite, übernahm für eine letzte kurze Zeitspanne Johns rationales Denken das Kommando: › *Offensichtlich habe ich am Ultraschall das Volumen der Blase falsch eingeschätzt. Und ich muss tatsächlich totengleich geschlafen haben, um nicht mitzubekommen, dass meine Haut am Bauch aufbricht und dieses Ding herausquillt.‹*

Dieser letzte Gedanke beendete das Regime des Rationalen und John blickte wieder fassungslos auf das, was gestern noch nicht offensichtlich gewesen war. Die Oberfläche des Beutels war grau mit feinen Strukturen, die Adern sein konnten. Seine eigene Haut umschloss den Beutel mit einem kleinen Wulst, der wie eine Verstärkung des dortigen Gewebes aussah. Ganz langsam bewegte John seinen rechten Zeigefinger zum Beutel. Wenige Millimeter vor der Berührung stoppte er ab, zog dann den Finger etwa fünf Zentimeter zurück und so als ob er Anlauf genommen hätte, ließ er seinen Finger nach vorne schnellen.

Die Oberfläche fühlte sich kühl und rau an und John wurde an seine alte zerschlissene Lederjacke, die er mit Mitte Zwanzig tagtäglich getragen hatte, erinnert. Und dann wurden alle seine Gedanken weggewischt, von einer Sekunde zur anderen ausradiert, und John schickte seine Instinkte an die Front, um sich von ihnen leiten zu lassen.

Je länger er nach unten blickte, desto größer wurde sein Unglaube.

Nach weiteren Sekunden wurde aus Unglauben Sorge.

Wenig später aus Sorge Angst.

Und aus Angst wurde Grauen und Entsetzen.

Und dann brüllte sein Entsetzen: › *Was zur Hölle hängt da an meinen Gedärmen?‹* Nein, nicht an den Gedärmen! John erinnerte sich wieder, es hing an seiner Speiseröhre fest.

Noch immer lag er im Bett, hatte sich nicht aufgesetzt, denn zu sehr lähmte ihn der irrationale Anblick der rechts an seinem Bauch herabhängenden grauen Masse. Johns Nackenhaare richteten sich auf. Es war eine Sache auf dem Bildschirm des Ultraschallgeräts eine, wie John angenommen hatte, Flüssigkeit zirkulieren zu sehen, auch wenn sich diese in seinem Körper befunden hatte. Aber nun konnte er direkt vor sich ein leichtes Pulsieren des grauen Beutels erkennen. Die Bewegung hatte keine Ähnlichkeit mit der eines schlagenden

Herzens, sondern glich unzähligen Kügelchen, die an der Innenseite des Beutels abgerollt wurden und ihre Bahnen zogen.

»*Verdammt, da drinnen lebt etwas!*«

John wurde heiß, sein Kopf nahm die rote Farbe von Stress an. Aus seinem Grauen und Entsetzen wurde Panik und John fiel in einen gefährlichen Schockzustand, der dazu führte, dass sein Verstand ihn zu irrationalen Handlungen zwang, um sich endlich aus dieser unwirklichen Situation zu befreien.

John sprang aus seinem Bett, lief zur Tür, sperrte und riss diese beinahe im selben Moment auf und sprintete in die Küche. Es war ihm völlig egal, ob ihn seine Mutter hörte oder nicht, sah oder nicht, er wollte dieses abscheuliche Ding, diese Monstrosität loswerden.

An der Bestecklade angekommen, riss er diese mit voller Kraft heraus; keine Rücksicht auf irgendwelche lächerlichen Objekte, die dabei beschädigt werden hätten können, aber vor allem auch keine Rücksicht mehr auf sich selbst. Er blickte in die Lade und fand sofort, was er suchte. Er griff nach dem großen Fleischmesser. Es hatte einen schwarzen Griff und eine fünfundzwanzig Zentimeter lange scharfgeschliffene Edelstahlklinge.

Die Panik weitete Johns Augen.

»Ich werde es tun! *ICH WERDE ES TUN!*«

Er stellte sich zur Arbeitsplatte der Küche, musste leicht in die Knie gehen, um dieses ›*etwas*‹ waagrecht darauf zu legen.

John wurde speiübel, vor seinen Augen begannen die Bilder zu verschwimmen und zwischendurch blitzten kleine Sterne auf seiner Netzhaut auf; sein Kreislauf begann zu versagen.

»*NICHT JETZT!*«, brüllte er sich an. »*NICHT JETZT! VERSTANDEN?!*«

John hob das Messer mit der rechten Hand hoch über seinen Kopf an – die Spitze zeigte direkt auf das Ziel –, wollte zuerst den Sack, wie Schlachtvieh, das man durch einen Stich mitten ins Herz erlegt, aufspießen. Und ihn gleich danach an jener Stelle, an der dieser aus seinem Körper drang, mit einem schnellen gezielten Schnitt von seinem Körper abtrennen – egal wie schmerzhaft dies auch sein mochte.

›*Aber zuerst aufspießen! Bei* ›drei‹*‹*, befahl der Irrsinn, der das Kommando übernommen hatte.

Sein Körper spannte sich wie die Sehne eines Bogens, knapp bevor man den Pfeil fliegen lässt.

John zählte: »*Eins, zweiii, dr...*«

Plötzlich: »*NEIN! TU DAS NICHT!*« Diese Worte füllten seinen Kopf aus, versetzten seinen gesamten Körper in Resonanz, so dass er zu vibrieren schien.

John erstarrte. Sein Kopf war augenblicklich, bis auf jene Worte, leer. Angst, Panik und alle anderen Gefühle waren aus seinem Körper verbannt worden.

»*WIR BEFEHLEN ES DIR!*«

John hatte das Messer noch keinen Millimeter sinken lassen. Doch sein Gesichtsausdruck hatte sich verändert. Das Grauen war daraus gewichen und durch ein konzentriertes *In-sich-Horchen* ersetzt worden.

»*JOHN, DU WEISST, WAS NUN ZU TUN IST!*«

Niemand außer John hätte diese Aufforderung hören können, denn sie wurde nur in seinem Kopf gebildet. Gleichzeitig mit diesen Worten brachen Stücke der Mauer ein, die seine Erinnerungen eingesperrt hielten und an der sein Geist sowohl im Wachzustand wie auch in seinen Träumen unablässig gezerrt hatte.

John ließ das Messer sinken, legte es vorsichtig auf die Arbeitsplatte und ging in Richtung Keller.

TEIL 2

Erkenntnisse

15

Drei Tage später: Montag, 27. Juni (6:43 Uhr)

Am Frühstückstisch standen fein säuberlich aufgestellt, wie ein verkehrtes ›*T*‹, sein Frühstücksteller mit Resten von Fleisch, Käse, Wurst, Paprika, Aufstrich und Gurken, links daneben ein halb volles Glas Wasser, rechts daneben eine Tasse Kaffee und dahinter lag die Tageszeitung.

Heute hätte es keine gute Nachricht in die Poleposition geschafft, auch wenn drei Frauen gleichzeitig Fünflinge bekommen hätten, denn die Sorge um die Sicherheit der Einwohner von Rabenstadt und Umgebung stellte alle anderen Nachrichten in den Schatten.

Die heutige Titelseite gehörte jenem ›*Ding*‹ oder jenem ›*Etwas*‹, das in den letzten drei Tagen sein tödliches Spiel mit den Menschen gespielt hatte, sie in der Nacht aufgespürt hatte und ihnen die Haut und das Fleisch von den Knochen abgezogen hatte. Angst und Panik hatte sich in der Bevölkerung ausgebreitet. Es wurde über Ausgangssperren und private nachbarschaftliche Sicherheitsdienste diskutiert. Die Polizeipräsenz wurde speziell in der Nacht massiv erhöht. Doch diese Maßnahmen kümmerten den nächtlichen Attentäter nicht die Spur. Dies bezeugte die heutige Titelseite des Rabenstädter Merkur: ›*Rabenstädter Polizeistation unter Schock: Zwei Kollegen von* ›*Schwarzem Peter*‹ *während der nächtlichen Streife skelettiert!*‹

Doch der ›*Schwarze Peter*‹ hatte es nicht nur auf die erste Seite, sondern auch auf die zweite geschafft. Zeugen hatten erneut eine Art Nebel oder Schwarm beobachtet. Sie berichteten, wie er sich nahe dem Boden durch die Luft bewegt hatte; zuerst so wie man sich einen kleinen Fisch- oder Vogelschwarm vorstellt, doch dann hatte er sich verändert.

Ein Zeuge hatte es so ausgedrückt: »Sie können mir glauben, denn ich habe keinen Tropfen Alkohol getrunken, aber dieses Ding hat sich plötzlich verwandelt, hat die verschwommene Gestalt eines Menschen angenommen und ist etwa einen Meter *über* dem Weg dahinspaziert! Kurz darauf zerfiel es wieder in seine Schwarmgestalt und verschwand dann aus meinem Blickfeld. Mich hat dieses schwarze Ding an eine Figur aus einem Kartenspiel meiner Kindheit erinnert, bei dem jener Spieler verloren hat, der am Ende des Spiels die Karte des ›*Schwarzen Peters*‹ in Händen hält; der Verlierer erhält eine ›*Strafe*‹. Hier in Rabenstadt haben sich die Spielregeln aber offensichtlich radikal verschärft, denn jene Person, die zum Schluss den ›*Schwarzen Peter*‹ bekommt, hat wahrhaftig verloren und büßt dies mit seinem Leben!«

Ab diesem Zeitpunkt hatten alle Medien, die über die Leichenfunde berichteten, egal ob Zeitungen, Radio oder das Fernsehen, nur mehr vom ›*tödlichen Treibenden des Schwarzen Peters*‹ gesprochen.

John nahm die Tasse und trank einen Schluck Kaffee. Er war entspannt. Man hätte seinen Zustand auch als *überdurchschnittlich satt* bezeichnen können. In Wahrheit fühlte er sich etwa so, wie sich eine Python fühlen musste, nachdem sie ein ganzes Wasserschwein verschlungen hatte. John kümmerte sich nicht darum – denn genau so musste es sein.

Sein Blick wanderte von der Zeitung zu seinem Bauch. Unter seinem T-Shirt sah er eine riesige Ausbuchtung. Er umfuhr mit der rechten Hand die Rundung jenes Beutels, den er vor drei Tagen beinahe abgeschnitten hätte. Er war stark angewachsen, hatte bestimmt das fünffache Volumen angenommen und war so groß wie ein aufgeblasener Luftballon. Das war der Grund für seinen Heißhunger. John musste oft und große Mengen an Nahrung zu sich nehmen, denn in gewisser Weise war er – John wusste, dass dies eigentlich der falsche Ausdruck war, doch ihm fiel kein besserer ein – *schwanger.*

Hätte er damals, so wie er es vorgehabt hatte, den ›*neuen Sack*‹ abgeschnitten, hätte ihn unweigerlich der Tod ereilt. Er hätte geblutet, ohne Aussicht auf Rettung. Sein Herz hätte alles Blut durch die Wunde aus seinem Körper gepumpt, denn dieser eigenartige Beutel war nicht nur mit seiner Speiseröhre, sondern auch mit dem Magen durch unendlich viele Blutgefäße verbunden, die dessen *Inneres* mit Nährstoffen versorgten. Ein Schnitt wäre mit einer aufgeschlitzten Halsschlagader vergleichbar gewesen.

Dieser Gedanke versetzte John drei Tage zurück in die Vergangenheit, an jenen Freitag, an dem er sich beinahe selbst getötet hätte. Damals hatte er – im Keller – einen Teil der Wahrheit über seine eigene Rolle im Spiel des ›*Schwarzen Peters*‹ erfahren.

16

Rückblick: Freitag, 24. Juni (7:51 Uhr)

Wieder flackerte das Licht.

John stand etwa drei Meter vom Loch in der Kellerwand entfernt. Er hatte die Stimme bereits erwartet. Sie entstand direkt in seinem Kopf, doch er konnte keine Charakteristiken beschreiben. Sie war weder männlich noch weiblich, weder hoch noch tief – sie war einfach *da.*

»*Fürchte dich nicht!*«

Und John verspürte tatsächlich weder Furcht noch Angst, denn eines wusste er mit Bestimmtheit, und zwar, dass in seinem Gehirn Erklärungen gespeichert waren, die er nicht abrufen konnte, und er wusste ebenso, dass jenes Wesen, das sich gerade ungefragt in seinen Kopf gezwängt hatte, dafür verantwortlich war, dass sein Gedächtnis dieses Wissen blockierte.

»Ich habe keine Angst.« John fragte sich, ob er diese Worte mit seinen Lippen oder Gedanken geformt hatte. Er wusste es nicht, aber er vermutete, dass dies vollkommen irrelevant war.

»*Gut.*«

Plötzlich hörte John ein unmerkliches Geräusch in der Röhre, die sich vom Erdreich aus in seinem Keller bohrte. Er hielt seinen Atem an, denn sein Verstand versuchte ihm in unaufgeregtem Tonfall zu erklären, dass er dieses Ding, das bald erscheinen würde, schon einmal gesehen hatte – nein, sogar zweimal: ›*Denn, alter Junge, ich habe versucht, dir eine Botschaft zu schicken ... du hast auch von ihm geträumt.*‹

John schloss die Augen, hörte, wie sich etwas aus der Röhre herauszwängte und sich vor ihm auf den Boden stellte. Mit geschlossenen Augen versuchte er seinen Gehörsinn zu schärfen – kein Geräusch war zu hören, nur sein eigener Atem. Langsam, so als wache er aus einem wunderbar erholsamen Schlaf auf, öffnete er die Lider seiner Augen und sagte: »Ich kenne dich.«

Nach einer Sekunde fügte er unverblümt hinzu (dabei sah er direkt in die riesigen schwarzen Augen, die am Rand des Schädels lagen, der wie ein verkehrtes Dreieck aussah): »Und ich hätte gerne ein paar Antworten.« Er blickte in Richtung seines Bauches und war gleichzeitig erstaunt darüber, mit welcher Leichtigkeit und Unbekümmertheit er mit dieser Monstrosität sprach.

»Du bist zu früh, John! Das ist in gewisser Weise gut – sogar sehr gut.«

John war nur kurz verwirrt. Dann sagte er mehr zu sich selbst als zu seinem Gegenüber, zuerst langsam dann immer schneller: »Der Stachel ... durch die Nase. Ich kann mich erinnern, an die Panik, als du mich mit deinen Fangarmen gehalten hast, mein Gehirn mit deinem Stachel vergewaltigt und mir dabei irgendetwas injiziert hast. Es hat wohl die Amnesie verursacht. Ich nehme an, es war eine Droge, die mein Gedächtnis ausgeschaltet hat.« Nach einer vergangenen

Sekunde: »Wie lange hätte sie noch wirken sollen?«

»Du bist acht Tage zu früh. Du bist der Richtige!«

John schüttelte seinen Kopf. Nichts ergab einen Sinn. Er wollte bereits eine weitere Frage stellen, doch er zögerte einen Moment zu lange.

»Ich weiß, du hast Fragen. Ich werde dir nun eine Geschichte erzählen, die viele davon beantworten, jedoch eine große Menge an neuen aufwerfen wird. Aber wir haben Zeit – noch zehn Tage.«

»Gut«, sagte John und damit begann jenes Wesen, das für menschliche Augen eine frappierende Ähnlichkeit mit einer Gottesanbeterin hatte, zu erzählen.

*

»Für euch Menschen existiert unsere Spezies nicht und nur für sehr wenige Individuen eurer Art lüften wir unsere Identität und unser Geheimnis. Du, John, hättest nicht zu dieser Gruppe gehören sollen, doch das Schicksal, in Form eines Unwetters, hat den Lauf der Dinge umgeschrieben. Wir werden sehen, wohin dich dein Weg nun führt.

Die erste Frage, vielleicht die wichtigste von allen, hast du mir bereits gestellt – vor drei Tagen. Sie lautete: *Wer bist du?*«

John versuchte sich zu erinnern. Kleine Erinnerungsbruchstücke traten ans Licht, als er sagte: »Und du hast mir geantwortet: *Wichtig ist nicht, wer ich bin, sondern die Frage ist › Wer sind wir?‹. Es gibt mehrere von euch, viele sogar.«* Mehr gab sein Gedächtnis nicht Preis.

»Ja, wir sind sehr viele, aber nicht nur in der Gestalt, die du nun vor dir siehst, sondern auch im wahrsten Sinne der Frage › *Wer sind wir?‹* – denn *ich* bin › *viele‹*.«

John runzelte seine Stirn. Er konnte sich nicht vorstellen, dass dieses Wesen, welches für ihn noch immer etwas Außerirdisches an sich hatte, ihn auf die Schaufel nehmen wollte. Er verstand zwar die Worte, jedoch blieb der Sinn dahinter vollkommen im Dunkeln verborgen.

Der dreieckige Kopf neigte sich leicht zur Seite und es

schien, als ob das Wesen etwas abwägen wollte, über etwas nachdachte. Kurz darauf sagte es: »Ich werde dich nun in etwas einweihen, das Individuen deiner Spezies oft nur erblicken, wenn der Tod über sie kommt.«

Und dann, ohne weitere Vorwarnung, explodierte die Kreatur.

*

John stieß einen spitzen Schreckensschrei aus, trat unwillkürlich zwei Schritte zurück und hob die Arme schützend vor sein Gesicht. Trotzdem beobachtete er weiterhin die Szene mit zusammengekniffenen Augen. Doch dann hielt er inne und aus dem anfänglichen Schock wurde Neugier, denn hier stimmte etwas ganz und gar nicht.

Plötzlich erinnerte John sich zurück, an eine Situation in seiner Kindheit. Es war im Zirkus gewesen. Er – etwa sechs Jahre alt – und seine Mutter saßen in der ersten Reihe und konnten direkt in die Manege sehen, in deren Mitte eine rote, etwa einen-meter-zwanzig lange Kiste auf einem Tisch mit acht Beinen waagrecht lag. John hatte die Tatsache der acht Beine hingenommen, obwohl ihm diese große Anzahl als völlig sinnlos erschienen war. Der Grund, weshalb er vor dem Kunststück seiner Mutter eine Frage stellte, lag daher nicht an der Anzahl der Beine, sondern an den Rollen, die am Ende jedes Beins angebracht worden waren. Seine Mutter hatte als Antwort nur geflüstert: »Pssst, das wirst du bald sehen.«

Der Magier, ein vollständig in Schwarz gekleideter Mann, hatte bereits einige Kunststücke gezeigt, die nicht nur unter den Kindern ein Staunen und ein »Ahhhh« hervorgebracht hatten. Doch nun stand der Abschluss seines Auftritts auf dem Programm, der Höhepunkt. Dazu ergriff er die Hand seiner Assistentin und leitete diese über eine kleine Treppe auf den Tisch. Die hübsche Blondine stieg in die Kiste, deren beide Deckel weit offenstanden. Mit einem Lächeln legte sie sich hinein. Der Mann verschloss danach, mit dem Rücken zum Publikum stehend, die Deckel und von der Frau ragten nur der Kopf auf der einen Seite aus der Kiste und auf der anderen sah man ihre Knöchel und Füße, die in schwarzen Stöckelschuhen steckten.

Dann drehte sich der Mann in Schwarz mit einer schwungvollen Bewegung um. Er lächelte, während er seine Arme weit ausbreitete. Langsam ließ er seinen rechten Arm sinken, griff sich in Hüfthöhe an den Rücken, schien dort etwas zu suchen, und plötzlich zog er eine riesige Säge hervor. Während das Publikum applaudierte, hatte John überlegt, dass man mit dieser wohl auch *richtig dicke* Bäume fällen konnte.

Als der Magier die Säge hoch in die Luft hielt, war sein Lächeln verschwunden und ein Grinsen hatte sich in seinem Gesicht breitgemacht. In John hatte sich bei diesem Gesichtsausdruck ein Unbehagen gemeldet, obwohl er noch keine Ahnung gehabt hatte, wofür der Zauberkünstler die Säge brauchen würde. Dann ging der Magier um die Kiste herum, sodass er den Zirkusgästen entgegengrinsen konnte, setzte die Säge exakt in der Mitte der Kiste an und begann, zuerst sanft und langsam, später immer schneller und beinahe gewaltsam, die Kiste und somit die Frau darin auseinander zu sägen. Johns Mund stand offen, so wie es der Mund der Frau getan hatte – sie schien eindeutig Schmerzen zu haben. John wollte etwas sagen, seine Mutter aufrütteln, damit sie etwas unternahm, doch er war erstarrt und als der Magier die Frau komplett durchgesägt hatte – er hatte die Säge danach schwungvoll wieder in die Höhe gehalten –, liefen bereits Tränen Johns Wangen hinab. Der Schock, dass dieser Mann hier vor ihren Augen eine Frau getötet hatte, ließ ihn stumm und regungslos weinen.

Doch dann war ihm etwas aufgefallen und er hatte gedacht: ›*Hier stimmt doch etwas überhaupt nicht.*‹ Weder war die Säge blutverschmiert, noch tropfte etwas von der roten Flüssigkeit aus der Kiste auf den Zirkusboden. Und erst dann sah er es, sah es genau, als der Magier die beiden Hälften der Kiste und demnach auch seine Assistentin trennte – Beine und

Bauch von Brust und Kopf. Er sah das Lächeln im Gesicht der toten Frau und erblickte gleich darauf das Wackeln ihrer Füße. Applaus brandete auf. Und auch John hatte applaudiert, so laut und fest er nur gekonnt hatte. Trotzdem vergoss er weiterhin Tränen der Bestürzung. Er hatte niemals gewagt seine Mutter zu fragen, was in diesen Minuten wirklich passiert war, zu sehr hatte er die Antwort gefürchtet, und zu jener Zeit waren für John Zauberkünstler ohnehin wahre Zauberer. Als die Assistentin kurz darauf völlig unversehrt aus der Kiste geklettert war, hatte er weiter applaudiert und weitere Tränen vergossen, nun aber waren es Tränen der Erleichterung gewesen.

John konnte sich an die Gefühle, die er damals durchgemacht hatte, genau erinnern und auch jetzt spürte er, dass er gerade ausgetrickst wurde. Das Ding war explodiert, aber er hatte weder einen lauten Knall gehört, noch war er von Fleischfetzen oder anderen Teilen getroffen worden. Die ›Explosion‹ hatte sich zu einer schwarzen undurchsichtigen leicht wabernden Nebelwolke entwickelt, die vor ihm in der Luft verweilte und sein gesamtes Sichtfeld einnahm.

John ließ seine Arme sinken und stellte sich wieder aufrecht und gefasst vor dem Nebel auf. Sein Verstand versuchte die Situation zu analysieren, begann ihm mögliche Lösungen für das Rätsel, das sich ihm bot, zu liefern: ›Hier ist gar nichts explodiert! Hier geschieht ein Zaubertrick, eine Illusion! Du wirst getäuscht und …‹

Weiter kam Johns Verstand nicht, denn der Nebel begann unmerklich, dann immer schneller zu wirbeln. Zuerst blieb die Nebelwand an ihrer Position, doch dann driftete sie aus Johns Sicht nach links weg. Es verschlug ihm den Atem. Je weiter sich das Gebilde wegbewegte, desto besser konnte John das Wesen, die ›Gottesanbeterin‹, dahinter erkennen.

›John, du wirst so etwas von verarscht!‹, meldete sich sein Verstand wieder zu Wort, denn John hatte sich so sehr auf die Gestalt hinter dem Nebel konzentriert, dass nur sein

Unterbewusstsein bemerkt hatte, dass sich die schwarze Wolke keineswegs aufgelöst hatte, sondern offensichtlich etwas ganz anderes getan hatte. In seinem Augenwinkel registrierte er eine Bewegung. John drehte seinen Kopf nach links und sah, dass nun nicht nur direkt vor ihm eine Gottesanbeterin stand, sondern – etwa drei Meter von dieser entfernt – noch eine zweite.

17

Montag, 27. Juni (6:52 Uhr)

John saß in der Küche und konnte nicht anders, er musste grinsen, als er an diese Szene im Keller zurückdachte. Es war wie ein Theaterstück gewesen, zwar ein durchgeknalltes und vollkommen verrücktes, aber etwas, dem man sich nicht entziehen konnte. Und zur Draufgabe war die tatsächliche Lösung dieser Illusion unvorstellbar abwegig.

Die Tageszeitung lag noch immer vor ihm auf dem Tisch und John blickte wieder auf die Schlagzeile ›*Rabenstädter Polizeistation unter Schock: Zwei Kollegen von ›Schwarzem Peter‹ während der nächtlichen Streife skelettiert!*‹

Damals, vor drei Tagen im Keller, war er das zweite Mal dem ›*Schwarzen Peter*‹ gegenübergestanden.

18

Rückblick: Freitag, 24. Juni (8:05 Uhr)

Obwohl das Wesen seinen Mund nicht bewegte, oder vielleicht gerade deswegen, erfüllten die folgenden Worte Johns gesamten Kopf. Das Gesagte war weder unangenehm noch laut, nur vollständig klar in Tonfall und

Emotionslosigkeit.

»John, das ›sind‹ ich!«

Kurze Pause. Dann: »Ich hoffe du verstehst, was ich damit meine. ›Ich‹ bin die Gesamtheit von dem, was du hier siehst. Ohne meinen, ihr nennt es in den Medien ›Schwarm‹ – seit kurzem auch ›Schwarzer Peter‹ –, wir sagen ›Erhalter‹ zu ihnen, bin ich nichts und würde binnen weniger Wochen vergehen. Umgekehrt gilt dasselbe für meine Erhalter.«

John brauchte einige Sekunden, bis er sich geistig neu *konfiguriert* hatte. Er versuchte die neuen Puzzleteile, mit jenen, die er mutmaßlich aus verwaschenen Erinnerungen und Träumen kannte, zusammenzufügen. Alles in allem ergab dies ein äußerst verzerrtes Bild. Doch je mehr ihm offenbart wurde, desto größer wurden die Risse und Löcher in jenen Wänden, die seine Erinnerungen an die erste Begegnung mit diesem Wesen einsperrten.

›Das ist also der Schwarze Peter.‹ John sah zur linken Gestalt, die in Wirklichkeit jedoch nicht ein einzelnes Lebewesen war, sondern aus tausenden vielleicht sogar Millionen aufgebaut wurde. Doch auch das war nur die halbe Wahrheit. Der ›Schwarze Peter‹ war beide Gestalten, denn diese waren offenkundig untrennbar miteinander verbunden.

»Was hast du mit mir getan?«, flüsterte John, der den Beutel, der ihm aus dem Bauch wuchs, leicht anhob. Obwohl er inzwischen annahm, dass dieser Sack ungefährlich war, lief ihm bei der Berührung ein leichter Schauer über den Rücken.

Das Wesen bewegte sich nun das erste Mal, es streckte seinen rechten Fangarm in Johns Richtung und sagte: »Hör mir bitte genau zu. Ab jetzt solltest du mich nicht mehr unterbrechen. Du musst versuchen, bis zum Ende meiner Geschichte zuzuhören. Ansonsten ist es wahrscheinlich, dass Angst und vor allem Misstrauen dich überwältigen und damit für dich alles verloren ist.«

So als ob ›keine Reaktion‹ auch als Zustimmung zu werten war, fuhr das Wesen mit seiner Erzählung fort.

*

»Wie ich schon sagte, ›ich bin wir‹, und so wird es auch dir ergehen.« Kurze Stille. Dann: »In deinem Brutbeutel wachsen ...«

Das Ding hatte keine zwei Sätze gesagt, da wollte John es bereits unterbrechen, ihm die Frage entgegenbrüllen, wer die Ermächtigung ausgesprochen hatte, in seinem Körper ›Parasiten‹ einzupflanzen? Und jetzt stand diese Kreatur vor ihm und meinte nur: ›Lieber John, ich muss dir eine ›Geschichte‹ erzählen, aber bitte, während ich spreche, halt deine Klappe, sei einfach nur still und hör zu!‹

Johns Ärger darüber, dass er kein Wort sagen sollte, wuchs ins Unermessliche. Er wollte nichts mehr hören. Doch dann biss er sich auf die Zunge, nicht locker oder harmlos, nein, er biss auf das Stück Fleisch in seinem Mund mit der Wut auf dieses Ding, das vor ihm stand und mit einer unglaublichen Gelassenheit davon erzählte, dass es seinen Körper und Geist vergewaltigt hatte. So als ob es das Recht dazu gehabt hätte, dies zu tun, ohne ihn – den Besitzer dieses Körpers – um Erlaubnis bitten zu müssen.

»... deine Erhalter heran, die du für dein weiteres Leben brauchen wirst. Ich kann deine Wut verstehen«, sagte ›es‹ und John fragte sich, ob seine Mimik ihn verraten hatte oder, und dies war natürlich viel wahrscheinlicher, ob Johns Emotionen, ebenso wie seine Gedanken, für dieses Wesen zu lesen oder hören waren. Anscheinend galten Gedanken nicht als absichtliche Unterbrechung und wurden – vermutlich bis zu gewissen Grenzen – toleriert.

»Aber ich versichere dir, wir haben dieses oder wenigstens ein ähnliches Gespräch schon einmal geführt, und ...«

John klappte der Unterkiefer auf, seine Zunge dankte ihm dafür. Es fehlten alle Erinnerungen an das Gespräch, doch er hatte keinen Grund den Worten zu misstrauen.

»... du hast dein Einverständnis für deinen jetzigen Zustand gegeben. Das Problem, das uns nun beschäftigt, ist, dass dein

Körper die Droge stärker abgebaut hat, als dies normalerweise der Fall ist und du daher zu früh ›aufgewacht‹ bist.«

Das Ding machte eine kurze Atempause, doch John konnte beim besten Willen nicht erkennen, wie es atmete.

»Nun, in deinem Brutbeutel wächst eine weitere Generation von Erhaltern heran. John, es sind ›deine Erhalter‹.«

Johns Verstand akzeptierte die Worte, die er hörte, deren Sinn, glaubte er ebenso zu verstehen, aber die daraus folgenden Konsequenzen ... nein, er weigerte sich auch nur im Ansatz darüber nachzudenken, was diese Worte bedeuteten. Er baute eine Gedankenbarriere auf, versuchte sich an die Abmachung mit diesem Ding zu halten, nichts zu sagen und nur zuzuhören.

»Der Beutel wird in den nächsten Tagen noch weiter anschwellen. Du wirst keine Schmerzen oder andere Beschwerden verspüren. Das Einzige, was sich ändern wird, und ich nehme an, du merkst dies bereits, ist dein Appetit und Durst. Die Erhalter müssen ernährt werden.«

John hielt es nicht mehr aus. Eine Frage brannte ihm auf der Zunge. Trotz seines Ärgers versuchte er sie höflich zu stellen: »Entschuldige, dass ich dich nun doch unterbreche. Aber ich habe mich in der letzten Woche wie ein kleines Kind ... nun ja, ich habe mich im Schlaf erleichtert. Ich frage mich nun, ob du mir bei unserem ersten Treffen Dinge erzählt hast, grauenvolle Dinge, vielleicht wie es mit mir weitergehen soll, an die sich mein Verstand nicht erinnert, die aber im Schlaf in mein Unterbewusstsein vordringen konnten und dadurch meinen Körper in Panik versetzt haben.«

»Nein, der Grund ist viel einfacher. Wenn du schläfst, ist dein Körper nur mehr eine Hülle. Aber zwei Dinge arbeiten auf Hochtouren: Erstens, dein Verstand, der nicht aufgibt, die Lage, in der du unerwarteterweise steckst, zu analysieren; nur findet er keine rationale Lösung. Und zweitens, dein Magen beziehungsweise dein Stoffwechsel, der deine gesamten körperlichen Kräfte in Anspruch nimmt, um die schnell wachsenden und sich vermehrenden Erhalter zu versorgen. Dazu verfällt dein Körper in eine Art seichtes Koma, alle Muskeln entspannen sich und erschlaffen – so geschieht es auch mit deinem Blasenschließmuskel. Alles endet jedoch, wenn deine Erhalter geboren sind. Der Beutel wird abfallen und man wird danach nicht einmal eine Narbe am Bauch erkennen.«

Mittlerweile nahm John jede Information so auf, als betreffe sie nicht ihn selbst, sondern einen flüchtigen Bekannten und diese Strategie dämpfte den Schrecken auf angenehme Weise.

»Nachdem die Erhalter geschlüpft sind, wird es allerdings ein wenig – du würdest vielleicht sagen – *verzwickt*. Die jungen Erhalter sind ungestüm und wild. Achte gut auf sie, sie sind wie *Kinder*. Und sie sind trickreich; lass sie auf keinen Fall ins Freie, wenn sie hungrig sind.«

›*Hungrig?*‹, fragte sich John und blickte auf seine Hand. Falten bildeten sich auf seiner Stirn.

Das Ding war Johns Blick gefolgt und es schien, als ob der dreieckige Kopf nickte.

»Die Erhalter sind Allesfresser, das bedeutet, sie ernähren sich auch von Fleisch – auch von rohem. Junge Erhalter – ohne Kontrolle – können rücksichtslos über Tiere und sogar Menschen herfallen, verzehren diese in nur wenigen Minuten. Übrig bleibt nur das Skelett, jegliches Gewebe wird verschlungen. Erst wenn sie satt sind, kommen sie freiwillig zurück.«

Die zweite Gottesanbeterin, sie hatte sich bis jetzt nicht bewegt, löste sich langsam wieder in den Schwarm auf. So als ob binnen weniger Sekunden Jahrzehnte vergehen würden, zerfiel der Körper zu ›Staub‹. Die unzähligen Erhalter bewegten sich auf die andere Gestalt zu, umhüllten diese und plötzlich, so als hätte es die Staubwolke niemals gegeben, verschwand sie in oder auf der Gottesanbeterin.

»Jeder meiner Erhalter hat seinen festgelegten Platz auf meiner Oberfläche. Und nun vertraue ich dir das Geheimnis des Bandes zwischen mir und meinen Erhaltern an.«

Das Wesen machte eine kurze Pause. Dann sagte es: »Jeder meiner Erhalter ernährt mich. Nachdem sie gefressen haben, lassen sie sich auf mir nieder, verbinden sich mit mir und übertragen einen Teil der Nahrung durch meine Oberfläche in meinen Körper – ich sage deshalb Oberfläche, da sie anders aufgebaut ist als menschliche Haut. Im Gegenzug biete ich ihnen Schutz vor der Sonne, wir sind Geschöpfe der Dämmerung und der Nacht. Zusätzlich verlängert sich ihr Leben um ein Vielfaches ihrer eigenen normalen Lebensspanne, denn sie profitieren von meinem Körper und von meinem Immunsystem. Daher leben und sterben wir immer gemeinsam. Keiner überlebt ohne den anderen, denn wir sind aufeinander *geprägt*.«

Die Gottesanbeterin machte eine Pause. In Johns Kopf schienen sich hunderte Fragen Gehör verschaffen zu wollen, doch durch das Gedankenchaos schaffte es keine, ausgesprochen zu werden.

»Für heute ist es genug. Denk über alles nach, was du gehört hast! Versuche dich weiter zu erinnern, aber nicht krampfhaft! Deine Fragen werde ich in zwei Tagen beantworten.«

Und wieder, ohne auf eine Zustimmung irgendeiner Art zu warten, geschweige denn auf eine Antwort, drehte sich das Wesen um. Erst jetzt erkannte John, dass sich an dessen Rücken zwei lange Flügel befanden und diese erzeugten das charakteristische Rauschen von Laub, sobald sich der Körper bewegte. Es kletterte in die Röhre und John hätte niemals die Gewandtheit der beobachteten Bewegungen vermutet.

John rief ihm nach: »Wie heißt du?«

»Wir sind Wächter!«

Das Rauschen verklang und er war alleine. Nach einem langen nachdenklichen Blick, den er dieser schwarzen Kreatur hinterherschickte, drehte sich auch John um. Sein Weg führte ihn in die Küche – er hatte Hunger.

*

Etwa eine halbe Stunde später saß John noch immer in der Küche, hatte bereits eine große Ladung Fleisch und andere Lebensmittel verschlungen und fragte sich schon lange nicht mehr, ob er noch bei Verstand war oder ob er sich in einem Fiebertraum befand, aus dem es kein Entrinnen gab.

Seine Gedanken glitten wieder in den Keller.

›*Wächter! Wächter ist bestimmt nicht sein Name. Wächter wird wohl das sein, was er tut*‹, überlegte John, ›*sozusagen sein Beruf.*‹

Aber was, um Himmels Willen, sollte dieses Ding bewachen?

John hatte es satt, diese Gestalt *Wesen, Kreatur, Geschöpf* oder *Ding* zu nennen; noch schlimmer war *Gottesanbeterin*. Es brauchte einen passenden und prägnanten Namen, den er auch aussprechen konnte. Denn John vermutete, dass der richtige Name des Geschöpfes, falls es denn tatsächlich einen hatte, für seine Zunge nicht oder nur äußerst schwierig auszusprechen sein würde; möglicherweise wie ein Name aus der Sprache irgendeines indigenen Volkes, der Klick- oder Schnalzlaute enthielt.

›*Also, mein lieber neuer Freund, dann muss ich dir wohl einen Spitznamen verpassen.*‹

John starrte ins Leere und überlegte.

›*Wächter ist nicht nur ein Beruf, sondern auch ein Name, allerdings ein Nachname.*‹ Da fällt John *Herbert Hermann* ein und der Schalk in seinem Verstand machte ihm den Vorschlag: »Wie wäre es mit *Walter Wächter* oder *Willibald Wächter*?«

John grinste, schüttelte gleichzeitig seinen Kopf und überlegte weiter.

Sein kurzes Brainstorming ergab folgendes: ›*Gottesanbeterin, Wächter, Erhalter, Geschöpf der Dämmerung und Nacht, kann möglicherweise fliegen.*‹

Dann: »Es ist ›*schwarz*‹! Genau! Aber auf Englisch hört sich ›*schwarz*‹ deutlich interessanter an, also ›*black*‹.«

Johns Gesicht spannte sich zu einem Grinsen, als er sich selbst die nächste Idee präsentierte. »Hmmm, also ›*Blacky*‹ ist nicht schlecht. ›*Black Beauty*‹ ist aber noch viel besser.«

›*Black Beauty*‹ war ein schwarzer, mutiger, schöner Hengst, der im gleichnamigen Kinofilm unzählige Abenteuer erlebte. Den Namen hätte dieses *Insekten-Wesen* zwar nicht verdient, aber die Ironie, die sich darin verbarg, war genial.

John rieb sich mit der rechten Hand das Kinn. Plötzlich gesellte sich zu seinem Grinsen ein Leuchten seiner Augen.

Jetzt hatte er es.

Es gab keinen besseren Namen für dieses Wesen in seinem Keller als ›*Roy Black*‹! Roy Black war ein wunderbarer deutscher Sänger und Schauspieler der 1960er bis 1980er Jahre gewesen. Er war längst gestorben, und er − John − würde, dieser Legende zu Ehren, das geflügelte Ding ab jetzt ›*Roy*‹ nennen.

John grinste, mit einer großen Portion Häme inklusive, als er sagte: »Also, wir sehen uns ... *Roy*.«

19

Samstag, 25. Juni (18:13 Uhr)

Der Ruf ereilte John am späten Nachmittag des nächsten Tages. Damit er seiner Mutter die langen Aufenthalte in seinem ›*Zimmer*‹ erklären konnte, hatte John erzählt, dass er nun endgültig erhöhte Temperatur habe − 38,2 °C −, aber er fühle sich nicht schlecht.

Außerdem kam ihm zugute, dass die Wettervoraussage für das Wochenende gründlich missglückt war. Die für heute angekündigte Kaltfront hatte sich fast vollständig aufgelöst und kein einziger Regentropfen war auf Rabenstadt und

Umgebung gefallen. Das Loch in der Kellerwand konnte somit warten. Daher hatte er sich bis auf jene Zeiten, in denen er zur Toilette musste oder sich Lebensmittel aus der Küche holte, in seinem Zimmer aufgehalten – oft schlafend, meist aber über seine Lage nachgrübelnd. Die Tatsache, dass er den Wächter nicht gleich heute mit einer Schrotflinte über den Haufen schoss, irritierte ihn zwar auf subtile Weise, doch er schob es auf seine Neugier, und eine Flinte konnte er sich noch immer kaufen.

Schon bevor John das Licht im Keller einschaltete, hörte er das charakteristische Rauschen und wusste, dass der Wächter bereits auf ihn wartete. John hatte sich einen Sessel mitgenommen, diesen stellte er etwa drei Meter vor der mächtigen Gestalt hin, die knapp vor dem Loch in der Wand stand, setzte sich darauf, achtgebend, den über die Nacht weiter angewachsenen Beutel, nicht zu quetschen.

Ohne eine Begrüßung: »Stelle mir jene Frage, die dich am meisten beschäftigt.«

Ohne zu zögern, fragte John: »Was willst du von mir?«

Das Wesen beugte sich leicht vornüber. John hob die linke Augenbraue an und dachte: ›*Das ist jetzt nicht wahr!*‹

Gleich darauf sagte er, und es war keine Frage, sondern eine Feststellung: »Du lachst!« John hatte nicht erwartet, dass dieses Geschöpf dazu fähig war und wunderte sich sogleich über sich selbst, dass er, der im Grunde seines Herzens eine offene Einstellung gegenüber jedem Lebewesen hatte, sich alleine durch das Aussehen veranlasst sah, diesem Geschöpf solch eine Gefühlsregung abzusprechen.

Kurz darauf, die Gestalt hatte wieder ihre ursprüngliche Haltung eingenommen: »Ja, das stimmt! Erstens, ich habe genau diese Frage von dir erwartet und zweitens ist dies genau jene Frage, die ich dir erst als letzte Frage beantworten kann.«

»Roy, du bist ein Mistkerl!«

»Wer ist Roy?«

»Du! Du bist Roy, Roy Black! In meiner Welt war er ein

Schauspieler und Sänger.«

»Ich kann nicht singen.«

Jetzt war es an John zu lachen. Wenn ihm vor einer Woche jemand erzählt hätte, dass er, John, in nicht allzu ferner Zukunft mit einem Wesen, das eine verblüffende Ähnlichkeit mit einer zwei Meter großen Gottesanbeterin hat, oder genauso gut von einem anderen Planeten stammen hätte können, Scherze treiben würde, dann hätte er dieser Person nahegelegt, sich ernsthafte Gedanken darüber zu machen, ob es nicht besser wäre, sich ein ›Prioritätsticket‹ für die nächstgelegene Nervenheilanstalt zu sichern.

»Anscheinend kannst du aber sehr gut schauspielern, denn ich werde aus dir, deinen Erklärungen und deinen Geschichten nicht klug.«

»Keine Sorge, alles wird sich am Ende zu einem Kreis schließen und du wirst verstehen. So geht es allen ... oder sie sterben.«

John: »Mistkerl!«

»Das war *kein* Scherz.«

John: »Wirklich?«

»Nein.«

John: »Ich wusste es.«

»Ich weiß.«

Je länger John mit Roy sprach, desto unbekümmerter wurde die Art und Weise, wie er mit ihm redete und – ja – Johns Vertrauen wuchs. Da Roy ihm die wichtigste Frage noch nicht beantworten konnte, stellte er jene, die beinahe gleichwertig war: »Bitte erkläre mir, was du bist und was deine Aufgabe ist.«

Für John war eines unumstößlich klar, und zwar, dass dieses Geschöpf nicht nur einfach ein Ding war, das er zufällig hier im Keller gefunden hatte, sondern dieses Geschöpf war etwas Bedeutendes und er konnte die Tragweite der Begegnung bei weitem nicht abschätzen. Eine andere Erklärung für dieses Schauspiel war natürlich, dass er in einem bizarren

Fiebertraum gefangen war, in dem sein Verstand verrückte Fantasien auslebte. Diese Möglichkeit bestand zwar, war aber unwahrscheinlich; er schätzte dafür eine zehnprozentige Wahrscheinlichkeit. John blickte hoch in Roys Augen und erhöhte die Fiebertraum-Theorie auf fünfzig Prozent.

*

Roy schien zu zögern, so als wollte er von den unzähligen Anfängen, die seine Geschichte hatte, jenen ermitteln, der für John am einfachsten zu verstehen war.

»Wir sind Wächter.«

Diesen Satz hatte Roy bereits zum Abschluss ihres letzten Treffens gesagt. Um daraus schlau zu werden, steckte darin jedoch zu wenig Information.

»Und das bedeutet was?«, fragte John.

»Wir wachen über das Leben auf diesem Planeten.«

Eine Sekunde verging, dann dachte John laut nach: »Hmmm, ihr beschützt also den Planeten.« Es war eine Feststellung, keine Frage.

»Nein, John! Hör mir genau zu. Wir beschützen nicht den Planeten. Er braucht keinen Schutz, denn ihm ist es vollkommen egal, ob auf ihm Leben herrscht oder er aus einer einzigen glühend heißen Sandwüste besteht oder sich seine Atmosphäre in eine für Wärme undurchdringliche Gas-Suppe verwandelt und somit das Leben auf ihm vernichtet wird.«

Kurze Pause.

»Wir sind die Wächter des *Lebens, jeglichen Lebens.*«

In Johns Kopf begannen die Gedanken zu kreisen, denn sie hatten keine Ahnung, welche Richtung sie einschlagen sollten. Daher blieb er stumm, schickte keine Nachricht an Roy.

Plötzlich, so als ob Roy beschlossen hatte, seinen behutsamen und vielleicht auch einfühlsamen Erklärungspfad zu verlassen und John nun die ungeschminkte Wahrheit dessen, was zu tun war, vor die Füße zu werfen, entfaltete Roy seine Flügel und streckte gleichzeitig seine Fangarme aus.

Bedrohung, Furcht oder gar Panik ... keines dieser Gefühle breitete sich in John aus. Weshalb auch – wenn Roy ihn vernichten hätte wollen, dann hatte er sich besonders große Mühe gegeben, ein Schauspieler zu sein, um sich entweder nicht in die Karten sehen zu lassen oder um ihn, warum auch immer, auszuhorchen. John vermutete jedoch genau das Gegenteil. Er war der festen Überzeugung, dass Roy um jeden Preis wollte, dass er *alles* verstand, alle Stränge, die durch Roys Geschichte führten und somit ein verwobenes Netz und damit letztendlich den großen Zusammenhang bildeten.

John betrachtete Roys beindruckende Erscheinung. Er besaß einen schmalen völlig schwarzen Körper, zwei Beine, auf denen er stand, zwei weitere (oder waren es Arme?) etwa in Hüfthöhe – sie berührten beinahe den Boden – und zwei mit Widerhaken bewehrte Fangarme. Die Spannweite der ausgebreiteten Flügel betrug an die drei Meter. Erst jetzt erkannte John, dass Roy vier Flügel hatte; die oberen waren schmal – ähnlich jenen einer Libelle –, die beiden unteren waren dreieckförmig und bildeten eine Tragfläche, die aussah wie die Flügel eines Nachtfalters. Und dann war da natürlich noch der dreieckige Kopf mit seinen durchdringenden Augen.

»John, meine Art umfasst zurzeit exakt 94 Millionen 913 Tausend 751 Individuen. Und wir sind über die gesamte Erde verteilt.«

Johns Verstand arbeitete nun auf Hochtouren und so wie es Roy ihm prophezeit hatte, warf eine erhaltene Antwort, Unmengen an neuen Fragen auf.

»Wie verständigt ihr euch miteinander? Seid ihr uns technisch so weit voraus, dass ihr ...«

John knallte sich die Hand auf die Stirn und schüttelte seinen Kopf und dachte: ›*Gratuliere John! Dir scheint wohl entgangen zu sein, dass du mit Roy kommunizierst, ohne deine Lippen zu bewegen!*‹

»Korrekt! Wir kommunizieren mit Hilfe von ... du würdest *Gedankenübertragung* oder *Telepathie* dazu sagen. Aber das ist nur im Ansatz richtig, denn es geht weit darüber hinaus. Du und ich, wir bedienen uns dieses Ansatzes, aber wenn etwa 50 Millionen Wächter gemeinsam kommunizieren, dann stößt diese Methode unwillkürlich an ihre Grenzen, ähnlich einem überlasteten Telefonnetz, in dem alle gleichzeitig telefonieren wollen. Der Zusammenbruch des Systems wäre unausweichlich vorprogrammiert.«

»Ihr kommuniziert gleichzeitig? Miteinander? Alle? Wie kannst du die Informationen von Millionen anderen parallel verarbeiten?« Aus Johns Stimme, er hatte diese Worte laut ausgesprochen, sprach das pure Erstaunen.

»Du denkst in den Kategorien der üblichen Kommunikationsmöglichkeiten von Lebewesen. Aber bei uns Wächtern verhält es sich ganz anders. Ich versuche dir unsere Kommunikation mit Hilfe eines Vergleiches zu vermitteln.«

Roy machte eine kurze Pause, dann begann er: »Stelle dir eine riesige weiße Leinwand vor. Anfangs, wenn niemand von uns spricht, ist nichts darauf zu erkennen – sie ist leer. Wenn wir allerdings miteinander ›sprechen‹, dann ist jeder Wächter, der an der Diskussion teilnimmt, wie ein Maler, der seine Gedanken, seine Meinung und vor allem sein Wissen zu einem Thema auf diese Leinwand mit ›Pinselstrichen‹ aufträgt. Die Pinselstriche der einzelnen Individuen haben die unterschiedlichsten Strichstärken, Farbtöne und Sättigungen. Man könnte nun annehmen, dass die Kommunikation umso einfacher verläuft, je weniger Wächter sich an einer Zusammenkunft beteiligen. Doch genau das Gegenteil ist der Fall. Je größer die Anzahl der Beteiligten ist, desto vollständiger, lückenloser und kräftiger wird das Bild. Somit ergibt sich schlussendlich ein *Informationsbild*, das alle Wächter gleichzeitig sehen und auch bearbeiten können.

Aber das ist noch lange nicht alles, denn es geht nicht nur um das profane Sehen, Bearbeiten und Verstehen von Informationen. Über dieses gemeinsame Bild werden auch Gefühle und Emotionen geteilt.«

John brauchte eine Sekunde. Dann: »Wow! Das Bild muss gigantisch sein! Unvorstellbar in seinen Ausmaßen.«

»Es ist nichts Außergewöhnliches für uns, und du sprichst als Mensch, dem gerade ein simpler Vergleich geliefert wurde, um die Zusammenhänge erahnen zu können. Es ist vergleichbar mit dem Atommodell, welches Kindern in der Schule erklärt wird: ›*Um einen Atomkern kreisen Elektronen in Bahnen und bilden somit den Aufbau der Materie.*‹ Aber das ist nicht die Wirklichkeit. Das ist nur eine Modellvorstellung, um es den leistungsschwachen Gehirnen der Menschen zu ermöglichen, das wahre Wunder im Hintergrund, das beinahe unendlichmal komplexer ist, nahezubringen. So verhält es sich auch mit meinem Vergleich zu unserer Kommunikation.«

John war weder sprachlos noch eingeschüchtert. Eigentlich hatte er auf Roys Worte über sein angeblich leistungsschwaches Gehirn etwas antworten wollen. Doch er war zu fasziniert vom neuen Wissen, um sich zu beschweren. Es gab viel Wichtigeres zu besprechen: »Das alles ist wirklich – wie Mr. Spock es ausdrücken würde – *faszinierend* und wenn ich dich meiner Welt vorstellen würde, wären mir bestimmt sämtliche Wissenschaftspreise sicher. Aber das, was ich noch immer nicht verstehe, ist das Folgende. Okay, du wachst über das Leben im Allgemeinen, doch was bedeutet das überhaupt? Und vor allem *wie* machst du das?«

»Ich werde dir nun etwas erzählen, aber es wird für dich eher nach *Fantasy* oder *Science-Fiction* klingen als nach der Wahrheit.«

John neigte leicht seinen Kopf, sah Roy währenddessen durchdringend in die Augen und meinte lakonisch: »Hallo? Vor mir steht jemand, der in meiner Welt als nuklear-modifizierte Gottesanbeterin durchgehen würde. Also ich glaube, das Gerede über *Science-Fiction* können wir uns sparen.«

»Ja, da hast du wohl recht.« Nach einer kurzen Pause fügte

Roy hinzu: »Aber du wirst sehen, es gibt immer eine Steigerung.«

Und dann begann er zu erzählen.

*

»John, die Menschheit – die Menschen als gesamtes –, sie vernichtet das Leben auf diesem Planeten!«

Ja, das stimmte! John wusste, dass auf der Erde gerade das sechste Massensterben[1] von Tier- und Pflanzenarten stattfand. Dies interessierte aber nur die wenigsten seiner Artgenossen und viele, die es interessierte, handelten nicht dagegen.

»Ja, ich weiß, wir Menschen sind nicht auf dem richtigen Weg, aber wir können und werden das Ruder herumreißen. Wir werden es schaffen, von Grund auf umzudenken und dadurch wird eine bessere Welt für alle Lebewesen entstehen!«

›Unfassbar, ich rede wie einer unserer Politiker, der seine Nicht-Umweltpläne mit fadenscheinigen Floskeln als das größte und herausragendste Projekt verkaufen will.‹

»NEIN, JOHN!«, dröhnte es nun nicht nur in seinem Kopf, sondern sein gesamter Körper schien zu beben. Und für einen kurzen Moment spürte er die ungeheure Macht des Geistes des Wächters und erkannte, dass dieser noch deutlich mehr zustande bringen konnte als nur Telepathie. John fragte sich, ob Roy mithilfe seines Geistes …

Doch seine Gedanken wurden unterbrochen.

»Das werdet ihr nicht! Ihr werdet euch nicht ändern, denn

---

[1] **Das sechste Massensterben der Erdgeschichte wird durch den Menschen verursacht.**

➤ *https://www.nationalgeographic.de/umwelt/2017/03/wird-die-menschheit-das-sechste-grosse-massenaussterben-ueberleben*

➤ *https://www.moment.at/sechstes-massenaussterben-medien*

➤ *https://www.spektrum.de/news/erdgeschichte-das-sechste-massenaussterben/1889650*

➤ *https://www.morgenpost.de/politik/article237647889/UNO-warnt-drastisch-vor-Folgen-steigender-Meeresspiegel.html* ihr habt die Zeit unterschätzt! Manche von deiner Art wissen es, viele verdrängen es, anderen ist es völlig egal und die große Mehrheit weiß es ganz einfach nicht, dass ihr – die Menschheit – dabei seid, einen Großteil des Lebens auf diesem Planeten zu töten! Der Genozid an Tieren und an der Pflanzenwelt hat bereits begonnen. Und der Lauf der Dinge wird sich beschleunigen, wenn dem nicht Einhalt geboten wird. Um es mehr als vereinfacht auszudrücken: Es ist nicht nur die Umweltverschmutzung im herkömmlichen Sinn, die das Problem darstellt, denn Umweltverschmutzung, ob Müll oder das Vergiften von Boden oder Gewässern, könnte von der Natur selbst innerhalb von Jahren oder Jahrzehnten bereinigt werden. Wenn sich allerdings das Klima durch Menschenhand ändert, werden es nicht Jahrzehnte oder Jahrhunderte sein, um wieder zurück zum jetzigen Zustand zu kommen, sondern es wird *hunderttausende Jahre* dauern.[2] Die Menschheit stößt

---

[2] **Vergleich des menschengemachten Klimawandels mit dem Paläozän/Eozän-Temperaturmaximum (PETM).**

➢ *https://de.wikipedia.org/wiki/Pal%C3%A4oz%C3%A4n/Eoz%C3%A4n -Temperaturmaximum*

➢ *https://www.reflektive.at/klimawandel-wie-warm-wird-es/*

Das Paläozän/Eozän-Temperaturmaximum (PETM) vor etwa 55,8 Millionen Jahren war eine extreme Erwärmungsphase, deren Dauer je nach wissenschaftlicher Analyse auf 170.000 bis 200.000 Jahre veranschlagt wird.

Während des PETM stieg die globale Temperatur innerhalb von wahrscheinlich 4.000 Jahren um durchschnittlich 6 °C (nach anderen Studien kurzzeitig um bis zu 8 °C) von etwa 18 °C mittlere globale Temperatur im späten Paläozän auf mindestens 24 °C am Beginn des Eozäns.

Demzufolge werden in der Fachliteratur zunehmend Parallelen zur aktuellen globalen Erwärmung gezogen. In dem Zusammenhang äußern jedoch einige Forscher die Vermutung, dass die gegenwärtigen, sehr rasch erfolgenden Umweltveränderungen einschließlich einer möglichen Destabilisierung der Biosphäre zu einem Klimazustand führen könnten, für den in der bekannten Erdgeschichte keine Entsprechung existiert.

Denn der vom Menschen verursachte Klimawandel übertrifft die Geschwindigkeit des Extremklimas des PETM vor 55 Millionen Jahren sehr deutlich.

gerade planetarische Vorgänge an, die, wenn sie einmal in Bewegung gesetzt wurden, nicht mehr gestoppt werden können – weder von euch Menschen noch von uns Wächtern.

Es ist vergleichbar mit einer riesigen alten Dampflokomotive – eine schwarze –, die an die hundert Tonnen wiegt, bei der Waggons angekoppelt sind. Stell dir nun vor, dieser Zug steht am Bahnhof. Doch nun kommen Passagiere – hundert oder zweihundert –, die zur nächstgelegenen Stadt fahren wollen. Sie warten auf die Abfahrt, werden ungeduldig, beschweren sich beim Schaffner und den Ticketverkäufern; wollen, dass der Zug, der dort drüben steht, endlich abfährt.

Doch die Bahnbediensteten erklären den Passagieren: ›*Tut uns leid. Heute gibt es keine Fahrt. Die Bremsen der Lokomotive sind defekt. Und da die Strecke bis zur nächsten Stadt durchgehend abschüssig ist, wird der Zug anfangs langsam, dann immer schneller Geschwindigkeit aufnehmen und … nun ja, an der Endstation wird es zur Katastrophe kommen.*

Die Lok wird entgleisen, auch die Waggons. Und diese werden in die umliegenden Wohngebäude krachen, außerdem grenzen ein Kindergarten und eine Schule direkt an den Bahnhof an. Also, wenn wir fahren würden, würde nicht nur eine große Anzahl der Zuginsassen sterben, sondern es würden auch viele Menschen durch den entgleisenden Zug getötet werden, die nicht Schuld an der Fahrt der Lokomotive tragen – ja nicht einmal davon wissen, dass diese abgefahren ist.‹

Doch die Menschen haben es eilig, sehen zwar das Problem, doch die einhellige Meinung ist: ›*Die Fahrt ist lang. Wir überlegen uns während der Fahrt eine Lösung. Wir haben genug Zeit dafür. Wir können unsere Technologien – Laptops, Handys und alles andere, was wir in unseren Koffern haben – bündeln und weiterentwickeln. Außerdem haben wir in unseren Reihen sehr intelligente Menschen, die einen* ausgeklügelten Plan schmieden können. *Uns wird nichts geschehen!*‹

Die Bahnmitarbeiter verbieten dennoch die Fahrt, sagen aber im gleichen Atemzug: ›*Wenn ihr allerdings die Lok kapert, dann liegt die Verantwortung nicht mehr bei uns!*‹ und widmen sich danach wieder ihrer Arbeit.«

Roy machte eine kurze Pause, dann sprach er weiter.

»John, verstehst du, was ich meine? Jene Menschen steigen in den Zug, der Lokführer beschwört sie, dies nicht zu tun, denn wenn sie abfahren, würde es den Tod, vielleicht nicht der gesamten Gruppe, mit Sicherheit aber der Mehrzahl der Menschen bedeuten.

Aber die Leute würden nur lächeln und dann einen Weg finden, dieses schlafende Monstrum in Bewegung zu versetzen. Die Menschen freuen sich, feuern sich an, denn es gibt nur ein Ziel. Doch bei weitem nicht alle Passagiere wissen vom Defekt an der Lok, wissen nicht, dass der Zug, wenn er einmal in Bewegung gesetzt wird, unaufhaltsam alles niederwalzt, was sich ihm in den Weg stellt – und es interessiert sie auch gar nicht, denn diese Menschen haben andere Sorgen. Sie alle verfolgen nur ihre persönlichen Interessen.

Andere Insassen sind wiederum nur von der Fahrt begeistert, machen das, was die Mehrheit tut – nämlich *nichts*, nur genießen.

Langsam, aber stetig, beginnt sich das Ungetüm zu bewegen. Und dann kommt das Gefälle in Sicht. Vom Bahnsteig aus, schreit der Lokführer wie verrückt: ›*Wenn ihr dieses Gefälle erreicht, macht sich die Lokomotive selbstständig – habt ihr das denn nicht verstanden?!?! Sie wird ohne weiteres Zutun immer mehr an Geschwindigkeit gewinnen, wird immer schneller werden und irgendwann entgleisen.*

Und wenn ihr mit der Kraft eurer Körper dieses tonnenschwere Ungetüm aufhalten wollt, werden eure winzigen Körper zerschmettert werden. *Ihr werdet auch keine Zeit haben, euch oder den Zug selbst gegen den Aufprall anzupassen, auch wenn ihr dazu vielleicht sogar Theorien entwickelt.‹*

Doch die Anführer der Gruppe rufen zurück: ›*Es wird bestimmt nicht so schlimm werden. Wir Menschen haben schon anderes überlebt!*‹

Sekundenlange Stille.

Dann: »Und genau das ist es, was die Menschen im Zug nicht verstehen, auch wenn es ihnen von vielen Seiten her zugerufen wird.

Es ist zwar wahrscheinlich, dass nicht alle Menschen sterben werden, aber es werden mit Sicherheit viele sein und unter denen, die überleben, wird grenzenloses Leid ausbrechen. Viele wird das Schicksal ereilen, durch das Handeln weniger Individuen, die nur auf ihren eigenen Vorteil und ihre Interessen aus sind – wie auch immer diese aussehen mögen.

Denn eines ist von Anfang an klar: *Der Zug wird entgleisen! Daran besteht kein Zweifel!* Doch bevor dies passiert, werden im Zug Furcht und Panik ausbrechen. Es wird Konflikte geben und Schuldzuweisungen. Doch in Wahrheit ist jeder der Menschen schuldig. Die, die die Katastrophe herbeigeführt haben, aber auch jene, die alles einfach zugelassen haben.«

Johns Stimmung war, während Roy erzählt hatte, gekippt, war todernst geworden. Nun sagte er: »Und wie ich annehme, kommt da ihr Wächter ins Spiel.« Nach einer kurzen Pause fügte er hinzu: »Ich habe dazu zwei Fragen. Erstens, auch wir haben Wissenschaftler, die uns in den letzten Jahren andauernd vor dem menschengemachten Klimawandel warnen – du zielst mit deiner Geschichte natürlich genau auf das Klima und die Krisen, die daraus entstehen werden, ab. Die Forscher sagen aber immer dazu, dass ihre Ergebnisse nur zu einer gewissen Wahrscheinlichkeit eintreffen werden. Wie kannst du also behaupten, unsere Zukunft sei bereits in Stein gemeißelt? Und zweitens, warum seid ihr Wächter so sehr davon überzeugt, dass wir Menschen uns nicht ändern können und wir es nicht schaffen werden, mit unserer Umwelt in Einklang zu leben? Vielleicht ist unser Egoismus nicht förderlich, doch wir schaffen es möglicherweise über den Weg der Technologie. Und wenn es eine Grundversorgung durch saubere Energie für jeden Menschen auf dem Planeten gibt, müssten wir die Natur nicht mehr ausbeuten. Natürlich benötigt dies Zeit.« Provokant, und auf die Reaktion des Wächters gespannt, ergänzte er: »Seht ihr Wächter das denn nicht?«

Roy rührte sich keinen Millimeter, als er sagte: »Doch, das sehen wir. Und trotzdem würde es für die Menschen auf diesem Planeten genauso ablaufen, wie es für die Menschen im Zug ablaufen würde.«

Dann fragte Roy: »Weißt du, welche Wissenschaftsgebiete die Menschheit am längsten erforscht hat?«

John dachte nach, doch bevor er eine Antwort aussprechen konnte, fuhr Roy fort: »Es sind das *Wetter* und die *klimatischen Bedingungen* jener Landstriche, in denen die jeweiligen Menschenvölker leben. Es war und ist überlebensnotwendig zu wissen, wann die Saat auszubringen ist, wann es zu Überschwemmungen, Hitzeperioden oder Frost kommen kann.

Eure Wissenschaftler haben uns Wächter in den letzten Jahrhunderten mit ihrem Erfindungsgeist überrascht. Technologien wurden vorangetrieben und dadurch Wohlstand aufgebaut. Aber es gab dadurch auch Schattenseiten, die von anderen Wissenschaftlern aufgezeigt wurden. Speziell eure Klimaforscher versuchen seit Jahrzehnten der Politik und der Gesellschaft die kommende Tragödie mitzuteilen, denn sie haben Erstaunliches vollbracht. Mit den von ihnen geschaffenen Klimamodellen errechnen sie die *Zukunft*, die dem gesamten Erdball bevorstehen wird.

Doch sie sind wie Wahrsager, deren Botschaften niemand hört oder hören will – aus den unterschiedlichsten Gründen und Interessen. Es sind zu wenige und sie sind zu leise, zu seriös und mittlerweile zu desillusioniert im Kampf gegen die fortgeschrittene Erderwärmung, und vor allem im Kampf gegen Politiker, gegen die Entscheidungsträger der verschiedenen Gesellschaften.«

Kurze Stille.

»Wir Wächter waren bereits hochentwickelt, bevor die Pyramiden gebaut worden sind. Aber wir lebten im Verborgenen und es kam nur selten zu Überschneidungen unseres Lebensraums mit jenem der alten Menschheit. Mit der Zeit erkannten wir das Potenzial dieser Spezies. Jedoch zeigte sich bereits vor Jahrtausenden die Aggressivität und die Bedrohung, die von ihr ausging. Anfangs beschränkten sich eure Kriege nur auf die eigene Art. Jetzt aber führt ihr Krieg gegen jedes Lebewesen, das diesen Planeten bevölkert – gegen jedes Tier und gegen jede Pflanze.

Während sich die Menschheit über Jahrtausende vermehrte und sich langsam über den gesamten Erdball ausbreitete, im Nachhinein wie ein Virus, entwickelten wir unsere geistigen Fähigkeiten weiter. Die Fähigkeiten und die Kapazität eines Gehirns deiner Spezies ist nicht annähernd mit jenem eines Wächters zu vergleichen.«

John fühlte sich durch Roy keineswegs in seiner Würde verletzt; er glaubte ihm jedes einzelne Wort.

Roy setzte fort: »Wir können die Zukunft zwar nicht voraussehen, doch wir können sie aus den gesammelten Ereignissen und Erfahrungen unserer eigenen Vergangenheit, mit Hilfe der Daten von euch Menschen und über das Handeln der Menschen in der Gegenwart extrapolieren. Es ist ähnlich wie bei euren Computermodellen: Wie gut die Zukunftsvoraussagen sind, hängt einerseits von der Güte des Modells und der vorhandenen Daten ab, und andererseits von der Rechenleistung des Computers.

Wir sind in der Lage, Millionen von Wächtern beziehungsweise deren Gehirne ›zusammenzuschalten‹, zu einem einzigen Supergehirn, einem gewaltigen Superrechner.«

Roy machte eine Pause und John meinte bereits, dass die heutige *Besprechung* vorüber sei, als Roy sagte: »Für heute habe ich nur noch eines für dich, einen Auftrag: Verfolge aufmerksam die Nachrichten und beobachte das Verhalten der Politiker, der Wirtschaftstreibenden und der Gesellschaft selbst, wenn es um das Thema *Klimaänderung* geht. Vergleiche deine gewonnenen Erkenntnisse mit den Aussagen und dem Konsens eurer Klimawissenschaftler.

Wir treffen uns wieder, in zwei Tagen.«

Ohne Verabschiedung verschwand der Wächter durch die Öffnung in der Kellerwand.

20

Sonntag, 26. Juni

Am nächsten Tag telefonierte John mit seinem Chef Michael Leiner. Michael Leiner war Gründer und Geschäftsführer der Firma ›Alpha-Kunststofftechnik AG‹, bei der John seit über einem Jahrzehnt als Entwicklungsingenieur arbeitete. Seine Hauptaufgaben waren die konstruktive Verbesserung und Weiterentwicklung von Kunststoffbauteilen im Bereich Medizintechnik. Über die Jahre hinweg hatte sich zwischen den beiden Männern eine Freundschaft aufgebaut. Daher hatte John keine Skrupel, Michael sonntags zu kontaktieren.

Der Zeitausgleich, der nach Johns Ansinnen nahtlos in einen zweiwöchigen Urlaub übergehen sollte, bedurfte daher nur eines kurzen Gesprächs.

21

Montag, 27. Juni (7:06 Uhr)

Obwohl nun bereits zwei Tage vergangen waren, seit der Wächter ihm erklärt hatte, dass ein Teil des ›Schwarzen Peters‹ in ihm heranwuchs, beschlich John bei diesem Gedanken jedes Mal aufs Neue ein mulmiges Gefühl.

Die Frage, die für ihn noch immer nicht geklärt war, lautete: *Wenn er eine Hälfte des Schwarzen Peters in sich austrug, was würde mit ihm selbst passieren, wenn der Schwarm geboren worden war?*

Ein bösartiger Gedanke drängte sich in Johns Verstand und ließ ihm die Nackenhaare zu Berge stehen. Roy hatte erwähnt, dass sich der Schwarm auch von Fleisch ernährt ... bedeutete dies, dass sich die Erhalter nach der Geburt an ihm ›vergriffen‹, ihn vielleicht sogar schon während der Geburt auffraßen? John schüttelte den Gedanken ab. Roy würde seine Zeit nicht mit ihm verschwenden, wenn er im Grunde nur Futter für seine Erhalter war.

Seine Gedanken wanderten in eine andere Richtung. So wie Roy es ihm aufgetragen hatte, hatte John seine *Fühler* ausgestreckt, um auf möglichst vielen verschiedenen gesellschaftlichen Ebenen Aussagen und Interessensbekundungen zum Thema Klimaänderung einzufangen. Dabei hatte sich ihm eine Erkenntnis regelrecht aufgedrängt, nämlich die *Unwissenheit* und die *Ignoranz* vieler prominenter Menschen diesem Thema gegenüber. Unglücklicherweise besaßen diese Individuen große mediale Reichweiten.

Mitten hinein in diesen Gedanken, es war genau 7:06 Uhr, drängte sich plötzlich eine Stimme aus dem Küchenradio:

»... *Und wie wird das Wetter zum Start in die neue Woche? Das Wetter nun von Daniela Heil.*« Die

Meteorologin Daniela Heil verkündete daraufhin: »*Es wird kühl aber zunehmend sonnig. Nur im Süden des Landes bleibt es trocken. Die Temperaturen liegen zwischen 17 und 23 Grad. Morgen wird es sonniger und wärmer, aber bereits übermorgen wieder wechselhaft und die Temperaturen sinken.*« Die Meteorologin machte eine kurze Pause und fügte dann hinzu: »*Aber eines ist trotz der jetzigen Wetterlage sicher: Dieser Sommer wird einer der heißesten unseres bisherigen Lebens werden und es wird einer der kühlsten Sommer unseres restlichen Lebens sein. Denn in zwanzig oder dreißig Jahren wird es so eine kühle Wetterphase Ende Juni wohl nicht mehr geben.*«

Aus dem Radio war das, »Yeahhh! Keine Schlechtwetterfronten mehr!«, der Co-Moderatorin zu hören, die ihre Glückseligkeit ob dieser Nachricht in den Äther schickte. Der Hauptmoderator der Morgensendung meinte zu den heißen Aussichten: »*Nun, darüber mache ich mir dann in zwanzig oder dreißig Jahren entsprechend Sorgen! ... Hier sind Ignoratky und das Morgenteam. Wir wünschen einen guten Morgen und hoffen ...*«[3]

John blickte stumm auf das Radiogerät. Das gerade Gehörte verwunderte ihn nicht. Denn dem Großteil der Bevölkerung war ein angemessenes Gefühl für das Wetter verlorengegangen – nur Sonnenschein und Wärme gehören zu einem *guten* Wetter. Diese Menschen machen sich keine oder nur wenige Gedanken darüber, was anhaltende Trockenheit für Landwirte und daher auch für uns – die Gesellschaft – bedeutet. Die Konsequenzen großer Ernteausfälle im eigenen Land – hier bei uns – spüren sie ebenfalls nicht, denn dann importieren wir Europäer Getreide, Obst und Gemüse einfach von einem Nachbarstaat oder vielleicht sogar von einem Nachbarkontinent und entfachen

---

[3] **Ö3 Wecker, Wetterbericht vom 8. Juli 2022 um 7:06 Uhr:** Der Wortlaut wurde nur sehr leicht an die Geschichte des Romans angepasst.

dadurch so manche Hungersnot in ärmeren Ländern, für die die Nahrung eigentlich bestimmt gewesen wäre.

Johns Gedanken wanderten zurück zu jenem Satz, der ihn wieder zu einem Kopfschütteln zwang: ›*Darüber mache ich mir dann in zwanzig oder dreißig Jahren entsprechend Sorgen!*‹

Das Wort ›*Verantwortung*‹ verdrängte den Radiomoderator aus Johns Gedanken und spülte Erinnerungen aus seiner Internet-Recherche hervor. So wie Roy es ihm aufgetragen hatte, hatte John Aussagen des Wirtschaftskammer-Präsidenten[4], des Präsidenten der Industriellenvereinigung[5] und von Politikern[6] analysiert.

---

[4] Wie die **Wirtschaftskammer** den Klimaschutz torpediert (Falter, 17.05.2017)
> ➤ *https://www.falter.at/zeitung/20170517/wie-die-wirtschaftskammer-den-klimaschutz-torpediert/8da0ed0ef5*

Wirtschaftskammer Österreich hält Klimaschutzgesetz für "überambitioniert" (Salzburger Nachrichten, 11.05.2021)
> ➤ *https://www.sn.at/wirtschaft/oesterreich/wkoe-haelt-klimaschutzgesetz-fuer-ueberambitioniert-103638403*

„Habe das Blabla satt": Klimaaktivisten stören Veranstaltung der **Wirtschaftskammer** (Die Presse, 22.11.2022)
> ➤ *https://www.diepresse.com/6218757/habe-das-blabla-satt-klimaaktivisten-stoeren-veranstaltung-der-wirtschaftskammer*

[5] **Industriellenvereinigung** bremst beim Klimaschutz und erhitzt die Gemüter (29.05.2022)
> ➤ *https://www.derstandard.at/story/2000136131436/iv-bremst-beim-klimaschutz-und-erhitzt-die-gemueter*

Internes Papier: Industriellenvereinigung will Klimagesetze bremsen (27.05.2022)
> ➤ *https://kontrast.at/industriellenvereinigung-klima/*

[6] Österreich: **FPÖ-Umweltsprecherin** Winter nennt Klimawandel „Lügengebäude" (derStandard.at, 09.07.2015)
> ➤ *https://www.derstandard.at/story/2000018839122/fpoe-umweltsprecherin-winter-nennt-klimawandel-luegengebaeude*

Deutschland: Leugnen, bis die Erde brennt: Das Netzwerk der Klimawandelleugner (RedaktionsNetzwerk Deutschland, 14.12.2021)
> ➤ *https://www.rnd.de/politik/klimawandel-das-netzwerk-der-leugner-und-die-afd-K6IPXDWA45AITDQ3LKYXNBV2YQ.html*

John war erstaunt gewesen, wie unverblümt die Wirtschaftsbosse in den Medien verlautbarten: ›*Erdgasausstieg erst in Jahrzehnten möglich! Konkurrenzfähigkeit ist nicht mehr gegeben, wenn wir die Umwelt- und Klimastandards anheben! Kohlendioxid- (CO_2) Steuer muss ausgesetzt werden! Etc.*‹

Und was unternehmen manche unserer Politiker? Sie setzen tatsächlich eine Diskussion über die Abschaffung der gerade erst eingeführten CO_2-Steuer in Gang.[7]

›*Unfassbar! Wenn man bedenkt, dass die politischen Ziele der Bundesregierung stark davon abweichen. Bis zum Jahr 2030 muss der CO_2-Ausstoß um etwa 50 % reduziert werden und bis 2040 soll unser Land klimaneutral sein!*‹

Bemerkenswert fand John jedoch, dass UNO-Generalsekretär *António Guterres*[8,9] anscheinend der einzige hochrangige Politiker war, der die Klima-Situation auf unserem Planeten als potenziell gefährlich, ja sogar als politisch kriminell ansah. In seiner Rede zum sechsten Weltklimarat (IPCC) Sachstandsbericht[10] beschwor er die nationalen

---

Deutschland: Werteunion und die Neue Rechte Koalition der Klimawandelleugner (Spiegel, 25.01.2020)
  ➢ *https://www.spiegel.de/wissenschaft/mensch/koalition-der-klimawandelleugner-a-c1a03be4-8921-4898-a4f3-a11a1c814008*

[7] **WKO:** Kopf für **Abschaffung von CO2-Steuer** (ORF.at, 06.04.2023)
  ➢ *https://orf.at/stories/3311766/*

WKO will die CO_2-Steuer abschaffen (Die Presse, 07.04.2023)
  ➢ *https://www.diepresse.com/6273537/wko-will-die-co2-steuer-abschaffen*

[8] **UN-Generalsekretär António Guterres:** Anmerkungen zur Pressekonferenz – Vorstellung des IPCC-Berichts (Genf, 28. Februar 2022)
  ➢ *https://unric.org/de/ipcc280202022/*

[9] **UN-Generalsekretär Guterres:** Rede zum Weltklimagipfel (COP 26) in Glasgow (01 November 2021)
  ➢ *https://unric.org/de/guterrescop2601112021/*

[10] **Sechster Weltklimarat (IPCC) Sachstandsbericht:**
  ➢ *https://www.de-ipcc.de/250.php*

Politiker und Politikerinnen zum Handeln:

> ›Ich habe in meinem Leben schon viele wissenschaftliche Berichte gesehen, aber keinen wie diesen. Der heutige IPCC-Bericht ist ein Atlas des menschlichen Leids und eine vernichtende Anklage gegen die verfehlte Klimapolitik.
> Dieser Verzicht auf Führung ist kriminell.
> Die größten Umweltverschmutzer der Welt machen sich der Brandstiftung an unserer einzigen Heimat schuldig! ...‹

Viele nationale Politiker gehen gar nicht auf den IPCC-Klimabericht ein. Sie verweisen auf Maßnahmen, die bereits *am Laufen* sind. Diese vielen kleinen Dinge solle man doch bitte sehen und im Übrigen müsse man die Bevölkerung schließlich ›*mitnehmen*‹ und dürfe sie ›*nicht überfahren*‹ oder ihnen eine Einbuße in der Lebensqualität zumuten.

John raufte sich mit der rechten Hand die Haare und dachte: ›*Genau diese Argumente werden von den Zweifelstreuern in die Medien geworfen, um in den Gesellschaften der Welt die Meinung zu bilden, dass noch genügend Zeit vorhanden ist, um die globale Erwärmung in erträglichen Grenzen zu halten. Aber eine ›MEINUNG‹ zu haben, ist nicht das Gleiche, wie ›WISSEN‹ zu besitzen! Warum verstehen die wenigsten, dass eine Abkehr von der Energiegewinnung durch die Verbrennung von fossilen Energieträgern die Lebensqualität deutlich verbessert?! Lebensqualitätseinbußen bringt es nur den Lobbyisten der fossilen Industrien und diesem steinzeitlichen Wirtschaftsbereich selbst.*‹

John hatte nach drei Stunden Recherche über die Folgen einer uneingeschränkten weiteren Verbrennung fossiler Rohstoffe entnervt aufgehört zu recherchieren.

Eine der schrägsten Politikeraussagen, die er gefunden

hatte, lautete: ›*Klimapolitik ist nur etwas für Experten!*‹[11]

Im Grunde eine durchaus nachvollziehbare Erkenntnis, wenn dieser Politiker auch das gemeint hätte, was seine Aussage bedeutet. Es war ein deutscher Politiker gewesen, der diesen Satz Jugendlichen der ›*Fridays for Future*‹[12] Klimabewegung mit einem zweifelhaften Hintergrund an den Kopf geworfen hatte. Er hatte keinen Hehl daraus gemacht, dass er von den Jugendlichen genervt war und er im Grunde gemeint hatte, dass diese demonstrierenden Jugendlichen brav und still und mundtot in der Schule hätten sitzen sollen, um dort für ihre bald verlorene und zerstörte Zukunft zu lernen.

»Was für eine *Kröte*!«, hatte John in Richtung Bildschirm gesagt. Er hatte auf diese Politikeraussage hin zwei Dinge innerhalb von nur wenigen Minuten recherchiert.

Erstens: Jeder seriöse Wissenschaftler, der sich mit Klima, Physik oder einer anderen Naturwissenschaft beschäftigt, beschwört unsere Politiker seit Jahrzehnten endlich *wirksame* und *radikale* Klimaschutzmaßnahmen und Entscheidungen zu treffen, um einen lebenswerten Planeten für unsere Nachkommen zu hinterlassen. Viele jener Wissenschaftler (also genau *jene Experten,* von denen der Politiker sprach) richteten diesem deutschen Politiker aus, dass die

---

[11] **FDP-Chef Christian Lindner gegen Schülerdemos fürs Klima: „Eine Sache für Profis"** (10.03.2019)
  ➢ *https://www.spiegel.de/politik/deutschland/christian-lindner-schueler-sollen-in-freizeit-fuer-klimaschutz-demonstrieren-a-1257086.html*

  Scientists for Future stellen sich gegen FDP-Chef Christian Lindner: 23.000 Wissenschaftler für Fridays for Future (15.03.2019)
  ➢ *https://www.energiezukunft.eu/klimawandel/23000-wissenschaftler-fuer-fridays-for-future/*

[12] **Fridays for Future**
  Fridays for Future ist eine globale Bewegung (ausgehend von Schülern und Studierenden), die sich für schnelle und effiziente Klimaschutz-Maßnahmen einsetzt.
  ➢ *https://fridaysforfuture.at/*

Jugendlichen von ›*Fridays for Future*‹ mit ihren Aussagen absolut Recht hätten, denn die Zeit des Handelns, um nicht in eine Katastrophe zu stürzen, sei beinahe verstrichen.

Sie richteten ebenfalls aus, dass die ›*Scientists for Future*‹[13] die ›*Fridays for Future*‹-Bewegung in allen Belangen und bei allen Forderungen unterstütze und er – der Politiker – solle endlich die notwendigen politischen Maßnahmen setzen!

Zweitens: Klimapolitik ist *nicht* nur etwas für Experten und Expertinnen! Jeder Mensch, der sich ernsthaft mit dieser Thematik auseinandersetzen *möchte*, versteht in kurzer Zeit die wesentlichen Zusammenhänge im Klimasystem.

John hatte mit seinem mäßigen Vorwissen innerhalb weniger Stunden erkannt, dass jedes Leben auf unserer Erde – und zwar uneingeschränkt jedes – von den ›*Bedingungen in der Atmosphäre*‹, also vom Wetter und dem Klima, abhängt. Er selbst war bis jetzt blind dafür gewesen. Sein Job hatte jegliche Lebenszeit, um sich zu informieren und sich zu engagieren, aufgefressen. Außerdem, wer möchte sich freiwillig mit Dingen beschäftigen, die keine Partystimmung erzeugen? In unserer Partygesellschaft gibt es nur wenige, die sich ihrer Verantwortung bewusst sind, und es sind naturgemäß noch deutlich weniger Menschen, die sich der Verantwortung bewusst sind *UND* auch nach den daraus folgenden ethischen Prinzipien handeln.

Plötzlich hob John seinen Kopf, starrte geradeaus.

Es war Zeit!

Roy wartete bereits.

---

[13] **Scientists for Future:**
  ➤ *https://at.scientists4future.org/*
  ➤ *https://de.scientists4future.org/*
  ➤ *https://ccca.ac.at/netzwerkaktivitaeten/scientists-for-future*

11.000 Wissenschaftler rufen den Klima-Notfall aus (Welt.de, 05.11.2021)
  ➤ *https://www.welt.de/wissenschaft/article203050604/11-000-Wissenschaftler-rufen-den-Klima-Notfall-aus.html*

22

Roy verlor keine Zeit. »Hast du deine Welt betrachtet?«

»Ja«, antwortete John, »Es sieht nicht gut aus, für uns Menschen und für alle anderen Lebewesen auf dieser Erde noch schlechter. Aber ...«

Roy unterbrach ihn sanft, aber bestimmt: »John, es gibt kein ›Aber‹. Beinahe jeder Mensch handelt nur so, dass seine eigenen Interessen befriedigt werden. Nur allzu oft läuft es auf pure Bereicherung oder das eigene Erleben – den Urlaub – hinaus, ohne auch nur einen einzigen Gedanken an die Folgen jeden Handelns zu vergeuden.«

»Aber unsere Klimawissenschaftler sagen doch immer wieder: Wir können es noch schaffen, wenn wir jetzt beginnen.«

Roy raschelte mit seinen Flügeln, als er zu sprechen begann: »Eure Wissenschaftler sind Narren, denn sie schwächen oftmals ihre errechneten Ergebnisse ab, indem sie hinzufügen: Diese schwerwiegenden Folgen treten zu einem gewissen Prozentsatz in einem bestimmten Jahr ein. Was sie allerdings nur unzureichend hinzufügen, ist Folgendes, nämlich, dass diese Katastrophen *mit Sicherheit* früher oder später eintreten werden. Sie sind naiv und verstehen nicht, was normale Menschen aus ihren Botschaften heraushören oder heraushören *wollen*.«

John wechselte abrupt die Diskussionsrichtung.

»Roy, was habt ihr Wächter vor?«

Ohne auch nur eine Zehntelsekunde zu zögern, antwortete das schwarze Wesen: »Wir werden eingreifen! Hart und unbarmherzig.«

»Werdet ihr einen Krieg beginnen?«

Eine Sekunde Stille.

»Nein, jedenfalls nicht, wenn es nicht notwendig ist. Doch

wir werden der Menschheit Einhalt gebieten!«

»Wir Menschen werden es euch nicht einfach machen, was auch immer ihr vorhabt. Wir sind zäh und haben Mittel, uns zu wehren.«

»Wir wissen das, doch wenn alles gut verläuft, werdet ihr nicht einmal ahnen, geschweige denn wissen, was um euch herum geschieht.«

John überlegte. Er wollte wissen, weshalb die Wächter das Vertrauen in John und seine Artgenossen verloren hatten. Die Menschheit hatte bis jetzt noch jedes Problem auf die eine oder andere Art bewältigt. Und ohne dass John seine Frage stellen musste, erklärte Roy es ihm.

»Bis zum Jahr 2015 sah die Zukunft für das Leben auf der Erde schlecht aus. Klimawissenschaftler wurden diffamiert, Ölkonzerne lieferten zu jeder Studie, die besagte, dass das Verbrennen von fossilen Brennstoffen den Klimawandel anfeuert, eine getürkte Gegenstudie und sie streuten Zweifel in alle Richtungen, in der gesamten Gesellschaft, und was das Schlimmste war, sie erkauften sich Politiker beziehungsweise schoben ihre Leute in politische Positionen, damit ihre Interessen durchgesetzt werden konnten. Bereits damals war die Mehrzahl unserer Spezies der Ansicht, eingreifen zu müssen, unsere Deckung aufzugeben und unsere Existenz zu offenbaren.

Doch dann kam das Jahr 2015. Bei der Pariser Klimakonferenz[14] verpflichteten sich beinahe 190 Staaten dazu, die Lebewesen dieses Planeten gegen ein *tödliches Klima*

---

[14] **UN-Klimakonferenz in Paris (COP 21) im Jahr 2015:**
Das Übereinkommen von Paris ist ein völkerrechtlicher Vertrag, den 195 Vertragsparteien anlässlich der Klimarahmenkonvention der Vereinten Nationen (UNFCCC) mit dem Ziel des Klimaschutzes in Nachfolge des Kyoto-Protokolls geschlossen haben.

 ➢ *https://de.wikipedia.org/wiki/%C3%9Cbereinkommen_von_Paris*
 ➢ *https://www.oesterreich.gv.at/themen/bauen_wohnen_und_umw elt/klimaschutz/1/Seite.1000325.html*

zu schützen. Dies bedeutete im Grunde nichts anderes, als die eigenen Nachkommen vor den *Naturgesetzen*, welche die Atmosphäre zu einer bösartigen Bestie machen würde, zu bewahren. Der Verlauf der extrapolierten Zukunft veränderte sich, und es tat sich für einen kurzen Moment so etwas wie Hoffnung in uns auf.

Wir entschieden nicht einzugreifen und im Dunkeln zu bleiben, so wie wir dies seit Jahrtausenden bereits getan hatten. Doch viele meiner Art waren skeptisch, waren der Meinung, dass ihr euch nicht ändern könnt. Es kam zu Spannungen zwischen den Lagern jener, die abwarten und jenen, die eingreifen wollten.«

John atmete bei dem Gedanken, dass die Menschheit anscheinend bereits knapp an einem globalen Angriff oder Krieg mit einer unbekannten Spezies vorbeigeschrammt war, tief durch. Dann sagte er nachdenklich: »Das alles kann ich nachvollziehen und ich glaube, es war die richtige Entscheidung. Denn, auch ich merke, lese und höre in den Medien, dass unglaublich viele Dinge im Bereich Umwelt- und Klimaschutz passieren. Unsere Politiker versuchen die Sache auf Schiene zu bringen, die passenden Rahmenbedingungen zu schaffen. Ihr Wächter solltet ihnen noch Zeit geben und nicht jetzt schon zum Äußersten greifen.«

John wusste selbst nicht, ob er seinen Worten Glauben schenken konnte. Aber schließlich gab es nichts Schrecklicheres, als einen Krieg herbeizuführen. Und Roy? Das schwarze ›Insekt‹ ging erst gar nicht auf seine Worte ein, meinte wahrscheinlich, dass jedes Wort eines Erklärungsversuches pure Zeitverschwendung war. Roy sagte: »Es ist wichtig für dich, für uns und alle anderen Lebewesen, dass du alles genau verstehst, damit du später die richtige Entscheidung treffen kannst.«

›*Entscheidung? Wichtig für alle Lebewesen?*‹, dachte John, fragte jedoch nicht nach und ließ Roy Black weitersprechen.

»Die Klimakonferenz in Paris sollte einen Wendepunkt darstellen, eine Wende im Bewusstsein der Menschen weltweit einleiten. Doch die Jahre vergingen und alles, was diese tausenden Politiker im Jahr 2015 in Paris aus ihren Mündern entlassen haben, war den Sauerstoff nicht wert, den sie dabei verbraucht hatten! Und jetzt, etwa zehn Jahre später, ist alles noch viel schlimmer als zuvor.

Sie haben jede Frau, jeden Mann und jedes Kind auf diesem Planeten betrogen! Sie versuchen mit Ausflüchten und den sich nacheinander ablösenden Krisen in der Welt ihr Nichthandeln zu erklären.«

Kurze Stille. Dann: »Doch die Wahrheit ist, dass Rekordmengen an Kohlendioxid und anderen Treibhausgasen von euch Menschen erzeugt werden und – jetzt gerade in diesem Moment – neue Ölfeld- und Erdgasbohrungen von euren Politikern gestattet werden: in Afrika[15], Canada[16], sogar in den Weltmeeren[17] und der

---

[15] **Neue Ölbohrungen in Afrika:** Ölkonzern Total startet milliardenschweres Ölprojekt in Ostafrika (Handelsblatt, 12.04.2021)
> *https://www.handelsblatt.com/unternehmen/energie/oelkonzern-total-startet-milliardenschweres-oelprojekt-in-ostafrika/27088350.html*

Bedrohliche Ölbohrungen im Süden Afrikas (Standard.at, 03.10.2021)
> *https://www.derstandard.at/story/2000130010123/bedrohliche-oelbohrungen-im-sueden-afrikus*

[16] **Bohrungen in Canada:**
Auf Kanadas unendliche Energieressourcen setzen (FuW.ch, 30.05.2022)
> *https://www.fuw.ch/article/auf-kanadas-unendliche-energieressourcen-setzen*

[17] **Ölbohrungen in den Weltmeeren:**
OMV investiert gemeinsam mit Partnern 900 Millionen Euro in norwegisches Gasfeld (derStandard.at, 21.12.2022)
> *https://www.derstandard.at/story/2000141996151/neues-erdgasfeld-suedlich-von-zypern-entdeckt*

Türkei gibt die Entdeckung neuer Erdgas-Reserven im Schwarzen Meer bekannt (Euronews, 28.12.2022)
> *https://de.euronews.com/2022/12/28/turkei-gibt-die-entdeckung-neuer-erdgas-reserven-im-schwarzen-meer-bekannt*

Arktis[18]. Regierungen der ganzen Welt in Kooperation mit den großen Ölkonzernen, die sich seit kurzem als Klimaretter präsentieren möchten, investieren noch immer Milliarden Euros in die Suche nach weiteren Öl- und Gasfeldern.[19] Und wieder schlagen die seriösen Wissenschaftler Alarm, fordern Politikerinnen und Politiker auf, endlich vehement dagegen zu handeln. Doch Politiker vieler Fraktionen, selbst der ›grünen‹, antworten oft mit der Floskel darauf: ›*Man darf nicht in Hektik oder gar Panik verfallen und wir müssen jeden Schritt genau durchdenken und die Konsequenzen beleuchten, bevor man Maßnahmen beschließt. Schließlich sollen diese von der Bevölkerung mitgetragen werden.*‹

Die jahrelange Ignoranz der Politik gegenüber dem ›logisch notwendigen Handeln‹ veranlasst die Natur dazu, gebunden an die von ihr geschaffenen Naturgesetze, nicht nur diesen Menschen oder der von ihnen vertretenen Menschheit, sondern jedem Lebewesen auf diesem Planeten mit Vehemenz entgegenzutreten. Und dies wird mit unvorstellbarer Kraft, einer unbändigen Gewalt und mit einer sich ins unermessliche steigernden Aggressivität geschehen, die aus unserer ›*Mutter Erde*‹ eine rasende Bestie machen wird.

Das Problem an euch Menschen ist, dass beinahe alle von euch sich diese Dinge nicht vorstellen können. Der Grund

---

[18] **Rohstoffausbeutung in der Arktis:**
Arktis: Wettrüsten im ökonomischen Gemeinschaftsgarten (derStandard.at, 22.04.2017)
➢ *https://www.derstandard.at/story/2000055209850/arktis-wettruesten-im-oekonomischen-gemeinschaftsgarten*

[19] **Suche und Investitionen in neue Ölfelder:**
Neue Ölfelder: Investitionen für die Klimakatastrophe (RedaktionsNetzwerk Deutschland, 09.12.2022)
➢ *https://www.rnd.de/wirtschaft/neue-oelfelder-investitionen-fuer-die-klimakatastrophe-VEH6D5TYHFGJ5GQIDFWIC42HAI.html*
Ewige Gier nach Öl: TotalEnergies schlägt im Nationalpark zu (Salzburger Nachrichten, 19.11.2022)
➢ *https://www.sn.at/panorama/klimawandel/ewige-gier-nach-oel-totalenergies-schlaegt-im-nationalpark-zu-129851686*

dafür ist einfach: Ihr habt solch eine erbarmungslose Natur noch nicht miterlebt und daher glauben diese Menschen, *so etwas kann und wird niemals eintreten.*

Doch diese Transformation der Natur wird Wirklichkeit werden. Und dann wird der nächste desaströse Schritt in dieser *Tragödie* folgen.«

Roy baute eine kurze Pause ein.

»Eure *seriösen* Wissenschaftler werden ihre Stimme endgültig verlieren, denn sie werden nicht mehr notwendig sein, wenn der Wandel nicht mehr aufgehalten werden kann. Letztendlich wird es einer ›*Entsorgung*‹ gleichkommen und sie werden von zweifelhaften Wissenschaftlern – jenen, die die Interessen von Firmen und Konzernen, die im Dunkeln bleiben wollen, vertreten – ersetzt werden. Sie werden den Regierungen dieser Welt ihre Pläne erklären, diese vielleicht sogar als einzigen noch gangbaren Weg bezeichnen, und somit aus dem gesamten Planeten ein Versuchslabor machen. Sie werden Experimente mit der Erdatmosphäre machen wollen und sie werden laut sein, sie werden geduldig und hartnäckig sein. Sie werden alle seriösen, zurückhaltenden und nur in Fachmagazinen publizierenden Wissenschaftler bei weitem übertönen. Und letztendlich werden sie in die Welt hinausbrüllen: » *WIR BRAUCHEN GEO-ENGINEERING*[20]*! WIR können* ›*es*‹! *Und* ›*es*‹ *wird die*

---

[20] **Geo-Engineering:**
Der Sammelbegriff Geo-Engineering oder Climate Engineering, bezeichnet vorsätzliche und großräumige Eingriffe mit technischen Mitteln in geochemische oder biogeochemische Kreisläufe der Erde. Als Ziele derartiger Eingriffe werden hauptsächlich das Abbremsen der anthropogenen globalen Erwärmung, etwa durch den Abbau der CO_2-Konzentration in der Atmosphäre, und die Verringerung der Versauerung der Meere genannt. (Quelle: Wikipedia, Zugriff: 02.03.2023)
➢ *https://de.wikipedia.org/wiki/Geoengineering*

Riskante Kühlung (Max-Planck-Gesellschaft, 11.03.2021)
➢ *https://www.mpg.de/16569676/geoengineering*

Rettung für den Planeten sein!«

Zuerst werden die Bedenken über die möglichen und teilweise unvorhersehbaren Auswirkungen auf die Umwelt zu groß sein. Daher wird man ihnen vorerst die Erlaubnis verweigern. Doch die Natur wird immer aggressiver und gewalttätiger werden, und irgendwann wird die Stunde des Geoengineerings gekommen sein. Sie werden Nanopartikel mit Hilfe von Flugzeugen in die hohen Schichten der Atmosphäre einbringen und damit den Planeten verseuchen. Durch die Partikel vermindert sich die Sonneneinstrahlung auf der Erdoberfläche. Die globalen Luftströmungen werden sich dadurch binnen kurzer Zeit verändern. Ungewöhnliche und unkontrollierbare Temperaturänderungen werden in weiten Teilen der Erde auftreten. Fruchtbare Länder werden dadurch unfruchtbar werden. Die folgenden Ernteausfälle in den vormals fruchtbaren Landstrichen werden zu weiteren Konflikten und Kriegen führen.

Aber leider ist das nur die halbe Geschichte. Denn wenn der Nanopartikelnachschub, ausgelöst durch Konflikte oder Naturkatastrophen, irgendwann versiegen sollte und dadurch die Kühlung der Erde abrupt unterbrochen wird, führt dies unweigerlich zu einer extremen Erhöhung der globalen Durchschnittstemperatur binnen weniger Jahre. Sie wird nicht mit der jetzigen Erderwärmung vergleichbar sein und um ein Vielfaches schneller ablaufen.«

Roy machte eine Pause, schien John die Zeit geben zu wollen, den Wortschwall, der sich über ihn ergossen hatte, zu verarbeiten.

Dann wechselte er das Thema. Weg von den verrückten Wissenschaftlern hin zu den − aus der Sicht der Wächter −

Geoengineering-Governance (Deutsches Umweltbundesamt, 16.10.2019)
➤ *https://www.umweltbundesamt.de/themen/nachhaltigkeit-strategien-internationales/umweltrecht/umweltvoelkerrecht/geoengineering-governance#wirksamer-klimaschutz-oder-grossenwahn*

verrückten menschlichen Politikerinnen und Politikern.

»Der Hauptgrund, weshalb wir Wächter uns entschlossen haben, einzugreifen, ist der, dass eure Anführer schwach sind. Sie besitzen kein Rückgrat und sind meist nur auf den eigenen Vorteil und ihren Machterhalt aus. Um ihre Ziele zu erreichen, ist vielen jedes Mittel recht und nur wenigen sind in diesem Zusammenhang die Wörter *Verantwortungsbewusstsein*, *Respekt* oder *ethisches Handeln* wichtig.

Als Beispiel sei die Politikerriege des Jahres 2015 genannt, die in Paris den historischen Klima-Beschluss gefasst hat.

Eure Politiker haben anscheinend *wirklich* geglaubt, dass Worte alleine ausreichen, um eine planetare Wandlung zu stoppen: › *Wir, die Politiker – die Entscheidungsträger –, beschließen hier und jetzt eine globale mittlere Erderwärmung von 1,5 °C bis maximal 2 °C bis zum Jahr 2100.* ‹

Mit großem medialen Getöse und ausgedehnten Feierlichkeiten wurde auf das historische Ereignis hingezeigt. Und dann sind hunderte Privatjets von der Klimakonferenz abgeflogen.

Viele dieser Politiker dürften danach gedacht haben: › *Wow, was da alles geht! Man beschließt etwas und alle Menschen glauben daran, dass wir das Versprochene halten und auch durchziehen werden.* ‹

Doch die Bevölkerung bedenkt nicht, dass das Verfallsdatum vieler Politiker nicht in ferner Zukunft liegt, und diese somit nach wenigen Jahren aus ihrer politischen Verantwortung entlassen werden. Ob sie ihre Versprechen eingelöst haben oder nicht, ist nebensächlich. Die Verantwortung, um Beschlüsse umzusetzen, wird an die jeweiligen Nachfolger übergeben ... und dann an den nächsten.

Und somit trägt für die Vernichtung vieler Lebewesen auf unserer Erde im Grunde niemand Schuld. Nicht die Politiker, die in den wenigen Jahren ihres Handelns kein gesamtes System ändern können, denn der Vorgänger hatte es schließlich nicht auf Schiene gebracht. Auch die Gesellschaft trägt keine Schuld, denn sie musste sich doch um das private Wohl, um den Beruf und das Geldverdienen kümmern und ohnehin bekam sie nicht ausreichend Information, um die Dramatik der Vorgänge verstehen zu können. Die Wirtschaftstreibenden sind natürlich ebenso nicht schuld, denn es werden ohnehin nur jene Dinge produziert, die die Weltgesellschaft erwerben möchte.

Daher könnte man meinen, dass die seriösen Wissenschaftler die wahren Schuldigen an der Misere sind, denn sie waren zu leise und zu zurückhaltend! Sie waren keine Marktschreier, sondern nur Informationslieferanten für die eigene Community und für Interessierte. Die Forscher hätten die Bevölkerung gegen die Entscheidungsträger *aufbringen können*, ja sogar *müssen*! Sie hätten auf die Straße gehen müssen und radikale Handlungen für die Zukunft fordern müssen. Denn eure Kinder und Jugendlichen, die um ihre Zukunft fürchten, schaffen es ohne Unterstützung einfach nicht! Wie sollte das auch funktionieren?«

Die Menge an übermittelten Gedanken und Gedankenanregungen verwirrten John zwar nicht, doch er musste alles in Ruhe durchdenken und sich über Roy ein neues Bild machen, denn eines ahnte er bereits: Roy und seine Artgenossen hatten etwas vor, etwas, das die gesamte Menschheit betraf, etwas, das diese in ihren Grundfesten erschüttern würde. Er mahnte sich selbst zur Geduld, um jedes Puzzlestück, das er von Roy erhielt, an die passende Position setzen zu können. Es war nun notwendig, die Situation richtig einzuschätzen, um danach angemessene Entscheidungen zu treffen.

Denn, wie hatte Roy es ihm gegenüber ausgedrückt, ›*Du bist der Richtige!*‹, und er hatte noch immer keinen Schimmer davon, was dies zu bedeuten hatte. Natürlich mochte es ein Hinweis darauf sein, dass er eine nicht unwesentliche Rolle im ›*Spiel der Wächter*‹ einnehmen sollte. Trotzdem gab er sich naiv und stellte eine Frage, auf die er die Antwort selbst bereits kannte, nur um zu sehen, wie sein Gegenüber reagiert: »Wie kannst du von der Vernichtung des Lebens sprechen? Gut, es stimmt, Tier- und Pflanzenarten sterben aus – durch unsere Schuld –, doch die zukünftigen Ereignisse derart genau vorherzusagen beziehungsweise zu wissen? Das ist unmöglich.« John schüttelte seinen Kopf. »Wir haben Maßnahmen in die Wege geleitet, wirkungsvolle Maßnahmen, die den Umschwung bringen können.«

Wenn John sich nicht dadurch lächerlich gemacht hätte, er hätte liebend gerne lauthals über den verborgenen Schwachsinn, den seine Worte in sich trugen, losgelacht. Doch Roy beantwortete weder seine Fragen, noch reagierte er so, wie John es erwartet hatte.

Roy sagte: »Ich zeige dir etwas.«

John kniff unwillkürlich seine Augen zusammen.

»Hab keine Angst. Ich gehe mit dir auf eine Reise.«

TEIL 3

Reisen durch Raum und Zeit

23

»Vertraust du mir?«

»Ich weiß es nicht genau.«, antwortete John wahrheitsgemäß und fügte hinzu: »Ich versuche es.«

»Gut. Setze dich nun auf den Sessel.«

John hatte den Sessel seit dem letzten Gespräch mit Roy im Keller stehen lassen. Es war nicht schwer vorauszusehen gewesen, dass er ihn wieder brauchen würde. Nun tat er, wie ihm geheißen worden war.

»Schließe deine Augen und versuche, dich zu entspannen.«

John, der in seinem bisherigen Leben noch nicht das Vergnügen gehabt hatte, vor einer zwei Meter großen Gottesanbeterin zu sitzen, die ihm eine Anleitung zur Tiefenentspannung gab, schaffte es nicht unmittelbar, den Worten Roys Folge zu leisten. Es drängten sich Bilder von geköpften männlichen Gottesanbeterinnen vor sein geistiges Auge. Trotzdem schloss er die Augen und dachte: ›*Alter, irgendwann trittst du ohnehin ab! Weshalb also nicht gleich heute? Im Übrigen, von einer Gottesanbeterin den Kopf abgebissen zu bekommen? Solch einen Abgang schaffen nur die wenigsten!*‹ Ein unmerkliches Lächeln umspielte seine Lippen.

Dann flüsterte Roy: »Öffne deinen Geist.«

Stille.

»Öffne deinen Geist.«

*

Bevor John sich Roys Gedankenwelt hingab, forderte sein Verstand eine letzte kleine Absicherung. John öffnete seine Lider – nur einen winzigen Spalt. Roy hatte sich keinen Millimeter bewegt und er würde dies, solange er hier mit geschlossenen Augen saß, nicht tun – John war sich dessen sicher. ›*Oder du verlierst deinen Kopf, mein Junge, und dann musst du dir keine Gedanken mehr machen, wie du aus diesem Schlamassel wieder herauskommst.‹*

Dieser bissige, gleichzeitig auch ironische Gedanke bildete den Startschuss für Johns Geist, seinen Körper zu überreden, jegliche Vorsicht über Bord zu werfen und sich in die ›*Fangarme*‹ dieses Wesens zu begeben. John atmete tief ein ... und aus. Entspannte sich mit jedem Atemzug mehr und dann sagte ...

24

1. Reise: Vater und Tochter

... das Mädchen: »Papa, ich bin durstig.«

Er sah seine Tochter an; danach wanderte sein Blick zum Esstisch, auf dem eine Zwei-Liter-Kunststoffflasche stand. Sie war etwa drei Viertel voll.

Die Auffangtonnen für Regenwasser waren schon lange von ihnen ausgetrunken und für die fünf nun bereits bedauernswert aussehenden Tomatenpflanzen verbraucht worden. Seit letztem November hatte es nicht mehr *richtig* geregnet. Er konnte sich noch genau daran erinnern, denn es war der erste November gewesen, Allerheiligen, und er und seine Tochter waren, unter einen Regenschirm gekuschelt, am Grab seiner Frau, Sarahs Mutter, gestanden. Sie hatten die Andacht über sich ergehen lassen und hatten danach, so wie sie es jedes Jahr taten, wenn der Friedhof sich geleert hatte, neben dem Grab in der Wiese ein Picknick veranstaltet.

Es war nass und feucht gewesen, jedoch auch sehr heiß – die Luft hatte an die 29 Grad Celsius (vor dem Regen, am 31. Oktober, hatte das Thermometer sogar 37 Grad angezeigt). Sarahs Mutter wären beim Anblick der Hose ihrer Tochter – braune und grüne Flecken waren durch die nasse Wiese darauf entstanden – tiefe Falten auf der Stirn gewachsen. Sarah hätte mit Sicherheit nur geantwortet: ›*Wozu gibt es denn Waschmaschinen?*‹ und wäre dann mit

Seelenruhe weiter am Boden herumgekrabbelt. Nur zurzeit gab es für diese Geräte kein Wasser.

Es war der letzte ergiebige Regen gewesen. Zwei Tage lang, am Allerheiligen- und am Allerseelen-Tag, war die lauwarme Feuchtigkeit zur Erde getropft und der trockene Boden hatte gierig danach gelechzt.

Heute war der 6. Juli 2057. Über ein halbes Jahr hatte es keinen nennenswerten Regen mehr gegeben. Dafür aber starke, heiße und andauernde Winde, die den Boden für Pflanzen zu einer tödlichen Falle machten, wenn dieser nicht bewässert wurde. In diesem Jahr war es bereits die fünfte Hitzewelle – die erste besuchte die Menschen um Rabenstadt bereits im Jänner. Wochenlange Hitzewellen hatten mittlerweile einzelne Sommertage verdrängt. Die Wetterumschwünge dazwischen entwickelten sich nicht langsam und gemächlich, so wie es sich vor dreißig oder vierzig Jahren zugetragen hatte, sondern das Wetter stellte sich radikal und mit einer Wucht um, sodass nicht nur Kinder oder alte Menschen achtgeben mussten, denn die Atmosphäre schlug mit der Gewalt und der Macht zu, wie es nur die Elementarkraft der Natur konnte. Daher waren Temperatursprünge um plus oder minus dreißig Grad von einem Tag zum nächsten keine Seltenheit.

Der Wetterbericht hatte endlich Regen prophezeit, eine 90-prozentige Wahrscheinlichkeit, jedoch erst für nächste Woche. Aber jeder wusste, dass solche Voraussagen oft mit einer herben Enttäuschung endeten. Wasser wurde im ganzen Land seit Februar von der Regierung rationiert und ein kurzfristiges Ende war nicht in Sicht. Zu sehr hatte das Wetter der letzten drei Jahrzehnte den Grundwasserspiegel gesenkt. Wahrscheinlich würde es wieder August werden. Und dann wird sich die energiegeladene Atmosphäre mit sintflutartigen Regenfällen entleeren, und wenn sie Pech hatten, würden diese Unwetter von Stürmen mit Windböen bis an die 250

Kilometer pro Stunde begleitet werden.[21]

Die knappen eineinhalb Liter, die am Esstisch standen, mussten für Vater und Tochter noch bis übermorgen Abend ausreichen. Ausdruckslos starrte der Vater die Flasche an. ›*Das ist zu lange! Zu weit in der Zukunft! Wir brauchen deutlich mehr Wasser!*‹

Er sah seine Tochter an. In seinem Blick lag eine eigenartige Form von Traurigkeit, als er sagte: »Ich weiß. Nimm einen Schluck. Dann ruh dich aus; in drei Stunden gehen wir los, in der Dämmerung, wenn es kühler ist. Ich habe eine Idee.«

*

Kurz nach Sonnenuntergang machten sich die beiden auf den Weg. Der Vater führte seine Tochter über vertrocknete Wiesen, durch hüfthohe Maisfelder, deren Pflanzen den Vater bereits deutlich überragen sollten, doch die anhaltende Trockenheit verhinderte ihr Wachstum, und durch einen Wald, dessen erbärmlicher Zustand nicht einmal die einsetzende Dunkelheit verbergen konnte. Nach etwa fünfzig Minuten Fußmarsch hörte Sarah ihren Vater sagen: »Wir sind bald da.«

Er streckte seinen Arm aus und fügte hinzu: »Da vorne ist die Lichtung.« Sarah erkannte zwischen den Bäumen die letzten rot-violett gefärbten Wolken, die die unbarmherzige Sonne verabschiedeten.

Nach wenigen Minuten erreichten sie die Lichtung. Sie war vollständig vom Wald umringt, sodass sich eine baum- und strauchlose Kreisfläche mit einem Durchmesser von etwa fünfzig Metern ergab. Genau in der Mitte befand sich eine

---

[21] **Unwetter und Stürme:** Orkantief Kyrill wütete in Europa mit Windgeschwindigkeiten von über 200 Stundenkilometern.

➤ *https://www.planet-schule.de/mm/die-erde/Barrierefrei/pages/Windstaerke_und_Windgeschwindigkeit.html*

➤ *https://de.wikipedia.org/wiki/Orkan_Kyrill*

tiefe Mulde, die im Regelfall vollkommen mit Wasser gefüllt war und einen idyllischen Teich ergab. Der Teich hatte einen Durchmesser von über dreißig Metern und in den alten Zeiten hatte man problemlos darin schwimmen können. Doch nun stand die Wasseroberfläche tief, sehr tief sogar.

Vater und Tochter traten, ohne auch nur einen weiteren Gedanken zu verschwenden, auf die Lichtung. Es war Fahrlässigkeit – purer Leichtsinn – gewesen, sich nicht im Verborgenen zu halten, um die Situation auf der Lichtung erst zu beobachten und dann zu bewerten.

Sie wurden sofort entdeckt.

»Wer seid ihr? Und was wollt ihr hier?«, fragte einer der drei Männer, die unten, tief im beinahe leeren Teich, hockten und trübes Wasser in ihre Kanister schöpften.

Der Vater fluchte in sich hinein. Er hatte durch die Euphorie seiner offenbar grandiosen Idee vergessen, seinen Hausverstand einzuschalten. Dieser Teich existierte seit Jahrzehnten und dürfte Unmengen an Spaziergängern aufgefallen sein, auch wenn sich dieser mitten im Wald befand. Also wenn ihm diese Idee gekommen war, war es mehr als nur wahrscheinlich, dass sich auch anderen dieser Einfall aufdrängen würde.

»Papa, das ist doch der Teich von Opa.«

»Ja«, kam die knappe Antwort und dann nahm er seine Tochter an der Hand, zog sie zu sich. Er verfluchte sich und seine Unvorsichtigkeit. Wäre er aufmerksamer gewesen, hätte er die Männer bemerkt, hätte sie ihr Werk vollenden lassen, denn es war noch immer genug Wasser im Teich.

»Also, was wollt ihr hier?« Die Frage kam nun deutlich schärfer.

»Hören Sie, wir wollen auch Wasser, nur ein paar Liter«, sagte er. Gleichzeitig beobachtete er die Männer mit zusammengekniffenen Augen und achtete auf jede Bewegung. Er versuchte auch am anderen Ende der Lichtung, unter den Bäumen, etwas zu erkennen, doch es war bereits zu dunkel.

Seine Instinkte übernahmen teilweise sein Handeln – die Anwesenheit seiner Tochter verstärkte dies noch weiter und er sah sich nach einem Stock um, einem dicken Stock.

»Nun, ich weiß nicht, ob das geht – wohl eher nicht. Schließlich wollen wir morgen wieder kommen ... und übermorgen auch. Die Wasserrationen reichen nicht mehr.« Der Mann sprach sachlich und so, als ob ein Lehrer seinem Schüler erklärte, dass er einen gedanklichen Fehler begangen hatte, dieser aber nicht wirklich schlimm wäre und er dürfe sich nun setzen und darüber nachdenken oder – besser noch – nach Hause gehen.

Doch dem Vater entging die versteckte Drohung in den Worten keineswegs. Und obwohl er und seine Tochter jedes Recht dazu gehabt hätten, sich Wasser zu nehmen und das gewaltsam erworbene Recht der anderen, diesen wieder abzuerkennen, zog sich der Vater mit seiner Tochter langsam ins Dickicht der Bäume und Sträucher zurück. Ihm waren die Blicke der beiden anderen Männer nicht entgangen, die sich wie zu einer stummen Absprache getroffen hatten. Doch er würde wiederkommen – alleine, ohne seine Tochter – und er würde unsichtbar und unhörbar für ungebetene Gäste bleiben, bis sie wieder Wasser schöpften und dann würde er wie ein Sturmwind über sie hinwegfegen. Sie würden es nie wieder wagen, das Eigentum seiner Familie zu rauben. Und er würde es nie wieder zulassen, dass er wegen dieser Menschen seine Tochter durstig in den Schlaf wiegen musste. Das schwor er sich.

Dann lächelte der Vater.

Aber bevor er diese Männer zum nächsten Rendezvous treffen würde, würde er sich morgen gleich in der Früh etwas gönnen, etwas, das ihm sein Vorhaben deutlich erleichtern würde. In Rabenstadt gab es ein spezielles Geschäft, in dem Waffen nicht nur an Jäger verkauft wurden. Und das Beste an der Geschichte war, dass der Besitzer ein ehemaliger Bundesheerkumpel von ihm war. Tja, und möglicherweise brauchte ja auch sein Freund ein wenig zusätzliches Wasser und würde sich ihm bei der Aktion anschließen. Und vielleicht war dies der Beginn einer wunderbaren und gewinnbringenden Partnerschaft, um beiden Familien ein Leben bieten zu können, in dem wenigstens der Durst für die nächste Zeit keine Chance mehr hatte.

Seit Monaten waren die Regale in den Supermärkten leergekauft. Wasser, Obst und Gemüse, auch Fleisch waren nicht nur Mangelwaren, sondern jedes Mal kurz nach neuen Lieferungen ausverkauft. Die Lieferungen selbst verzögerten sich um Tage, wenn sie überhaupt eintrafen. Und es gab immer wieder Überfälle auf diese Nahrungsmitteltransporte.

Es war an der Zeit, seine Lage und die seiner Tochter zu überdenken. Er hatte zwar einen Job, doch das Leben hier in diesem Landstrich war eine Qual. Wenn es in den nächsten ein oder zwei Jahren nicht besser werden würde, dann würden sie ihre Sachen packen, das Haus verkaufen und wegziehen – nach Norden, dorthin, wo es regnete und Wasser gab und Land, das von sich aus Ernte hervorbringen konnte.

Als Vater und Tochter bereits tief im Wald auf dem Heimweg waren, nickte der Vater und dachte: ›*Aber zuerst gilt es Wichtigeres zu erledigen, und dazu werde ich nächstes Mal mein Anliegen deutlich unhöflicher vorbringen!*‹

Der Vater freute sich bereits auf ein Wiedersehen mit seinen noch namenlosen neuen Bekannten. Sie würden ihre Lektion erhalten und sie würden sie nicht vergessen.

*

Zwischenspiel

John öffnete langsam seine Augen. »War das die Zukunft?« Er sah die schwarze Gestalt leicht verschwommen.

»Eine mögliche – die wahrscheinlichste. Sie wird bald zur Gegenwart werden.«

Nach einer kurzen Pause: »Wenn sich die Politiker dieser

Welt in naher Zukunft eingestehen werden, dass die beschlossenen maximalen 1,5 °C globale mittlere Erderwärmung des Pariser Abkommens unmöglich erreicht werden können, dann werden sie den Menschen schamlos ausrichten: ›*Wir haben alles versucht, um dieses Ziel zu erreichen!*‹ Sie werden ihre eigenen Worte sogar selbst glauben und sie werden hinzufügen: ›*Wir werden unsere Anstrengungen erhöhen und versuchen, die 2-Grad-Grenze einzuhalten.*‹

Verstehst du John? Sie werden es ›*versuchen*!«

Wieder eine kurze Pause. Dann: »Weißt du, eure Politiker haben *tatsächlich* keine Integrität. Sie können jedoch hervorragend und überzeugend die Gesellschaft rhetorisch um den Finger wickeln und sie scheinen nicht nur zehn davon zu haben, sondern packen immer wieder einen neuen Finger aus, wenn gerade einer benötigt wird. ›*Schönreden*‹ von Tatsachen, die die Zukunft betreffen, wäre noch ein zu nettes Wort, denn es sind *pure* und *boshafte Lügen.* Nur die fünf nächsten Jahre haben sie im Auge und ihrem Machterhalt ordnen sie alles unter! Doch vielfach haben auch sie keine reale Macht, denn sie sind die Getriebenen der Wirtschaftsbosse und Konzerne, sind deren ›*Eigentum*‹, denn sie wurden von diesen in ihre politische Position gehievt!

Und irgendwann, wenn auch das Ziel der maximal zwei Grad globaler Erderhitzung nicht mehr gehalten werden kann, *erst dann* wird sich in der gesamten Gesellschaft Unglaube und Schock ausbreiten ... speziell bei jungen Eltern und den Jugendlichen, die ein lebenswertes Leben noch vor sich haben sollten.

Und die Industrie und Wirtschaft wird trotz allem von ihrer Droge *Kohlendioxid* (CO_2) nicht loskommen, und sie werden, sobald sich die politischen Rahmenbedingungen zu ihren Ungunsten verändern, zum verbalen Rundumschlag ausholen und mit Drohungen über steigende Arbeitslosigkeit und Wettbewerbsnachteile um sich schlagen. Sie werden sich verhalten wie Drogensüchtige, die auf einen nicht geplanten Entzug kommen sollen – nur ist ihre Droge CO_2.

Energiekrisen, soziale Aufstände, Pandemien, Völkerwanderungen, Konflikte und Kriege, alles das wird ihnen in den nächsten Jahrzehnten in die Hände spielen, all dies wird die politischen Machthaber davon abhalten, notwendige zukunftsweisende Maßnahmen und Beschlüsse zu treffen, um den Planeten für die nachfolgenden Generationen zu bewahren.«

»Kann es sein, dass du unsere Politiker nicht ausstehen kannst? Wir alle oder wenigstens die meisten Menschen finden viele von ihnen inkompetent und einfach nur machtbesessen, können deren Reden nicht ertragen und über deren Sympathiewerte möchte ich erst gar nicht sprechen. Doch mir scheint, bei dir geht diese Empfindung weit darüber hinaus.«

Roy antwortete: »Deine Annahme ist richtig. Ich erkläre dir mit einem kleinen Vergleich, warum es so ist:

Wenn man sagt, man verabschiedet sich von den 1,5 Grad globaler Temperaturerhöhung und nimmt die 2 Grad in Kauf, dann ist das so, als ob ein Arzt zu seinem ahnungslosen Patienten sagt: ›*Nun, wir haben ja vieles versucht und ausprobiert, und wenn ich in den letzten Wochen nicht so viel zu tun gehabt hätte – andere sehr wichtige und dringende Dinge –, nun ja, dann wäre es wahrscheinlich bei einem lebenslangen Hinken geblieben. Doch wie gesagt, und es tut mir auch schrecklich leid, die Entzündung hat nicht aufgehört zu arbeiten und so ist Wundbrand entstanden, der sich vom gebrochenen Knöchel bereits über das Knie hinaufzieht. Leider muss ich Ihnen mitteilen, dass wir das Bein bis dorthin abnehmen werden müssen. Wie gesagt, es tut mir aufrichtig leid. Und wie schon erwähnt, wir haben alles in unserer Macht Stehende versucht. Aber hören Sie, es gibt inzwischen sehr gute Anpassungsmöglichkeiten, Prothesen und Krücken zum Beispiel, da können Ihnen unsere Spezialisten der Orthopädie weiterhelfen.*‹

Und der Patient würde, zwar mit einer gewissen Skepsis, darauf sagen: ›*Danke für Ihre Bemühungen! Aber, um ehrlich zu sein, ich habe mir in den letzten Tagen bereits gedacht, dass es zu spät sein wird, um meinen Fuß und den Unterschenkel zu retten.*‹ Danach würde der Patient dem Arzt die Hand schütteln, denn er ist sich sicher: *Dieser Mensch hat das Wissen und entscheidet mit Bedacht und Weisheit.*

Und dann würde der Arzt seinen Patienten über das Folgende informieren: ›*Allerdings muss ich Ihnen noch mitteilen, dass ich mit meinem Team noch über die weitere Vorgangsweise Ihrer Behandlung beraten muss. Wenn wir die passende Strategie gefunden haben, werden wir umgehend loslegen. Und noch ein Zweites, zusätzlich haben wir zahlreiche andere unaufschiebbare Dinge zu erledigen, das heißt, Ihre Operation wird sich dadurch nochmals etwas verzögern.*‹

Dem Patienten würde die Hitze ins Gesicht steigen, denn er hatte *irgendwann irgendwo* einmal gelesen, dass Wundbrand durchaus tödlich enden konnte, und weshalb sollte es gerade bei ihm anders sein? Und wenn der Arzt und seine Experten die Zeichen der Zeit übersahen oder einfach nicht sehen wollten?

Auf seiner Stirn würden dicke Falten der Unsicherheit und Sorge entstehen, die dem Arzt nicht entgehen würden, und der Experte würde innerlich lächeln und denken: ›*Bei jedem das Gleiche!*‹ Danach würde er in beruhigendem Ton sagen: ›*Hören Sie, die Wahrscheinlichkeit, dass sich der Wundbrand ausbreitet, ist natürlich da, aber es wird dauern, bis er den Bauchraum erreicht und dort, sagen wir einmal, größeren Schaden anrichten kann. Also bis es* ›*wirklich*‹ *gefährlich wird, haben wir noch reichlich Zeit. Unsere Pflegerinnen und Pfleger werden Sie in der Zwischenzeit hervorragend versorgen. Wir haben Salben und Gurgellösungen und für Notfälle Schmerztabletten, die Erleichterung bringen. Und natürlich, dass ich es nicht vergesse, jeden Morgen, und auch* am Abend, kommt unser Herr Kaplan ins Gebäude, um mit Ihnen zu beten. Beten ist inzwischen, für fast alle unsere Therapien, ein bedeutungsvoller Grundpfeiler geworden. Der Therapieansatz ›Positive Gedanken‹ bietet, und dazu gibt es eine Vielzahl an Studien, bei Verletzungen im Allgemeinen und bei Wundbrand im Speziellen, hervorragende Erfolgschancen, um diesen wenigstens aufzuhalten, bis wir so weit sind, um durchzustarten.‹

Der Arzt würde dem Patienten aufmunternd zuzwinkern und danach beobachten können, wie sich die Stirn des Patienten verjüngt und alle Falten, bis auf wenige kleine, verschwinden.

›Danke, dass Sie alles tun, was in ihrer Macht steht!‹ ›Natürlich, gerne! Dafür bin ich schließlich da! Leider muss ich jetzt weiter. Auf mich warten weitere Patienten, die ähnliche Fragen wie Sie haben. Und auch bei diesen habe ich die schöne Aufgabe, ihnen Zuversicht und Hoffnung auszusprechen. Und bedenken Sie, es gibt immer Anpassungsmöglichkeiten, egal wie schlimm die letztendliche Lage auch aussehen wird.‹

Dann würde der Arzt den Raum verlassen. Der Patient würde beruhigt sein und mit Geduld warten und leider das leise Lachen des Arztes nicht hören, während dieser den Gang hinunter geht – zum nächsten Patienten, den er beruhigen muss.

*

John hatte, während Roy seine Geschichte erzählt hatte, das erste Mal so etwas wie eine leichte Emotion in dessen Ausführungen gespürt.

»Vielleicht verstehst du es noch besser, wenn wir uns nach der zweiten Reise wiedersehen«, meinte Roy.

John verstand und zögerte nicht. Er schloss die Augen und hörte Roys Stimme in seinem Kopf, die sich mit jedem seiner Worte weiter von ihm entfernte.

»Öffne deinen Geist. Öffne deinen Geist ...«

25

2. Reise: Methan

»*NACH BACKBORD! HART BACKBORD, habe ich gesagt!*«

Überall auf dem riesigen Fischerboot schrillten die Alarmglocken.

»*Was ist los?!*«, schrie der leitende Offizier über den Signalton hinweg. Das Kommando hatte nicht ihm, sondern dem Steuermann gegolten.

»Verdammt, siehst du nicht das Blubbern im Wasser? Die Blasen, im Wasser!« Der Kapitän hielt sich nicht mehr zurück und brüllte, so laut er konnte: »Da vorne, etwa eine Viertelmeile voraus!«

Der Offizier, der noch immer an seinem Platz saß, riss eine Lade seines Tisches auf, griff hastig nach dem darin liegenden Feldstecher und lief danach durch die Kommandobrücke zum Kapitän. Zuerst ließ er seinen Blick ohne den Feldstecher über das Meer schweifen. Dann hob er das Gerät an seine Augen. Es vergrößerte die Umgebung um das Zwanzigfache.

»Oh Gott, nein!« Mit freiem Auge war bereits ein breiter Bereich des aufsteigenden Gases zu sehen gewesen, dort schien das Wasser leicht zu schäumen, doch mit dem Fernglas konnte er das wahre unüberwindbare Ausmaß des *Methan-Blowouts*[22] erkennen. Aus purer Verzweiflung schrie nun

---

[22] **Methan-Blowout:**
  Klimawandel lässt Meere blubbern (Energiezukunft, 27.08.2014)
  ➤ *https://www.energiezukunft.eu/klimawandel/klimawandel-laesst-meere-blubbern/*
  Blowout – Methanhydrat (Marjorie-wiki, Zugriff: 02.03.2023)
  ➤ *https://marjorie-wiki.de/wiki/Blowout_(Methanhydrat)*
  Methanhydrat (Wikipedia, Zugriff: 02.03.2023)
  ➤ *https://de.wikipedia.org/wiki/Methanhydrat*
  Blowout (Methanfreisetzung) (academic.com, Zugriff: 02.03.2023)
  ➤ *https://de-academic.com/dic.nsf/dewiki/181407*

auch er: »Backbord! Sofort Schiff wenden!« Doch es war deutlich leiser als der Ruf des Kapitäns gewesen. Der Offizier ließ das Fernglas sinken und auf eigenartige Weise wurde er ruhig.

In den Jahren nach 2060 musste man mit solchen Naturphänomenen rechnen, auch wenn sie selten vorkamen. Vor etwa hundert Jahren war das Teufelsdreieck – es wurde auch Bermudadreieck genannt – ein Meeresgebiet, um das sich allerlei Mythen und unheimliche Geschichten gerankt hatten. Schiffe samt Besatzung verschwanden spurlos von den Radarschirmen und wurden niemals mehr gefunden.

Die Gründe dafür waren allerdings keine mysteriös plötzlich auftretenden Stürme oder riesige Wasserstrudel, die Schiffe in die Tiefe zogen, oder gar Wasserungeheuer, die sich in ihrer Ruhe gestört fühlten oder noch schlimmer: der Teufel höchst persönlich. Die wahrscheinlichste Erklärung war schlicht und einfach ›Gas‹. Man fand im Bermudadreieck in Wassertiefen von 200 bis 2000 Metern riesige Methanhydratvorkommen.

Methanhydrat ist nichts anderes als gefrorenes Wasser – also Eis –, in dem das Gas *Methan* eingelagert ist und es ist sehr instabil. Durch Temperatur- und/oder Druckveränderungen im Meer zerfällt Methanhydrat, das am Meeresgrund über Jahrtausende gebildet wurde und dort in einer relativen Stabilität gespeichert war. Kommt es zu einem *Blowout*, so zerfallen riesige Mengen über einen weiten Meeresbodenbereich gleichzeitig und reines Methangas steigt in kleinen und größeren Bläschen zur Wasseroberfläche auf.

»Blowout voraus!«, brüllte der Kapitän. Er wusste um die Gefahr, die von diesem Naturphänomen ausging. Die Zusammenhänge waren nicht schwer zu verstehen. Und der Kapitän wusste auch Folgendes, und zwar, dass dieser Methan-Blowout, der ihm und seiner Besatzung in Kürze das Leben kosten würde, durch die Veränderung des Klimas in den letzten etwa hundert Jahren hervorgerufen worden war.

Die Meere hatten sich vor der Jahrtausendwende nur langsam erwärmt, doch nach dem Jahr 2000 hatte sich dieser Vorgang beschleunigt.

Die Energie von fünf Hiroshima–Atombomben pro Sekunde[23] hatte das Meer in Form von Strahlungsenergie der Sonne bereits im Jahr 2020 aufgenommen. Das hatte einmal sein Großvater erzählt und der Kapitän hatte keine Ahnung, um welche Anzahl es sich wohl jetzt in der Gegenwart handeln musste, in der die Treibhausgaskonzentration jedes Jahr neue Höchststände erreichte. Einmal hatte er den Wert für einen Tag im Jahr 2020 ausgerechnet: Fünf Atombomben pro Sekunde; eine Stunde hat 3.600 Sekunden und somit ein Tag 86.400, das ergibt eine Anzahl von 432.000 Atombomben pro Tag! Eine unvorstellbare Anzahl. Er hatte hier abgebrochen und sich nicht die Jahresanzahl an Bomben ausgerechnet, die – bildlich gesprochen – ihre Energie im Meer ›entluden‹ und dieses dadurch stetig erhitzten. Und diese Wärme bleibt auf der Erde gespeichert, wie in einem Warmwasserboiler, und erwärmt immer stärker die Atmosphäre darüber und ebenso das Festland.[24]

Die Meere hatten sich seit der Zeit seines Großvaters von Kohlendioxid–Senken zu Kohlendioxid–Quellen verwandelt. Und seit den 2060er Jahren gaben sie verstärkt Methan ab – auch in Form von kleineren und größeren Blowouts. Das

---

[23] **Energiespeicher Ozeane:**
Studie: Ozeane erhitzen, als würde man jede Sekunde fünf Hiroshimabomben darin „versenken" (Der Standard, 14.01.2020)
➤ *https://www.derstandard.at/story/2000113271310/ozeane-erhitzen-als-wuerde-man-jede-sekunde-fuenf-hiroshimabomben-darin*
Temperaturanstieg in den Ozeanen: Ein schräger Atombombenvergleich und was dahinter steckt (Tagesspiegel, 14.01.2020)
➤ *https://www.tagesspiegel.de/gesellschaft/panorama/ein-schrager-atombombenvergleich-und-was-dahinter-steckt-5951152.html*
[24] **Energiespeicher Ozean:** Meereshitze mit Folgen bis nach Österreich (ORF, 13.02.2023)
➤ *https://orf.at/stories/3301690/*

starke Treibhausgas *Methan*, es ist in seiner Wirkung etwa zwanzig- bis dreißigmal stärker als Kohlendioxid,[25] hat den globalen Treibhauseffekt nicht nur einfach weiter angefacht, sondern diesen um einige Gänge hochgeschaltet. Und das Ausgasen der Meere wird Jahrtausende lang andauern! Es kann durch den Menschen nicht gestoppt werden!

Für ein Schiff wäre eine Fahrt im aufgeheizten Ozean an sich völlig belanglos. Was die Lage eines jeden Wasserfahrzeugs jedoch zur Katastrophe werden lässt, ist die reine elementare Physik, die hinter einem, durch Erderwärmung hervorgerufenen Blowout steht. Denn das Methan-Meerwasser-Gemisch hat eine deutlich geringere Dichte im Vergleich zu normalem Meerwasser, somit verkleinert sich die Auftriebskraft für jedes Schiff. Die unausweichliche Folge für ein Schiff ist, dass es beim direkten Kurs durch dieses Gas-Wasser Gemisch immer tiefer sinkt, bis das Wasser über die Reling schwappt und ins Schiff eindringt. Somit ist das Schiff verloren und wird nach wenigen Minuten am Meeresgrund aufschlagen.

Aber auch für die Besatzung, die sich vom sinkenden Schiff ins Meer katapultiert, gibt es keine Hoffnung, denn rettendes Schwimmen ist in diesem Meerwasser unmöglich.

---

[25] **Methan: Treibhauseffekt ca. 30-mal so stark wie bei CO₂.**
  - ➢ *https://wiki.bildungsserver.de/klimawandel/index.php/Methan_(einfach)*

  Klimakrise – Stärkster Methananstieg seit Beginn der Messungen (derStandard.at, 10.04.2022)
  - ➢ *https://www.derstandard.at/story/2000134818678/staerkster-methananstieg-seit-beginn-der-messungen*

  Gefährliches Klimagas – Erneuter Rekordanstieg von Methanemissionen alarmiert Fachleute (derStandard.at, 27.10.2022)
  - ➢ *https://www.derstandard.at/story/2000140337369/erneuter-rekordanstieg-bei-methanemissionen-alarmiert-fachleute*

  Fünfmal höher – Ölindustrie setzt mehr Methan frei als bisher bekannt (derStandard.at, 30.09.2022)
  - ➢ *https://www.derstandard.at/story/2000139531107/oelindustrie-setzt-mehr-methan-frei-als-bisher-bekannt-war*

Verantwortlich dafür sind wieder die nach oben sprudelnden Methanbläschen, die den Auftrieb auch für die Menschen mit ihren verzweifelten Schwimmversuchen deutlich reduzieren. Alle Landlebewesen sinken hoffnungslos in Richtung Schiff, das am Meeresgrund bereits auf seine Besatzung wartet.

*

Der Kapitän sah seinen leitenden Offizier mit einem ungläubigen Ausdruck an, so wie man einem guten Freund ins Gesicht sehen würde, der einem gerade ein Messer in die Brust gestoßen hätte. Das Messer führte heute jedoch nicht der langjährige Weggefährte des Kapitäns, sondern es war die Natur, die nur nach ihren simplen Naturgesetzen agierte.

Und Naturgesetze sind nicht verhandelbar.

Das wussten auch die beiden Männer, die sich gegenüberstanden und sich in die Augen blickten. Und als die ersten Bläschen rund um ihr Schiff sichtbar wurden und bald darauf immer mehr davon aufplatzten, verabschiedeten sie sich voneinander, mit einem kräftigen Händedruck und einem stummen, aber freundschaftlichen Nicken.

Für mehr war nicht Zeit.

*

Genau in jenem Moment, als der Offizier den ersten von nur zwei tiefen Atemzügen des Methan-Salzwasser-Gemisches tief in seinen Lungen – brennend, wie Höllenfeuer – spürte, las seine Frau keine zweitausend Kilometer entfernt am iPad die elektronische Zeitung.

Die heutige Schlagzeile war nicht anders als die Schlagzeile von gestern oder vorgestern oder von vor einem Jahr. Alles drehte sich nur mehr um das Wetter, dem Schutz davor und den immensen Kosten, die durch Unwetter, Dürren und vor allem durch die von Völkerwanderungen ausgelösten Kriege verursacht wurden.

Methankonzentration in der Atmosphäre schnellt in die Höhe: Neuer Höchstwert an Methan-Ausgasung im skandinavischen Permafrost gemessen[26], stand in mittelgroßen Buchstaben auf der Homepage. Das Hauptproblem, so überlegte die Frau, war mittlerweile die Gleichgültigkeit gegenüber Hiobsbotschaften, wenn man diese von Kindheit an hört.

Inzwischen wusste wohl jeder auch noch so irre Leugner des menschengemachten Klimawandels, und davon gab es tatsächlich noch immer einige auf diesem Planeten (›*großer Gott, wir haben das Jahr 2074*‹, dachte die Frau), dass nicht Kohlendioxid alleine der Menschheit irgendwann den Garaus machen würde.

Nein, denn die zweite Welle kam in Form von *Methan!* Methan aus dem Meeresboden (Methanhydrat), Methan aus dem Permafrost (vor allem in der nördlichen Hemisphäre – etwa 25 Prozent der freiliegenden Landfläche) und Methan aus Rinderfurzen.

›*Das mit den Rindern*‹[27] haben die meisten Menschen

---

[26] YouTube Video: **Was ist Permafrost** (Alfred-Wegener-Institut, Helmholtz-Zentrum für Polar- und Meeresforschung, 07.03.2016)
  ➢ *https://www.youtube.com/watch?v=ND7TrKFm-eo*
Methan aus dem Permafrost (02.05.2019)
  ➢ *https://www.wissenschaft.de/bildervideos/bild-der-woche/methan-aus-dem-permafrost/*
Permafrost, Permafrostboden (Wikipedia):
  ➢ *https://de.wikipedia.org/wiki/Permafrostboden*
Forscher besorgt: Der Riesenkrater in Sibirien, der immer weiter wächst (01.09.2021):
  ➢ *https://www.travelbook.de/natur/umwelt/tor-zur-batagaika-krater-sibirien*

[27] **Landwirtschaft: Treibhausgasemissionen**
Methan: Der böse Zwillingsbruder von CO_2 (Deutsche Welle, 21.10.2019)
  ➢ *https://www.dw.com/de/methan-der-b%C3%B6se-zwillingsbruder-von-co2/a-49208882*
Beitrag der Landwirtschaft zu den Treibhausgas-Emissionen (Deutsches Umweltbundesamt, 21.03.2022)
  ➢ *https://www.umweltbundesamt.de/daten/land-forstwirtschaft/beitrag-der-landwirtschaft-zu-den-treibhausgas#treibhausgas-emissionen-aus-der-landwirtschaft*

kapiert und die Rinderzucht ist in den letzten vierzig Jahren stark eingebrochen‹, dachte die Frau, ›und auch bei den fossilen Brennstoffen haben wir es doch noch irgendwann geschafft, uns umzustellen. Wenn auch mit der Kleinigkeit von etwa dreißig Jahren Verspätung. Sogar heute fahren noch immer vereinzelt Benzin- und Dieselfahrzeuge durch die Gegend.

Beim Verbrennen von Erdöl und Erdgas konnten wir eingreifen, aber bei den jährlich wiederkommenden Waldbränden, die über ganze Landstriche herfallen, wie Heuschreckenschwärme, sind wir machtlos. Gegen Naturgewalten ist die Menschheit machtlos, auch wenn diese ihre eigenen ›Kinder‹ sind.‹

Ihr Blick fiel wieder auf die Schlagzeile.

›Und bei Methan sind wir genauso machtlos‹, dachte sie. ›Wie sollen wir das gesamte Methan, das im Meer und Permafrost steckt und langsam in die Atmosphäre abgegeben wird, einfangen? Großer Gott, das ist mehr Treibhauspotential, als das gesamte bis zum heutigen Tag verbrannte Erdgas und Erdöl zustande gebracht hat.‹[28]

Mitten hinein, in ihre Gedanken über die Zukunft, läutete

---

[28] **Methan im Meer und Permafrost:** *Wissenschaftler nehmen an, dass die Böden in Permafrostgebieten zwischen 1300 und 1600 Gigatonnen Kohlenstoff enthalten. Davon sind etwa 825 Gigatonnen Kohlenstoff derzeit eingefroren. Zum Vergleich: Die gesamte Atmosphäre enthält derzeit rund 870 Gigatonnen Kohlenstoff.*

➢ *https://www.awi.de/im-fokus/permafrost/permafrost-eine-einfuehrung.html*

Permafrostböden – Taut der Dauerfrostboden, bekommt das die Welt zu spüren (ARDalpha, 11.01.2022)

➢ *https://www.ardalpha.de/wissen/umwelt/klima/klimawandel/permafrostboden-klimawandel-kohlendioxid-methan-100.html*

Deutsches Umweltbundesamt – Hintergrundpapier: Klimagefahr durch tauenden Permafrost? (August 2006)

➢ *https://www.umweltbundesamt.de/sites/default/files/medien/357/dokumente/klimagefahr_durch_tauenden_permafrost.pdf* das Telefon. Sie sah auf das Display, freute sich auf das Gespräch mit ihrem Mann, denn der Anruf stammte von seiner Firma.

*

Zwischenspiel

Im Keller war es absolut still. Der Mensch öffnete seine Augen und blinzelte einige Male, so als ob er gerade aus einem Traum erwacht wäre.

»Weißt du, John, die Menschen werden in den nächsten Jahrzehnten nichts Wesentliches unternehmen, um die Überhitzung des Planeten einzudämmen. Ölstaaten werden weiterhin an ihrem Brennstoff verdienen und alle anderen werden Öl und Gas verbrennen und nur irrelevante Schritte und Maßnahmen treffen, um diese fossilen Energieträger zu ersetzen.

Und dann kommt ›Methan‹! Es ist jenes Treibhausgas, das im neunzehnten und zwanzigsten Jahrhundert hauptsächlich durch die Landwirtschaft und die Rinderzucht in die Atmosphäre gelangte. Doch im einundzwanzigsten Jahrhundert wird die Methankonzentration plötzlich in die Höhe schnellen, alles wird sich unumgänglich verselbstständigen, denn die von Menschenhand angestoßenen planetaren Prozesse sind *IRREVERSIBEL*, das heißt, sie lassen sich nicht stoppen und auch nicht rückgängig machen, wenn man in menschlichen Zeitmaßstäben denkt.

Ihr solltet euren unzähligen seriösen Klimawissenschaftlern vertrauen, die in den Medien eurer Gesellschaft immer wieder zu vermitteln versuchen: *Wenn die Erdklima-Systeme kippen, dann ist das Ende der Fahnenstange erreicht, dann ist der Ofen aus, dann ist Sense, finito, Ebbe und Aus* oder wie auch immer du das Ende des Lebens auf der Erde, so wie du es jetzt kennst, nennen möchtest.

Die Methan-Konzentration in der Luft wird sich binnen

kürzester Zeit verdoppeln, verdreifachen, sogar verzehnfachen und Wissenschaftler aller Herren Länder werden nur mit den Schultern zucken können und dann den Politikern ausrichten: › *Wir haben euch Entscheidungsträgern dieses katastrophale Ereignis ununterbrochen prophezeit.*‹

Doch auch die Forscher selbst hatten mit einer derartig schnellen und verheerenden Reaktion – einer *Immunantwort* – des Planeten nicht gerechnet.

Und was werden eure Politiker und die Menschen eurer Gesellschaft machen? Sie werden den anderen Staaten die Schuld am bereits stattfindenden Desaster zuschieben: › *Vor allem sind natürlich China und Indien schuld an der Klimakatastrophe, aber auch die USA und alle ölfördernden Staaten.*‹ Dann, nachdem diese Personen ihre Meinung abgesondert haben, werden sie in ihre schweren Diesel- oder Benzin-SUVs einsteigen, ihr Handy (das dritte in drei Jahren) zücken und sich damit den Weg zum nächsten Fast-Food-Lokal suchen, um dort zwei dicke fette Rindfleisch-Big-Macs zu verdrücken.

Und das Folgende meine ich nicht abwertend, sondern völlig neutral und objektiv – es gibt sogar wissenschaftliche Untersuchungen dazu: Wenn man eure Gesellschaft als ein einziges Individuum ansieht, dann ist dieses Individuum unwissend und von sehr niedriger Intelligenz! Und je mehr Einzelpersonen sich zusammenschließen, desto tiefer sinkt die Intelligenz des Gesamtkonstrukts. Noch ungünstiger gestaltet sich die Lage mit steigendem Anteil von ungebildeten und/oder unsensiblen Menschen in der Bevölkerung. Dann erfolgt der Intelligenzverlust noch deutlich schneller.

Die Konsequenzen, die sich daraus ergeben, sind einfach zu verstehen: Wenn eine Gesellschaft nicht in der Lage ist, geeignete, moralisch einwandfreie Entscheidungsträger zu wählen, die nach ehrlichen und gerechten Prinzipien handeln, dann ist es nur logisch, dass solch eine Gesellschaft über kurz oder lang im Chaos versinken wird!«

Roy machte eine Pause, bewegte sich währenddessen aber nicht. Auch John blieb starr am Sessel sitzen. Er stellte keine Frage, denn er wusste, dass sein Gegenüber noch nicht fertig war. Nach einigen Sekunden der Stille sprach die geflügelte Gestalt weiter und der Tonfall wurde hart.

»Der Konflikt, der sich nun zwischen uns Wächtern und euch Menschen auftut, ist nicht darauf begründet, dass ihr euch durch euer Handeln beziehungsweise durch euer jetziges Nichthandeln von diesem Planeten eliminieren werdet, sondern dass ihr alle anderen Lebewesen auf die eine oder andere Art mit ins Verderben reißen werdet!

Vielen von euch, auch jenen, die von der kommenden Katastrophe wissen, ist die Zukunft egal! Sie reden zwar immer wieder darüber, wie furchtbar doch alles sei und noch werden wird, doch in Wahrheit ist ihnen das nicht wichtig. Wichtig ist der nächste Urlaub, das nächste Flugzeug, in das man einsteigen und wegfliegen kann!«

Roys Argumente waren nachvollziehbar und John konnte sie annehmen, auch wenn er selbst zur beschuldigten Spezies gehörte und als Einzelner nur einen verschwindend kleinen Beitrag zum Desaster geleistet hatte.

›*Vielleicht ist gerade das die wahre Tragödie*‹, dachte John. ›*Jeder von uns Menschen nimmt die Argumente an und sagt nur:* ›*Ja, genauso ist es!*‹ *Und dann fliegt man – am besten noch mit den eigenen Kindern – auf eine wunderschöne untergehende Insel*[29]*, macht Urlaub und lebt weiter wie bisher ...*‹

Roys Stimme unterbrach seine Gedanken.

»Etwa um das Jahr 2092 – früher als Wirtschaftsexperten und Politiker, die bis dahin glauben werden, dass politische

---

[29] **Malediven:** Urlaubsparadies muss neue Inseln bauen: 80 Prozent im Jahr 2050 nicht mehr bewohnbar (15.06.2023)

> ➢ *https://www.fr.de/politik/urlaubsparadies-insel-malediven-ueberschwemmungen-klima-wandel-meeresspiegel-tbl-unbewohnbar-news-zr-92342647.html*

Entscheidungen gewürzt mit Krümeln der wissenschaftlichen Klimaforschung die geeigneten Maßnahmen sein würden, um die Klimakatastrophe abzuwenden – werden die menschlichen Zivilisationen rund um den Globus, so wie ihr sie heute kennt, endgültig aufhören zu existieren. Die Natur über den gesamten Erdball wird schonungslos gegenüber dem Leben sein, so wie es die Klimamodelle vorausgesagt haben. Die Menschen werden versuchen sich anzupassen, doch der Wandel wird zu schnell geschehen und ihr werdet scheitern. Und wenn dieses Scheitern in den Köpfen der Menschen irgendwann verankert ist, zählt nur mehr das eigene Leben, das der engsten Familienangehörigen und von Freunden.«

Johns Gedanken schweiften ab ins Jahr 2020. Das Coronavirus SARS-CoV-2 stürzte die Welt gerade in eine Pandemie und ins Chaos. Es wurden Lockdowns und Ausgangsbeschränkungen beschlossen. Und dann, plötzlich, völlig unvermutet, waren die Regale in den Supermärkten für einige Tage teilweise leer geblieben. Dieser Anblick hatte in ihm ein ungewohntes Gefühl der Beklemmung und Besorgnis ausgelöst. Als er Kunden mit ihren übervoll beladenen Einkaufswägen beobachtet hatte, hatten sich auch seine Urinstinkte gemeldet und ihm zugeschrieen: ›*Du musst viel mehr einkaufen! Wasser, Nahrungsmittel, Batterien, Toilettenpapier... Mach schon! Sonst ist alles weg! Morgen ist bestimmt schon alles weg! Schau dir nur die Leute an!*‹

Roy sprach mit analytischer Stimme weiter: »Mindestens fünf Atomkraftwerke werden bis dahin explodieren, verursacht durch Naturkatastrophen und Kühlwassermangel, aber vor allem hervorgerufen durch Völkerwanderungen und Kriege um Wasser und Nahrung, letztlich um Land, das eine Ernte hervorbringen kann.

Im Jahr 2100 werden über zwei Milliarden Menschen zu

Klimaflüchtlingen.[30] Küstenregionen und darauf vor Jahrhunderten entstandene Millionenstädte werden durch den Meeresspiegelanstieg untergehen.

> **ZUSATZINFORMATIONEN dazu finden Sie im Anhang auf Seite 335 in Referenz (A).**

Und es werden Todeszonen auf der Landmasse wachsen. Ausgehend vom Äquator werden sich diese Bereiche nach Norden und Süden ausbreiten, wie tödliche Geschwüre oder Metastasen, in denen ein normales Leben nicht mehr möglich sein wird.«

Einiges, das Roy ihm erzählte, hatte John bereits gewusst. Doch › *Todeszonen*‹?

So als ob Roy seine Gedanken gelesen hätte, sprach er weiter: »Ich habe nun ein kleines Rätsel für dich. Stelle dir Folgendes vor: Du bist in einem Gebiet, zum Beispiel in einer Wüste, in der es heißer als 42 Grad Celsius ist – sagen wir, es hat 45 Grad. Du hast aber eine Kappe oder einen anderen Schutz gegen die direkte Sonneneinstrahlung und zusätzlich genügend Wasser zum Trinken und Nahrungsmittel. Stirbst du oder hast du eine Chance zu überleben?«

John überlegte, versuchte sein naturwissenschaftliches Wissen zusammenzuscharren und sagte nach einiger Bedenkzeit vorsichtig: »Ich sterbe nicht. Wenn ich genügend Wasser trinke, dann kann ich die ganze Zeit über schwitzen und kühle dadurch meinen Körper.« John war sehr mit sich

---

[30] **Im Jahr 2100 könnten zwei Milliarden Menschen zu Klimaflüchtlingen werden.**
Zwei Milliarden Klimaflüchtlinge bis 2100? (Scinexx, 27.06.2017)
  ➢ *https://www.scinexx.de/news/geowissen/zwei-milliarden-klimafluechtlinge-bis-2100/*

Studie befürchtet Milliarden Flüchtlinge durch steigenden Meeresspiegel (derStandard.at, 03.07.2017)
  ➢ *https://www.derstandard.at/story/2000060065559/studie-befuerchtet-milliarden-fluechtlinge-durch-steigenden-meeresspiegel*

zufrieden und er brauchte nicht auf Roys Bestätigung zu warten, denn er wusste, dass er Recht hatte. »Ich würde überleben, solange ich Wasser zum Trinken habe.«

»Vollkommen richtig! Jetzt stelle dir einen anderen Landstrich vor, in dem die Lufttemperatur wieder 45 Grad Celsius beträgt. Wieder hast du Sonnenschutz, Nahrung und genügend Wasser zum Trinken. Nun nehmen wir aber zusätzlich an, dass dort die Luftfeuchtigkeit bei 100 Prozent liegt. Was würde jetzt mit dir geschehen? Stirbst du oder hast du eine Chance zu überleben?«

John konzentrierte sich, dachte über die veränderte Ausgangssituation nach, doch er fand keine Lösung. Er wusste nicht, worauf Roy hinauswollte. »Es wird sich wohl nicht wie im ersten Fall abspielen.« John wusste natürlich, dass seine Antwort die gestellte Frage nur unvollständig beantwortete.

Trotzdem sagte Roy: »Und wieder hast du Recht. Der kleine Unterschied beziehungsweise der Zusatz mit der Luftfeuchtigkeit bringt uns nun wieder zurück zu den Todeszonen.«

Kurze Pause.

»Die Situation ist folgende: Du stehst in der Sonne – 45 Grad –, dir ist heiß und du bist durstig, du trinkst das Wasser, von dem du ausreichend hast, du schwitzt …

Aber jetzt kommen wieder die Naturgesetze ins Spiel und diese lassen sich nicht betrügen. Da in deiner Umgebung eine Luftfeuchtigkeit von 100 Prozent herrscht, kann dein Schweiß, der jede Stelle deines Körpers bedeckt, nicht verdunsten. Somit wird dein Körper nicht mehr gekühlt.«

John war überrascht, dann schockiert. Temperaturen über 42 Grad waren auch hier in Europa im Sommer keine Seltenheit mehr, speziell im Süden und Westen des Kontinents.

Der weitere Verlauf der Geschichte war nun nicht mehr schwer zu erraten, daher vollendete John die endgültige Lösung des Rätsels: »Und über 42 Grad Körpertemperatur, egal ob durch eine Krankheit hervorgerufen oder durch die Umgebungstemperatur, beginnen sich die Eiweiße im menschlichen Körper zu verändern.« John nickte unbewusst, um sich selbst zuzustimmen. »Es müsste so ähnlich sein, wie bei einem rohen Hühnerei: *Wenn man es kocht, wird das flüssige Eiweiß fest.* Bei uns Menschen ist es nicht viel anders und das bedeutet schlicht und einfach, man stirbt durch Überhitzung des Körpers. Im Freien hätte man bei diesen Bedingungen ohne Schutzausrüstung keine Chance. Man würde quasi ›*im Sitzen, im Gehen oder im Liegen gekocht werden*‹.«

Roy: »Ja! Diese Gebiete werden sich zuerst vor allem um den Äquator bilden, da dort durch die hohe Sonneneinstrahlung Unmengen an Wasser, vor allem Meerwasser, verdunstet wird. Diese Zonen sind potenziell tödlich für euch Menschen und auch für alle anderen Säugetiere!«

John: »Mutter Natur kennt also keine Gnade mit ihren Kindern.«

Roy schwieg.

Dann sagte er: »Noch zwei Reisen.«

26

3. Reise: Die Wahrheit

»Können wir das wirklich *so* schreiben?«, fragte der eine Klimawissenschaftler, er hieß Professor Thomas Buttermoor, den anderen – Professor Frank Glockenmaier –, der neben ihm saß und gebannt auf dessen Bildschirm schaute.

Frank meinte: »Können? Schon. Dürfen? Das bezweifle ich. Und ob wir es schreiben sollen? Nun, ich bin mir sicher, dass wir mächtige Probleme bekommen werden. Die Universitätsleitung wird sich nicht nur vor den Kopf gestoßen fühlen, sondern sie wird reagieren, als hätten wir ihr eins mit einem Vorschlaghammer über die Rübe gezogen, da wir sie über diesen Artikel im Dunkeln gelassen haben. Und die Politik? Die Regierungsparteien werden blitzartig ›Geister‹-Entgegnungen und Studien präsentieren, um uns zu entkräften. Vielleicht schicken sie auch Drohungen ... Streichen wir das ›vielleicht‹.«

›Geister‹, so nannten Frank und Thomas jene gekauften Wissenschaftler, die nur dann mit Artikeln – nicht in der Fachliteratur, sondern in Klatsch- und Schundblättern mit den größten Auflagen und auf pseudowissenschaftlichen Internetseiten – in Erscheinung traten, wenn es darum ging, Forschungsergebnisse von renommierten Wissenschaftlern mit unseriösen Argumenten in Zweifel zu ziehen, oft sogar lächerlich zu machen.

Nach einer kurzen nachdenklichen Pause fügte Frank hinzu: »Zusätzlich müssen wir uns darauf einstellen, dass uns, ab dem Zeitpunkt der Veröffentlichung, die Regierung selbst mit aller Macht attackieren wird. Sie wird versuchen unseren Namen und unsere persönliche und wissenschaftliche Reputation in den Dreck zu ziehen.«

»Aber wir können unsere Ergebnisse der Öffentlichkeit nicht vorenthalten. Die Daten sind einwandfrei, und es besteht kein Zweifel mehr!«

»Ja, ich weiß«, sagte Frank und starrte dabei auf den Bildschirm, der mit Diagrammen überfüllt war.

»Falls wir uns dazu entscheiden, es der Gesellschaft – der gesamten menschlichen Zivilisation – zu verheimlichen ...«, Thomas räusperte sich, »... dann machen wir uns schuldig!«

Natürlich wusste Frank, was Thomas meinte. Oft genug hatten sie über ihre Daten und die daraus folgenden Konsequenzen gesprochen. Es war nicht so, dass Frank nicht mit Vergnügen ihre Erkenntnisse über alle Medienkanäle verbreitet hätte, er hätte dies liebend gerne getan, doch er hatte Angst, Angst um sich selbst, natürlich auch um Thomas, seinen enthusiastischen Forschungskollegen und Freund, aber vor allem hatte er Angst um seine Familie – seine Frau Linda und seine Tochter Nina. Und seine Angst war weiß Gott nicht unbegründet. Erst vor einem halben Jahr waren ein systemkritischer Wissenschaftler und der Journalist, der dessen wissenschaftliche Ergebnisse veröffentlicht hatte, auf tragische und äußerst schmerzhafte Weise in einem Sägewerk ums Leben gekommen.[31]

Doch dies waren keine Einzelfälle. Seit dem Jahr 2035 häuften sich weltweit Unfälle von Systemkritikern. Wissenschaftler wurden mittlerweile dazu aufgerufen, ihre Ergebnisse mit der neugegründeten ›Staatlichen Wissenschaftskommission‹ – kurz STWK – abzugleichen, um sogenannte ›Missverständnisse‹ zu vermeiden. Diese Praxis der

---

[31] **Umweltschutz: Ermordungen von Aktivisten, Reportern und Wissenschaftlern:**

Tod im Kampf für die Natur: Mehr als 220 Umweltschützer wurden 2020 ermordet (Stern.de, 13.09.2021)

> *https://www.stern.de/panorama/verbrechen/mehr-als-220-aktivisten-sind-2020-im-kampf-fuer-die-natur-gestorben-30736344.html*

Umweltschutz an der Front: Fast so gefährlich wie Krieg (Frankfurter Allgemeine Zeitung, 08.08.2019)

> *https://www.faz.net/aktuell/wissen/erde-klima/aktivisten-im-kampf-immer-mehr-umweltschuetzer-werden-ermordet-16322001.html*

Macarena Valdes: Tod einer Umweltschützerin (Deutsche Welle, 11.02.2019)

> *https://www.dw.com/de/macarena-valdes-tod-einer-umweltsch%C3%BCtzerin/a-47393772*

Brasilien: Leiche im Amazonasgebiet identifiziert – Vermisster britischer Journalist ist tot (RedaktionsNetzwerk Deutschland, 18.06.2022)

> *https://www.rnd.de/panorama/brasilien-im-amazonas-vermisster-britischer-journalist-ist-tot-Q5MEEAN4YWPCBLJ5COSX3TYATI.html*

Mexiko: Gewaltsamer Tod eines weiteren Umweltaktivisten in Hidalgo (Amerika21.de, 21.02.2023)

> *https://amerika21.de/2023/02/262811/mexiko-gewaltsamer-tod-umweltaktivist*

staatlichen Kontrolle hatte sich weltweit wie ein Virus verbreitet. Seitdem hatte sich die Anzahl der ungeklärten Todesfälle unter Wissenschaftlern deutlich reduziert, doch das lag nicht an einem gesünderen Lebensstil der Forscher. Auf jeden Fall war mit der Gründung dieser staatlichen Organisation die Kritik an der Regierungsarbeit von Seiten der Wissenschaft rapide gesunken. Wenige Jahre später war von Kritik fast nichts mehr zu hören, zu lesen oder zu sehen gewesen.

»Hör zu«, sagte Thomas. »Diese Scheiß-Politiker hier bei uns, aber auch weltweit, haben die Bevölkerung seit den 1980er-Jahren, also seit etwa einem Jahrhundert, zum Narren gehalten. Sie haben den Menschen Lügengeschichten aufgetischt, haben dann sogar die Wahrheit mit Tod und Teufel bedroht, haben falsche Wissenschaftler mit ihren falschen Behauptungen für ihre Ausreden in den Kampf geschickt, die erfolgreich Zweifel gesät und damit eine Spaltung der gesellschaftlichen Meinung erreicht haben. Genau deshalb befinden wir uns nun gerade − wir alle gemeinsam − im freien Fall in einen Jahrhunderttausende andauernden Abgrund.«

»Thomas, was meinst du? Wie wird die Gesellschaft reagieren, wenn sie erfährt, dass die Zeit endgültig abgelaufen ist, dass ab jetzt jegliche Anstrengung vergebens ist?« Frank machte eine kurze Pause und fügte dann hinzu: »Und dass die politischen Entscheidungsträger offenen Auges, und es scheint beinahe mit Absicht und daher völlig bewusst, in diese Katastrophe, die einem Untergang gleichkommt, hineingelaufen sind?«

Thomas zuckte mit den Achseln und meinte: »Ehrlich gesagt, ich kann die Menschen nicht mehr einschätzen. Viele leben einfach nur ihr mühevolles Leben. Anderen ist alles egal, sie versuchen nur zu überleben, Wasser und Nahrung zu organisieren und sich die Flüchtlinge vom Hals zu halten und nicht selbst zum Flüchtling zu werden.«

Er atmete tief durch.

Die Schlüsse, die sie im Artikel gezogen hatten, zerrten auch an seinen Nerven: »Und jeder hofft, dass nicht schon morgen der unvermeidliche Bürgerkrieg ausbrechen wird.« Er schüttelte kurz den Kopf. »Dieser Artikel, wenn er denn veröffentlicht wird, könnte – nein, er wird – alles beschleunigen. Wenn die *richtigen* Personen diese Seiten zu lesen bekommen, dann kann ich mir durchaus vorstellen, dass es kein Zögern mehr gibt, und vieles in Flammen aufgehen wird. Und dann wird mehr brennen als nur das Parlament, so wie beim letzten Flashmob. Vielleicht werden dann sogar einige Stricke mitgenommen, die bei den Kundgebungen ihre Verwendung finden werden, auch wenn die Regierung wieder die Waffen ihrer Soldaten sprechen lassen wird.«

Thomas blickte auf die Überschrift des Artikels, den er und Frank, unter Mithilfe von elf weiteren Forscherkollegen aus aller Welt, nun beinahe fertiggestellt hatten. Er las die Worte laut vor: »*Hot-house Earth ist nicht mehr zu stoppen: Unsere Zukunft ist eine Heißzeit mit einer mittleren globalen Temperaturerhöhung von +20 Grad Celsius bis zum Jahr 2500 (Wahrscheinlichkeit: 97 Prozent)*«

Dann sagte er: »Glaubst du, die Leute ... ich meine, bei all den anderen Problemen, die wir haben, Wasserknappheit, Bandenkriege, Flüchtlinge und so weiter, glaubst du, sie wollen das überhaupt hören? Außerdem ist die Frage, ob sie diese Thematik überhaupt verstehen, wenn sie keinen ›*Übersetzer*‹ haben.«

»Vielleicht sollten wir diese Übersetzer sein und gleichzeitig mit dem wissenschaftlichen Artikel vier oder fünf Seiten für die nichtakademische Allgemeinheit schreiben.« Je länger Frank über die Publikation nachdachte, desto mehr schob er den Aspekt der Gefahr, die ihm von diversen profitorientierten Konzernen und Regierungsparteien blühen konnte, zur Seite. Doch sie mussten vorsichtig sein, denn das politische System hatte sich in den letzten Jahrzehnten stark verändert. Es hatte keine Ähnlichkeit mehr mit jenem, das in den Dreißiger- oder Vierzigerjahren etabliert war, sondern war eher mit jenem vergleichbar, welches in den 1930er und 1940er Jahren gewütet hatte, das die Bevölkerung und deren Meinungsfreiheit radikal unterdrückt hatte, um Proteste und Aufstände bereits im Keim zu ersticken.

Vielleicht sollten sie die Publikation unter einem Pseudonym veröffentlichen – aus reinem Selbstschutz!

›*Aber es geht bei dieser Sache nicht nur um mich und meine Familie! Es geht um viel mehr!*‹

Frank holte seinen Laptop aus der Schublade seines Schreibtisches und begann an einem neuen Dokument zu schreiben:

Zusammenfassung von
Prof. Thomas Buttermoor und Prof. Frank Glockenmaier

Die gemessenen und berechneten Daten zeigen, dass sich die globale Erwärmung für Jahrhunderte irreversibel, d. h. unumkehrbar, fortsetzten wird, auch wenn die Menschheit *ab sofort* keine Treibhausgase wie z. B. Kohlendioxid (CO_2), Methan (CH_4), Lachgas (N_2O) etc. in die Atmosphäre entlässt.

Die Erde wurde durch menschliche Einflüsse in den letzten dreihundert Jahren, speziell aber seit dem Jahr 1990, aus ihrem stabilen Temperaturgleichgewicht gestoßen und in ein instabiles Temperaturregime übergeführt, welches in einem planetaren klimatischen Extremzustand dem sogenannten ›*Hot-house Earth*‹ enden wird.

Ab jetzt ist es für die Menschheit unmöglich, die Kippelemente[B] des Erdsystems zu verlangsamen oder gar aufzuhalten. Wie in einem Dominospiel wird ein Kippelement erstens zu einer unweigerlichen Erhöhung der Treibhausgaskonzentration in der Erdatmosphäre führen und zweitens ein weiteres oder gar mehrere andere Kippelemente anstoßen.

Kipppunkte[C] wesentlicher klimatischer Erdsysteme (diese werden im Anschluss besprochen) wurden bereits überschritten. Eine unumstößliche wissenschaftliche Erkenntnis über bereits gekippte planetarische Systeme ist, dass diese bis zu ihrem Endzustand ablaufen. Es gibt nunmehr auch keine Möglichkeit, diese durch menschliche Technologien zu stoppen.

Somit ist es evident, dass diese Systeme das Maximum ihrer Treibhausgasmenge ausstoßen werden. Es sei des Weiteren angemerkt, dass diese Effekte *nicht linear*, sondern im Allgemeinen *exponentiell* verlaufen. Das bedeutet, dass ein Ereignis, zeitlich gesehen, nicht mit gleichbleibender Geschwindigkeit abläuft, sondern dass die Geschwindigkeit des Ereignisses mit der Zeit zunimmt, d. h. es beschleunigt.

Man nennt diese Erscheinung ›*einen sich selbst verstärkenden Effekt*‹ oder auch eine ›*positive Rückkopplung*‹.[D]

Die Folge, die sich, ausgelöst durch die angestoßenen Kippeffekte und die bereits unaufhaltsam ablaufenden planetarischen Effekte, ergibt, ist ein Klima, welches mit Sicherheit in einer **Jahrhunderttausende andauernden** ›**planetaren Heißzeit**‹ münden wird. Die globale Erderhitzung wird Jahrhunderte lang fortschreiten und zu einer globalen durchschnittlichen Temperaturerhöhung um etwa +20 °C im Vergleich zum vorindustriellen Zeitalter führen.

Die Folgen der ablaufenden Kippelemente auf die Natur und die menschlichen Zivilisationen werden im Folgenden erläutert:

......

Anmerkung des Autors:
Zusatzinformationen von **Prof. Thomas Buttermoor** und **Prof. Frank Glockenmaier** zu **Kippelementen** im Erdklimasystem und deren Folgen finden Sie im **ANHANG ab Seite 331 bis 334** und ab **Seite 336** in den **Referenzen (B) bis (D)** und **(I) bis (S)**.

Frank schloss seine müden Augen und meinte: »Wir schreiben das hier morgen fertig, ok?«

»Ok! Es ist ohnehin schon spät.« Thomas blickte auf seine Armbanduhr – 0:58 Uhr –, gähnte und rieb sich die Haare am Nackenansatz. »Ich werde die Dateien nochmals auf meiner externen Festplatte sichern.« Jede andere Speichermöglichkeit war ihm zu unsicher und konnte durch einen gezielten Hacker-Angriff gestohlen oder sogar vernichtet werden; dann wäre alles umsonst gewesen. »In zehn Minuten bin ich hier mit allem fertig.«

»Gut. Speichere alles auch auf meinen Speicherstick!« Frank reichte ihm dem Stick, den er fast immer in seiner Hosentasche trug. Er nannte ihn sein zweites Gehirn, schließlich waren darauf seine wissenschaftlichen Daten der letzten fünfzehn Jahre gespeichert.

»Ich hole mir ein Glas Wasser.« Frank verließ das Arbeitszimmer und ging in die kleine Küche, die gleich gegenüber lag. Der Artikel, und vor allem wie sie ihn geschrieben hatten, erfüllte ihn mit Unruhe, ließ ihn sogar zappelig werden. Aber eines wusste er genau, wenn diese unkontrollierbare Aufregung von ihm Besitz ergriff, dann hatte er es mit einer *großen Sache* zu tun.

Politisch könnte es zu einem Paukenschlag kommen. Das heimische politische System und die skrupellose Bundesregierung, aber auch die Regierungen weltweit, bekamen in ihrem Text ungeschminkt ihr Fett ab. Bei den in den letzten Jahrzehnten anhaltenden weltweiten Krisen und Kriegen um Wasser, Nahrungsmittel, Energie und den in die Höhe geschnellten Klima-Flüchtlingszahlen, würden Politiker und Wirtschaftsbosse der verschiedensten Industriesparten mit den ›*Studien und Ausführungen von realitäts- und weltfremden Wissenschaftlern*‹ keine Freude haben. Franks beruflicher Freundeskreis würde zweifelsohne von einem Tag zum anderen einen gehörigen Verlust an Mitgliedern erleiden.

Und wie würde es nach der Veröffentlichung mit ihm selbst und Tom weitergehen? Sie würden bestimmt beträchtliche Probleme bekommen – das war unvermeidlich!

Vielleicht würden sie sogar entlassen und in hohem Bogen aus dem Institut hinausgeworfen werden. Doch dieser Gedanke schockierte Frank in keinster Weise. Denn welche nachfolgende Publikation sollte diese hier übertreffen, in der wissenschaftlich aufgearbeitet worden war, dass es die Menschheit nun endgültig verbockt hatte und es mit großer Ausdauer geschafft hatte, den einzigartigen Lebensraum Erde für *Jahrhunderttausende* für sich selbst zu vernichten und daraus eine herrliche Urlaubsdestination für Bakterien, Pilze, Viren, Insekten und andere Kaltblüter wie Reptilien und vielleicht noch für anpassungsfähiges Kleingetier zu machen?

›So etwas ist nicht zu überbieten. Vielleicht warte ich gar nicht, sondern kündige selbst‹, dachte Frank.

Er drehte den Wasserhahn auf und ließ das Glas volllaufen, dann gab er, wie immer, eine Desinfektionstablette hinzu. Sie löste sich sprudelnd auf.

Plötzlich, völlig unerwartet zu dieser späten Uhrzeit, wurden seine Gedanken unterbrochen. Frank schreckte hoch, als sein Handy, das er wie üblich in seiner hinteren Hosentasche eingesteckt hatte, einen Signalton abgab. Er zog es heraus.

› Wahrscheinlich eine Nachricht von Linda.‹ Doch das Geschriebene in der Nachricht stammte eindeutig nicht von Franks Frau – er war sich dessen absolut sicher, auch wenn am Ende kein Name hinzugefügt worden war.

Er überflog die Nachricht ein zweites Mal, gleichzeitig erhöhte sich sein Pulsschlag und auf seiner Brust schien es sich eine massive Eisenplatte gemütlich gemacht zu haben, denn das Atmen fiel ihm mit jedem gelesenen Wort schwerer. Er starrte noch immer fassungslos auf sein Handy-Display, als er Thomas hörte. »Frank! Frank, komm her! Schnell!«

Auch Thomas hatte sich bereits auf den Weg zu seinem Freund gemacht. Sie trafen sich am Gang. Er hielt sein Handy hoch, sodass Frank die Nachricht, die er vor wenigen Sekunden erhalten hatte, lesen konnte. Doch Frank brauchte nur die ersten Worte zu lesen, um den gesamten Inhalt zu kennen – und die offensichtliche Drohung, die darin enthalten war.

»Habe ich auch bekommen.« Frank überlegte, was sie nun tun sollten.

»Hast du die Kopien gemacht?«

»Ja.« Thomas reichte ihm den Stick. Frank ließ ihn wieder in seiner Hosentasche verschwinden.

»Ich schlage vor, wir machen alles so, wie es in der Nachricht steht«, sagte Frank und schaute vom Gang aus nachdenklich auf den Bildschirm, der noch immer die Zeilen ihrer Publikation zeigte.

»Wir rühren nichts mehr an, nehmen nur unsere Autoschlüssel mit, lassen die Computer laufen. Wir schalten nur das Licht aus und hauen einfach ab. Dann fahren wir nach Hause, trinken zwei oder drei Gläser Wein oder Bier und gehen schlafen und warten, bis wir morgen unsere Anweisungen erhalten.«

Franks Herz pumpte Adrenalin durch seine Adern. Jegliche Müdigkeit hatte sich in Konzentration und angestrengtes Nachdenken gewandelt. Er versuchte die Nachricht einzuordnen, die Gefährlichkeit, die von ihr ausging, abzuschätzen. Journalisten und Forscher waren in den letzten Jahrzehnten wegen deutlich geringerem Widerstand gegen die herrschenden politischen Strukturen von der Bildfläche geräumt worden, und beileibe nicht alle kamen unversehrt zurück. Der Großteil war danach körperlich in Mitleidenschaft gezogen aufgefunden worden, sodass mehrere Wochen in einer Reha-Klinik die Mindestanforderung für eine Genesung waren. Einige wurden jedoch während ihrer Abwesenheit ins geistige Kleinkindalter zurückverfrachtet, um niemals wieder ihre Stimme erheben zu können.

Frank hatte oft darüber nachgedacht und entschieden, dass diese Option für ihn persönlich die bescheidenste wäre, sogar noch übler als die dritte Möglichkeit, die allerdings am häufigsten vorkam und bei der es keine Wiederkehr gab.

»Ok! Genau, so machen wir es. Alles liegen und stehen lassen.«, stimmte Thomas seinem Freund zu.

Frank hob den rechten Zeigefinger an die Lippen, dann formte er Worte, ohne zu sprechen: ›*Hast du deine Festplatte?*‹

Thomas verstand sofort. Er schüttelte den Kopf. In normaler Lautstärke sagte er: »Los, gehen wir. Schnell!« Gleichzeitig lief er – so leise er konnte – zu seinem Schreibtisch, ergriff die Festplatte und nach wenigen Sekunden stand er wieder neben Frank und zeigte ihm den Datenspeicher mit einem Nicken.

Sie schalteten das Licht aus, versperrten die Tür und hasteten den Gang hinunter. Ihr Büro befand sich im dritten Stock des Institutsgebäudes. Thomas ging zum Lift, doch Frank ergriff seinen Arm, schüttelte energisch den Kopf und zerrte ihn mit sich in Richtung Stiegenhaus. Nichts in aller Welt konnte ihn jetzt dazu bringen, in einen Lift einzusteigen, ohne die Möglichkeit auf irgendetwas Unvorhergesehenes reagieren zu können.

»Ok«, flüsterte Tom und Frank entließ ihn aus seinem Schraubstock, den seine Finger gebildet hatten.

Am Treppenhaus angekommen, es war wie eine offene Spirale aufgebaut, die in der Mitte des fünfstöckigen Institutsgebäudes in die Höhe wuchs, schauten beide hinunter bis ins Foyer. Durch die Notbeleuchtung konnte man jede Einzelheit, zwar schwach aber doch, erkennen. Bewegungen waren keine auszumachen.

»Komm weiter, beeil dich!« Tom blickte auf seine Uhr. Es waren bereits zwei Minuten vergangen. »Nur mehr drei Minuten! Weiter, schnell!«

Je mehr Zeit von der nicht geraden subtilen Drohung ›*Eine Bedingung für ein weiteres gutes Leben euerseits ist, dass ihr in exakt FÜNF Minuten am Parkplatz vor dem Institut in euren gestarteten Autos sitzt ...*‹ verging, desto ernster nahm Tom die Nachricht. Sie liefen eine Stiege nach der anderen hinab, wurden dabei immer schneller. Ihre gehetzten Laufschritte klangen laut und breiteten sich im stummen Gebäude ungehindert aus. Als sie im Erdgeschoss angekommen waren und kurz darauf durch die Eingangstür zu ihren Autos liefen, und zwar so, als ob der Leibhaftige persönlich hinter ihnen her gewesen wäre, hatte Toms Verstand die Lage, in der er steckte, analysiert. Er war zur unumstößlichen Erkenntnis gekommen, dass die Nachricht mehr als ernst gemeint war. Das Adrenalin und die folgende Angst brachten ihn dazu, sich selbst – seiner Überheblichkeit wegen – zu verfluchen. Wie konnte er nur den Regierungschef, andere hochrangige Politiker und mächtige Wirtschaftstreibende bezüglich ihrer Ehre und ihres Nicht- oder Falschhandelns anklagen?

›*Du Wahnsinniger! Kein einziges kleines Rädchen kann das monströse Getriebe der politischen und wirtschaftlichen Bereicherungsgesellschaft ins Stottern bringen. Auch DU nicht, mein Freund!*‹

Doch dieser Gedanke war *falsch*, das wusste Tom und dies wusste auch Frank, ansonsten hätten sie sich nicht dazu entschlossen diesen Schritt zu wagen. Den Individuen der Gesellschaft wurden und werden solche Gedanken immer wieder eingepflanzt, bis es beinahe jeder Mensch glaubt.

Doch wie konnte diese verborgene ›*Macht*‹ an Informationen über ihr Vorhaben gekommen sein? Ein Co-Autor? Das war unwahrscheinlich. Ein Institutskollege oder vielleicht sogar ihr Boss persönlich musste Informationen herausgefunden und weitergeleitet haben. Dann klatschte sich Tom mit der Hand an die Stirn: Suchanfragen im Internet, E-Mails, Handy, ein versteckter Hacker-Angriff auf ihre Computer oder auch ein simples Mikrofon. Es gab unzählige Wege, um ihn und Frank in den letzten Monaten auszuspionieren und somit ihre nächsten geplanten Schritte zu erfahren.

Tom und Frank parkten nebeneinander. Sie sprangen

gleichzeitig in ihr jeweiliges Auto und starteten. Dreizehn Sekunden vor Ablauf des Ultimatums nickten sie sich kurz durch die Seitenfenster der Autotüren zu und fuhren los.

*

Der letzte Gedanke, der Frank durch den Kopf ging, kurz bevor sein Fahrzeug explodierte und der gewaltige Feuerball die gesamte Straße erhellte, war, dass, wer auch immer hinter dieser Nachricht stand, diese Leute hatten ihn unterschätzt – er fuhr mit seiner rechten Hand in die Hosentasche und fühlte den Speicherstick. Er würde sich nicht einschüchtern lassen, würde sich nur kurz zurücknehmen und zu gegebener Zeit nochmals versuchen, die Publikation zu veröffentlichen.

Dann war alles zu Ende.

*

Derartige Gedanken waren Thomas fremd. Er dankte Gott und allen Himmelsmächten, dass er mit seinem Leben davongekommen war. Und gerade als sich sein Puls wieder annähernd seinem normalen Rhythmus annäherte, schaltete die Uhr auf null um.

Nach der Explosion, die die Karosserie aufriss und die Motorhaube fünf Meter in die Höhe schleuderte, verbrannte Toms zerfetzter Körper zu einer unkenntlichen Leiche.

*

Kurz darauf erhellten sich die Büroräume im dritten Stock eines Forschungsinstituts für Klimawissenschaften.

Doch niemand hatte das Licht eingeschaltet.

*

Zwischenspiel

In Johns Geist loderte noch immer das Feuer der Explosion und er roch den Geruch von verbranntem Fleisch. John wollte heraus aus dieser Reise, doch er spürte, dass Roy, da er die Verbindung aufrecht hielt, noch etwas zu sagen hatte oder ihm noch etwas zeigen wollte, daher fragte er: »Werden die

Ergebnisse jemals veröffentlicht? Werden die Menschen davon erfahren?«

»John, du musst unterscheiden, zwischen *realer Zukunft*, wie sie auftreten wird, und jener Zukunft, die ich dir, leider nur in bruchstückhaften Ansätzen, zeigen kann. Diese extrapolierte Zukunftsperspektive wird eintreten, aber das, was ich dir gezeigt habe, jene Geschichten, die du gesehen hast, sind nur Sinnbilder für jene Ereignisse, die unumgänglich geschehen werden. Du müsstest meiner Spezies angehören, um die wahren Dimensionen der Einblicke und Ausblicke in die Zukunft erfassen zu können.«

»Also wird es passieren.«

»Ja! Aber es wird nicht mehr von Relevanz sein, ob die Gesellschaft davon erfährt oder nicht. Es wird dann bereits zu spät sein. Die Kippelemente des Erdsystems werden fallen und den Großteil des Lebens unter sich begraben. Jegliches Bemühen der Menschheit sich mit Hilfe von technischen Maßnahmen gegen die Auswirkungen von Naturgesetzen zu stemmen, wird vergebens sein. Schon alleine die Hypothese darüber, dies schaffen zu können, ist kindliches Gedankengut.«

Stille.

Unvermittelt sagte Roy: »Komm mit!«

27

4. Reise: Hot-house Earth

John wurde aus der Dunkelheit der Straße, die nur durch Thomas Buttermoors brennendes Auto erhellt worden war, herausgerissen und in eine völlig andere Welt katapultiert.

Er erkannte Straßen. Doch nach dessen Zustand zu urteilen, waren sie schon Jahrzehnte, wahrscheinlich deutlich länger, nicht mehr gebraucht worden. Sie waren aufgesprungen und durch die breiten Ritzen waren Pflanzen gewachsen, die jedoch in der herrschenden Gluthitze verdorrt waren. Bäume waren nirgends zu sehen, nur abgestorbene Büsche und verdorrtes Gras. Der Erdboden hatte die gelblichbraune Farbe von absoluter Trockenheit angenommen.

»Wo sind wir?«, fragte John. Er ließ seinen Blick schweifen.

»Nahe deinem Haus.«

»Wann wird dieser Zustand erreicht sein?«

Roy antwortete nicht sofort, sondern gab John die notwendige Zeit, um sich weiter umzusehen, alle Einzelheiten der Dürre und Trockenheit in sich aufzunehmen.

»Ist es nicht vollkommen egal, ob ihr den Großteil der Lebewesen dieses Planeten – euch und uns Wächter miteingeschlossen – in hundert, zweihundert oder erst in tausend Jahren auslöscht oder zumindest an den Rand des Aussterbens bringt? Worin liegt der Unterschied? Die Erde verwandelt sich durch eure Ignoranz und Unwilligkeit zum Handeln in einen unberechenbaren Planeten. Das Wetter kann, beinahe überall auf dem Globus, binnen Stunden zur tödlichen Bestie werden und alle Auswirkungen der bereits jetzt spürbaren Klimakrise werden potenziert werden und dann das Leben mit voller Wucht und Härte treffen.

Den Rest der Vernichtung werdet ihr Menschen wieder selbst erledigen.

Denn wenn es darum geht, ob ich selbst und meine Nächsten an Hunger und Durst sterben sollen oder der fremde Andere, so werden sich der ureigene Überlebensinstinkt und der Selbsterhaltungstrieb in jedem Menschen melden und beide werden sich schützend vor jeder Gefahr aufbauen oder selbst zur Gefahr für andere werden. Die Fremden werden unerheblich und unbedeutend werden; für viele wird es egal sein, ob diese überleben oder nicht.«

John konnte es nicht glauben. Er sah sich noch immer um.

»Wie heiß ist es?«

»Es hat 62 Grad Celsius. Aber knapp über dem Erdboden hat es zwischen 70 und 75 Grad. Es ist zu heiß zum Atmen.

Wie soll hier auch nur eine Pflanze gedeihen? Wie soll dieser Boden Ernte hervorbringen oder Wasser speichern?«

John wurde heiß, aber nicht der Hitze wegen, die von der Sonne eingestrahlt wurde und dann nicht mehr durch die treibhausgasgeschwängerte Atmosphäre ins Weltall entweichen konnte. Sondern es waren sein Glaube und die Erkenntnis, dass auch diese dramatische Voraussage der Wächter eintreten könnte, und dass es der Menschheit tatsächlich nicht gelingen würde, die notwendigen Maßnahmen zu treffen, um diese Katastrophe zu verhindern.

John verbesserte sich gedanklich, denn es war durchaus wahrscheinlich, dass die Menschheit geeignete Schritte und Maßnahmen setzen würde, nur würden diese viel zu spät beschlossen und eingeleitet werden. Jeder kann versuchen, eine abgehende Schneelawine, ohne die entsprechenden Lawinenschutzmaßnahmen, die logischerweise mit Voraussicht vor dem Abgang errichtet werden sollten, aufzuhalten ... am besten mit bloßen Händen. Aber was ist schon eine lächerliche Lawine im Vergleich zu entfesselten gigantischen Erdsystemen?

»Sind wir ausgestorben?«, fragte John.

Nach einer Weile: »Nein, jedenfalls nicht vollkommen. Aber eure Zivilisation, so wie du sie kennst, ist tot. Im Übergang zu dieser Zeit und in diesen Zustand wird sich unvorstellbares Leid überall auf der Welt ausbreiten. Es wird nur mehr etwa ein Achtel der Menschen geben, und glaube mir, von den restlichen sieben Achtel wird kein einziger freiwillig sterben.

Folge nun einem weiteren Gedankengang: Viele, die in diese Zukunft *hineingeboren werden hätten sollen*, werden nicht geboren werden, sie sterben bereits jetzt in jener Zeit, in der *wir* leben – im 21. Jahrhundert. Sie werden in der *Jetzt-Zeit* und über die nächsten Jahrzehnte hinweg ›*abgetrieben*‹! Würdet ihr nach dem heutigen klimawissenschaftlichen Wissen handeln, würde man diese Kinder retten können und sie hätten in den folgenden Jahrhunderten ein lebenswertes Leben führen können.«

John war schockiert. Er hatte noch niemals den Gedanken gefasst, dass die menschliche Zivilisation seiner Zeit einer Unzahl an Kindern das Leben stahl – sie würden niemals geboren werden. Mit Mühe drängte John diesen Gedanken in den Hintergrund und fokussierte sich auf seine Umgebung.

»Wird sich die Erde regenerieren? Wird sie wieder so werden, wie wir sie jetzt kennen?«

»Ja, das ist anzunehmen. Jedoch wird diese Heißzeit vermutlich an die 300.000 Jahre lang dauern; das bedeutet 10.000 Menschengenerationen – wahrscheinlich sogar länger.«

John war bestürzt, fassungslos.

»10.000 Generationen? Jahr-Hundert-Tausende?«, plapperte John die Fakten nach. Er verstand die Zahlen, doch die sich daraus ergebenden Konsequenzen weigerte sich sein Verstand anzunehmen.

Ein gesunder Mensch wird nach vier bis acht Wochen ohne Nahrung, aber mit genügend Flüssigkeit, unweigerlich sterben. Ohne Flüssigkeit ist für diese Person spätestens nach einer Woche Sendepause und der Körper schaltet sich ab und verabschiedet den Geist ins Nirvana. Und Roy erzählte von Schauergeschichten, die auf Erden dreihunderttausend Jahre lang andauern sollen?

Heilige Mutter Gottes!

»Es werden sich alle Berechnungen eurer seriösen Klimaforscher bewahrheiten, nur mit der Einschränkung, dass alle Änderungen des Klimasystems deutlich schneller ablaufen werden als vorausgesagt. Die Erde wird in diese Heißzeit kippen und sich in eine Sauna verwandeln, in ein ›*Hot-house*‹.

Am Äquator wird das Meer eine Temperatur von über 55 Grad Celsius erreichen – an den Polen an die 30 Grad. Die Temperaturen am Festland werden für höheres Leben in weiten Gebieten der Erde unerträglich werden und somit nicht mehr bewohnbar sein.«

Roy machte eine kurze Pause, dann fügte er hinzu: »Eines der Hauptprobleme ist, dass sich viele Menschen nicht *vorstellen* können, dass so etwas auf der Erde oder bei ihnen zuhause passieren kann.«

John ignorierte Roys Feststellung und fragte: »Warum? Warum dauert die Heißzeit so lange?«

»Es ist wieder simple Physik und deren Naturgesetze. Das Treibhausgas-Kohlendioxid bleibt lange in der Atmosphäre und Methan wird ständig nachgeliefert. Überlege selbst: Es ist nicht nur die Temperatur, die danach wieder sinken muss; es ist die gesamte Natur, die sich *zurück-verändern* und *zurück-umwandeln* muss. Meinst du, dass Meere, deren Wasser gekippt ist, die zu einer Brühe wurden, welche giftige Schwefelgase der Verwesung absondern, sich in einigen Jahrhunderten regenerieren können?«

John schüttelte nicht einmal mehr den Kopf. Er hatte es nicht nur verstanden, sondern er hatte nun akzeptiert, dass die Menschheit jenen Weg einschlagen würde, der unumkehrbar ins Desaster führen würde.

Anmerkung des Autors:
Zusatzinformationen und Erläuterungen
zum **Hot-house Earth Zustand**
finden Sie im **ANHANG** ab **Seite 337, Referenz (E).**

---

*

»Roy, es ist an der Zeit, dass du mir endlich reinen Wein einschenkst. Warum hast du mich auf diese Reisen mitgenommen und mir die Zukunft gezeigt?

Warum mir?

Was habe ich mit der Sache der Wächter zu tun? Bitte sag mir, was ihr vorhabt!«

Doch Johns insektenartiger Freund ignorierte seine Fragen

und meinte: »Du musst dich jetzt ausruhen und essen. Wir treffen uns am Abend wieder. Ich werde dich rufen.«

Erst jetzt, da Roy davon gesprochen hatte, spürte John seine Müdigkeit und Abgespanntheit und der Hunger hatte, wie auf einen Befehl hin, seinen Magen in Beschlag genommen.

»Gut«, sagte John. Und dieses Mal war er es, der den Wächter ohne Verabschiedung im Keller zurückließ.

28

Montag, 27. Juni (13:54 Uhr)

Nachdem John gegessen hatte, erlaubte er seinem Verstand, seine Gedanken aus ihren Käfigen zu entlassen. John versuchte das Gehörte zu ordnen und sich dadurch jedes Detail in Erinnerung zu rufen.

›*Hot-house Earth*‹

Dieser Begriff und alle damit zusammenhängenden Konsequenzen ließen ihn nicht mehr los.

Weshalb hörte man nichts davon in den Medien?

Weshalb wurden beziehungsweise werden noch immer Klimawissenschaftler als Panikmacher und Hysteriker denunziert?[32]

---

[32] **Über Panikmache und Hysterie beim Klimawandel:**
Alles nur Klimahysterie? (volker-quaschning.de, Zugriff: 28.02.2023)
➢ *https://www.volker-quaschning.de/interviews/2010/Klimahysterie/index.php*

Ärgerlich: Klima-Hysterie für Grün-Landesrat wichtiger als funktionierende Gesellschaft
➢ *https://www.fpoe-ltklub-ooe.at/aergerlich-klima-hysterie-fuer-gruenen-kaineder-wichtiger-als-funktionierende-gesellschaft/*

Einseitige Klima-Hysterie und falsche Apokalypse (welt.de, 12.08.2021)
➢ *https://www.welt.de/wirtschaft/plus233073823/Reaktionen-auf-IPCC-Bericht-Einseitige-Klima-Hysterie-und-falsche-Apokalypse.html*

Weshalb ist es so vielen von uns egal, dass in einigen Jahrzehnten weltweite Völkerwanderungen über uns hinwegrollen werden? Anfangs werden es ›nur‹ Millionen, später jedoch Milliarden von Menschen sein, die aus ihren Ländern flüchten müssen, da sich über ihren Ländern eine lebensbedrohliche Atmosphäre gebildet hat. Diese Länder werden zu ›failed states‹[33] degenerieren und die Menschen werden zu uns in den Norden flüchten.

Doch irgendwann könnte jener Zeitpunkt gekommen sein, an dem auch unser Land keine Ernte mehr hervorbringen kann und dann werden wir selbst zu Flüchtlingen werden.

Weshalb hört man nichts davon in den Medien?!

John zwang seinen Verstand eine Pause einzulegen. Er ging in sein Schlafzimmer, legte sich auf sein Bett und starrte die weiße Zimmerdecke über ihm an. Doch seine Gedanken ließen ihn nicht los.

Er setzte sich auf und dachte ›zehntausend Generationen‹.

Er holte seinen Laptop.

*

Nach zwei Stunden klappte er den Deckel zu, legte den Laptop auf den Fußboden und sich selbst wieder ins Bett.

Er sagte nur ein Wort: »Unfassbar!«

Denn alles, was Roy ihm erzählt hatte, war im Internet zu finden gewesen, aber nicht etwa auf Verschwörungstheorieseiten, sondern auf seriösen Wissenschaftsseiten wie dem *Potsdam Institut für*

---

[33] **Failed States (gescheiterte Staaten):**

Als gescheiterter Staat (failed state) wird ein Staat bezeichnet, der seine grundlegenden Funktionen nicht mehr erfüllen kann.
  ➢ *https://de.wikipedia.org/wiki/Gescheiterter_Staat*

Das Politiklexikon: „Failed States" (Bundeszentrale für politische Bildung)
  ➢ *https://www.bpb.de/kurz-knapp/lexika/politiklexikon/296341/failed-states/*

Failed States 2023 – Country ranking
  ➢ *https://worldpopulationreview.com/country-rankings/failed-states*

Klimafolgenforschung (PIK)[34], dem *Max-Planck-Institut für Meteorologie*[35], dem *Climate-Change-Center Austria* (CCCA)[36] oder der *NASA*[37]. Alle diese Forschungseinrichtungen richteten der Welt aus, dass es nicht erst in Jahrzehnten zu Konflikten und Kriegen um Wasser und Nahrung kommen wird, sondern dass diese *bereits stattfinden*. Und wenn die Atmosphäre weiterhin mit Treibhausgasen verpestet wird, wird irgendwann die Welt in Kriegen versinken.

John machte sich nichts vor, wenn die Voraussagen stimmten, würden blutige Zeiten auf die Menschheit zukommen. Speziell eine Abbildung hatte er lange betrachtet und den Text darauf mit Fassungslosigkeit immer wieder gelesen. Sie zeigte die Auswirkungen der globalen Erderwärmung mit jedem steigenden Grad Celsius. Diese waren alarmierend und schockierend zugleich, denn mit

---

[34] **Potsdam Institut für Klimafolgenforschung (PIK)**
Das Potsdam-Institut für Klimafolgenforschung (PIK) ist ein 1992 gegründetes wissenschaftliches Forschungsinstitut. Das Institut untersucht wissenschaftlich und gesellschaftlich bedeutsame Fragestellungen in den Bereichen Klimawandel, globale Erwärmung und nachhaltige Entwicklung.
  ➢ *https://www.pik-potsdam.de/de/startseite*

[35] **Max-Planck-Institut für Meteorologie (MPI-M)**
Das Max-Planck-Institut für Meteorologie (MPI-M) ist ein international anerkanntes Institut für Klimaforschung.
  ➢ *https://mpimet.mpg.de/startseite*

[36] **Climate-Change-Center Austria (CCCA)**
Das Climate Change Centre Austria (kurz CCCA) ist ein österreichisches Klimaforschungsnetzwerk. Es ist eine Anlaufstelle für Forschung, Politik, Medien und Öffentlichkeit in allen Fragen der Klimaforschung in Österreich. (Gründung: am 18. Juli 2011 in Wien)
  ➢ *https://ccca.ac.at/startseite*

[37] **NASA**
Echtzeit Darstellung der Daten der NASA's Earth-orbiting Satelliten bezüglich des Klimawandels.
  ➢ *https://climate.nasa.gov/*
  ➢ *https://climate.nasa.gov/global-warming-vs-climate-change/*
  ➢ *https://earthobservatory.nasa.gov/features/CarbonCycle*

jedem Zehntel Grad Celsius mehr wächst die Gefahr für uns Menschen, Opfer der Natur zu werden – durch Überflutungen, Stürme, Dürren, Wassernot, Ernteausfälle etc. Und mit jedem Grad mehr wächst zusätzlich die Gefahr für uns Menschen, dass wir Opfer eines anderen Menschen werden – durch Konflikte und Kriege.

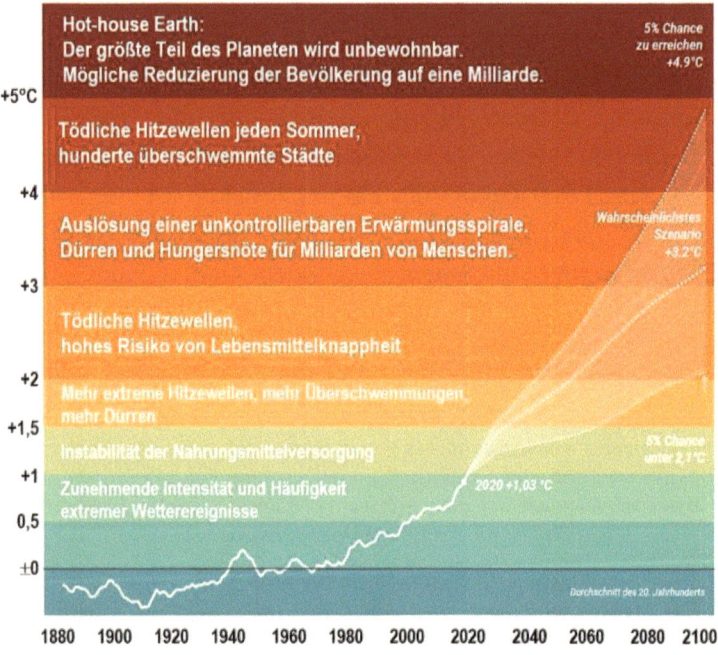

Anmerkung des Autors:
Erläuterungen zur Abbildung und eine Erklärung,
was der Begriff
„durchschnittliche globale Temperaturerhöhung"
wirklich bedeutet, finden Sie
im **Anhang ab Seite 339**, Referenz **(F)**.

29

Montag, 27. Juni (19:03 Uhr): Die Ziele der Wächter

Als John Roys Ruf vernahm, wusste er zunächst nicht, wer ihn rief oder wo er war, denn er hatte sich gerade auf einem hohen Berggipfel befunden und über eine atemberaubende grüne Landschaft geblickt.

Dann hatte er seine Augen geöffnet, war aus dem Bett gestiegen und hatte sich auf den Weg gemacht.

*

»Wie geht es dir?«

John antwortete nicht, denn in Wahrheit wusste er es selbst nicht.

Daher fuhr Roy fort: »Alles wird viel schneller gehen, als es sich die Menschen gedacht haben und die Computermodelle berechnet haben.

Denn bedenke: ›*Weisheit entspringt nicht aus der Gegenwart, sondern aus der Vergangenheit.*‹

Die Menschheit kann mit diesem Problem der Klimaänderung – auch wenn dieser Wandel durch sie selbst herbeigeführt wird – nicht umgehen! Krankheiten, Seuchen, Kriege und Naturkatastrophen, im herkömmlichen Sinn, beginnen und enden in menschlichen Zeithorizonten, also in Zeiträumen von Wochen, Monaten oder vielleicht auch Jahren. Doch die Veränderungen des Klimas und die sich daraus ergebenden zeitlichen Folgen und Auswirkungen übersteigen die gedankliche und zeitliche Vorstellungskraft vieler Menschen, leider auch fast aller Politiker.«

John, der wieder – nur scheinbar ruhig – auf dem altbewährten Sessel saß, wollte nun endlich Klarheit für seine brennendste Frage: »Was habt ihr vor? Wie wollt ihr Wächter das Leben schützen?«

Roy zögerte keine Sekunde.

»Wir werden euch entmachten!«, war die simple und

unmissverständliche Antwort.

John lehnte sich im Sessel zurück, seine Augen verengten sich zu Schlitzen. Mit dieser Antwort hatte er nicht gerechnet, auch wenn man sie, recht weitläufig interpretieren konnte.

Daher sagte er nur: »Ihr wollt also die Weltherrschaft an euch reißen?«

Manchmal, vor allem in unvorhersehbaren Situationen, wie dieser jetzt gerade, ist es der eigene Verstand, der spöttische Streiche spielt und surreale Gedanken aufwirbelt, die in keiner Weise der Situation entsprechen. Und so baute sich in Johns Kopf das Bild von ›Pinky und Brain‹ auf. Pinky, der von einem zum anderen Ohr grinst und gebannt den genialen Ausführungen von Brain zur Erlangung der Weltherrschaft lauscht. Die beiden weißen Labormäuse hatten ihr Ziel niemals erreicht, waren oft nur knapp gescheitert und jedes Mal war nur ein winziges, für die Mäuse unabsehbares Detail im Plan schuld daran gewesen.

»Wie wollt ihr das schaffen?«, stellte John eine zweite Frage, so als ob die erste bereits beantwortet gewesen wäre.

Roys Entgegnung war keine Antwort, sondern eine Gegenfrage: »Was glaubst du? Wie kann man einer hochentwickelten Spezies am meisten Schaden zufügen, sodass sie handlungsunfähig wird?«

John überlegte.

Ihm fielen sofort Schlagworte ein, die in Richtung Krieg oder Atombombe oder pandemische Seuchen gingen, aber John bezweifelte, dass ›Wächter des Lebens‹ Atombomben zum Explodieren bringen wollten, nur um ihre Interessen durchzusetzen.

Nachsichtig, so als ob er es hier mit einem kleinen Kind zu tun hatte, sagte Roy: »Richtig, keine Atombomben! Es wird mit Sicherheit einen Konflikt geben, aber er wird nur in sehr geringem Ausmaß mit Waffengewalt geführt werden. Die Lösung des Problems erklärt sich im Grunde von selbst, denn eure Gesellschaft, eure gesamte Zivilisation ist aufgebaut auf

Energie. Und wir, die Wächter, werden die Menschheit wieder ins Mittelalter zurückversetzen!«

›*Also doch irgendeine Art von Bomben*‹, dachte John, der sich nur einen einzigen Weg vorstellen konnte, wie man die menschliche Gesellschaft ins Mittelalter zurückfallen lassen konnte und das war jener Weg, den weltweite Bombenexplosionen gehen würden: *Alles und jeden zerstören!*

»Nein, wir werden keine großen Bomben zünden. Unser Weg ist im Grunde ganz einfach: Wir schneiden Menschen, Firmen, Konzerne, Industrien, einfach alles und jeden ...«, ›*alles und jeden*‹, genau diese Worte hatte John vor wenigen Sekunden selbst gedacht und daher hatte er keine Wahl, er lächelte grimmig, »... von der Energieversorgung ab. Es wird nicht einmal nötig sein, alle eure geistreichen politischen Entscheidungsträger der unzähligen Länder auszuschalten.« John hörte sehr wohl den Sarkasmus heraus.

Roy setzte nach: »Wenn keine Energie vorhanden ist, sind sie nicht mehr hörbar. Sie werden für ihr Volk unsichtbar sein und zu Recht zu Gespenstern werden.«

Jetzt verstand John. Er fand, der Plan war tatsächlich einfach – als *Gedanke*, aber die Durchführung?

»Ihr wollt unsere Kraftwerke zerstören?«

»Ja! Aber nicht nur. Es wird deutlich größere Kreise ziehen.« Nach wenigen Sekunden fügte er hinzu: »Alles wird mit den großen unentbehrlichen Kraftwerken beginnen. Weite Teile der Energieversorgung werden zusammenbrechen. Menschenmengen werden bald darauf in den Einkaufszentren vor gähnend leeren Regalen stehen. Es werden Panik und Angst ausbrechen! Und wenn dies eintritt, werden die Plünderungen beginnen. Euer System wird unausweichlich kollabieren. Es wird sich selbst zerstören, denn wenn es um Hunger und Durst und den eigenen Tod geht, dann übernehmen die Instinkte die Führung.«

Es war so logisch und auch so unglaublich einfach. John

blickte der schwarzen Gestalt ins Gesicht.

›*Jetzt ist eigentlich der Zeitpunkt gekommen*‹, so dachte John, ›*an dem ich, ohne ein weiteres Wort zu verlieren, aufstehen müsste. Dann sollte ich mein Handy nehmen und die Polizeistation Rabenstadt – besser noch das Bundesheer – über die unglaublichen Pläne der Wächter informieren.*‹

»Wir werden in drei Wellen zuschlagen.«

John wurde nervös. Roy stellte ihm bereitwillig jede Information zur Verfügung, doch er gehörte zur Menschheit, also, wenn man es ungeschönt ausdrücken wollte, zum Feind. Oder Roy meinte, dass er – John – bereits ein Verbündeter wäre und gegen seine eigene Spezies in den Kampf ziehen würde. John tastete nach dem Brutbeutel, der sogar, seit er vor wenigen Stunden am Vormittag hier auf diesem Sessel gesessen war, leicht an Volumen zugenommen hatte. Eine Gänsehaut überzog seinen Rücken, nicht aus Furcht oder weil er sich bedroht fühlte, sondern da er nun sicher war, dass er eine spezielle Rolle im Plan der Wächter innehaben sollte. Welche Aufgaben er darin übernehmen sollte, würde er wohl in naher Zukunft erfahren.

Roy fuhr mit der ihm eigenen Sachlichkeit fort: »Die erste Welle trifft die Elektrizität, also die Kraftwerke, Umspannwerke und die Stromnetze aus Hoch- und Höchstspannungsleitungen, die die elektrische Energie auch über Staatsgrenzen hinweg verteilen. Wir werden manipulieren und zerstören – jedoch im Verborgenen, sodass die Betreiber der Anlagen die Gründe der Fehlfunktionen nicht erkennen werden.

Der Zusammenbruch des Internets wird der Anfang vom Ende eurer koordinierten Gegenwehr sein.

Die zweite Welle, die parallel zur ersten startet, beinhaltet gezielte menschliche Opfer. Manche dieser Menschen werden in Führungspositionen sitzen und andere werden auf den ersten Blick unschuldig aussehen. Doch sie sind es nicht! Sie arbeiten für Organisationen, die die Umwelt nicht nur ausbeuten, sondern letztendlich zerstören. Auch die kleinen Zahnrädchen in einem zerstörerischen System sind unerlässlich, damit dieses seine Arbeit leisten kann. Und diese Mahnung wird an all jene ergehen, die ihren Verstand nicht verwenden.«

John musterte Roy, dessen Körper sich keinen Millimeter bewegt hatte.

»Die dritte Welle trifft mit aller Härte und ohne Erbarmen die Erzeuger und Lieferanten von fossilen Energieträgern, das heißt die erdöl- und erdgasfördernden Firmen, sowie Raffinerien, die Kohleindustrie und deren Sympathisanten.«

Der Wächter hatte ihm tatsächlich ihren Plan, wenigstens in Grundzügen, verraten. Roy musste sich bezüglich seiner – Johns – Einstellung sicher sein. Andererseits kannte Roy zweifelsohne Mittel und Wege, um John an der Weitergabe des Plans zu hindern.

›Ok, wenn ich recht überlege, braucht er im Grunde gar nichts zu tun! Wenn ich jemandem erzählen würde, dass ein zwei Meter großes Insekt mir die Zukunft vorausgesagt hat und bald eine ganze Horde davon die Menschheit überrennen wird, dann kann ich mir die Reaktion dieser Person ansatzweise vorstellen.‹

John wollte mehr wissen. »Der Plan ist, wie ich annehme, gut durchdacht. Aber es muss weltweit doch ... keine Ahnung ... tausende, wahrscheinlich sogar zehntausende Kraftwerke geben. Wie wollt ihr es schaffen alle Kraftwerke koordiniert zu zerstören, sodass die Betreiber nicht mitbekommen, dass es sich hier um einen gezielten Angriff handelt? Die Sicherheitsmaßnahmen würden bei einem einzigen Fehler eurerseits schlagartig verstärkt werden. Und je nachdem, welche Schlüsse und Folgerungen sich aus eurem Angriff ableiten lassen, würde sich sofort das Militär einschalten.«

John lehnte sich mit dem Rücken an die Sessellehne. Er kratzte sich nachdenklich die rechte Wange und dachte: ›Das Gespräch, das wir hier in meinem Keller führen, ist *vollkommen schizophren! Zwei gänzlich unterschiedliche Spezies, die bis jetzt nur wenige Berührungspunkte in ihrer Entwicklungsgeschichte miteinander hatten, sprechen über einen in absehbarer Zeit ausbrechenden Krieg, der die menschliche Zivilisation zerstören soll, um das Leben auf dem Planeten zu retten – vor uns Menschen zu retten. Das bedeutet nicht zwangsläufig, dass die Menschheit untergehen muss, aber sie wird mit kompromissloser Härte in ihre Schranken verwiesen werden. Und darüber reden wir so, als ob Roy mir gerade ein Kuchenrezept und die einzelnen Schritte der Zubereitung erklärt.‹*

John schüttelte seinen Kopf. Trotzdem war er gespannt, welche Antwort Roy ihm auf seine Frage geben würde.

»Wir werden lautlos und unsichtbar sein, und über jene Menschen, die uns – aus welchem Grund auch immer – erblicken sollten, wird sich ein schwarzes Leichentuch hüllen. Und dass die Vorsichtsmaßnahmen, nachdem wir die Auseinandersetzung gestartet haben, deutlich verstärkt werden, liegt in der Natur der Sache. Doch wenn Sicherheitskräfte vor Ort eintreffen, ist der wichtigste Teil unseres Planes schon längst erledigt und für die Menschheit wird und kann es kein Zurück mehr geben.«

John spürte eine Ungeduld in sich wachsen, denn er hatte noch immer nicht verstanden, wie die Wächter im Detail vorgehen wollen, um einen geordneten Gegenschlag der Menschen zu verhindern. Außerdem musste der Zeitplan der Wächter extrem eng gesteckt sein und ... *weltweit???*

John brachte nur ein »Wie?« zustande.

Das geflügelte Wesen antwortete auf die unvollständige Frage mit: »Es ist einfach, denn bei Kraftwerken ist es nicht anders als bei einer neu gekauften Heizung im Keller. Der Käufer spricht mit den Monteuren, liest sich die Gebrauchsanweisung aufmerksam durch und beherrscht danach das Gerät angemessen gut. Nach einiger Zeit kennt er sogar die Tricks und Kniffe, die die Anlage ausmachen und alle Familienmitglieder haben es im Winter warm.

Doch es gibt drei Szenarien, die die Temperaturen im Haus sinken lassen würden. Erstens, der gut eingeschulte Käufer ist, warum auch immer, außer Gefecht, dann John, kannst du dir sicher sein, dass keiner der restlichen Familienmitglieder die Heizanlage bedienen kann. Zweitens, und das wäre für die Familie noch viel dramatischer, etwas an der Anlage geht kaputt und der Servicetechniker, der erst nach Tagen einen Termin frei hat, muss die Anlage zuerst auseinanderbauen, den Fehler finden, Ersatzteile bestellen und diese dann einbauen. Drittens, und das wäre die absolute Katastrophe, ist eine Kombination aus der defekten Heizanlage und einem Servicetechniker, der gekündigt hat, also der nicht mehr verfügbar ist.«

John betrachtete Roy – sein Blick war nachdenklich. ›*So könnte es tatsächlich funktionieren. Ist es wirklich* ›*so*‹ *einfach?*‹

Er hauchte ein Wort in den Raum: »Know-how.«

Roy antwortete nicht, ließ ihm die Zeit, die er brauchte, um ohne weitere Hilfe ans Ziel zu gelangen.

John richtete sich plötzlich im Sessel auf und platzte heraus: »Die zweite Welle! Als du gesagt hast, ›*bei der zweiten Welle wird es* ›*gezielte*‹ *menschliche Opfer geben*‹, hast du eigentlich gemeint ›*es wird gezielt* ›*Know-how*‹ *vernichtet werden, damit Kraftwerke, die sabotiert wurden, nicht wieder in Betrieb genommen werden können*‹. Das bedeutet, in der zweiten Welle sterben auch Techniker, die für den Betrieb, die Instandhaltung, die Störungsbehebung und so weiter verantwortlich sind.«

»Exakt! Aber auch jene, die für die Leitung der Kraftwerke zuständig sind. Man könnte sagen: Wir schlagen damit den Ungetümen die Köpfe ab.«

John nickte. Das machte absolut Sinn. »Aber ihr müsstet zehntausende Menschen gleichzeitig töten. Und danach in der ausbrechenden Krise, würden noch deutlich mehr sterben.

Roy, das könnt ihr nicht tun!«

Kühl und emotionslos: »Das sind vergleichsweise wenige Opfer. In der alternativen, von den Menschen geprägten Zukunftslinie sind es Milliarden, die sterben werden.«

Bevor John jene Frage stellen wollte, die sich nicht mehr lange zurückhalten lassen würde, gab es noch eines zu klären: »Wann werdet ihr beginnen? Und wie sieht der weitere Zeitplan von euch Wächtern aus?«

Ohne zu zögern, antwortete Roy: »In etwa zwei Jahren – es wird nach heutigem Ermessen der 14. August sein. Dann werden unsere Vorbereitungen beendet sein. Noch wichtiger ist aber, dass zu dieser Zeit jeder Vermittler seine spezifische Aufgabe kennt und mit den Fähigkeiten des neuen Körpers und Geistes vertraut sein wird.

Und das bringt mich nun zum letzten Teil des heutigen Gespräches ...«

John wusste, was nun auf ihn zukommen würde und er fühlte, wie sich sein Körper spannte, so als ob er seine Muskeln auf einen unausweichlichen Kampf vorbereiten musste. Auch er selbst hatte die Frage stellen wollen – dies hatte sich nun erübrigt.

»... und dieser letzte Teil betrifft deine Rolle in unserem Plan.«

*

»John, du bist nicht der Einzige. Es gibt etwa 30.000 Menschen, die von uns Wächtern als ›Auserwählte‹ vorgesehen wurden. Von diesen 30.000 wird es so sein, dass letztendlich nur rund die Hälfte die notwendigen Voraussetzungen mitbringen werden, um in den Status eines ›Anwärters‹ aufzusteigen. Von den übriggebliebenen 15.000 werden aber nur etwa 13.000 ihren Anspruch geltend machen und in die nächste Stufe aufsteigen.«

John überlegte: »Wann werde ich zum Anwärter?«

»Das bist du längst. Dein Platz war mir bereits nach unserem ersten Gespräch, jenes, das du wieder vergessen musstest, klar. Ich werde dich bis ans Ende deines ›ersten‹ Weges führen und begleiten.«

John begann auf seinem Sessel von einer Seite zur anderen zu rutschen. Roys Worte hatten etwas Endgültiges, etwas Unumkehrbares in sich und bis jetzt war alles Besprochene pure Theorie gewesen. Doch wie es aussah, begann nun jener Abschnitt, in dem es ans Eingemachte ging.

Roy wartete noch einen Augenblick und dann stellte er die Frage: »Nach allem, was du von mir gehört hast, nach den vier Gedankenreisen in die bevorstehende Zukunft, nach deinen eigenen Recherchen und deinem jetzigen Wissensstand, dass unsere Erde in einem irreversiblen ›Hot-house Earth‹ Zustand enden wird, indem die Erderwärmung unkontrollierbar voranschreitet, frage ich dich: *Bist du bereit dieser Zukunft entgegenzutreten?*« Kurze Stille. Dann: »Wenn du diese lebenswerte Gegenwart in eine lebenswerte Zukunft für alle folgenden Generationen überführen möchtest, dann schließe dich uns Wächtern an.«

John hatte vermutet, dass es auf eine Art Assimilation seinerseits hinauslaufen würde – die ›*Borg*‹ von Star Trek kamen ihm in den Sinn. Die Frage war nun, ob es auf eine freiwillige oder eine unfreiwillige hinauslaufen würde. Was würde mit ihm geschehen, wenn er zu den zweitausend Anwärtern gehörte, die sich nicht anschlossen, die mit den Wächtern nichts zu tun haben wollten?

Er verkniff sich diese Frage. Doch das Schicksal dieser Menschen konnte er sich gut ausmalen. Trotz dieses Gedankens war er nicht beunruhigt. Er wollte seine Entscheidung in Ruhe treffen.

»Wenn ich mich für euch entscheide, was bedeutet das für mich?«

»Du wirst vorbereitet für die ›*Transformation*‹. Du und alle anderen, ihr werdet zu ›*Hybriden*‹ modifiziert. Ihr übernehmt während und nach der Auseinandersetzung mit den Menschen die Rolle der ›*Vermittler*‹ zwischen meiner Spezies und der

Menschheit, ihr seid unsere ›*Kommunikatoren*‹. Gleich wie wir anderen Wächter ist eure Gruppe über den gesamten Erdball verteilt. Ihr werdet in Teams zusammenarbeiten – meist drei Vermittler und ein oder zwei Wächter –, und für eine bestimmte Region zuständig sein.«

»Weshalb kommuniziert ihr nicht selbst mit den Menschen?«

»Alle Zukunftsextrapolationen, in denen wir auf Kommunikatoren aus den Reihen der Menschen verzichten, zeigten deutlich schlechtere Resultate. *Schlechtere Resultate* kann man in diesem Zusammenhang mit größerem ›*Leid*‹ und deutlich mehr ›*Tod*‹ in den künftigen Konflikten übersetzen.«

Roy neigte leicht seinen Kopf. Es war die erste Bewegung, die John heute an ihm wahrnahm. »Ein grundlegendes Dilemma haftet allerdings an deiner Entscheidung, die du zu treffen hast.« Roy machte eine kurze Pause, dann fügte er hinzu: »Wenn du dich für das *Leben* entscheidest, musst du dich jedoch gegen dein *jetziges Leben* entscheiden. Jeglicher persönliche Kontakt, den du mit geliebten oder bekannten Menschen pflegst, wird für lange Zeit aufhören, ...« John war gerade im Begriff hochzufahren, als Roy hinzufügte: »... deine Mutter bildet hier eine Ausnahme. Du kannst nicht mehr hier in deinem Haus leben, aber du darfst deine Mutter besuchen, wenn es deine Zeit zulässt! Auch wenn sie Hilfe benötigen sollte, wirst du oder ein Vertreter sie unterstützen können.

Die Gemeinschaft der Wächter ist den Familienmitgliedern der *Vermittler* verpflichtet. Ihnen soll und wird möglichst wenig Leid widerfahren.«

John sagte nichts, blieb stumm auf seinem Sessel sitzen, starrte gedankenverloren ins Leere. Doch Roy forderte ein letztes Mal seine Aufmerksamkeit ein: »Du musst dich nicht jetzt entscheiden. Am Sonntag erwarte ich deine Antwort, also in sechs Tagen. Bis dorthin werden wir uns nicht mehr sehen. Ich werde zwar häufig in der Nähe sein, doch weitere Gespräche sind irrelevant, denn letzten Endes musst du über *mich* ein Urteil fällen. Du musst klären, ob du mir bedingungslos vertrauen kannst.

Erst nach deiner Entscheidung ist es mir erlaubt, mehr von meiner Kultur und Gesellschaft preiszugeben und dich in weitere Geheimnisse einzuweihen.

Daher nutze die Zeit gut. Wenn ich dir in sechs Tagen die Frage nochmals stelle, musst du von deiner Antwort überzeugt sein. Denn deine Entscheidung wird unwiderruflich und endgültig sein.«

30

Dienstag, 28. Juni (9:22 Uhr): Die Anhöhe

John war in seinen 38 Lebensjahren behütet und mehr oder weniger normal aufgewachsen. In seinem Leben hatte es aber zwei verheerende Ereignisse gegeben, die ihn erschüttert und ins Wanken gebracht hatten.

Eines davon war seine siebenjährige kinderlose Ehe gewesen. Mit dreißig Jahren hatte er Carina Hofmann geheiratet – sie war damals 26 Jahre alt gewesen. In den Anfangsjahren ihrer Ehe konzentrierten sich beide auf ihre Berufe – Kinder waren kein Thema gewesen. Weitere Jahre später war der Kinderwunsch erloschen, denn die Eheleute hatten sich auseinandergelebt. Manchmal ist eine Beziehung nicht zu retten, ist zum Scheitern verurteilt. Sie hatten es beide gewusst, hatten diese Tatsache anfangs jedoch nicht akzeptiert und über zwei Jahre hinweg versucht, ihre Ehe zu retten. Im Alter von siebenunddreißig Jahren wurde John von Carina geschieden.

Das zweite Ereignis, das Johns Leben und jenes seiner Mutter aus der Bahn geworfen hatte, war der Tod seines Vaters gewesen.

*

John schloss die Augen und holte sich das Bild seines verstorbenen Vaters in seine Gedanken. »Papa, was soll ich tun?«

Er war kurz nach Sonnenaufgang zum Spaziergang aufgebrochen. Sein Ziel war eine Anhöhe gewesen. Nun saß er bereits eine Stunde auf einer Holzbank und hatte einen herrlichen Ausblick über Rabenstadt. Die Luft war glasklar und die Sonne angenehm warm, weit davon entfernt, wie sie sich am Nachmittag präsentieren würde. Der Wetterbericht hatte bis zu 37 Grad vorausgesagt.

Gestern Abend, nach dem Gespräch mit Roy, hatten John die Kräfte gefehlt, um alle möglichen Szenarien, die ihm sein mittlerweile unberechenbares Leben bot, durchzudenken. Wenn er ausgeruht und klaren Verstandes nachdachte, so wie jetzt, ergab sich vielleicht sogar ein Ausweg aus seiner Situation. Doch im Grunde wollte er gar nicht nach einer Lösung suchen, die ihm die Gelegenheit bot, die Flucht anzutreten. Jetzt, da er mit geschlossenen Augen in die Sonne blickte – sein Körper sog die auf ihn fallende Energie regelrecht auf –, versuchte er sich zu fokussieren, versuchte geradlinig zu denken und alles Unwesentliche auszublenden.

»Was würdest du tun?«, formulierte er seine Frage um, so als könnte ihm eine Antwort seines Vaters die Entscheidung vereinfachen. Doch dem war natürlich nicht so. Rat von seinen Lieben anzunehmen war eine Sache, aber die Entscheidung dann – knallhart – zu treffen und mit den Konsequenzen zu leben, das war etwas ganz anderes. Niemand anderes trägt Schuld, wenn man sich falsch entschieden hat, man muss selbst die Verantwortung dafür übernehmen!

John hatte begonnen, seine Gedanken in ein Notizbuch zu schreiben, hatte dafür eine Plus- und eine Minusspalte auf das Papier gezeichnet.

Ein weiterer Gedanke drängte sich in den Vordergrund. Allerdings passte dieser weder zu Plus noch zu Minus, denn er war neutral und hatte nur mit seinem Verstand und dessen

Zustand zu tun. Er schrieb, auf eine neue Seite, das Wort › *Wahnsinn*‹.

Es war notwendig gewesen, diesen Begriff aufzuschreiben, auch wenn John mit an Sicherheit grenzender Wahrscheinlichkeit wusste, dass er nicht geisteskrank war, denn eine Sache widerlegte die Wahnsinn-Theorie auf einfache Art und Weise: Ein Blick auf den grauen, leicht pulsierenden Sack, der aus ihm herauswuchs und nun neben ihm auf den Holzplanken der Bank ruhte, genügte dafür. In jenen Momenten, an denen John an *Wahnsinn* dachte, legte er seine Hand darauf. Dann konnte er die fließenden Bewegungen spüren, und es fühlte sich an, als zögen darin unzählige winzig kleine Schlangen wild durcheinanderwirbelnd ihre Bahnen.

Um den letzten Zweifel bezüglich möglicher Irrealität, Sinnestäuschung seines Zustandes oder eines Albtraums auszutreiben, legte er seine rechte Hand an den linken Oberarm. Und dann, plötzlich, ohne bewusst darüber nachzudenken, erhöhte er den Druck, aber nicht verhalten oder gar sanft, sondern er presste die Haut und den darunterliegenden Muskel mit aller Kraft zusammen, so als wolle er sich selbst durch den Schmerz, der ihn beinahe zu einem Aufschrei zwang, beweisen, dass er sich in der Wirklichkeit, in seiner Realität befand, zwar in einer wahnsinnigen und irrationalen, aber dennoch einer, in der er sich erst zurechtfinden musste und die er auf eine ihm noch unbekannte Weise mitgestalten konnte.

John ließ los, keuchte kurz auf und nannte sich selbst einen Idioten. Doch er grinste. Dann strich er das Wort › *Wahnsinn*‹ wieder durch.

*

Das einseitige Gespräch mit seinem Vater war nicht ohne Ergebnis geblieben. Er hatte beschlossen, bevor er seine endgültige Entscheidung treffen würde, mit zwei Personen zu sprechen, die unterschiedlicher nicht sein konnten.

Die erste und wichtigere war natürlich seine Mutter Marie. Sein Vater hätte ihn bestimmt einen törichten Narren genannt, also doppelt unvernünftig, wenn er ihre Meinung und ihre Ratschläge unterschätzt hätte oder gar eine Entscheidung getroffen hätte, ohne vorher mit ihr zu sprechen.

Bei der zweiten Person – *Nick Berger* – war John anfangs unschlüssig gewesen, ob er den Kontakt suchen sollte.

*

Beim letzten Treffen, vor einigen Monaten, hatte sich John mit seinem ehemaligen Schulfreund ausgezeichnet unterhalten und die alten Zeiten waren wieder aufgelebt.

Er hatte damals von Nick erfahren, dass er geheiratet und schon wieder geschieden war. Seine Ex-Frau lebte mit ihrem gemeinsamen Sohn allerdings in Amsterdam. Eine neue feste Beziehung gab es nicht. »Ich möchte das Leben noch einige Jahre lang genießen!« Und zu diesen Worten hatte er gegrinst. Dann hatte John aus seinem Leben erzählt, hatte seine Scheidung und sein unerfreuliches Eheleben davor nicht verschwiegen.

Das Gespräch war bemerkenswert unterhaltsam und freundschaftlich gewesen. Der Grund weshalb sich in John trotzdem Bedenken regten, mit Nick über seine spezielle Situation zu sprechen, war der Anlass, der zu Nicks Anstellung bei der Rabenstädter Polizei geführt hatte.

Bevor Nick in Rabenstadt seinen Dienst angetreten hatte, war er im Bundeskriminalamt Fachabteilung ›*Suchtmittelkriminalität*‹ tätig gewesen. Nicks unfreiwillige Rückkehr in seine Heimatgemeinde hatte – unter anderem – wieder mit einer gebrochenen Nase zu tun.

Nick hatte es so ausgedrückt: »Nun ja, der Drogendealer ist zuerst blindlings gegen einen Türstock ›*gerannt*‹ und gleich darauf machte er auch noch Bekanntschaft mit dem Tisch.« Nick hatte nur mit den Schultern gezuckt und hinzugefügt: »Platzwunde an der Stirn und eine blutige Nase.

Unglücklicherweise hatte der Dealer einen guten Anwalt.«

Nach diesem ›Unfall‹ hatte Johns ehemaliger Schulfreund vor der Wahl gestanden: Berufswechsel oder Strafversetzung nach Rabenstadt als einfacher Streifenpolizist.

*

Für eine Diskussion mit Nick sprach, dass dieser mit Sicherheit eine andere Sichtweise und einen anderen Blickwinkel beisteuern konnte. Auch seine Erfahrungen, die er als Polizist gemacht hatte, konnten für Johns nicht alltägliche Lage ungewöhnliche Lösungsansätze liefern.

Nach Minuten des intensiven Abwägens aller Für und Wider, lächelte John. Ja, er war zufrieden. Er hatte sein Gedankenchaos in eine gewisse Struktur gezwängt, kannte seine nächsten Schritte und vor allem, er hatte noch fast fünf Tage Zeit, um diese umzusetzen.

Er würde nun Nick anrufen und mit ihm einen Termin für das eine oder andere Bier fixieren. Danach würde er sich auf den Weg nach Hause machen. Sein erstes Gespräch wartete bereits mit Ungeduld.

31

Erst gegen 16 Uhr am selben Tag hatten Marie und John es geschafft, es sich am Esstisch bei Kaffee und Mehlspeise gemütlich zu machen (Marie hatte die heutige Tageszeitung vor sich liegen). Obwohl ›gemütlich‹ in diesem Fall der falsche Ausdruck war, denn einerseits schaffte John es nicht, seiner Anspannung Herr zu werden, da er wusste, was auf ihn zukam, und andererseits war an Maries Miene deutlich ihre Besorgnis abzulesen, da sie *nicht* wusste, was auf sie zukam.

»Also, fang an!«, startete Marie und rückte ihre Brille zurecht, durch die sie ihren Sohn musterte.

Trotz der Situation lächelte John. Seine Mutter konnte in gewissen Situationen, vor allem, wenn sie meinte, die Lage sei ernst, schonungslos direkt sein und ohne Umschweife zum Thema kommen.

John holte tief Luft und sagte dann: »Ich muss dir etwas Wichtiges, ...«, John überlegte, »... aber vor allem etwas Verrücktes erzählen. Hör dir die Geschichte von Beginn bis zum Ende an. Dann stelle deine Fragen ... und, bitte, bilde dir erst danach ein Urteil über die Situation.« Er räusperte sich und begann: »Alles hat mit ...«

»... dem Keller zu tun«, vervollständigte Marie seinen Satz.

Es war John völlig klar gewesen, dass er die Vorgänge im Keller nicht vor seiner Mutter geheim halten hatte können. Doch ihre Worte überraschten ihn trotzdem.

Sie sprach weiter: »Ich habe dich gehört, im Keller. Du hast mit jemandem gesprochen, nehme ich an, und das nicht nur einmal. Ich habe nur wenige Worte gehört und es waren immer nur deine. Trotzdem glaube ich nicht, dass du Selbstgespräche geführt hast.«

John sah seiner Mutter direkt in die Augen. Sie trug ihre Brille mit dem dunkelbraunen Kunststoffgestell, und er konnte in den Gläsern sein eigenes Spiegelbild erkennen. Er dankte Gott, dass seine Mutter nicht in den Keller hinuntergegangen war, denn er konnte nicht einschätzen, wie Roy oder seine Erhalter reagiert hätten.

»Ich wollte dich nicht ausspionieren, aber wenn du heute nicht zu mir gekommen wärst, hätte ich dich darauf angesprochen, denn deine Geschichte mit dem Gas ...« Sie machte eine wegwerfende Handbewegung.

»Ja, ich weiß«, gab John zu, »nicht gerade überzeugend. Aber ich war unter Zugzwang und musste mir spontan eine Erklärung überlegen, die nicht völlig abwegig klang und dich gleichzeitig vom Keller fernhielt. Wie man sieht, eine glatte Fehlinvestition meiner Gedankenleistung.«

Marie nahm ihre Brille ab, legte sie auf die Zeitung; Johns Blick folgte unbewusst der Brille und er entdeckte dadurch einen weiteren Artikel über den ›Schwarzen Peter‹. John nahm dies als Zeichen des Schicksals an und begann mit seiner Erzählung.

*

Etwa dreißig Minuten später saßen sich Marie und John sprachlos gegenüber. Marie starrte ihren Sohn unbewegt und unergründlich an, so wie sie es auch während der gesamten Erzählung getan hatte. Nur als John die Sache mit den beiden Stacheln – oder waren es doch Rüssel, er wusste es selbst nicht – lebhaft und mit wilden Armbewegungen erzählt hatte, war sie merklich zusammengezuckt.

Er hatte ihr sogar den Brutsack gezeigt. Aber auch an dieser Stelle hatte sie ihn nicht unterbrochen. Nur ein Detail, und dies war keine Kleinigkeit, hatte John ihr verschwiegen. Er hatte ihr nicht erzählt, was sich unter dem Verband befand, oder besser gesagt, was sich nicht mehr darin befand. Wenn sie danach fragen würde, dann würde er ihr wahrheitsgemäß antworten, doch abnehmen würde er die schützende Bandage nicht.

Nun musterte er seine Mutter. Ihre Augen hatten sich leicht verengt und es war ihr anzusehen, dass sie ihre Gedanken sortierte. Wie ihre Reaktion auf das Gehörte aussehen würde, würde er gleich erfahren.

Nach gefühlten Stunden des Schweigens, John hatte nicht vor seine Mutter beim Nachdenken zu stören, sagte Marie: »Wenn ich das richtig verstanden habe, dann möchte dieser Roy also nicht, dass du die Seiten wechselst, sondern dass du ein Vermittler zwischen ihnen – den Wächtern – und uns Menschen bist. Um aber ein Vermittler zu werden, musst du dich transformieren, was auch immer das bedeuten mag.«

Sie sprach diese Sätze aus, als ob es keinen einzigen Zweifel an der Geschichte, die John ihr gerade erzählt hatte, gäbe.

»Ja, genau.«

Doch dann ließen sich Maries Fragen nicht länger einsperren: »Woher kommt Roy überhaupt und wie alt werden die Wächter? Wie ist ihr Charakter? Sind sie wie wir

Menschen? Sind sie Individualisten oder mehr wie Ameisen und bilden eine riesige Gemeinschaft, in der der Staat alles und das Individuum nichts bedeutet? Weshalb hat man Roys Art noch niemals entdeckt, keine Überreste ihrer Toten, keine Skelette, wenn sie denn solche haben sollten, oder auch nur irgendeine andere kleine Spur? Ich könnte dir noch unzählige Fragen dieser Art stellen.«

Seine Mutter richtete genau jene Fragen an ihn, die auch sein Verstand in regelmäßigen Abständen stellte. John war ratlos, denn es gab noch hunderte ähnliche Fragen, auf die er keine Antworten bekommen würde, jedenfalls nicht, bevor er seine Entscheidung Roy mitgeteilt und dann die Transformation hinter sich gebracht hatte.

»Ich habe keine Ahnung«, gab John zu und Niedergeschlagenheit schwang in seiner Stimme mit. Er senkte seinen Blick.

»Ich glaube, Roy ging es darum, meine essenziellen Fragen zu beantworten. Jene Fragen, die du mir gerade gestellt hast, sind für mich oder auch dich persönlich interessant, haben aber auf die zukünftigen Ereignisse keinerlei Auswirkung und sind somit für meine Entscheidungsfindung zwar nicht irrelevant, aber doch vernachlässigbar. Sie werden zu einem späteren Zeitpunkt geklärt werden.«

Marie nahm ihre Brille zur Hand, setzte sie jedoch nicht auf, sondern öffnete und schloss deren Bügel − einmal, zweimal, dreimal. John beobachtete sie dabei, er ahnte, dass in seiner Mutter etwas zu sieden begann − viermal, fünfmal, sechsmal −, das bald seinen Ausbruch forderte. Nach dem siebenten Mal legte sie die Brille auf die Zeitung, beugte sich nach vor, stützte ihre Ellenbogen auf die Tischplatte und vergrub ihr Gesicht in den Händen.

Johns Psyche wurde von dieser nachvollziehbaren Reaktion seiner Mutter völlig überrumpelt. Gleichzeitig bezichtigte ihn seine Psyche der Grausamkeit, machte ihm Vorwürfe: ›*John, wie konntest du ihr alles, was bereits geschehen ist und was bald geschehen wird, derart ungefiltert erzählen? Soviel ich weiß, haben sogar Kettensägen eine sensiblere Natur als du!*‹

Trotz der berechtigten Vorwürfe war John nicht fähig zu reagieren. Er hatte seine Mutter, seit dem Tod seines Vaters, niemals mehr weinen gesehen.

»Mama?«

Plötzlich wurde John ungehalten, böse, wütend auf sich selbst. Es war eine völlig kranke, verrückte, irrsinnige Vorstellung gewesen, zu meinen, dass er in irgendeiner Form die Welt und ihre Lebewesen retten könnte.

›*Wie kann man sich solch idiotische Ideen einpflanzen lassen? Von einem verdammten Insekt! Du Idiot!*‹, brüllte sein Verstand.

Er sollte das Gespräch abbrechen! ... und was dann? Keine Ahnung.

»Mama, bitte nicht weinen.« Die geflüsterten Worte waren jene eines kleinen Kindes. Wie in Zeitlupe öffnete Marie den Schutzschirm ihrer Hände und blickte ihrem Sohn fest in die Augen. Keine Spur von Tränen.

Leise sagte sie: »Ich weine nicht. Aber hast du geglaubt, ich bin so ruhig und gelassen, wie ich vielleicht auf dich wirke?« Sie atmete tief durch. »Es steht die Aussicht im Raum, dass ich mein Kind, mein einziges, für den Rest meines Lebens nicht mehr sehen werde. Vielleicht bist du nach der Transformation nicht einmal mehr du selbst und ich bin für dich nur das Geschöpf einer anderen Spezies und nicht mehr deine Mutter.«

»Mama.« Aber dieses Wort war nur ein unnützer Einwurf, denn auch John konnte diese These nicht widerlegen.

»Ich wäre alleine.«

John nahm ihre Hand in seine unversehrte. Sie war kühl, so als ob Marie gerade von einem Spaziergang im Spätherbst zurückgekommen wäre, und genau in diesem Moment fasste er einen spontanen Entschluss. Es war einer jener Entschlüsse, zu denen man sich in Stress- oder auch Streitsituationen unreflektiert entschließt. Man würgt sie hervor, nur um den Schmerz, der sich in der Magengrube ausgebreitet hatte, loszuwerden.

»Ok, es ist vorbei. Ich breche alles ab. Ich werde zu Roy gehen und ihm sagen, dass es nicht funktioniert. Außerdem, es gibt von meiner Sorte noch 12.999 andere, also was soll's! Du hast vollkommen recht, ich kann dich nicht zurücklassen.«

Marie sah ihren Sohn aufmerksam an und sagte: »Warte, so habe ich das nicht gemeint. Es war kein Vorwurf an dich, sondern nur die sachliche Feststellung einer unausweichlichen Tatsache.«

Nach einer kurzen Pause fügte sie hinzu: »Wir sollten die Diskussion von meiner Person wegleiten. Wenn es tatsächlich zum Äußersten kommt, dann finden wir beide einen Weg – ich bin mir sicher. Außerdem gibt es Wichtigeres zu besprechen. Erstens, glaubst du Roy zu hundert Prozent? Und zweitens, wie fühlst *du* dich? Immerhin würdest du dein Leben verlieren, jedenfalls dein rein menschliches.«

John dachte kurz nach, dann sagte er: »Roy hat mir Dinge gezeigt, unvorstellbare Dinge, die die Vorstellungskraft des menschlichen Geistes übersteigen. Man denkt immer wieder: ›*Das kann nicht sein! Es ist unmöglich, dass Dinge geschehen, die die Erde für uns zum Großteil unbewohnbar machen!*‹

Denn wir Menschen hatten es bis jetzt noch niemals mit solch einer Situation zu tun. Die Menschheit als Individuum gesehen, kann die Gefahr, die davon ausgeht, weder richtig einschätzen, noch können wir die Tragweite der auf uns zukommenden Konsequenzen erfassen, auch wenn sie uns von Wissenschaftlern und Forschern immer wieder vorgebetet werden. Viele Menschen verschließen ihre Augen, Ohren und ihren Verstand vor diesen Dingen und leben ein sorgenfreies, unbekümmertes Leben auf Kosten ihrer eigenen und der anderen Kinder dieser Welt.

Wir beide – du und ich –, wir haben oft über Umwelt und

Klima gesprochen. Und Roy hat von nichts anderem gesprochen, doch der Unterschied war, dass er mir einen Weg gezeigt hat, gegen eine Zukunft, die für unsere Nachkommen bereits verloren scheint, anzukämpfen.

Also, die Antwort auf deine erste Frage lautet: Ja, ich glaube und vertraue ihm. Frage mich bitte nicht, weshalb. Vielleicht liege ich auch falsch und Roy spielt nur Theater, um an Futter für seinen Schwarm zu kommen. Es könnte auch sein, dass er ein Parasit ist und ich brüte gerade seine und nicht meine Erhalter aus!« John klopfte sanft auf den Beutel an seiner Seite. »Aber das steht für mich nicht zur Debatte.«

Nach einer Sekunde Stille: »Wenn sich der Planet verändert, wird dieser aggressiv, vielleicht sogar ›tollwütig‹ werden, und die Menschen mit apokalyptischen Unwettern, Hitze- und Dürreperioden, Krankheiten und Seuchen, Ernteausfällen und dadurch ausgelösten Flüchtlingsströmen und letztendlich mit Konflikten und Kriegen heimsuchen. Roy hat es mir in Ansätzen gezeigt und alle unsere Wissenschaftler warnen davor. Ach, man kann verrückt werden, wenn man darüber nachdenkt, was alles passieren wird, wenn wir nicht handeln. Sieben Milliarden Menschen könnten sterben – *sieben!*

All diese Fakten kenne ich. Das Klimasystem mit seinen Kipppunkten ist in seinen Grundzügen einfach zu verstehen und nicht kompliziert; häufig wird es von Menschen mit besonderen Interessen aber genau gegenteilig dargestellt.[38]

---

[38] **Politiker und Konzerne mit besonderen Interessen.**
Ölkonzern Exxon kannte Klimawirkung ganz genau: neue Studie in „Science" (Potsdam Institut für Klimafolgenforschung (PIK) , 12.01.2023)
➢ *https://www.pik-potsdam.de/de/aktuelles/nachrichten/oelkonzern-exxon-kannte-klimawirkung-ganz-genau-neue-studie-in-science*

Forscher: ExxonMobil hat Klimawandel jahrzehntelang heruntergespielt (kurier.at, 12.01.2023)
➢ *https://kurier.at/wissen/forscher-exxonmobil-hat-klimawandel-jahrzehntelang-heruntergespielt/402289673*

Falls ich mich zurücklehne und nichts dagegen unternehme, mache ich mich mitschuldig, bin Handlanger der Kohle-, Öl- und Erdgasindustrien, die die nächsten Jahrhunderte weiterhin dieses Zeug verbrennen möchten. Und ich wäre ein Teil jener Menschengruppe, die die vernichtenden Informationen kennt und wüsste, was zu tun wäre, aber *nicht* handelt. Ich würde zu jener Menschengruppe gehören, die in den Urlaub *fliegt* und sich deswegen schämt. Wenn ich weiß, dass ich den Planeten unserer Kinder zerstöre, dann sollte ich dazu stehen und den Kindern davon erzählen!«

John wurde durch seine eigenen Worte ungehalten. »Solche Menschen gibt es zur Genüge. Ich will nicht zu denen gehören.«

John hatte mit ernster Stimme gesprochen, doch als die nächsten Worte seinen Mund verließen, hatte seine Stimme eine sanfte Klangfarbe angenommen: »Aber eine Frage quält mich maßlos. Ich habe lange darüber nachgedacht und komme zu keiner Lösung.«

Er atmete tief durch. »Ich frage mich die ganze Zeit Folgendes: Wenn ich mich tatsächlich der Gemeinschaft der Wächter anschließe, würde das nicht bedeuten, dass ich den größtmöglichen Verrat an dir und auch an der gesamten Menschheit begehe?«

Er machte eine kurze Pause, damit sich seine Worte entfalten konnten. Dann sagte er: »Ist es nicht so, dass ich, wenn ich diesen Weg beschreite, zu einem Abtrünnigen an meiner eigenen Spezies und an dir werde? Dass ich zu einem › *Verräter*‹ an der Menschheit werde?«

Marie sah ihren Sohn mit geweiteten Augen an. Sie hatte

Warum stehen im Westen Österreichs keine Windräder? (Windfakten.at, Zugriff: 28.02.2023)
  ➢ *https://windfakten.at/?mdoc_id=1034314*

Berlin bremst – EU-Votum über Verbrenner-Aus verschoben (ORF.at, 03.03.2023)
  ➢ *https://orf.at/stories/3307404/*

mit vielem gerechnet, aber dass ihr Sohn an ›Verrat‹ dachte, auf diesen Gedanken wäre sie niemals gekommen.

Sie antwortete: »Lassen wir mich vorerst beiseite, denn du wirst mir gegenüber niemals zum Verräter werden können, denn ich liebe dich und werde jede Entscheidung, die du fällst, mittragen. Außerdem bin ich mir sicher, es wird darauf hinauslaufen, dass wir diese Entscheidung gemeinsam treffen werden. Und nun zur Weltgemeinschaft der *hochintelligenten Spezies Mensch*!«

Nun war es an Marie, Fragen in den Raum zu stellen und John erkannte aus ihren Worten, mit welcher Vernunft und Besonnenheit, aber auch wie geradlinig, sie vor Jahren im Kriseninterventionsteam gearbeitet haben musste. »Ganz allgemein gesprochen: Ist es *wirklich* ›Verrat an der eigenen Spezies‹, wenn man sich von einer Lebensform lossagt, die sich selbst und alle anderen Arten in den Abgrund reißt? Die trotz besserem Wissen − wissenschaftlich fundiertem Wissen − jegliche Vorsicht und Vorsorge für die Lebewesen des Planeten, sogar für die der eigenen Art, missachtet? Ist es Verrat, wenn man diese Spezies in Schranken weist, hoffentlich noch früh genug und nicht erst dann, wenn der Planet zu einem Horror-Abbild seiner selbst wird?«

John war verblüfft. Im Grunde hatten Maries Worte seine Gedankengänge ausgesprochen. Doch seine Mutter war noch nicht fertig, sie legte nach: »Ist es wirklich Verrat an einer Spezies, wenn man es nicht gutheißt, dass dieser das Wohl der Wirtschaft wichtiger ist als die Zukunft ihrer eigenen Nachkommen?«

Sie räusperte sich, dann sagte sie: »John, noch eine letzte Frage und dann lasse ich dich in Ruhe über meine Worte nachdenken − ich für mich habe längst meine Antworten darauf gefunden.

Ich frage dich: *Wäre es nicht vielmehr ein ›Verrat an sich selbst‹, wenn man mit der Masse mitschwimmt, obwohl man die Wahrheit kennt und nicht handelt?*«

Damit stand sie auf, sah ihrem Sohn in die Augen und sagte: »Wir sollten jetzt unsere Gedanken ordnen – jeder für sich selbst. Um 19 Uhr treffen wir uns hier wieder!«

*

John hatte sich in sein Zimmer zurückgezogen, lag nun auf seinem Bett und starrte, wie so oft, wenn er über schwierige oder komplexe Problemstellungen nachdenken musste, seine weiß gestrichene Zimmerdecke an.

Eigentlich, so überlegte er, hatte nur seine Mutter gesprochen und es ihm somit sehr einfach gemacht. Auch die Offenheit seiner Mutter hatte ihn erstaunt. Maries Einstellung gegenüber Politikern, aber vor allem gegenüber deren Umweltpolitik – besser gesagt, deren *Nicht-Umweltpolitik* – kannte er natürlich aus Gesprächen, die sich über Jahrzehnte spannten.

›*Einmal noch! Ein letztes Mal muss ich alles durchdenken!*‹

Doch in Wahrheit hatte er seinen Entschluss bereits vor dem Gespräch mit seiner Mutter gefasst. Marie hätte ihm die Entscheidung aber deutlich schwerer machen können.

*

John war noch immer von seiner Mutter und deren klarer Haltung beeindruckt. Möglicherweise hatte er sie unterschätzt, so wie man viele Menschen in einer plötzlich auftretenden Gefahrensituation unterschätzen würde.

Er fragte sich, ob es noch notwendig war, mit Nick zu sprechen. Doch was konnte es schaden, wenn er versuchte, seine Situation von einer anderen Perspektive aus zu betrachten? Nick war ein Mensch, der von seiner beruflichen Ausbildung und seinen charakterlichen Eigenschaften vollkommen anders gestrickt war als er selbst. Jedes neue konstruktive Argument – pro oder kontra – würde ihm helfen, seine Lage besser einschätzen zu können. Dies stand für John außer Frage.

Es war Zeit. Er erhob sich aus seinem Bett und machte sich auf den Weg, um seine Zukunft zu beschließen.

Die Tageszeitung hatte noch immer am Esstisch gelegen und da Marie sich etwas verspätete, hatte John den Bericht – auf Seite vier – über den Schwarzen Peter aufgeschlagen und las: ›*Schwarzer Peter schlägt wieder zu! Skelett von Rabenstädter Nachbarschaftswache am Ufer des Rabenbachs gefunden.*‹

Anscheinend hatten sich einige Männer dazu entschlossen, nach Sonnenuntergang bis in die Morgenstunden, die Straßen von Rabenstadt zu patrouillieren, um den Einwohnern Sicherheit vorzugaukeln. Diese Männer hatten jedoch einen wesentlichen Punkt nicht miteinkalkuliert: Sie hatten keine Ahnung, mit *wem* sie es zu tun hatten!

Johns Gedanken wurden unterbrochen, denn die Eingangstür zum Haus wurde geöffnet und kurz darauf wieder geschlossen. Danach hörte er Schritte – eindeutig jene seiner Mutter. Es folgte eine kurze Pause – Hausschuhe –, und gleich darauf war sie beinahe geräuschlos in den Raum gekommen und hatte den gleichen Platz wie vor zwei Stunden eingenommen.

»Entschuldige die Verspätung, aber ich musste raus – frische Luft in meine Lungen bekommen und meinen Kopf ›durchlüften‹.«

»Kein Problem.«

Marie legte sofort los: »Also, du hast über meine Worte nachgedacht.« Es war keine Frage, sondern eine Feststellung. »Und du bist zu einem Entschluss gekommen!?« Feststellung und Frage in einem.

»Zum Ersten: Ja, du hast recht. Zum Zweiten: Es fehlt noch eine Kleinigkeit. Aber alles sollte morgen Abend endgültig geklärt sein.«

John ließ sich Zeit.

Marie: »Nun?«

Der Sohn sah seine Mutter an. Kein Lächeln war in seinem Gesicht zu erkennen, nur Gefasstheit, Entschlossenheit und so etwas wie Traurigkeit konnte man daraus ablesen.

Mit Bedacht sagte er: »Ich würde es machen, wenn du damit nicht nur einverstanden bist, sondern wahrhaftig hinter dieser Entscheidung stehst und ebenso der Meinung bist, dass ich diesen Schritt machen soll.«

John überlegte: »Weißt du, die Wächter bräuchten sich uns Menschen nicht einmal zu offenbaren – könnten uns vielleicht sogar, ohne dass wir verstehen, was gerade um uns herum passiert, vernichten. Aber sie wollen verhandeln und mit uns gemeinsam versuchen etwas Neues aufzubauen.«

John holte tief Luft und ließ sie langsam und gleichmäßig durch die Nase wieder ausströmen, so als könne nur dieser eine Windhauch den Weg für die nächsten bedeutenden Sätze vorbereiten. »Es ist die einzige Möglichkeit, die *mir* offensteht, etwas für unsere Gesellschaft zum Positiven zu verändern, indem ich mit den anderen Vermittlern lenkend in den kommenden Konflikt zwischen Menschen und Wächtern eingreife, um zu verhindern, dass dieser nicht …«, John suchte nach Worten,»… zu sehr eskaliert.«

Hilfesuchend sah er seine Mutter an. Er hoffte inständig, dass sie nicht meinte, er habe sich gegen sie – seine Mutter – entschieden, sondern erkannte, dass er sich für das ›Leben‹ verpflichten wollte.

Marie: »Wenn ich das richtig sehe, hätten uns die Wächter nichts von ihrem Plan erzählen müssen. Sie hätten uns einfach überrollen können und uns dann unserem Schicksal überlassen können. Ihre Ziele hätten sie damit erreicht. Doch sie wollen, warum auch immer, mit uns Menschen gemeinsam eine neue Gesellschaft aufbauen. Unzählige Tote würden durch eine Zusammenarbeit vermieden werden können.«

»Ja genau.« John spürte angesichts der Worte seiner Mutter Erleichterung. »Anfangs, wenn die Blackouts kommen und das Internet ausfällt, werden Menschen sterben – alte, kranke und Menschen, die spezielle Medikamente benötigen, und bestimmt noch viele andere. Doch die noch schrecklichere Alternative wird uns immer wieder von unseren eigenen Wissenschaftlern gezeigt, nur keiner schaut hin.

Und auch wenn die Forscher in die Welt hinausbrüllen würden: ›*Hört endlich zu! Wir schlittern in einen* ›*Hot-house Earth*‹-*Zustand, indem sich die Weltbevölkerung von acht Milliarden Menschen auf eine Milliarde reduzieren wird, denn das Land auf unserem Planeten wird zu wenig Ernte hervorbringen können!*‹, so würden viele Menschen nur lapidar darauf antworten: ›*Dass es weniger Menschen gibt, ist für die Erde bestimmt das Beste.*‹

Doch diese Personen hinterfragen ihre leichtfertige und verantwortungslose Antwort nicht, und schon gar nicht, was die Zahl sieben Milliarden bedeutet! Sie bedeutet, dass sieben Milliarden Menschen, nicht an Altersschwäche, sondern *unfreiwillig* und viel zu früh, gestorben sind. Sie bedeutet sieben Milliarden Mal unglaubliches Leid für die Opfer, aber auch die Hinterbliebenen.

Und der andere Punkt, dass das eigene Land durch Hitze und Trockenheit und danach durch Unwetter, Starkregen und Überschwemmungen unfruchtbar wird und man deshalb zum Flüchtling wird, ist für viele ohnehin nicht vorstellbar.«

Marie sah ihren Sohn an und sagte: »Ja, das sehe ich so wie du.« Sie machte eine Pause. Dann fragte sie: »Wenn alles so läuft, wie es geplant ist, werde ich dich dann wiedersehen?«

Für diese Frage war John dankbar, sie lenkte seine Gedanken weg vom Tod, und er berichtete seiner Mutter von jenen Bedingungen, die er an Roy und die Wächter stellen würde. Er würde der Transformation nur dann zustimmen, wenn er über das Wohlergehen seiner Mutter zu jeder Zeit informiert würde. Falls sie in einer Notsituation stecken sollte, und sei es nur eine kleine Verkühlung oder ein kaputtes Auto, wollte er das Recht einfordern, sie kontaktieren und wenn notwendig zu ihr reisen zu dürfen.

Während John erzählte, übernahmen zwei Empfindungen seinen Körper und sein Denken. Zuerst war es Kummer, der seinen Blick verschwimmen ließ, denn Tränen quälten sich aus seinen Augen. Doch je länger er an diesem Abend mit seiner Mutter sprach, und sie redeten bis tief in die Nacht hinein, desto größer wurde seine Zuversicht. Marie gab ihm die Möglichkeit alle Chancen, die sich durch sein Handeln auftaten, ihr, aber vor allem noch einmal sich selbst, darzulegen.

Gegen Ende des Gesprächs meinte Marie: »Weißt du, bis jetzt habe ich immer fest daran geglaubt, dass die Menschheit, ohne zu bremsen, gegen eine Wand fahren wird. Nun verspüre ich zwar einerseits Angst, wenn ich an unsere Zukunft denke, aber gleichzeitig auch so etwas wie Hoffnung.«

Mit diesen Worten und einer Umarmung seiner Mutter verflogen Johns Bedenken nun endgültig.

TEIL 4

Nick

32

Mittwoch, 29. Juni (8 bis 20 Uhr): Johns Recherche

Den nächsten Morgen und Nachmittag verwendete John damit sich weiterzubilden.

Zuerst unternahm er gezielte Internetrecherchen bei wissenschaftlich anerkannten Forschungsinstitutionen aus Österreich: *Zentralanstalt für Meteorologie und Geodynamik (ZAMG)*[39], *Wegener Center (Uni Graz)*[40], *Klima- & Energiefonds*[41], *österreichisches Umweltbundesamt*[42] und nochmals, so wie schon vor zwei Tagen, das *Climate Change Center Austria (CCCA)*.

Danach nahm er sich Institute und Institutionen aus aller

---

[39] **Zentralanstalt für Meteorologie und Geodynamik (ZAMG)**
  ➢ *https://www.zamg.ac.at/cms/de/klima*

[40] **Wegener Center (Uni Graz)**
  Das Wegener Center für Klima und Globalen Wandel ist ein Institut der Universität Graz in Österreich. Es untersucht physikalische Aspekte als auch sozio-ökonomische Aspekte des globalen Klimawandels und des allgemeinen globalen Wandels.
  ➢ *https://wegcenter.uni-graz.at/de/*

[41] **Klima- und Energiefonds**
  Für die Förderung von Klimaschutzprojekten und zur nachhaltigen Energieversorgung stehen dem Klima- und Energiefonds jährlich bis zu 150 Millionen Euro zur Verfügung. Zwei entscheidende Kriterien sind dabei Effizienz und Nachhaltigkeit. (Quelle: Bundesministerium für Klimaschutz, Umwelt, Energie, Mobilität, Innovation und Technologie)
  ➢ *https://www.klimafonds.gv.at/*
  ➢ *https://www.bmk.gv.at/themen/klima_umwelt/klimaschutz/int_kli mapolitik/oe_beitrag/klien.html*

[42] **Österreichisches Umweltbundesamt**
  ➢ *https://www.umweltbundesamt.at/*

Welt vor: *Deutsches Klimarechenzentrum (DKRZ)* [43], *Max-Planck-Institut für Meteorologie*, *World Meteorological Organization*[44], *Global Carbon Projekt*[45]. Vor allem die Informationen und Forschungen vom *Potsdam Institut für Klimafolgenforschung (PIK)* und die Bilder und Simulationen der Forschungseinrichtungen *The European Space Agency (ESA)*[46], der *NASA* und der *National Oceanic and*

---

[43] **Deutsches Klimarechenzentrum (DKRZ)**
Das Deutsche Klimarechenzentrum (DKRZ) ist eine zentrale Dienstleistungseinrichtung für die Deutsche Klima- und Erdsystemforschung mit Sitz in Hamburg. Es betreibt Höchstleistungsrechner für die angewandte und die grundlagenorientierte Klimaforschung und deren Nachbardisziplinen (Quelle: Wikipedia)

➢ *https://www.dkrz.de/kommunikation/klimasimulationen/de-cmip5-ipcc-ar5/ergebnisse/Mitteltemperatur*

➢ *https://de.wikipedia.org/wiki/Deutsches_Klimarechenzentrum*

[44] **World Meteorological Organization (WMO)** (Weltorganisation für Meteorologie)
Die Weltorganisation für Meteorologie (WMO) ist eine Sonderorganisation der Vereinten Nationen. Die WMO hat 187 Mitgliedsstaaten und 6 weitere Territorien als Mitglieder. Der Sitz ist Genf in der Schweiz. (Gründung: 23. März 1950) (Quelle: WMO)

➢ *https://public.wmo.int/en*

➢ *https://de.wikipedia.org/wiki/Weltorganisation_f%C3%BCr_Meteorologie*

[45] **Global Carbon Projekt**
Die Organisation „Global Carbon Project" versucht die globalen Treibhausgasemissionen und ihre Ursachen zu beschreiben und in ihren Ausmaßen und Mengen zu bestimmen. (Gründung 2001)

➢ *https://www.globalcarbonproject.org/*

[46] **The European Space Agency (ESA)**
Satellitenbilder und Daten der ESA liefern eine wichtige Grundlage für die Interpretation und die Entwicklung des Klimawandels.

➢ *https://climate.esa.int/de/*

➢ *https://climate.esa.int/de/evidence/observations-change/*

Atmospheric Administration (NOAA)[47] waren nicht nur beeindruckend, sondern absolut ernüchternd und erschütternd.

Bei seinen Recherchen war John immer wieder der Begriff des ›*Kohlendioxid-Budgets*‹ untergekommen.

Anmerkung des Autors:

Zusatzinformationen zum **Kohlendioxid-Budget** finden Sie **im Anhang ab Seite 342, Referenzen (G) und (H).**

Als er die weltweite Dimension dieses Ausdrucks erfasste, dachte er nur mehr: ›*Oh Gott! Wir, die Menschheit, wir werden es tatsächlich nicht schaffen! Nicht alleine!*‹

Denn ›*Kohlendioxid-Budget*‹ bedeutete nichts anderes, als dass wir Menschen nur eine gewisse maximale *Gesamtmenge* an Kohlendioxid und anderer Treibhausgase aus anthropogenen, d. h. menschlichen Quellen in die Atmosphäre abgeben dürfen, wenn wir eine gewisse globale Erderhitzung, z. B. 1,5 Grad Celsius, nicht überschreiten wollen.

Hat man das CO_2-Budget überschritten, gibt es keine Möglichkeit mehr, die fortlaufende Erwärmung zu verhindern, sie wird sogar angefeuert, da weitere Kippelemente des Erdsystems angestoßen und fallen werden. Diese Systeme werden weitere riesige Mengen Treibhausgase ungehindert und unumgänglich in die Atmosphäre entlassen.

---

[47] **National Oceanic and Atmospheric Administration (NOAA)**
Die National Oceanic and Atmospheric Administration (NOAA; Nationale Ozean- und Atmosphärenbehörde) ist die Wetter- und Ozeanografiebehörde der Vereinigten Staaten. Gründung am 3. Oktober 1970 als eine Einrichtung des Handelsministeriums, um die nationalen Ozean- und Atmosphärendienste zu koordinieren. Ihr Sitz ist die Bundeshauptstadt Washington, D.C.
  ➢ *https://www.noaa.gov/*
  ➢ *https://de.wikipedia.org/wiki/National_Oceanic_and_Atmospheric_Administration*

›Die Quintessenz daraus ist‹, so überlegte John, ›dass es sich nicht so verhält, wie viele Menschen glauben: Ok, wir verbrennen bis irgendwann in die Zukunft so viel Kohle, Erdöl und Erdgas wie wir wollen, hören dann radikal damit auf und stellen alles auf erneuerbare Energien um und emittieren kein weiteres Gramm Treibhausgas. Viele würden somit meinen, dass alles ›gegessen‹ ist und wir leben friedlich, froh und zufrieden bis an unser Lebensende bei einer fix – wie mit einem Thermostat – eingestellten globalen Temperaturerhöhung.

Aber so funktioniert die Natur nicht! Denn die Erderhitzung würde unkontrollierbar weitergehen, und die Naturgesetze würden die Ignoranz der Menschen gebührend vergelten!‹

*

John war, wie schon so oft, über die detaillierten Informationen, die im Internet für jeden frei zugänglich waren, erstaunt.

Aber er war auch erbost, dass dieses Thema in der Politik oft ein Randthema blieb und von manchen politischen Parteien sogar gezielt verharmlost wurde.

John recherchierte weiter.

Und dann klappte ihm der Mund auf. Er hatte immer angenommen, der Treibhauseffekt, also die Erwärmung der Erdatmosphäre durch eine steigende Konzentration von Treibhausgasen wie Wasserdampf, Kohlendioxid, Methan oder Lachgas wäre erst seit den 1960er oder 1970er Jahren bekannt oder wenigstens hatte er gedacht, dass erst um diese Zeit genauere Untersuchungen darüber stattgefunden hätten.

Doch das war völlig falsch!

Es war total verrückt, denn bereits im Jahr 1824 – also vor etwa 200 Jahren! – wurde der Treibhauseffekt vom französischen Mathematiker und Physiker *Joseph Fourier* entdeckt. Und etwa 35 Jahre später, im Jahr 1859, klärte der britische Physiker *John Tyndall* in Laborexperimenten, welche Gase den Treibhauseffekt verursachen.

›*Seit 200 Jahren!*‹, dachte John.

*

Kurz bevor John seinen Laptop schloss und sich auf den Weg zu seinem ehemaligen Schulfreund aufmachen wollte, klickte er nochmals eine Internetseite an, die eine der wichtigsten Messkurven des 20. und 21. Jahrhunderts anzeigte, die ›*Keeling Kurve*‹[48].

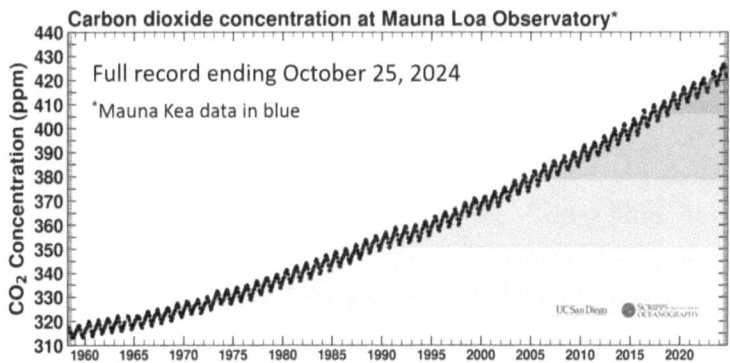

Diese Kurve stellt die von *Charles Keeling* im Jahr 1958 auf dem Vulkan ›*Mauna Loa*‹ auf Hawaii begonnenen Kohlendioxid-Konzentrationsmessungen dar. In den gut 60 Jahren hatte sich die CO_2-Konzentration um etwa 30 Prozent erhöht, war von ungefähr 315 ppm auf knapp 430 ppm angestiegen (*ppm: parts per million; Anzahl der CO_2-Teilchen pro eine Million Luftteilchen*).

Als John den Verlauf der Kurve betrachtete, erkannte er den im Bericht beschriebenen exponentiellen Anstieg der Konzentration, der gut mit den steigenden globalen Temperaturen übereinstimmte. Das bedeutete nichts anderes, als dass sich die Geschwindigkeit der Konzentrationserhöhung und somit der Erderwärmung seit den 1960er Jahren stetig erhöht hatte, das heißt, die Vorgänge beschleunigen sich. Und

---

[48] **Die Keeling Kurve (CC BY 4.0):** *https://keelingcurve.ucsd.edu/*

es gab keine Gründe, weshalb sich dieser Verlauf in Zukunft ändern sollte.

Zum Schluss betrachtete John zwei Erweiterungen der *Keeling-Kurve*. Es handelte sich um Diagramme von CO_2-Konzentrationen, die ihn einmal 10.000 Jahre und einmal 800.000 Jahre zurück in die Vergangenheit blicken ließen.

Beide Diagramme zeigten deutlich, dass die CO_2-Konzentration in der Erdatmosphäre seit grauer Vorzeit bis zum Ende des ›*vorindustriellen Zeitalters der Menschheit*‹ (etwa das Jahr 1750) immer deutlich unter 280 ppm lag. Es gab nur einige kurze Zeitperioden, die bis beinahe 300 ppm reichten. Erst seit dem 18. Jahrhundert emittiert die Menschheit unkontrolliert Treibhausgase in die Atmosphäre und somit schießt die Kurve – im wahrsten Sinne des Wortes – durch die ›*Decke*‹.

John schaltete den Laptop aus und klappte den Deckel zu.

Er war für Nick bereit.

ZUSATZINFORMATIONEN:

(1) CO_2-Konzentration in den letzten 10.000 Jahren:[48]

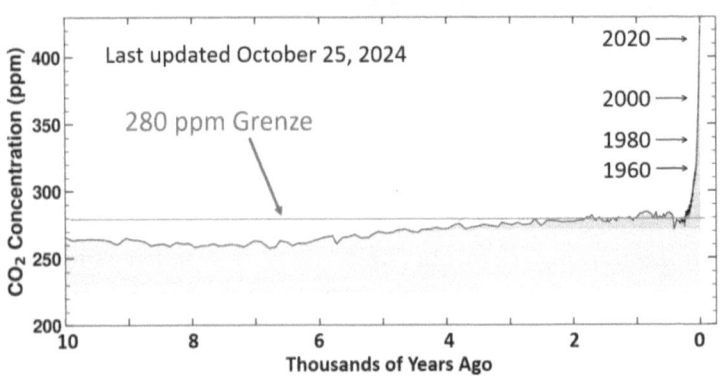

Abbildung: *Globale Kohlendioxid-Konzentration in der Erdatmosphäre der letzten 10.000 Jahre (d. h. 0 Jahre entspricht dem Jahr 2024) (CC BY 4.0)*

Diese CO_2-Konzentrationsdaten aus der Vergangenheit konnte man mit Hilfe von Eisbohrkernen[49], z. B. aus Grönland oder der Antarktis, rekonstruieren. Im Eis wurden kleine historische Luftbläschen eingeschlossen und diese Luft wurde in Jahrzehnte langer Arbeit von Klimawissenschaftlern analysiert.

(2) CO_2-Konzentration in den letzten 800.000 Jahren:[48]

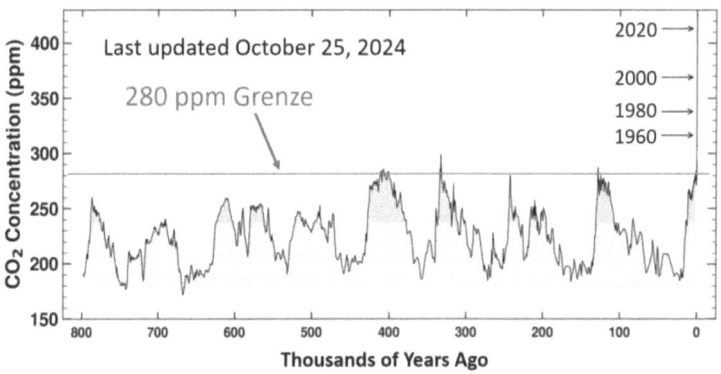

Abbildung: *Globale CO_2-Konzentration in der Erdatmosphäre der letzten 800.000 Jahre (d. h. 0 Jahre entspricht dem Jahr 2024) (CC BY 4.0)*

1) Man erkennt im Diagramm einen periodischen Verlauf der CO_2-Konzentration in der Erdatmosphäre.
2) Dieser langperiodische Klimawandel ist astronomisch bedingt und wird durch die sogenannten Milanković-Zyklen ausgelöst. Diese Zyklen kommen durch die andauernde Änderung der Erdachsenneigung zustande.
3) Durch diese Milanković-Zyklen treten in periodischen Zeitabständen Eiszeiten mit niedriger CO_2-Konzentration und Warmzeiten mit hoher CO_2-Konzentration auf.

(3) CO_2-Konzentration in den letzten 15 Millionen Jahren:

Aus den Daten von Sediment-Bohrkernen konnten Klimawissenschaftler zeigen, dass in den letzten 15 Millionen Jahren die CO_2-Konzentration niemals höher war als heute!
Siehe z. B.:

https://www.scinexx.de/news/geowissen/co2-zuletzt-vor-15-millionen-jahren-so-hoch-wie-heute/

---

[49] **National Science Foundation Ice Core Facility – Eisbohrkern-Analyse**
➢ *https://icecores.org/about-ice-cores*

33

Mittwoch, 29. Juni (20:47 Uhr)

Als John die Eingangstür zum Lokal ›*Last Resort*‹ öffnete, war er kurz davor gewesen, lauthals loszulachen. ›*Last Resort*‹, dachte er wieder, schüttelte gleichzeitig den Kopf. Würde sich sein ›*Letzter Ausweg*‹ hier in diesem Lokal offenbaren? Er würde es in Kürze erfahren.

Die Fahrt nach Rabenstadt hatte nur etwas mehr als zehn Minuten gedauert, dennoch hatte er sich verspätet. Zwar hatte ihn die Internetrecherche sehr gebannt, doch der wahre Grund war gewesen, dass eine annehmbare Tarnung des Brutbeutels mehr Zeit in Anspruch genommen hatte, als er gedacht hatte. In den letzten Tagen war er derart stark angewachsen, dass John damit entweder aussah, als wäre er schwanger oder als ob er ein Gemächt hätte, das seinesgleichen sucht. Nur mühsam war es ihm gelungen, das sackähnliche Ding an seinem Körper zu befestigen. Er hatte vieles probiert. Große Tücher, seine Schals, Verbandsmaterial, aber nichts hatte angemessen gut funktioniert. Dann war er in die Küche gegangen; nun war der Brutbeutel mit Hilfe von Frischhaltefolie an und um seinen Körper gepresst. Die Folie fühlte sich zwar unangenehm an, doch sie erfüllte ihren Zweck und kaschierte gut. Den Rest erledigte eine weite Weste. Wenn man nicht nach Außergewöhnlichem suchte, sah John normal aus.

Mit einer Verspätung von einer Viertelstunde betrat John die Bar. Er sah sich um. Es war Montagabend und das Lokal war fast leer. Nur Nick und ein weiterer Gast saßen an der Theke. John steuerte auf seinen alten Schulfreund zu und erkannte gleichzeitig zwei Dinge. Erstens sah er, dass Nick sein Bier bereits halb geleert hatte, und zweitens, dass Nick noch immer sehr sportlich sein musste; sein T-Shirt offenbarte muskulöse Oberarme und einen trainierten Oberkörper. Er war wie John etwa einsachtzig groß und hatte kurze braune Haare, die er mit Hilfe von Haargel in alle Richtungen stehen ließ.

Als John ihn erreicht hatte, sagte er: »Hallo Nick!«

»Hey John.«

Die beiden schüttelten sich die Hände.

»Die Verspätung tut mir leid.«

»Kein Problem. Aber jetzt habe ich ein halbes Glas Vorsprung.« Nick grinste und bestellte gleichzeitig ein weiteres Bier.

John war sich im ersten Moment nicht sicher, ob er gerade eingeladen worden war oder ob sein Gegenüber einfach nur einen harten Tag gehabt hatte und selbst Nachschub benötigte.

»Du trinkst doch noch Bier?« Wieder ein Grinsen, das ausdrückte: ›*Natürlich trinkst du Bier. Jeder Mann trinkt Bier.*‹

John nickte nur, dachte aber im selben Moment an seine Erhalter, die noch niemals mit Alkohol in Berührung gekommen waren. Dann erwiderte er das Grinsen. Dies hatte aber nichts mit Nick zu tun, sondern ihm war völlig egal, ob seine Erhalter vom Bier, oder was auch immer er heute noch trinken würde, betrunken wurden, dann Party feierten und sich später von oben bis unten vollkotzten, denn John hatte keine Ahnung, ob er jemals wieder eine Bar betreten würde. Er vermutete, dass Roy und seine Kollegen in so eine wie diese hier nicht oft kamen.

Nick deutete in eine Ecke: »Lass uns zum Tisch dort drüben gehen.«

*

Das allgemeine Gesprächsgeplänkel – *Super, dass du angerufen hast. Wie geht es dir? Und, beruflich alles ok? Hast du in der Zwischenzeit wieder geheiratet oder hast du noch immer ein Trauma? Hahaha! Und deiner Mutter geht es gut? Wie geht es deinem Sohn? Hast du dich in Rabenstadt als Polizist gut eingelebt oder hat es bereits wieder eine blutige*

Nase gegeben? Hahaha! – hatten sie nach einer Stunde und je zwei großen Bieren erledigt.

Nick und John waren sich nichts schuldig geblieben, aber die kleinen Sticheleien zwischendurch waren stets freundschaftlicher Natur geblieben.

Als sich dann für kurze Zeit eine Stille zwischen ihnen ausbreitete, keine unangenehme, sondern eine jener Art, bei der man sich mit einem Lächeln im Sessel zurücklehnt und über die Vergangenheit nachdenkt, schien für John der ideale Moment gekommen, das Gespräch in eine Diskussion zu wandeln.

John wartete ab, bis der Kellner die nächste Bierladung vor ihnen auf den Tisch gestellt hatte und legte danach los.

*

»Vorab muss ich dir eines sagen. Nick, ich bin nicht verrückt. Auch wenn du mir jetzt versprichst, dass du mir das auf jeden Fall glaubst, wirst du in einigen Minuten aber genau das von mir annehmen.«

Nick sah ihn prüfend und mit leicht verengten Augen an, und meinte: »Du baust ja wirklich Spannung auf. Jetzt bin ich aber so etwas von neugierig.«

John ließ Nick nicht aus den Augen, denn er wollte keine Reaktion von ihm übersehen. Lange war er nicht sicher gewesen, wie er beginnen sollte – gleich mit der Tür ins Haus fallen oder doch Vorsicht walten lassen? Er hatte sich dafür entschieden, im Vergleich zum Gespräch mit seiner Mutter, der er bis auf sein ›Handproblem‹ alle Details erzählt hatte, nun deutlich vorsichtiger zu sein. Dennoch musste er es riskieren, wichtige Dinge preiszugeben, damit Nick sich eine Meinung bilden konnte und wenn alles gut lief, ihm sogar einen Ratschlag mit auf den Weg geben konnte – schließlich stand das volle Bierglas nur aus diesem Grund vor John.

Er wartete, ob Nick noch etwas hinzufügen wollte. Da das nicht der Fall war, nahm er dies als Aufforderung, mit seiner Geschichte zu starten.

*

John begann mit dem Unwetter, dem überfluteten Keller und mit dem Loch in der Kellerwand, das er höchst motiviert dort hineingeschlagen hatte. Er hatte vorgehabt, Nick langsam, aber stetig alles zu erzählen, doch irgendetwas ließ John zögern. Es war nicht so, dass er Nick misstraut hätte, es war eher, dass ihm sein Instinkt riet, überlegt und mit Vorsicht zu agieren.

»Nachdem ich meine halbe Kellerwand abgetragen habe, ist mir die feuchte Erde dahinter auf den Boden geklatscht. In der Baufirma hieß es, ein Spezialist hätte tatsächlich bereits am nächsten Tag Zeit, um sich ›das Problem‹ anzusehen.«

Und dann erzählte John seinem alten Freund die mehr oder weniger wahre Geschichte weiter, allerdings mit einer Änderung in der Hauptrolle. Er ließ den Namen *Roy* unverändert – warum auch nicht –, nur dass Roy nun kein zwei Meter großes insektenhaftes Wesen war, sondern ein ganz gewöhnlicher Mensch. Natürlich hatte der Brutsack und auch seine Hand nichts in seiner Geschichte zu suchen, ansonsten erzählte er alles, die Informationen über den Klimawandel, die Folgen, die dadurch auftreten würden, sogar über das Ende der menschlichen Zivilisation.

John nahm einen kräftigen Schluck Bier, stellte das Glas zurück auf den Tisch. Er sah Nick in die Augen und sagte: »Und ab jetzt wird es richtig schräg. Dieser Roy, er gehört zu einer Geheimorganisation ...«

Nicks Gesichtsausdruck blieb völlig unverändert.

»... und diese Geheimorganisation will sich gegen diese katastrophale Zukunft stemmen. Mit allen Mitteln.«

Bevor John zum Höhepunkt seiner Geschichte kommen wollte – zu den Plänen der *Geheimorganisation* –, legte er eine Pause ein und betrachtete Nick, wartete auf eine Reaktion. Und Nick lieferte sie ihm. Doch diese fiel anders aus, als er erwartet hatte.

Nick nahm sein Glas und trank einen kräftigen Schluck

vom Bier, sah dann ins Glas und entschied sich dafür, es vollständig zu leeren. Gleich darauf winkte er mit dem leeren Glas nach dem Kellner, der die Aufforderung sofort verstand.

Dann: »John, diese Geschichte ist zwar skurril, aber du hättest jedem x-Beliebigen von diesem Irren erzählen können, da hättest du dich nicht um meine Wenigkeit bemühen müssen. Ok, ich bin Polizist, aber ich habe noch kein einziges Wort gehört, das den Schluss zulässt, dass du verrückt geworden bist. Doch genau davon hast du doch gesprochen. Also streng dich an, mich zu überzeugen!«

Nick grinste ihm zu.

John sah seinen ehemaligen Kumpel an. › *Was habe ich mir nur bei der ganzen Sache gedacht? Dass ich hier einem Polizisten eine kleine Gute-Nacht-Geschichte von einem Loch in einer Mauer erzähle und außerdem noch von einer Klimakrise, die den meisten schon am Allerwertesten vorbeigeht?‹*

Plötzlich war John ratlos. Er wusste, dass er auch kritische Teile von Roys Plan erzählen musste – speziell das Vorhaben der Wächter die Energieversorgung der Menschheit zu zerstören. Aber wie sollte er anfangen?

Um Zeit zu gewinnen, lächelte er Nick zu und nahm selbst einen Schluck Bier. Während John trank, platzierte der Kellner das neue schaumbedeckte Glas vor Nick und ging daraufhin zurück zur Theke. Kurz zögerte John, dann gab er sich einen Ruck und sagte: »Einem Polizisten kann man wohl nichts verheimlichen.«

Nick blickte John in die Augen. Statt zu antworten, winkte Nick nochmals nach dem Kellner. Er bestellte zwei doppelte Tequila und sagte danach: »Warte!«

Der Kellner brachte die beiden Getränke und während er sie abstellte, gab Nick, ohne nach Johns Zustimmung zu fragen, eine weitere Bestellung auf. Dann hob Nick eines der Tequila-Gläser an – John tat es ihm gleich – und sagte: »Machen wir es so, als ob wir noch 17 Jahre alt wären. Kannst du dich noch erinnern?« Nick lächelte und begann: »Genug getrunken, ...«

»... jetzt wird gesoffen!«, vollendete John. Beide hoben ihre Gläser noch höher, ließen sie dann aneinander krachen und schütteten sich den 42-prozentigen Alkohol in den Rachen. In Johns Magen explodierte eine Bombe. Er hatte seit Jahren keinen Tequila oder einen anderen Schnaps getrunken, schon gar keinen doppelten.

»Also, was ist da in deinem Keller wirklich passiert?«

Die Frage war für John völlig unerwartet gekommen, doch noch erstaunlicher war, dass Nick ihn so einfach durchschauen hatte können.

Es gab nun zwei Möglichkeiten, so überlegte er. Erstens, er brach das Gespräch ab und versuchte sich so ehrenvoll wie möglich aus der Affäre zu ziehen. Somit würde er Nick keine Informationen liefern, jedoch konnte er dann nicht von dessen Sichtweisen und Erfahrungen mit Extremsituationen profitieren.

Die zweite Option, und diese barg einige unvorhersehbare Fallen für den Erzähler in sich, war, dass er Nick reinen Wein einschenkte – es einfach darauf ankommen ließ.

Bis jetzt war Option zwei nicht zur Debatte gestanden. Aber entweder es lag an Nicks ruhiger besonnener Ausstrahlung oder am Alkohol – wahrscheinlicher war jedoch die Kombination von beidem –, dass Johns zu Hause gefasster Entschluss ins Wanken geriet. Als er nun hier im Lokal seine Situation – in viel zu kurzer Zeit und viel zu oberflächlich – überdachte, änderte John seine Entscheidung. Schließlich sollten seine letzten Taten als 100-Prozent-Mensch nicht von Feigheit geprägt sein. Und Nick war schließlich der – im wahrsten Sinne des Wortes – letzte Mensch, mit dem er darüber sprechen würde, bevor er sich der Gemeinschaft der Wächter anschließen würde.

›Also! No risk, no fun!‹ Damit besiegelte John das Schicksal seines Schulfreundes, ohne es zu ahnen.

»Ok! Ich werde dir jetzt etwas erzählen, also wenn du das gehört hast ...«

John beugte sich vor und blickte Nick fest in die Augen.

»Stell dir vor, es gäbe eine Spezies auf der Erde, von der du noch niemals etwas gehört oder gesehen hättest, und auch die Wissenschaft hätte diese noch nicht entdeckt, da sie *bis jetzt* unentdeckt bleiben wollte. Diese Spezies wäre aber nicht unter- oder durchschnittlich entwickelt, wie ein normaler Käfer oder ein Hund, sondern würde uns sowohl von der körperlichen Größe als auch von der Intelligenz übertreffen! Sie wäre etwa zwei Meter groß und diese Spezies ... sähe aus ... wie ... wie ...«

John brachte es nicht hervor. Sein Hals war wie mit einem Seil zugeschnürt.

»Sieht aus, *wie was*? Sag schon!«, drängte Nick.

John brauchte noch exakt drei Sekunden, die er in seinen Gedanken wie einen Countdown hinunterzählte. Dann sagte er eindeutig zu laut: »Wie eine *gottverdammte Gottesanbeterin*!«

In dem Moment, in dem er das Wort *Gottesanbeterin* ausgesprochen hatte, wusste John, dass er einen Fehler begangen hatte. Er schätzte ihn jedoch nicht als groß oder gar verhängnisvoll ein, denn das Schlimmste – gleichzeitig vielleicht sogar das Beste – wäre, dass Nick tatsächlich denken könnte, er sei völlig verrückt geworden.

Eine Weile herrschte im Lokal absolute Stille, sogar die Musik hatte eine Pause eingelegt.

Dann: »Okaaay.«

John wusste nicht, was Nick damit aussagen wollte und, vor allem nicht, was er dachte. Er wartete auf eine Reaktion von Nick, dieser zeigte jedoch in seinem zu Stein gewordenen Gesicht keine Regung. John hielt es nicht mehr aus und fragte: »Was ...«

Doch Nick unterbrach ihn. Nicht mit seiner Stimme, sondern mit seinem rechten Zeigefinger, den er an seine

Lippen führte. John brach seine Frage ab, hatte im Grunde erreicht, dass Nick so etwas wie Initiative ergriffen hatte. Nick beobachtete den Kellner, der sich auf dem Weg zu ihnen befand. Am Tisch angekommen, stellte er die beiden Getränke ab. Nachdem Nick zwei weitere kleine und zwei große Gläser bestellt hatte, ergriff er das Glas mit der hochprozentigen klaren Flüssigkeit. John tat es ihm gleich. Sie prosteten einander stumm zu und keine Sekunde später breitete sich in Johns Körper eine weitere Feuerwand aus, die vorerst jeden Gedanken an Vorsicht verbrannte.

Kurz darauf ersetzte der Kellner die leeren Gläser.

*

Doch der Alkohol hatte noch einen weiteren Gedanken verbrannt, eine Wahrheit, deren John sich erst vor wenigen Minuten bewusst geworden war: ›*Einem Polizisten kann man nichts verheimlichen.*‹

Nicht, dass Nick nicht gerne *einen* oder *mehrere* hob, speziell, wenn es sich um Tequila handelte, doch heute Abend gehörte das Trinken sozusagen zu seinem Job. Denn das, was John nicht ahnte, war, dass Nick Johns Zunge lockern wollte, dass John im beginnenden Alkoholrausch unbedachter werden und somit leichtfertiger seine Informationen preisgeben sollte.

Es war eine simple, aber häufig sehr effektive Strategie. Und auch jetzt, nach kürzester Zeit, hatte es Nick auf geradezu lächerlich einfache Weise geschafft, John zum ›Plaudern‹ zu bringen. Er hatte nur zwei doppelte Tequila und drei Gläser Bier benötigt; außerdem noch Ruhe und Geduld und dann hatten die Informationen, wie von selbst, zu fließen begonnen.

*

Nick sah John an, als wäre diesem gerade eine lange Nase gewachsen, so wie es Pinocchio passierte, wenn dieser die Unwahrheit sagte. »Also, das klingt jetzt tatsächlich ungewöhnlich. Doch noch bin ich nicht so weit, dass ich dich in eine Irrenanstalt einliefern würde. Aber ich muss gestehen:

Wenn ich an deiner Stelle wäre, ich würde mich zur Vorsicht nach einem dieser Etablissements umsehen und vielleicht würde ich dort sogar schon ein schönes, gut gepolstertes Zimmer reservieren.«

Nick grinste John an, doch seine Augen blieben ernst. Nach einer Sekunde fügte er flüsternd hinzu: »Gottesanbeterin? Hmmm …« Und John tappte in die Falle, warf jede Vorsicht über Bord: »Verdammt Nick, es ist die Wahrheit. Ich schwöre es.«

Ohne auf Nick zu warten, kippte er sich die halbe Ladung Tequila in den Rachen.

»Ich hätte das nicht erzählen sollen«, flüsterte John mehr zu sich selbst als zu Nick und hörte keine Sekunde später: »Doch John, du kannst mir vertrauen – ich bin Polizist! Erzähl weiter.«

John fixierte sein halbvolles Tequila-Glas mit seinem Blick wie auch mit den Fingern seiner Hand. Dann holte er tief Luft. Er war zwar noch nicht völlig betrunken, aber eine spürbare Benommenheit hatte sich bereits in ihm eingenistet. Langsam atmete er wieder aus.

»Da gibt es nicht mehr viel zu erzählen. Wie gesagt, vergiss den klimawissenschaftlich angehauchten Techniker, der mit mir das Loch im Keller flicken wollte. Den hat es nie gegeben, sondern nur dieses Wesen.« John starrte noch immer das Tequila-Glas an, als er sagte: »Die Wächter, so nennen sie sich, wollen der gesamten Menschheit Einhalt gebieten. Wir Menschen sind der Grund für ein gerade beginnendes Massensterben, diese Tatsache ist dramatisch genug, doch wenn wir weiterhin das Weltklima verändern, dann werden die Auswirkungen für die Tier- und Pflanzenarten für Jahrtausende unabsehbar sein. Aus ihrer Sicht wird sich das Leben hier auf der Erde grundsätzlich ändern und die menschliche Zivilisation wird ohnehin durch uns Menschen selbst zerstört werden.«

John machte eine Pause und fügte dann hinzu: »Kurz

gesagt, sie wollen uns stoppen, doch andererseits auch mit uns einen Wiederaufbau starten! Und sie haben einen ausgefeilten Plan dafür!«

Nicks Haltung hatte sich verändert. John war dies nicht aufgefallen, zu sehr war er mit sich selbst und seinen Worten beschäftigt gewesen.

Langsam und mit Bedacht interpretierte Nick das Gehörte: »Also, wenn ich das richtig verstanden habe, wollen diese Wesen die menschliche Zivilisation beenden.« Es war keine Frage, sondern eine Feststellung.

John war irritiert, hatte er sich so unbeholfen ausgedrückt, dass Nick seine Worte völlig falsch wiedergab?

»Nein, so ist es nicht. Sie wollen uns vor uns selbst beschützen.« Diese Worte klangen sogar für ihn selbst töricht. Aber offensichtlich war dies völlig belanglos, denn Nick schien ihn gar nicht gehört zu haben, denn er war mit seiner eigenen Gedankenwelt beschäftigt.

»Wenn es diese Wesen wirklich gibt, und da bin ich eher skeptisch – viel wahrscheinlicher ist doch, dass du einen gewaltigen LSD-Trip hattest –, dann haben sie wahrscheinlich bereits begonnen unsere Gesellschaft zu unterwandern! Sie geben uns Menschen gar keine Zeit, gegen diesen ... diesen *Klimawandel* Maßnahmen zu setzen.«

Nick hatte das Wort *Klimawandel* eigenartig betont.

»Wenn diese – wie hast du diese Gruppe genannt? – *Wächter* ihren Plan wirklich durchziehen wollen, dann geht dies weit über *simplen* Terrorismus hinaus ...«, Nick schüttelte den Kopf, »dann ist das nichts anderes als eine Kriegserklärung. Es wäre ein Weltkrieg gegen uns Menschen. Spezies gegen Spezies.« Nick schüttelte noch immer den Kopf, doch der Gedanke schien sich nicht aus seinem Kopf hinausschütteln zu lassen. Er fügte hinzu: »Nein, bei weitem keine Terroristen, mehr wie Außerirdische, die unseren Planeten übernehmen wollen.«

Doch plötzlich, von einem Moment zum nächsten,

entspannte sich Nick – er lächelte sogar. »Ehrlich gesagt, glaube ich noch immer nicht, dass es diese Wesen gibt, sondern dein Arzt wird dir ein zu starkes Schmerzmittel verschrieben haben.« Nick schaute in Richtung von Johns einbandagierter Hand. »Oder es ist irgendetwas anderes Traumatisches geschehen und dein Gehirn versucht dich, durch ein irreales Theaterspiel zu beschützen.« Nick lächelte weiterhin, ließ John jedoch nicht aus den Augen.

Die menschliche Natur ist ein sonderbares ›Ding‹, denn in manchen Situationen trifft sie spontane, irrationale Entscheidungen. Dies geschah nun auch bei John. Kurz gesagt, lief es darauf hinaus, dass er *wollte*, dass Nick ihm glaubte, und dass er nicht als verschrobener Irrer hier vor ihm saß.

»Hast du das von den Leichen gehört? Vom *Schwarzen Peter*?« Natürlich hatte er das! John hatte Nick auf dem Foto im Rabenstädter Merkur erkannt, daher wartete er nicht auf eine Antwort, sondern fuhr fort: »Der Schwarm, der gesichtet wurde, der gehört zu den Wächtern!«

»Und einer dieser Wächter wohnt nun bei dir im Keller.« John war sich nicht sicher, ob Nick ihn verspotten wollte oder ob er nur seine Gedanken sortierte.

»Verdammt nein! Natürlich wohnt er dort nicht«, warf John ein, doch Nick schien ihn wieder nicht zu hören. Der anfänglich heitere, beinahe belustigte ›John-unser-Junkie‹ Gesichtsausdruck hatte sich in einen nachdenklichen, konzentrierten ›Offenbar-ist-John-doch-kein-Junkie‹-Ausdruck gewandelt.

›Jetzt glaubt er mir, jedenfalls beginnt er an seinen Zweifeln zu zweifeln.‹

John lächelte, doch schon bald würde sein Lächeln gefrieren. Denn langsam, so als würde er aus einer Trance erwachen, sagte Nick: »Ja, ich kenne den *Schwarzen Peter*.«

Nick sprach mit sachlicher Stimme und ohne jeglichen Humor weiter: »Gut! Sehen wir uns Punkt für Punkt an.

Erstens: Gehen wir vorerst davon aus, dass es diese Wesen gibt. Wie kann man nur so dämlich sein und den Klimawandel als Vorwand für eine Invasion vorschieben? Das kann doch nicht wirklich deren Ernst sein.«

Nick spielte den Unglauben nicht, den John in dessen Gesicht erblickte.

»John, diese *Klimawandel-Scheiße*, die glaubst du doch nicht wirklich, oder?«

John war zu perplex, um antworten zu können und Nick wartete ohnedies nicht darauf, sondern legte nach: »Es gibt unendlich viele Forschungsinstitute und wissenschaftliche Studien, die klar belegen, dass es den Klimawandel schon immer gegeben hat. Und derartige Hitzeperioden, wie sie in den letzten Jahren bei uns aufgetreten sind, sind *völlig* normal. Ich habe mit meinem Vater darüber gesprochen und er hat erzählt, als er die Zwischenwände im Rohbau unseres Hauses über den gesamten Winter hineingemauert hat – ich glaube es war im Jahr 1989 –, da hat es keinen einzigen Tag Frost gegeben!«

Er nahm einen schnellen Schluck Bier, so als wollte er seine Stimmbänder ölen. »Außerdem könnte auch die Sonne ihren Beitrag zur Hitze leisten. Ich habe gehört, dass die Sonnenaktivität zugenommen hat, und die Folge ist diese Erwärmung. Alles wird sich wieder normalisieren, wenn ihre Aktivität nachlässt. Wie gesagt, es gibt hunderte Möglichkeiten diese Erwärmung zu erklären.«

›*Ja, genau!*‹, dachte John. Solche unrichtigen Argumente wurden und werden noch immer von *Pseudo-Forschungsinstituten*[50] verbreitet. Diese sogenannten Institute

---

[50] **Pseudo-Forschungsinstitute und Klimawandelleugner:**
Im Netzwerk der Klimawandel-Leugner (INFOsperber.de, 09.02.2023)
➤ *https://www.infosperber.ch/umwelt/luft-klima/im-netzwerk-der-klimawandel-leugner/*

Europäisches Institut für Klima und Energie (EIKE)
➤ *https://eike-klima-energie.eu/ueber-uns/*

waren ihm bei seiner Recherche ebenfalls aufgefallen. Oftmals war ihre Wortwahl aggressiv und Diffamierungen von seriösen Wissenschaftlern waren nicht die Seltenheit, sondern die Regel. Doch diese Institute waren weder universitäre Institute noch Forschungseinrichtungen, sondern sie nannten sich nur der gezielten Täuschung wegen ›Institut‹, und haben daher etwa so viel mit Wissenschaft zu tun wie Waschbären mit Wäschewaschen. Obendrein werden diese Organisationen häufig von der fossilen Energiewirtschaft gesponsert und ihr Hauptzweck ist es, in der Bevölkerung Zweifel hinsichtlich des menschengemachten Klimawandels zu streuen.[51]

John hörte die Verärgerung, die sich in Nicks Stimme geschlichen hatte. Daher versuchte er es mit Sachlichkeit, als er sagte: »Nick, zum Thema ›kein Frost‹ kann ich dir eines versichern – das ist reine Statistik. Es gab immer wieder ›Wetter-Ausreißer‹, sowohl in den 1980er Jahren und auch davor, aber heute, fast fünfzig Jahre später, haben wir zu Weihnachten zwanzig Grad plus und ich konnte beim Spazierengehen im T-Shirt dem Gras beim Ergrünen zusehen. Weihnachtstauwetter gibt es nicht mehr, da es fast keinen Schnee mehr bis Mitte Februar gibt.

Eines noch, es ist unumstritten bewiesen, dass die Sonnenaktivität gerade abnimmt und nicht zu! Das heißt, die Sonne hat auf die Erderwärmung keinen Einfluss.«

Nick lehnte sich in seinem Sessel zurück, nahm seinen

---

[51] **Klimawandelleugner:**

ORF-Wetterchef Wadsak: „Klimawandelleugner werden immer weniger, aber lauter" (derStandard.at, 06.01.2023)

> *https://www.derstandard.at/story/2000142316885/orf-wetterchefwadsak-die-klimawandelleugner-werden-immer-weniger-dafuer-aber-lauter*

Klimawandel-Leugner suchen sich in Pseudo-Fachzeitschriften eine Bühne (klimafakten.de, 25.01.2018)

> *https://www.klimafakten.de/meldung/klimawandel-leugner-suchen-sich-pseudo-fachzeitschriften-eine-buehne*

Tequila zur Hand, ließ jedoch John nicht aus den Augen und schleuderte die gesamte Flüssigkeit in seinen Körper. Kein Zucken war in seiner Miene auszumachen. Er stellte das Glas auf den Tisch, hob seine Hand und machte mit Zeige- und Mittelfinger das Victory-Zeichen in Richtung Kellner – mit der linken Hand zeigte er auf das Tequila-Glas. Er bestellte Nachschub.

»Da habe ich es heute wohl mit einem *Hobby-Alles-Besserwisser-Wissenschaftler* zu tun.« Obwohl Nick lächelte, lag in seiner Stimme der Anflug von ›*Piss-mich-nicht-nochmals-an*‹.

»Vielleicht hast du ja Recht, aber eines stimmt mit Sicherheit, und zwar, dass es einige Länder und viele Menschen gibt, die unglaublich gut mit dieser Klimawandel-Untergangshysterie verdienen. China zum Beispiel – China darf ungehindert gigantische Mengen an Kohle und Erdöl zur Energiegewinnung verbrennen, damit die Bevölkerung einen gewissen Lebensstandard aufbauen kann, und die USA und Europa müssen auf teure alternative Energiequellen umsatteln. Und das haben sie ...«, Nick brach in kurzes bellendes Gelächter aus, »... bei einer *Klimakonferenz* ausverhandelt! Kann man das glauben? Da wird einem Land – einem riesigen Land –, erlaubt, ungehindert CO_2 zu produzieren! Und wir? Wir spuren! Brav, wie wir Europäer sind, haben wir dem zugestimmt!

Und dann gibt es noch jene Leute, die mir ganz besonders auf den Sack gehen – die Profiteure der sogenannten Klimakrise! Diese verdammte *Greta Thunberg*, die besser in der Schule sitzen sollte, oder dieser *Elton Musk*, der Milliarden von Dollar mit seinem *Scheiß-Tesla* scheffelt.«

Johns Verstand brüllte: ›*STOPP! Verkneif es dir, bitte!*‹ Wenn er Nick nochmals verbesserte, ihn darauf hinwies, dass ›*Elton Musk*‹ eigentlich ›*Elon Musk*‹ hieß, würde er nur erreichen, dass Nick noch gereizter wurde. Auf jeden Fall schlug nicht nur das Gespräch eine Richtung ein, die John missfiel, sondern auch Nicks Verhalten und seine Ansichten bezüglich der Klimaänderung irritierten ihn zunehmend. Doch als Nick weitersprach, hatte seine Stimme wieder jenen normalen, sogar überlegten Tonfall angenommen, den er zu Beginn des Abends hatte.

»Der Klimawandel ist mir im Grunde völlig egal, aber wenn es wirklich stimmt, dass du dir einen Untermieter eingefangen hast, dessen Schwarm Leute bis auf die Knochen auffrisst und diese Spezies obendrein einen Angriff auf die Menschheit plant, dann müssen wir etwas unternehmen.«

Nick starrte an John vorbei in eine dunkle Ecke des Lokals, so als ob dort nichts anderes zu sehen sei als eine zwei Meter große Gottesanbeterin. Dann fügte er hinzu: »Deine Geschichte ist dermaßen schräg, dass du niemanden auf der Welt restlos davon überzeugen könntest. Und auch wenn du selbst davon überzeugt bist, dass du die Wahrheit sprichst, muss es sich noch lange nicht um die Realität handeln. Aber wir können das leicht überprüfen. Wir müssen nur dieses Insekt entweder einfangen oder töten und dann ...«, Nick überlegte, »... ja genau, zu einer Regierungsstelle bringen. Die Experten werden dieses Ding in Scheibchen schneiden und untersuchen.«

*

Immer wieder hallten durch Johns Kopf die Worte ›*einfangen, töten, töten, einfangen, töten ...*‹. Es war wie ein ohrenbetäubendes Glockengeläut, das sein Verstand mit der Frage: › *WAS geht hier ab?*‹, zu übertönen versuchte. Doch die Antwort darauf kannte er nicht. John konnte seinem Verstand nur ausrichten, dass er eines aber mit Sicherheit wusste: *Er war in ein Wespennest getreten, und zwar in ein erschreckend großes, und er hatte keine Ahnung, wie er hier wieder herauskommen sollte. Vermutlich würde er sich ein paar schmerzhafte Stiche einfangen, aber wenn sich die nächstbeste Gelegenheit bieten würde, dann würde er laufen, so schnell er konnte*‹.

Während Johns Gedanken noch immer umherrasten, legte Nick nach: »Hör zu, wenn du mit diesem Ding tatsächlich gesprochen hast, weißt du nicht, ob es dir Drogen verabreicht hat, vielleicht sogar unbemerkt durch die Luft, um dich apathisch und gehorsam zu machen.«

Nicks Augen weiteten sich: »Das wird es sein. Wahrscheinlich können sie uns mit Hilfe von Drogen manipulieren und gefügig machen.« Als sich diese Erkenntnis in ihm breitmachte, sagte er nur mehr: »Vernichten! Ja! Wir müssen dieses Ding vernichten, bevor es uns vernichtet! Und dann kümmern wir uns um die anderen.«

Nick verfiel in eine nachdenkliche Stille. Aber auch John war still geworden, hatte mit wachsendem Entsetzen Nicks Worten zugehört.

›Ich muss mit Roy darüber sprechen, und zwar so schnell wie möglich. Ich darf nicht bis zum nächsten ›offiziellen‹ Treffen warten. Aber zuerst muss ich hier raus.‹

Doch wie sollte er das Gespräch beenden? Sollte er Nick beleidigen und so einen Abbruch provozieren oder eine fadenscheinige Ausrede vorbringen, dass er nach Hause zu seiner Mutter musste, morgen könnten sie ja weiterreden. Schwachsinn! Vielleicht sollte er versuchen, das Thema in eine andere Richtung zu lenken. Doch John vermutete, dass Nick, nachdem er ihm derart detaillierte Informationen über die Wächter geliefert hatte, Blut geleckt hatte – Nick würde ihm keine Atempause gönnen.

›Wie komme ich hier wieder heraus?‹

Und plötzlich, in die Stille hinein, hauchte Nick eine Frage, die John ein Frösteln über den Rücken jagte. John befürchtete, dass dieser Mann – sein ehemaliger Freund – nicht der nette Polizist war, den er spielte, sondern ein Mensch war, der seine dunklen Seiten hervorragend verbergen konnte. Mit dieser Frage verstand John, dass er den Mann, der ihm gerade gegenübersaß, unmöglich einschätzen konnte, im Grunde nicht kannte – Jugendfreund hin oder her. Vielleicht war für Nick das Synonym ›Psychopath‹ zu weit gegriffen, aber alleine, dass dieses Wort in Johns Gedanken aufflammte, machte ihn nervös.

Nick fragte: »Hast du zuhause einen Flammenwerfer?«

Er stellte diese Frage in sachlichem Ton, so als wäre die Frage gleichwertig mit: *Hast du zuhause einen Hammer?*

»Hast du einen Knall?! Nick, bist du verrückt? Wer hat zuhause einen Flammenwerfer herumliegen und zu welchem Zweck?«

John ging das Gespräch mittlerweile nicht nur viel zu weit, sondern in ihm breitete sich das beklemmende Gefühl aus, dass Nick etwas plante, das er – vielleicht sogar heute noch – durchziehen wollte.

Als Nick weitersprach, ging dieser zwar nicht auf den persönlichen Angriff ein, dennoch beantwortete er eine von Johns Fragen: »Nun, dein Insekt könnten wir bestimmt mit Schusswaffen ausschalten. Aber der Schwarm? Versuch mal einen Mückenschwarm zu erschießen.«

Nick gestattete John einige Sekunden Zeit, damit sich dieser das Bild eines Menschen mit Schusswaffe vorstellen konnte, der Patronen auf einen riesigen Mückenschwarm abfeuerte. Das Kopfkino war völlig verrückt.

»Nein, für den Schwarm brauchen wir einen Flammenwerfer oder so etwas Ähnliches. Wir müssen mit einem *Schuss* so viele ›Mücken‹ wie möglich erledigen. Und ich nehme an, dass die einzelnen Dinger, die diesen Schwarm bilden, eine Temperatur von einigen hundert Grad nicht aushalten werden.«

John nickte. Er stimmte Nick in allen Belangen zu und mit jeder Sekunde wurde ihm übler zu Mute. Nick hatte überhaupt nicht begriffen, weshalb John zu ihm gekommen war; dies war, so wie sich die Situation entwickelt hatte, sogar von Vorteil. Denn Nick war in seiner eigenen Gedankenwelt und kam nicht auf die Idee, dass John die Wächter unterstützen wollte, sondern nahm von vornherein an, dass

John bei ihm um Hilfe ganz anderer Art bitten wollte.

›GENUG! GENUG ist GENUG!‹, brüllte John, in Gedanken, Nick zu. Er musste das Ganze beenden – JETZT! Radikal, ja es muss ein radikaler Ausweg sein.

Und plötzlich sah er den Weg. Zwar restlos grotesk, doch die Idee überschritt eine Grenze; sie war dermaßen abwegig, dass sie funktionieren konnte. John riskierte es.

»Mein Flammenwerfer ist defekt, aber ...« Nick war noch immer in Fahrt.

»Nick!«

»... ich könnte ...«

»Nick! Hör auf! Bitte!«

John grinste ihn an, sagte aber in ernstem Tonfall: »Schluss damit! Ich muss das hier jetzt beenden.«

Nick sah ihn verständnislos an, so als hätte ihm John gerade eine Ohrfeige verpasst.

»Danke Nick! Herzlichen Dank für den wunderbaren Abend, deine angebotene Hilfe und die grandiosen Ideen eine weltweite Invasion von Gottesanbeterinnen zu vereiteln.« John grinste seinen Freund, so gut es ihm gelang, verschlagen und amüsiert an.

Nick neigte seinen Kopf leicht zur Seite, so als ob sich dadurch die Gehirnmasse besser sammeln könnte und man somit endlich begriff, was die Person gegenüber mit ihren Worten, die man zwar verstanden hatte, aber deren Sinn man in ihrer Gesamtheit nicht durchblicken konnte, meinte.

Nick verengte seine Augen zu Schlitzen.

»Was soll das? Was ist los?«, mehr brachte er nicht hervor, zu sehr hatte ihn Johns gedankliche Vollbremsung aus dem Konzept gebracht.

Noch immer mit einem Lächeln auf den Lippen antwortete John mit einer Gegenfrage: »Kannst du dich noch an Sabine Wagner erinnern?«

John wartete ab, und dann konnte er in Nicks Gesicht ein ›Klick‹ erkennen.

»Ja natürlich, die Kleine mit den langen blonden Haaren. Und?«

»Wir waren sechzehn und ich war mit ihr zusammen.«

»Das wusste ich gar nicht. Ich kann mich nur an ihre Haare erinnern und sie hatte schon damals ansehnliche Brüste.« Nick zeigte den Anflug eines Lächelns.

John grinste noch immer, jetzt allerdings grimmig, und sagte: »Ja genau! Ich war bis über beide Ohren in sie verknallt, bis so ein besoffenes Arschloch mit ihr bei einem Maturaball geschmust hat.«

Nicks lächeln gefror. Wieder legte er seinen Kopf schief, dann sagte er: »Scheiße nein!«

»Doch!«

»Ich hatte keine Ahnung von dir und Sabine – ich hätte sie nicht geküsst. Du hast niemals etwas darüber gesagt.«

»Das war nicht nötig. Ich habe es einige Tage später beendet.«

John wartete auf eine Reaktion. Nick blickte ihm in die Augen. »Tut mir leid.«

»Ja.« Nach einer Pause: »Es hat mir trotzdem das Herz aus der Brust gerissen. Es hat Wochen gedauert, bis ich mich erholt habe. Und irgendwann während dieser Zeit habe ich mir geschworen, mich bei dir zu revanchieren. Der Begriff ›Vergeltung‹ kommt meinen damaligen Gedanken ziemlich nahe.«

John versuchte wieder zu grinsen.

»Leider haben sich dann unsere Wege getrennt und meine Rache«, John zwinkerte Nick zu, »habe ich so schnell vergessen, wie ich dich aus den Augen verloren habe. Aber als ich dich wieder traf – BAAAM! – war alles wieder da.«

Nick kratzte sich am Kinn und fragte dann: »Und diese Geschichte, von deinem Keller und den Wächtern ... und dem Schwarm ... alles nur Show? Alles nur wegen der Kleinen?«

Nick sah John ungläubig an. »Das muss ja ein gehöriges Trauma hinterlassen haben, wenn du nach all den Jahren noch immer daran denkst … und die Sache sogar durchziehst.«

In Nicks Blick hielten sich Belustigung und Mitleid für seinen Freund die Waage.

»Tja, ich habe es mir damals versprochen.«

Nick lehnte sich in seinem Sessel zurück, nahm sein Bier in die Hand, betrachtete die goldene Flüssigkeit und wechselte spontan das Thema, indem er mit nachdenklichem Ton sagte: »Ich muss zugeben, du hast einen Nerv bei mir getroffen. Wenn ich den Namen Greta Thunberg nur höre, wird mir übel. Aber wenn ich auch noch in der Zeitung lesen muss, welche Ausdünstungen diese käufliche Göre verbreitet, beginnt bei mir das Kotzen.«

Er nahm einen kräftigen Schluck. »Alle Schüler sollten von der Schule geschmissen werden, wenn sie freitagvormittags auf diesen *Fridays for Future* Partys herumtanzen. Das ewige Gerede vom Weltuntergang macht mich krank!«

Jetzt beugte sich Nick mit seinem Oberkörper leicht in Johns Richtung: »Aber, dass ich dir mit deinem bescheuerten Insekt auf den Leim gegangen bin …? Ich kann es nicht fassen. *Kompliment!*«

John atmete innerlich tief durch. War es wirklich möglich, mit dieser Geschichte den heutigen Abend zu retten? Schnell, damit er endlich aus diesem Lokal verschwinden konnte, stellte er fest: »Jetzt sind wir quitt! Auf Sabine … und ihre Brüste!«

Keiner der beiden grinste. Sie hoben ihre Gläser, nickten sich zu und tranken aus.

»So, ich werde mich jetzt auf den Weg machen. Und diese kleine Vergeltungsaktion … ich hoffe, du bist mir nicht böse und wir treffen uns wieder einmal auf ein Bier.«

»Kein Thema.«

»Ok! Hat mich ehrlich sehr gefreut, mit dir zu plaudern.«

»Gleichfalls«, sagte Nick.

Dann erhoben sie sich aus ihren Sesseln, gingen zur Theke – Nick schüttelte den Kopf, als John bezahlen wollte – und verließen danach das Lokal.

Im Freien las John wieder das Eingangsschild des Lokals ›*Last Resort*‹. Diese Episode mit ihm und Sabine war wohl wirklich sein ›*letzter Ausweg*‹ gewesen, um Nick von seinem ›*Jetzt-töten-wir-eine-Riesengottesanbeterin-die-die-Weltherrschaft-an-sich-reißen-möchte*‹-Vorsatz abzubringen. Doch diese Geschichte war erfunden! Denn er und Sabine waren niemals ein Paar gewesen – gute Freunde ja, aber kein Paar. Beim besagten Maturaball waren tatsächlich alle drei Hauptdarsteller – Nick, Sabine und er selbst – anwesend gewesen. Und es stimmte auch, dass sich Nick und Sabine dort geküsst hatten. John hatte die beiden damals gesehen und hatte heute diese Beobachtung als Joker ausgespielt.

Als die Männer vor dem Lokal standen, sagte John: »Danke für die Einladung. Nächstes Mal zahle ich.«

Nick überlegte kurz und antwortete: »Ja, das stimmt! Wir sehen uns.«

»Bis dann!«

Nick drehte sich um und ging die hell erleuchtete Gasse entlang. John blickte hoch zum mondlosen Himmel. Die Milchstraße war nicht zu erkennen, nur einige Sterne, die Straßenbeleuchtung war zu hell. Er musste unwillkürlich an Außerirdische denken, die die Welt erobern wollten.

Dann ging er zu seinem Auto.

34

Donnerstag, 30. Juni

Da der Abend mit Nick derart an die Substanz gegangen war, schlief John lange aus. Er erwachte um knapp nach zehn Uhr und ging gleich darauf in die Küche, um zu frühstücken.

Marie nutzte die Gelegenheit, um ihren Sohn nach dem Treffen mit Nick zu fragen. John umriss grob die Ereignisse, beschrieb vor allem den psychischen und emotionalen Eindruck, den sein ehemaliger Freund bei ihm hinterlassen hatte.

»Glaubst du, er ist gefährlich?«

John dachte nach.

»Ich glaube nicht. Jedenfalls nicht, wenn du ein Freund von ihm bist. Aber ich schätze, es gibt Ausnahmesituationen, in denen er sein gutes Benehmen recht schnell vergessen könnte.«

Marie verstand.

»Weißt du, eine Waffe zuhause zu haben, macht jemanden grundsätzlich noch lange nicht zu einem paranoiden Wahnsinnigen, aber Nick hat von einem *Flammenwerfer* gesprochen.« John schüttelte den Kopf, so wie er es unwillkürlich jedes Mal tat, wenn er an diese Situation des gestrigen Abends zurückdachte. »Und er hat das nicht zum Spaß gesagt. Es war ihm völlig ernst! Er wollte Roy umbringen, ohne auch nur eine weitere Frage zu stellen oder mit ihm reden zu wollen. In diesem Moment spürte ich regelrecht die Bedrohung, die von ihm ausging. Kurz bevor ich das Gespräch abgebrochen habe, war ich der Überzeugung, dass er von mir verlangen würde, mich nach Hause zu begleiten, um im Keller ›*aufzuräumen*‹.«

Dann erzählte John seiner Mutter von seiner rettenden ›*Last Resort Strategie*‹ und von seinem gescheiterten Versuch, zuhause mit Roy Kontakt aufzunehmen.

*

Den gesamten Tag über fühlte sich John angespannt und aufgekratzt, denn sein alter Kumpel – Nick – und dessen Gerede gingen ihm nicht aus dem Sinn. Und als die Sonne nur mehr wenig vom Horizont entfernt war, beschlich John das untrügliche Gefühl, dass jeden Moment das Telefon läuten würde. Natürlich würde er nicht abheben, denn der Zug, der ihn und Nick zu besten Freunden hätte machen können, war seit gestern Nacht mit Lichtgeschwindigkeit abgefahren.

35

Freitag, 1. Juli

Es war Freitag – noch zwei Tage Zeit bis zum Gespräch mit Roy. Bis zu diesem Treffen wollte John das Notwendigste für seine Mutter geregelt haben.

Geld war kein Problem. John hatte sich in den letzten Jahren viel erspart. Auch der Hauskauf hatte nichts daran geändert, sodass man ihn durchaus als ›reich‹ bezeichnen konnte. Der erste Weg hatte John und Marie zu Johns Bankinstitut geführt. Bei allen Spar-, Zertifikat- und Fondsprodukten, die er sein Eigentum nannte, wurde seine Mutter als Mitinhaberin hinzugefügt.

*

Der späte Nachmittag bestand wieder aus Internetrecherche. John suchte Informationen über den ›Schwarzen Peter‹, doch es waren keine zu finden. Nur ein Artikel wies auf die mögliche Existenz solcher Wesen hin.[52] Er versuchte sich vorzustellen, wie man es als hochintelligente Spezies mit etwa 100 Millionen zwei Meter großen Individuen, schaffen konnte, sich vor der Menschheit zu verbergen und dennoch eine Zivilisation zu errichten und diese weiterzuentwickeln. Welche Tricks hatten diese Wächter auf Lager? Ohne eine Art von Manipulation konnte so etwas vermutlich nicht funktionieren!

Genau für solche Fragen lag neben ihm das kleine Notizbuch. Er notierte sich alle Fragen, die ihm oder seiner Mutter einfielen, um sie Roy am Tag der Entscheidung zu stellen, und zwar bevor er seine Entscheidung preisgab.

---

[52] **Halb Mensch, halb Insekt?** Felszeichnung gibt Rätsel auf: Forscher sehen in prähistorischer Darstellung Verknüpfung des „Squatting Man" mit einer Gottesanbeterin (derStandard.at; 20.03.2020)
  ➤ *https://www.derstandard.at/story/2000115852580/halb-mensch-halb-insekt-felszeichnung-gibt-raetsel-auf*

Zusätzlich hatte John eine weitere Rubrik erstellt. Dazu musste er fünf Seiten im Notizbuch nach vor blättern. Die Rubrik trug die Überschrift ›*Forderungen*‹; wenn Roy nicht jede einzelne erfüllen konnte, wäre jegliche Entscheidung, die er bis zu diesem Zeitpunkt getroffen hätte, irrelevant.

*

20:56 Uhr

Gegen neun Uhr abends machte sich John für die Nacht bereit. Er ging ins Badezimmer und entkleidete sich. Doch bevor er in die Dusche stieg, betrachtete er sich im Spiegel. Sein grundsätzliches Äußeres hatte sich, seit seiner ersten Zusammenkunft mit Roy, nicht wesentlich verändert. Er war noch immer gleich groß, gleich schlank, gleich muskulös – nur der Brutbeutel veränderte auf groteske Art und Weise sein ansonsten normales Spiegelbild. Durch dessen großes Gewicht spürte John an jener Stelle, an der er aus seinem Körper austrat, ein leicht schmerzhaftes Ziehen. Der Beutel reichte hinunter bis zum Knie, war flexibel und konnte ähnlich einer Knetmasse verformt werden; ohne Krafteinwirkung dauerte es nicht lange und er erlangte wieder seine ursprüngliche Form zurück.

Mit ungebrochener Faszination betrachtete John das graue Ding. Nach einer Weile stieg er vorsichtig in die Dusche.

*

21:19 Uhr

Etwa eine halbe Stunde später lag John in seinem Bett – der Brutbeutel war unter seinem Pyjama mit Hilfe eines breiten elastischen Bandes an seinem Körper fixiert. Er hatte ein Buch über Ameisen aufgeschlagen und las darin. Vielleicht hatten Wächter und Ameisen gewisse Ähnlichkeiten? Er hatte keine Ahnung, doch sein Instinkt meinte, dass es nicht schaden konnte, über Tiere, die sich mit Hilfe von alternativen Kommunikationsmitteln verständigten und die in einer großen Gruppe zusammenleben, Informationen zu sammeln.

Draußen am Gang hörte er Marie, die an seinem Zimmer vorbeiging, und kurz darauf, wie sie ihre Zimmertür schloss.

»Gute Nacht«, wünschte er seiner Mutter hinterher. Dann las er noch einige Minuten weiter, bis sich seine Lider, ohne dass er es merkte, schlossen.

*

21:55 Uhr

Er schreckte hoch, sah sich blinzelnd um. Seine Sinne waren stumpf, wie die Schneide eines alten verbrauchten Messers. Das Buch lag noch immer auf seinem Bauch.

Dann nochmals: *DING DONG*

Die Türklingel.

John mühte sich aus seinem Bett, warf einen kurzen Blick in Richtung Wecker – 21:55 Uhr –, stieg in seine Hausschuhe, zog sich die weite Weste an und ging zur Eingangstür. So wie es am Land üblich war, hatte auch diese Eingangstür keinen ›Spion‹, daher musste man die Tür öffnen, um zu sehen, wer die wohlverdiente Bettruhe störte. Auch Fragen wie ›*Wer ist da?*‹ oder ›*Wer stört noch so spät?*‹ bei versperrter Tür wurden nicht gestellt.

In Johns Fall wäre eine kleine Nachfrage, wer sich vor der Tür befindet, bestimmt hilfreich gewesen, doch hätte sie den Ausgang der weiteren Ereignisse nicht verhindern, sondern nur etwas verzögern können.

John drehte den Schlüssel der Tür – ›*KLACK*‹ –, öffnete diese, aber nicht nur einen kleinen Spalt, um hinauszuspähen und die Lage zu erkunden, sondern er öffnete sie so, wie man einem Freund die Tür öffnen würde.

Seine müden Gesichtszüge erstarrten. John brachte nur ein »Hallo« über seine Lippen. Doch dieses ›*Hallo*‹ war das Signal für seinen gesamten Körper, sich binnen Sekunden an die neue Situation anzupassen.

»Hallo John!«, kam die Antwort.

Während dieser beiden Worte schoss Adrenalin in Johns Blut. Schlagartig erhöhten sich sein Puls und seine Atemfrequenz. Jeder seiner Muskeln spannte sich. Sein Körper schüttelte die Müdigkeit nicht nur ab, sondern sie wurde regelrecht hinauskatapultiert. Von einer Sekunde zur nächsten war er hellwach und fokussierte sich vollständig auf den Mann, der keinen Meter entfernt vor ihm stand.

»Willst du mich nicht hineinbitten?«, fragte Nick.

Nach kurzem Zögern sagte John: »Entschuldige bitte. Natürlich, komm herein.«

Johns Verstand lief auf Hochtouren: › *Verhalte dich Nick gegenüber so normal wie du kannst. Mach kein Anzeichen von erhöhter Wachsamkeit und starre ihn nicht an! Beobachte ihn nicht – jedenfalls nicht offensichtlich!*‹

John trat zur Seite, wollte Nick in den Vorraum hereinlassen und sagte »Bitte«, gleichzeitig zeigte er mit der Hand in Richtung Küche.

Doch Nick blieb stehen und meinte: »Nach dir, es ist schließlich dein Haus und du kennst den Weg.«

John nickte und sagte nur »Ok« und ging voraus.

*

»Bitte nimm Platz. Möchtest du etwas trinken? Ein Bier oder etwas anderes?«

Nick blieb stehen, schüttelte seinen Kopf, ging auch nicht weiter auf die Frage ein, sondern sagte: »Ich möchte das hier so schnell wie möglich erledigen.«

Nick wechselte seine Position, stellte sich nur etwa eine Armlänge vor John hin, breitbeinig, so als bereite er sich auf eine Auseinandersetzung vor.

John blickte Nick zwar fragend an, doch eines war ihm so klar, wie er wusste, dass heute Abend ein äußerst mieser Abend werden würde, und zwar, dass Nicks Besuch mit Roy zu tun hatte.

Plötzlich, ohne Vorwarnung, änderte sich Nicks Stimme; sie wurde hart und duldete keinen Widerspruch oder gar Weigerung.

»John, du hältst ab jetzt die Klappe und führst mich in deinen Keller!«

›*Verdammt!*‹, dachte John. Offenbar wollte er seine Drohungen, die er Roy gegenüber ausgesprochen hatte, wahrmachen. John rührte sich keinen Millimeter, sah Nick nur in die Augen.

Nach einigen Sekunden, die Nick John Zeit gegeben hatte, um seinen Befehl auszuführen, griff er mit seiner rechten Hand zum Reißverschluss seiner schwarzen Lederjacke, öffnete diesen einige Zentimeter und ließ dann seine Hand darin verschwinden.

Erst jetzt fiel John die ungewöhnliche Kleidung seines ehemaligen Schulfreunds auf; zu sehr waren seine Gedanken mit der Frage beschäftigt gewesen, was Nick vorhatte. Jacke und Hose bestanden aus dickem schwarzem Leder – John vermutete eine Motorradkluft. Was ihn jedoch deutlich mehr irritierte als *diese* Kleidung im Sommer, war, dass die Hosenbeine mit einem schwarzen Textilklebeband vollständig an die stiefelähnlichen Schuhe geklebt worden waren. Außerdem trug er einen ausgebeulten Wanderrucksack am Rücken.

»Schluss mit den Spielchen«, sagte Nick zwar leise, aber in aggressivem Tonfall, und John fühlte sich in einen schlechten Fernsehkrimi hineinversetzt, bei dem man ahnte, was als Nächstes geschehen würde.

»Ich habe gesagt, du führst mich in den Keller! Jetzt, auf der Stelle!« Gleichzeitig zog er seine Hand aus der Jacke und drückte den Lauf einer Pistole an Johns Stirn.

Als das kalte Metall seine Haut berührte, lief ihm nicht nur ein kalter Schauer über den Rücken, sondern John bekam am ganzen Körper eine Gänsehaut. Sein Körper und sein Geist waren von Nick auf vollendete Weise überrumpelt worden, niemals hätte er mit einer derartig kompromisslosen Reaktion auf seine ›Klima-Wächter-Geschichte‹ gerechnet. Er konnte nicht glauben, was hier gerade geschah und seine Worte blieben ihm nicht einmal im Hals stecken, denn in Johns Kopf bildeten sich keine Worte, nur wortloser Unglaube breitete sich in seinem Denken aus.

»*Geh endlich!*«

Schließlich schaffte es John sich umzudrehen, ging los, und unwillkürlich, vielleicht weil er es so von Spielfilmen her kannte, hob er die Hände in Schulterhöhe an. Im Vorraum bemerkte John, dass die Eingangstür nicht ins Schloss gefallen war. Aus reiner Gewohnheit hätte er beinahe sein Leben riskiert, hätte sich fast zu einer Reflexbewegung in Richtung Eingangstür hinreißen lassen und sich danach möglicherweise Gedanken machen müssen, wie man mit einer weiteren Körperöffnung zurechtkommt. Er ließ die Tür offen.

Als sie am Kellerabgang angekommen waren, befahl Nick: »Halt! Warte! Öffne die Tür.«

John tat, wie ihm befohlen wurde und beide sahen in ein dunkles, schwarzes Loch.

»Setz dich auf die erste Stufe.«

Während John dies tat, hörte er, wie Nick den Rucksack abnahm.

»Wo ist deine Mutter?«

»Sie ist in ihrem Zimmer und sieht fern.« John fügte sofort hinzu: »Aber sie verwendet immer einen Kopfhörer, da ihr Zimmer und meines gegenüber liegen. Sie möchte mich in der Nacht nicht stören.«

John beschwor den Mann, den er einmal seinen Freund genannt hatte: »Sie kann uns nicht hören – *wirklich!* Wir könnten hier ein Feuerwerk zünden und sie würde völlig ungerührt ihren Krimi, oder was auch immer, weiteransehen.«

Nick glaubte ihm. »Sei jetzt wieder still und schau gerade aus.«

John tat, wie geheißen, und hörte erneut einen Reißverschluss, dann wie Nick im Rucksack herumkramte und gleich darauf ein eigenartiges Klacken, so als wenn eine Metalldose auf den Fliesenboden gestellt wurde. Dann wieder ein Rauschen im Rucksack; eine kurze Pause und gleich danach das typische ratternde Geräusch, das ein Textilklebeband erzeugt, wenn man es von der Rolle abzieht. Kurz darauf ein leichtes Fluchen: »Verdammtes Klebeband!« Dann wurde ein neues abgezogen.

› *Was machst du da hinter mir?*‹, fragte sich John.

Nach einigen Minuten sagte Nick: »So, weiter. Schalte das Licht ein! Wir gehen hinunter und denk daran, schau *nur* nach vorne!«

Nicks Stimme klang eigenartig gedämpft, so als habe er sich einen Motorradhelm – passend zu seiner Bekleidung – aufgesetzt. Als sie unten im Kellergang angekommen waren, ließen vor allem zwei Gedanken Johns Anspannung und Besorgnis in die Höhe schnellen.

Erstens: *Er hatte außer seinen bloßen Händen keine weitere Waffe zur Verteidigung, denn sein Baseballschläger lag wieder friedlich im Kleiderschrank und bis er einen herumliegenden herausgestemmten Stein aufgehoben hatte, hatte ihn Nick bestimmt schon ein dutzend Mal abgeknallt.*

Zweitens: *Wenn er nicht bald herausfand, was Nick hinter seinem Rücken veranstaltet hatte, dann hatte dieser für die mit großer Wahrscheinlichkeit bald beginnende Auseinandersetzung einen weiteren entscheidenden Vorteil auf seiner Seite. Was auch immer Nick vorhatte, er würde noch leichteres Spiel haben.*

Plötzlich und ohne weiteres Nachdenken drehte John seinen Kopf in Richtung Nick – nur eine Sekunde, doch diese hatte genügt, dass sich seine Augen weiteten und er erkannt hatte, dass, wenn Nick ihn deswegen nicht erschoss, es das Risiko wert gewesen war.

Nick hatte, so wie John es vermutet hatte, weiteres

Klebeband verwendet. Er hatte Lederhandschuhe angezogen, die er damit an seine Jacke geklebt hatte. Seinen gesamten Kopf umfing eine Kunststoff-Schutzhaube mit integriertem Sichtglas – John kannte solche Hauben aus Filmen wie ›Outbreak‹. Sie war ebenfalls an die Jacke geklebt. Der Grund für das Ganze lag für John auf der Hand.

Plötzlich spürte John, wie sich der Lauf der Waffe in seinen Rücken bohrte. »Wenn du dich nochmals umdrehst, fängst du dir eine Kugel ein.«

»Du bringst mich nicht um«, sagte John, obwohl er sich dessen keineswegs sicher war.

»Hmmm, wahrscheinlich hast du Recht, aber dann schieße ich dir eben ins Knie und dann bist du auch außer Gefecht. Los, geh weiter.«

Augenscheinlich hatte Nick ihm die *Wächter-Geschichte* abgekauft, die *Sabine-Geschichte* aber offensichtlich nicht.

So als hätte Nick seine Gedanken gelesen, sagte er: »Du hast bei deinem kleinen *Rachefeldzug* einen Fehler begangen. Du warst niemals mit Sabine zusammen. Du hast mich belogen.«

John blieb stumm.

»Dass du das ganze Geschmuse am Maturaball gesehen haben willst, das glaube ich dir sogar, und du wärst mit deiner Geschichte sogar durchgekommen, wenn nicht *ich* danach mit Sabine gegangen wäre. Zwar nicht lange, nur zwei oder drei Wochen, aber wir hatten unseren Spaß. Und während dieser Zeit hat sie kein Wort darüber verloren, dass sie noch in einer Beziehung stecken würde oder dass sie wegen mir gerade verlassen worden wäre.«

Nick legte eine kurze Pause ein. Dann sagte er: »Ich nehme an, dass du im Lokal irgendwann durch dein Geplapper ziemlich verzweifelt gewesen bist und als letzter Ausweg ist dir diese verrückte Geschichte eingefallen.«

Nick machte eine kurze Pause, dann fügte er hinzu: »Am Heimweg habe ich mich Folgendes gefragt: Weshalb solltest du eine derartig alberne Geschichte erfinden und mir damit versuchen, nicht nur *einen* Bären, sondern gleich ein ganzes Rudel davon aufzubinden? Es sei denn … deine erste, noch erheblich verrücktere Geschichte enthält wenigstens einen Hauch von Wahrheit.«

Die beiden Männer waren im Kellergang stehengeblieben.

»Also, wo finde ich nun diesen Roy?«

›*Ich muss es schaffen, mit Roy Kontakt aufzunehmen – über dessen telepathische Fähigkeiten.*‹

Das Problem war, dass John nicht wusste, ob Roy seine ›Sensoren‹ ausgefahren hatte. Vielleicht war er gar nicht in der Nähe, schließlich war ihr nächstes Treffen erst in zwei Tagen.

›*ROY, HÖRST DU MICH? VERSCHWINDE AUS DEM KELLER!*‹, brüllte er stumm in seinen Schädel. ›*HAU AB, SO SCHNELL WIE MÖGLICH! MORGEN SPRECHEN WIR DARÜBER! JETZT ABER – VERSCHWINDE EINFACH! BITTE VERTRAU MIR!*‹

Keine Antwort!

Verzweiflung breitete sich in ihm aus. Wollte Nick den Wächter tatsächlich umbringen? Jedenfalls hatte er kein Betäubungsgewehr gesehen, mit dem Nick den Wächter außer Gefecht hätte setzen können.

»Nick, bitte! Lass es! Roy wird sich nicht ergeben. Niemals.«

In beinahe heiterem Tonfall, so als ob er jetzt schon die Trophäe in der Tasche hätte, entgegnete Nick: »Wie gesagt, mein Lieber, halt deine Schnauze und bring mich zu diesem Insekt.«

Wieder presste sich der Pistolenlauf in seinen Rücken. John hatte keine Wahl, hoffte, dass Roy ihn gehört hatte und geflüchtet war. Dann standen sie vor der Tür zum Gewölbekeller. Der Druck in seinem Rücken erhöhte sich.

John öffnete die Tür, schaltete das Licht ein und ging hinein.

*

Die Plastikfolie, die als Staubschutz gedient hatte und den Raum noch immer halbierte, nötigte die beiden Männer zum Stehenbleiben.

»Reiß die Plane herunter, komplett, verstehst du!?«, forderte Nick John auf.

Langsam näherte sich Johns Kopf der grauen Wand. Er versuchte dahinter etwas zu erkennen – zwecklos. Er ergriff die Folie und ...

›*Hoffentlich hat er mich gehört!*‹ John kniff die Augen zusammen und riss die Plane mit einem harten Ruck von der Kellerdecke.

Der gesamte Keller war ein Abbild von vor vier Tagen, als er das letzte Mal mit Roy gesprochen hatte; die Wand mit dem Loch darin, daneben der Schutthaufen und die Scheinwerfer. Von Roy war jedoch keine Spur zu sehen.

›*Gott sei Dank!*‹

Nick zeigte auf den Schutthaufen. »Setz dich da hinauf!«

John deutete fragend auf den Sessel.

»Nein, der Haufen! Mach schon!«

Dann ging Nick zum Sessel und stellte seinen Rucksack darauf, suchte darin etwas und kurze Zeit später warf er John etwas zu. John musste sich strecken, um das aerodynamisch katastrophale Ding zu fangen.

»Echt jetzt? Kabelbinder? Keine Handschellen?«

Doch Nick griff bereits wieder in seinen Rucksack, nun mit beiden Händen.

»Klappe halten und anlegen – Knöchel und Handgelenke. Wenn du damit fertig bist, zeigst du mir das Ergebnis und dann rufst du deinen Freund.«

Trotz der enormen Länge der Kabelbinder tat sich John schwer, den ersten um seine Knöchel zu schließen; seine linke Hand war nicht zu gebrauchen. Daher klemmte er das eine Ende des Plastikstreifens zwischen linker Hand und linkem Knöchel ein und schaffte es mit dieser Methode, das andere

Ende dort einzufädeln. Mit einem leisen ›*RATSCH*‹ verengte sich die Schlinge. Bei seinen Händen verwendete er dieselbe Technik, nur zog er dieses Mal mit seinen Zähnen am Ende des Streifens.

Als er fertig war, wandte er sich Nick zu, um ihm sein Werk zu zeigen. Doch er brachte kein Wort über seine Lippen. Das Bild, das sich ihm bot, überzeugte ihn ein Stück mehr, dass mit Nick etwas nicht stimmte.

Dann, nach Sekunden, quälten sich einige Worte aus Johns Mund: »Du hast tatsächlich einen Flammenwerfer gebastelt?«

Ungläubig starrte John die beiden Metalldosen an.

›*Das also war das Klacken am Fliesenboden gewesen!*‹, war sein erster Gedanke, doch sein Verstand war schon viel weiter: ›*John, denk an die Mücken! Er will Roys Schwarm damit erledigen! Überleg dir etwas! Schnell!*‹

John fiel nichts anderes ein als: »Ist das nicht unter deiner Würde? Mit Spraydosen gegen eine Spezies vorzugehen, mit der du nicht einmal gesprochen hast?«

»Erstens hast du mir ausreichend von diesem Roy und seinen kleinen Kumpels erzählt und zweitens: Spraydosen sind etwas für Anfänger.«

John runzelte die Stirn.

»Diese beiden Dosen enthalten keinen ›*Allwetter Taft*‹.« Nick begann zu lachen. »Der funktioniert zwar auch, aber wie gesagt – Kinderkram. Das hier ist purer Bremsenreiniger und der brennt wie die Hölle selbst; eigentlich ist der für Innenräume nicht geeignet.« Er lachte wieder auf.

›*Der ist eindeutig irre! Kein Zweifel!*‹, meldete sich wieder Johns Verstand.

*

Während John und Nick sich im Keller weiter über ›*Kinder- und Erwachsenenkram*‹ unterhielten, öffnete sich die Eingangstür, die John in seinem Leichtsinn beinahe geschlossen hätte, mit einem leisen Quietschen. Grund dafür war nicht eine nächtliche Windböe, sondern etwas

Schemenhaftes, das sich vorsichtig und völlig lautlos, immer den Stimmen nach, in Richtung Keller bewegte.

*

John erkannte, dass Nick die beiden riesigen, etwa vierzig Zentimeter großen Metalldosen ebenfalls mit Klebeband aneinander fixiert hatte. Außerdem hatte er die beiden Sprühköpfe mit einem hölzernen Querbalken verbunden. John überlegte, dass Nick somit nur am Holzbalken drücken musste, und beide Sprühköpfe würden zur gleichen Zeit die hoch entzündliche Flüssigkeit in den Raum davor ausstoßen. Als Nick das Sturmfeuerzeug entzündete, breitete sich endgültig so etwas wie Panik in ihm aus. Das Feuerzeug war knapp unter den beiden Sprühköpfen montiert, diente dort als eine Art Zündkerze, um den Bremsenreiniger in Brand zu setzen.

»Nick bitte! Es ist genug! Bitte hör auf, lass mich frei!«

»Du hast es anscheinend noch immer nicht kapiert.« Nicks Gesichtsausdruck war schizophren, einerseits zeigte dieser beinahe Verständnis für Johns Unverständnis, doch andererseits lagen offenes Vergnügen an der Situation und auch Spott darin, die John ausrichteten: ›*Alter, du hast dich mit mir eingelassen, also kannst du dich schon jetzt auf die kommende Show freuen!*‹

»Ruf jetzt den Wächter!«

John hatte keine Ahnung, wie er nun reagieren sollte. Doch in Wahrheit, und das wusste er, hatte er keine Wahl. Wenn er nichts tat, würde das auf eine zersplitterte Kniescheibe inklusive einiger Gramm Metall mehr in seinem Körper hinauslaufen.

Um John zu motivieren, wedelte Nick mit seiner Pistole herum.

Als John die Pistole betrachtete, schüttelte er seinen Kopf und dachte: ›*Der Psychopath hat an alles gedacht.*‹ Gleich darauf sagte er: »Schalldämpfer?« Nick musste den langen Fortsatz an die Schusswaffe geschraubt haben, während er sich mit den Kabelbindern abgemüht hatte.

»Hast du schon einmal eine Pistole in einem geschlossenen Raum abgefeuert? Wenn es dir nicht gleich das Trommelfell zerfetzt, dann hat man wenigstens ein Leben lang etwas davon, und zwar, dass man den gigantischen Schwachsinn, den Leute wie du verbreiten, nicht mehr so verständlich hören kann.«

John gab sich geschlagen: »Ok, ich tu's!«

Er drehte sich in Richtung Erdloch und rief: »Roooy! Roy bist du da?!«

Es war mehr ein lautes Sprechen gewesen, denn ein Ruf.

»Lauter!«

John schüttelte seinen Kopf, dennoch rief er: »*ROY!* Hier ist jemand, der deine Bekanntschaft machen möchte!«

Die Sekunden verstrichen. Nick wurde nun ungeduldig, er ahnte, dass der Wächter, auch wenn er John hören sollte, im Verborgenen bleiben würde und sich später vom Gejagten zum Jäger wandeln würde. Es musste jetzt beginnen und enden! Nick versuchte zu provozieren und brüllte: »*Hallo-o, hier ist Ni-ick ...* der *Kammerjäger!* Komm schon heraus, du verfluchte Küchenschabe!«

Beide Männer lauschten gebannt in das Loch vor ihnen hinein, doch nichts war zu hören oder zu sehen.

Und dann sagte Nick in Richtung John – gewollt laut –, so dass es auch Roy hören musste, wenn er sich im Gangsystem nahe der Öffnung zum Keller aufhalten sollte: »John, hör zu! Falls meine Provokationsstrategie nicht wirken sollte, dann muss ich dir leider Schmerzen zufügen und dadurch dieses Insekt dazu bringen, sich zu zeigen.«

Wenn man Johns Blick interpretieren hätte müssen, hätte man den Eindruck gewinnen können, dass seine Neugier im Moment noch größer war als die Angst vor der Androhung von Schmerzen.

»Was meinst du damit?«

»Nun, zuerst nur Kleinigkeiten.« Und so als ob Nick ihm einen Gefallen anbieten würde, sagte er langsam: »Du kannst es dir aussuchen. Entweder ich werde dir zu Beginn einen Finger brechen oder ich schieße dir an einer ungefährlichen Stelle ins Bein.«

Völlig emotionslos fragte John: »Und wenn Roy nicht kommt?«

Nick blickte ihn ernst an: »Es gibt viele Finger.«

»Und wenn Roy gar nicht da ist?«

Nick zuckte mit den Schultern: »Tja, das werden wir wohl erst relativ spät herausfinden. Und bis dahin wird es ziemlich ungemütlich für dich werden, mein Freund.« Keine Ironie lag in seiner Stimme.

»Damit wirst du nicht durchkommen!«

Nick lächelte: »John, ich muss dir etwas gestehen. Eigentlich bin ich gar nicht hier, sondern auf meiner nächtlichen Streife.«

Daraufhin drehte sich Nick wieder in Richtung Kellerwand und brüllte noch lauter als zuvor: »*KOMM ENDLICH HERAUS* – *du verdammtes beschissenes SCHEISS-MONSTER!*«

Und so, als ob einfach die Lautstärke oder die Anzahl der Schimpfwörter bis jetzt nicht ausgereicht hätte – vielleicht auch beides – hörte John ein leises Rauschen im Erdloch. Er konnte nicht abschätzen, wie weit entfernt von ihnen es erzeugt wurde, denn er glaubte, dass jedes Geräusch im Gang, so wie bei einem Schnurtelefon, über weite Strecken außerordentlich gut weitergeleitet wurde.

»Na also!«, sagte Nick, positionierte sich neu – er ging einige Meter rückwärts – und hob mit der linken Hand den Flammenwerfer an; in der rechten hielt er noch immer die Pistole. Sein Gesicht hatte einen bizarren Ausdruck angenommen – absolute Konzentration gepaart mit einer Vorfreude etwas erlegen zu können.

Plötzlich, so wie John es schon einmal gesehen hatte, rann mit einem Mal ›*schwarze Flüssigkeit*‹ aus der zerstörten Kellerwand und füllte ein imaginäres durchsichtiges Gefäß auf, das exakt Roys Gestalt nachbildete.

»Jetzt geht es los«, flüsterte Nick. Seine Augen hatten sich geweitet, doch der Grund dafür war nicht Unglaube, er schien unbeeindruckt zu sein, sondern es lag an der Jagd.

Laut sagte er: »Roy, alter Junge, du hast im Grunde nur eine Möglichkeit. Da wir keinen Sack oder einen Käfig mithaben, musst du, wohl oder übel, abkratzen.«

Johns Gedanken überschlugen sich: ›*Nick will Roy tatsächlich umbringen und ihn dann der Welt präsentieren. Er würde sich selbst als den tollkühnen Großwildjäger darstellen, der den Beginn der Rettung der Welt vor den Wächtern eingeläutet hatte.*‹

Doch John war noch etwas anderes an Nicks Worten aufgefallen, er wusste jedoch nicht, was es war ... nur eine Kleinigkeit. Dann war es da: ›*Verflucht! Nick hat gesagt: Da wir keinen Sack ...*‹

Plötzlich brüllte Nick: »*JEEETZT!*«

Sofort danach hörte John einen dumpfen Knall und sah aus den Augenwinkeln Erde von der Kellerwand wegspritzen. Doch Nick hatte nicht geschossen, er stand noch immer regungslos da und starrte die Gestalt vor sich an. Dann brüllte er weiter: »*VERDAMMT, ES IST NUR DIESER SCHWARM!* Den übernehme ich, David! Ich schätze, der Wächter wird bald auftauchen!«

John registrierte eine Bewegung direkt bei der Kellertür. Die Gestalt sah wie Nicks Zwilling aus, jedenfalls trug sie die beinahe gleiche Kleidung – schwarze Ledermontur, Kopfschutz, Handschuhe, Stiefel –, nur das Klebeband war deutlich sorgfältiger verarbeitet worden. Nick dürfte ihm – diesem David –, als sie sich auf den Überfall vorbereitet hatten, behilflich gewesen sein.

Ein breites Grinsen war durch Nicks Sichtscheibe zu sehen, als dieser in Richtung John sagte: »Ein Polizist arbeitet niemals ohne Rückendeckung.«

Und dann brach die Hölle los.

*

Nick rückte zwei Schritte auf, sodass Roys unbewegte Gestalt nur mehr an die zwei Meter entfernt stand und drückte auf den Querbalken, der selbst wiederum die beiden Sprühköpfe in die Metalldosen drückte. Die Ventile zum Innenraum öffneten sich. Flüssiger Bremsenreiniger schoss die Steigrohre empor und wurde durch die Sprühköpfe in Richtung Schwarm geschleudert – doch nur wenige Millimeter, denn im Weg stand die unermüdlich brennende Flamme des Sturmfeuerzeugs.

Nick hatte absolut recht behalten ›Haarsprays waren etwas für Anfänger‹, denn die Flamme der brennenden Bremsflüssigkeit pflanzte sich gleich einer Explosion fort, war lodernd grell, weißlich-gelb und nur an den Rändern ging sie leicht ins Orange über. Sie traf Roys Abbild in der Brust und in diesem Moment geschahen zwei Dinge gleichzeitig.

Roys Gestalt stob auseinander. Der Schwarm war nicht mehr als eine Einheit zu lokalisieren, sondern verteilte sich im Raum vor Nick, der wild aber trotzdem kontrolliert die über zwei Meter lange Flammensäule wie ein Schwert durch den Keller schwang, um den Schwarm zu leblosem Staub zu verbrennen. Nick hätte dies vielleicht sogar geschafft, wenn nicht im selben Moment, da der Schwarm vom Feuer getroffen worden war und somit bereits ein Teil der Erhalter ihr Leben lassen musste, Roy mit einem furchtbaren Schmerzensschrei – nur John konnte diesen hören – und einer Geschwindigkeit, die man einem Wesen dieser Größe niemals zugetraut hätte, aus dem Erdloch gejagt wäre. Roy sprang – seinen Körper waagrecht haltend – aus der Erdröhre heraus, vollführte eine Rolle um die eigene Achse, um nicht vom Feuerstrahl getroffen zu werden; währenddessen fuhren seine Fangarme aus. Die vier Meter, hin zu Nick, überwand Roy innerhalb eines Wimpernschlags. Doch diese Zeitspanne genügte Nick, um zur Seite zu schnellen, sodass ihn beide Fangarme, die zu tödlichen ›Klappmessern‹ geworden waren, verfehlten. Aber Roys gesamtem Körper konnte er nicht entrinnen. Nick wurde durch den Zusammenprall zu Boden geschleudert und die lodernde Flamme erlosch. Doch Roy hatte nicht die Absicht Nick auszuschalten. Er hatte ein anderes Ziel und überließ den am Boden liegenden Menschen seinem Schicksal. Roy beschleunigte weiter und dann breitete er seine Flügel aus, aber nicht im rechten Winkel ausgestreckt wie eine Libelle, sondern keilförmig, sodass Roy wie eine lebende Rakete aussah, die unbeirrt auf ihr Opfer zuschoss. Er erhob sich in die Luft, schlug einmal mit den Flügeln und beschleunigte weiter.

Nicks Kollege – David Bauer – riss die Waffe in Richtung der schwarzen Kreatur, schoss, erkannte aber gleichzeitig, dass die Kugel ihr Ziel verfehlen würde, warf sich zu Boden und rollte sich ab, um gleich darauf wieder auf seinen Beinen zu stehen. Roy verfehlte seinen Gegner, bremste ab und fing sich mit seinen Beinen am Kellertürrahmen ab, versperrte kurzzeitig mit seinem Körper und den ausgebreiteten Flügeln den Durchgang. Das Bild, das er erzeugte, erinnerte John an Horrorfilme aus seiner Jugendzeit. Nur eine Sekunde später stand Roy Nicks Kollegen, der die Pistole wieder in Anschlag gebracht hatte, gegenüber.

David schoss … und traf, drückte ein weiteres Mal ab und traf wieder. Die abgefeuerten Projektile traten unter der linken Schulter in Roys Körper ein – wenn man denn diese Körperstelle der Wächter so nennen konnte. In Johns Kopf war kein weiterer Aufschrei zu hören. Er hoffte, dass die Kugeln lebenswichtige Organe verfehlt hatten.

Bevor der Mann eine dritte Patrone abfeuern konnte, katapultierte sich die ›Gottesanbeterin‹ nach vor und der linke Fangarm schnappte zu, packte das Handgelenk des Schützen. Drei Zentimeter lange Widerhaken durchbohrten das Fleisch und drehten den Arm mit einer abrupten Bewegung nach außen. Das Ellbogengelenk zersplitterte mit einem lauten Krachen. David schrie auf – das Gesicht schmerzverzerrt.

Roy zog ihn näher zu sich heran.

»Bitte«, flehte David, »ich habe zwei Kinder!«

Und dann holte Roy weit aus und jagte seinen rechten Fangarm in den Bauch des Mannes, drückte sofort nach, sodass er den Rücken durchbrach. Blut spritzte und Fleisch fiel zu Boden. Davids Augen weiteten sich im Schrecken aber auch im Unglauben, welchen eigenartigen und vor allem unerwarteten Verlauf diese Geschichte doch genommen hatte, und – ja – er würde mit Nick noch ein ernstes Wörtchen darüber sprechen müssen.

Dann begann er zu schreien, schrie sich die Seele aus dem Leib.

Roy zog langsam den Fangarm aus Davids Eingeweiden, bewegte ihn hin und her, um die Öffnung zu vergrößern und die Widerhaken, die sich im Gewebe verhakt hatten, zu lösen.

David brüllte weiter, rief Nicks Namen. Doch Nick war selbst beschäftigt, die Schreie seines Kollegen hörte er nur diffus und undeutlich.

Als sich Roys Fangarm von Davids Körper gelöst hatte, war er bluttriefend und Stücke von Gedärmen hingen daran. Roy schien dies alles kurz zu betrachten – und dann hörte Nicks Kollege auf zu brüllen. Doch der Grund war nicht etwa, dass der Schmerz nachgelassen hatte oder dass er sich mit seiner ausweglosen Situation abgefunden hätte, sondern die Ursache war Roy, der zugeschnappt hatte, mit einer Geschwindigkeit, die nur eine Gottesanbeterin zuwege bringt.

*

David wusste, dass er in einer tödlichen Situation steckte, seit ihn das Ding geschnappt hatte, und er würde nur mit Hilfe eines Wunders seine Bauchverletzung überleben … aber jetzt stimmte etwas ganz und gar nicht.

*

Davids Augen schienen erstaunt und irritiert über die neue Perspektive, die sich ihnen plötzlich auftat und sein Mund formte stumme Worte, so als wollte er Nick um Hilfe bitten, als sein Kopf längst über den verstaubten Kellerboden rollte und dabei eine Blutspur hinterließ.

*

Obwohl Roy mit David nur wenige Sekunden Arbeit gehabt hatte, hatte sich währenddessen Nicks Lage erheblich geändert. Sie war zwar noch nicht derart dramatisch und endgültig, wie jene seines Kollegen, aber sie hatte sich eklatant verschlechtert.

Nachdem Nick von Roy auf den Fußboden befördert worden war, hatte der Schwarm die Zeit genutzt, um sich neu zu formieren. Aber dieser hatte keine einzelne geballte Waffe geschaffen, die ein leichtes Ziel für Nicks Flammen gewesen wären, sondern er hatte sich, wie beinahe unsichtbare dünne Rauchschwaden, im Keller verteilt.

Nick war in Bruchteilen einer Sekunde wieder auf den Beinen gewesen, hatte dann die neue Situation analysiert und eingeschätzt. Die Erhalter schienen es ihm gleich zu tun, denn sie griffen den Menschen nicht an. Von außen betrachtet, wäre das Bild, das Nick und die Erhalter genau in diesem Moment boten, mit einem Videofilm-Standbild vergleichbar gewesen. Nichts rührte sich, kein einziger Erhalter verließ seine Position im Raum.

Und dann feuerte Nick seine tödliche Konstruktion, ohne es auf ein bestimmtes Ziel zu richten, ab. Er drehte die Flammensäule hektisch und unkontrolliert im Kreis und schwenkte sie gleichzeitig auf und ab, um dem Schwarm keine Möglichkeit zu bieten, ein Angriffsmuster zu erkennen. Wieder drehte Nick seinen Körper – die Flammen folgten ihm.

Währenddessen war John den Schutthaufen hinuntergerutscht und lag nun dahinter flach am Boden. Er verspürte kein Verlangen zum Kollateralschaden der Flammen zu werden.

Ein Teil der Erhalter sammelte sich in Nicks Rücken, ein anderer direkt vor ihm in einer gefahrlosen Distanz zur Hitze.

Dann begannen die Angriffe.

Die Erhalter führten gezielte und blitzschnelle Attacken aus, doch sie fanden im Lederanzug keine Lücke und zogen sich wieder zurück. Nick sah dies meist nur aus den Augenwinkeln und seine Abwehr war jedes Mal viel zu langsam, denn für die Erhalter wirkten seine Manöver wie in Zeitlupe, vergleichbar wie der Todesschlag eines Menschen für Fliegen wirken musste.

Nach einer weiteren Drehung erblickte Nick den enthaupteten Körper seines Kollegen. Unglauben, Entsetzen und Wut brandeten auf. Er suchte nach dem Kopf – fand ihn. Der abgetrennte Körperteil starrte ihn mit offenen Augen und einem stummen Schrei an.

»David! *Verdammt!*«, waren die letzten Worte, die seinen Mund verließen.

Alles lief schief. Er hatte dieses Insekt, dessen Schnelligkeit und Stärke, unterschätzt. Er musste hier raus, gerne auch als Verlierer mit Schrammen und Wunden, aber nur raus hier – und zwar lebendig. Doch als er sich vom Kopf seines Kollegen losreißen konnte, sah er das schwarze Ungetüm, direkt vor der einzigen Öffnung, die aus diesem Keller führte, stehen. Die dunklen Augen starrten ihn an.

Nick war hartgesotten und hatte in seinem Polizistenleben zahllose gefährliche Situationen wohlbehalten überstanden, doch nun erfasste ihn Panik. Es war die Angst um sein Leben, die ihn dazu veranlasste, seine Waffe hoch über seinen Kopf zu heben – brüllend und tobend –, um ein Überraschungsmoment aufzubauen und einen Teil des Schwarms in seinem Rücken zu verbrennen. Nick konnte nicht ahnen, dass durch sein ungestümes Angriffsmanöver brennende Bremsflüssigkeit auf ihn selbst tropfte. Grundsätzlich wäre dies kein Problem gewesen, wenn nur das Leder der Motorradjacke getroffen worden wäre – es wäre ein unbedeutender Brandfleck zurückgeblieben. Doch Nicks Lage wurde besiegelt, da die Flüssigkeit ein Loch in den Stoff der Schutzhaube nahe seinem Nacken brannte.

Unvermittelt änderte er seine Strategie und rannte in Richtung Ausgang – Nick wusste, die Zeit für eine Flucht lief bald ab – und drückte gleichzeitig immer wieder auf den Holzbalken. Jedes Mal wurde der Keller von einer glühenden Flammenlohe durchflutet.

*

John, der noch immer hinter dem Schutthaufen lag und nun vorsichtig hervorblickte, sah Nick nur von hinten. Er sah aus wie ein feuerspeiender Drache, der sich – rasend vor Wut – eine rettende Schneise freibrennen wollte.

*

Es kribbelte – zuerst im Nacken –, breitete sich von dort aus und wanderte hinunter in der Rinne des Rückens, die durch das Rückgrat gebildet wurde. Es war, als ob Ameisen auf seiner Haut krabbelten und ihren Weg suchten. Anfangs nur wenige, doch es wurden immer mehr. Sie breiteten sich weiter aus, um den Rücken herum vor zu seinem Bauch.

Wenn er nicht gewusst hätte, welche Geschöpfe am Werk waren und welche Konsequenz dies für ihn haben würde, er hätte vermutlich ein feines Lächeln aufgesetzt, denn die unzähligen Berührungen kitzelten auf seiner Haut. Doch anstatt zu lächeln, brüllte Nick in seine Haube hinein: »*VERFLUCHT! VERFLUCHTE SCHEISSE!*«

Es breitete sich weiter aus. Er spürte es an Armen und Beinen und – »*NEIN!*« – in seinem Schritt.

So als wären die Erhalter, gleich wie Roy mit seinen Artgenossen, über Telepathie miteinander verbunden, begannen sie ihr Werk in absoluter Gleichzeitigkeit. Doch Nick fühlte dies nicht, denn seine Nervenbahnen wurden blockiert. Er lief noch zwei Schritte in Richtung Roy, dann gaben plötzlich, ohne ersichtlichen Grund, seine Beine nach – er strauchelte. Nick war verwirrt, denn er spürte weder Schmerz, noch war er gegen ein Hindernis gestoßen. Er spürte nur dieses eigenartige Kitzeln von diesen verdammten

Dingern.

Ungläubig blickte er auf seine Unterschenkel. Eindeutig – Schien- und Wadenbein waren gebrochen, drückten die Lederstiefel in eigenartigen Winkeln zur Seite. Er glaubte seinen Augen nicht und machte einen weiteren Schritt. Dann knickten seine Unterschenkel vollends ein – er stolperte und landete auf seinem Bauch.

Nick versuchte sich aufzurichten, doch auch seine Hände und Arme hatten mittlerweile Bekanntschaft mit Roys Erhaltern gemacht. Als er versuchte, sich mit seinen Händen abzustützen, hörte Nick das grauenvolle Knacken dürrer Äste. Doch er wusste, obwohl er noch immer keinen Schmerz spürte, dass Äste zwar eine beruhigende Vorstellung waren, aber mit der Wirklichkeit nichts zu tun hatten, denn es zersplitterten gerade seine Knochen in den Handschuhen und Ärmeln seiner Jacke. Als diese Erkenntnis seinen Geist überschwemmte, brüllte sein Verstand einen letzten schauderhaften Gedanken hinaus: ›*Sie fressen mich! Sie fressen mich bei lebendigem Leib auf!*‹

Nick kippte um, fiel auf den Rücken. Bis zum Ende keinen Schmerz zu verspüren, war keineswegs ein tröstlicher Gedanke. Und als sich sein Mund zu einem letzten verzweifelten Schrei öffnete, mit dem er seinen rationalen Verstand aus seinem Gehirn hinausbrüllte und nur mehr blanker Irrsinn zurückblieb, stürzte sich ein schwarzer Nebel in seinen Rachen.

Nicks Körper begann wie ein Ertrinkender zu strampeln und zu zucken – nach wenigen Sekunden war es vorbei.

*

Erst nach einer weiteren Minute, in der im Keller absolute Stille geherrscht hatte, wagte sich John hinter dem Schutthaufen hervor. Als er sich über die Schutzmaske beugte, hatte Nick längst aufgehört zu röcheln. Nick hatte sogar aufgehört körperlich zu existieren, jedenfalls beinahe. Übriggeblieben war nur mehr eine ausgehöhlte und leicht in sich zusammengefallene Hülle aus dickem Leder, Stiefeln und einer Schutzhaube, die an der Jacke festgeklebt worden war. John schaute durch das Sichtfenster. Schlagartig wurde ihm übel, denn er wurde von leeren Augenhöhlen angestarrt. Der Schädelknochen war vollkommen freigelegt – weiß und glatt – kein Fetzen Haut oder Fleisch war zu erkennen.

Langsam und auch für John selbst nicht nachvollziehbar, streckte er seine noch immer gefesselten Hände aus und drückte auf Nicks Bauch. Die Lederjacke gab ohne Widerstand nach, er konnte sie halb bis zum Boden durchdrücken, bis zum Rückgrat. Im Bereich des Brustkorbs blieb das Leder an der passenden Position.

Das Wort ›aufgefressen‹ drängte sich in den Vordergrund. Er versuchte es wegzuschieben, doch es ließ sich nicht verbannen: ›aufgefressen!‹

John würgte. Er mühte sich auf, sprang mit den kabelbindergefesselten Beinen weg von Nicks Leiche, hüpfte auch an Roy vorbei, der noch immer nahe der Tür stand, ließ sich im Kellergang auf die Knie fallen und übergab sich, als meinte sein Magen, er müsste die letzten zwanzig Jahre nachholen.

36

John wusste nicht wie lange er im Kellergang, neben seiner riesigen Pfütze aus Erbrochenem, gelegen war. Ohnmächtig war er nicht geworden, auch war er nicht eingeschlafen, er wollte *NICHT* denken und für eine gewisse, vielleicht sogar unendlich lange Zeit, einfach nur existieren und all das Schreckliche, das sich um ihn herum abgespielt hatte, von seinem Bewusstsein fernhalten!

Doch Johns Geist war gnadenlos, forderte sich selbst auf, sich zu sammeln und wieder die Kontrolle zu übernehmen. John atmete hörbar ein und dann wieder aus, und jetzt ließ er es zu, dass die Bilder des Kampfes zurückschwappten und seine Gedanken überfluteten.

John hatte hier im Keller eine weitere Facette über die Wächter kennengelernt. Sie waren Kämpfer und bildeten zusammen mit ihrem Schwarm eine faszinierende Einheit. Diese Einheit, und John war sich absolut sicher, kannte keine Gnade, wenn es darum ging, ihr Vorhaben durchzusetzen. Sie würden sich von nichts und niemandem aufhalten lassen.

*

John sah sich im Keller um. ›*Katastropha*‹ war jenes Wort, das ihm auf Anhieb in den Sinn kam. An allen Wänden, und sogar an der Kellerdecke, waren Rußspuren. Das war aber längst nicht das Schlimmste, auch Nicks Leiche nicht, denn diese beziehungsweise das, was von ihr übrig war, war noch immer gut verpackt. Doch Nicks Kumpel David sah wahrlich grauenvoll aus. Er lag am Bauch. Mitten in seinem zerfetzten Rücken war das Austrittsloch von Roys Fangarm zu sehen. Überall war Blut. Es stammte aus Davids Bauch und natürlich war es aus seinem offenen Hals gequollen, hatte sich in rotbraunen Lacken gesammelt, die unter und rings um seinen Körper den Kellerboden besudelten.

»Was machen wir mit den beiden?«, fragte John den Wächter.

»Ich werde mich um sie kümmern.«

John war ihm dankbar, er hätte keine Ahnung gehabt, wohin er die Leichen bringen hätte sollen. Erst jetzt fielen ihm wieder die beiden Treffer ein. »Wie schlimm ist es?«

Roy antwortete nicht sofort. Dann: »Uns geht es nicht gut. Die Schusswunde, die David mir zugefügt hat, ist nichts, aber Nick, er hat viele meiner Erhalter getötet. Hätte er mit seinem ersten Flammenstoß nur etwas genauer getroffen, er hätte es möglicherweise geschafft, uns zu töten. Zwar nicht hier und jetzt, doch wären zu viele Erhalter vernichtet worden, würden deren Regenerationsprozesse ins Stocken geraten und irgendwann enden. Nach wenigen Wochen wären wir tot. Es ist wie mit einer schleichenden Vergiftung, bei der man eine zu große Dosis des Giftes bekommen und diese sich bereits im Körper verteilt hat. Man lebt noch, doch man weiß, eigentlich ist man bereits tot.«

John nickte, obwohl er die genauen Zusammenhänge zwischen dem Wächter und seinem Schwarm nur erahnen konnte. Doch jetzt war der falsche Zeitpunkt für Fragen.

Plötzlich wandte sich Roy direkt John zu, beugte seinen hohen Körper leicht nach vorne. »Entschuldige bitte!«

John war verwirrt und fragte: »Weshalb entschuldigst du dich?«

»Ich habe Nick unterschätzt. Es war leichtsinnig und unbesonnen von mir.«

»Aber wie hättest du wissen können ...«, John stockte. ›Na klar! Roy war in meinen Gedanken – auch als ich mit Nick in der Bar war, war er in meinem Kopf.‹

»Ja, das ist korrekt. Doch ich kann nur deine Gedanken erreichen und deine Emotionen. Ich kann nicht hören, was du mit einer anderen Person sprichst oder verstehen, was Personen zu dir sagen. Die Informationen, die ich von dir über Nicks Denkweise und sein Gedankengut übermittelt bekommen habe, hätten eigentlich ausgereicht, um ihn zur ›2. Welle‹ hinzuzufügen und zu eliminieren. Ich habe Nick zwar als Bedrohung erkannt, doch als deine Emotionen, die in der Bar zuerst aufgepeitscht waren, wieder abflachten, habe ich das Risiko falsch eingeschätzt - ich habe Nick und seine Gewaltbereitschaft falsch eingeschätzt.«

Nach einer kurzen Pause fügte er hinzu: »Nick gehörte zu jener Gruppe Menschen, die, wenn unser Plan begonnen hat, vielleicht sogar erfolgreich beendet wurde, unaufhörlich Zwietracht zwischen den Wächtern und den Menschen streuen werden. Und genau aus diesem Grunde brauchen wir dich und deinesgleichen! Ihr werdet unser Sprachrohr sein und eine stabile und unerschütterliche Verbindung zwischen uns Wächtern und den Menschen herstellen, so wie wir dies niemals erreichen könnten.«

Während Roy gesprochen hatte, war John etwas bewusst geworden: »Also haben die ›1. und 2. Welle‹ bereits begonnen.«

»Sie haben mit dem Zeitpunkt begonnen, als wir mit den Vorkehrungen unseres Planes starteten und uns in die Welt der Menschen begeben mussten. Es war abzusehen, dass wir nicht unentdeckt bleiben würden.«

»Und wie machen wir beide weiter?«

»Genau nach Zeitplan, so wie wir es besprochen haben.«

»Ich habe noch Fragen − viele −, und sogar Nick, auch wenn er ein Arschloch war, hat einige Aspekte aufgeworfen.«

»In zwei Tagen.«

John nickte. Er kannte den Wächter inzwischen gut genug, um zu wissen, dass es sinnlos war, mit ihm zu verhandeln.

Dann setzte sich Roy in Richtung Kellerwand in Bewegung. Der Schwarm löste sich von seinem Körper, bildete eine große schwarze Wolke inmitten des Raumes und verschwand hinter Roy in der Öffnung der Mauer.

John sah den beiden Teilen eines Ganzen lange Zeit hinterher. Irgendwann schaffte er es, sich loszureißen und verließ den Keller. Zurück blieben nur andere Denkweisen, Ansichten und Weltanschauungen, die sich in den beiden zerstörten Körpern am Kellerboden widerspiegelten.

37

Samstag, 2. Juli

»Und du hast wirklich nichts gehört?«

»Nein, absolut nichts. Ich habe die alten schwarz-weiß Folgen von *Miss Marple* angesehen. Bei der dritten bin ich dann eingeschlafen. Den Kopfhörer habe ich erst so gegen ein Uhr in der Früh abgenommen.«

John war erleichtert, dass seine Mutter nichts vom Kampf wahrgenommen hatte. Sie wäre mit Sicherheit in den Keller gegangen, um nachzusehen, wer dort einen lauteren Krach veranstaltet als *AC/DC* mit ihren *Hells Bells*. Während des Gefechts hatte John niemals an seine Mutter gedacht, war viel zu sehr mit seinem eigenen Überleben beschäftigt gewesen. Doch jetzt im Nachhinein hätte der Weg in den Keller, und dies war durchaus mehr als nur wahrscheinlich, ihr letzter sein können.

»Mein Lieber, spann mich nicht weiter auf die Folter. Was ist denn Großartiges dort unten passiert, ein Konzert wird dein Roy wohl nicht gegeben haben.«

Und als Marie das Wort ›*Konzert*‹ sagte und er an seinen *AC/DC*-Gedanken zurückdachte, konnte er nicht anders – er musste lächeln. Dann umarmte John seine Mutter.

*

Kurz darauf betraten Marie und John den Gewölbekeller. Als Marie die dunklen Flecken am Boden und die Brandspuren an den Wänden betrachtete, dämmerte ihr, dass gestern hier unten einiges schiefgelaufen sein musste. »Was ist hier passiert?«

John war Roy unendlich dankbar, dass er die Eindringlinge entsorgt hatte, dass er nun seiner Mutter hier im Keller die ganze Geschichte – und er würde kein Detail zurückhalten – erzählen konnte.

*

»Ich kenne mehrere Hausmittel gegen Blutflecken. Die Rußspuren an den Wänden können wir möglicherweise einfach abwaschen.«

Marie schien die Geschichte gut verdaut zu haben. Durch ihre Arbeit im Kriseninterventionszentrum, so vermutete John, war sie fähig, in Krisensituationen rational zu denken und überlegt zu handeln. Er wusste mit Sicherheit, dass sie seine beste Beraterin in seinem neuen Leben sein würde.

*

Die Rußflecken hatten sich erstaunlich gut entfernen lassen. Die Blutspuren waren allerdings hartnäckiger. Sie probierten es mit Lösungen aus Backpulver, Natron und Salz, und danach auch noch mit Spiritus. Das Ergebnis sah akzeptabel aus.

*

John fragte sich, ob und wann die Polizei auftauchen und Fragen über das Verschwinden zweier Polizeibeamter stellen würde, denn es war nicht unwahrscheinlich, dass die beiden ihr Vorhaben mit Vertrauten besprochen hatten. Doch weder am folgenden Tag noch irgendwann später mussten er oder Marie Fragen zu Nicks und Davids Abgängigkeit beantworten.

38

Sonntag, 3. Juli

Zwei Tage später im Keller.

»Ich bin mir im Grunde sicher ...«, John stockte kurz, »... aber es gibt noch zu vieles, was ich nicht weiß. Wie lebt ihr? In einer Familie, so wie wir Menschen, oder in einer großen vielleicht sogar riesigen Gemeinschaft wie Ameisen oder lebt ihr als Einzelgänger und vernetzt euch über eure telepathischen Fähigkeiten? Seid ihr eine aggressive Spezies?« Diese letzte Frage verneinte Johns Verstand sofort, denn ansonsten wäre es bestimmt schon längst zu einer Konfrontation mit der Menschheit gekommen. »Wie sieht eure Zivilisation, euer soziales Zusammenleben aus? Wie alt werdet ihr? Wie konntet ihr euch so lange vor uns verbergen? Wie sieht meine Zukunft abseits des kommenden Konfliktes aus? Verstehst du, was ich meine?«

»Wenn ich als Mensch denken würde, würde ich mit ›ja‹ auf deine letzte Frage antworten. Als Wächter sage ich dir aber: Diese Fragen sind irrelevant, wenn du das ›große Ganze‹ im Blick behältst. Aber eines stimmt, du müsstest ein Stück von dir selbst opfern, um zu einem Teil von uns zu werden. Daher habe ich beschlossen, deine Fragen, soweit mir dies möglich ist, zu beantworten.«

Mit solch einer Wendung hatte John nicht gerechnet, daher ging er vorerst auch nicht auf das Angebot ein, sondern schwenkte auf jenen Punkt ein, der letztendlich den Ausschlag für seine Entscheidung geben würde.

»Wenn ich zu euch wechsle ...«, er brach ab und startete neu, »Roy, ich kann meine Mutter nicht alleine lassen. In einigen Jahren wird sie siebzig Jahre alt sein. Wir haben zwar vor einigen Tagen kurz darüber gesprochen, aber nochmals: Wenn ich zu euch wechsle, musst du mir garantieren, dass ich jederzeit zu ihr darf, egal ob es ihr gerade gut oder schlecht geht oder ob sie mich einfach nur sehen möchte. Und ich bestehe darauf, dass ich zu ihr kann, wenn es meine Zeit erlaubt! Und zum Schluss fordere ich ihren bestmöglichen Schutz, wenn eure Aktionen in Schwung kommen und die Kacke anfängt zu dampfen!«

Roy antwortete, ohne zu zögern. Er sagte schlicht: »Ich garantiere es dir.« Johns Augen bohrten sich in Roys Gesicht. Wieder erkannte er keine Emotion darin.

»Wirklich? Jeder Punkt?«

»Ja! Wenn du dich uns anschließt, wird deine Mutter ab diesem Zeitpunkt unter unserem Schutz stehen. Wenn sie erkranken sollte, dann werden wir uns um sie kümmern und du kannst beruhigt deiner Arbeit nachgehen. Und wenn es später einmal um ihr Sterben geht, dann kannst du sie zu dir holen.«

Das war mehr, sogar erheblich mehr, als er sich erhofft hatte.

»Danke!« Dieses Wort kam aus tiefstem Herzen.

»Nun aber zu meinen Fragen. Wie lange hast du Zeit?«

»Solange du brauchst.«

John vermutete, dass Roy seinen leicht ironischen Unterton nicht erkannt hatte; er hoffte, dass es bei den Wächtern so etwas wie Ironie überhaupt gab.

›Hmmm, eine Frage mehr!‹

*

Roy war geduldig und John war aufmerksam gewesen.

Jetzt, da die wichtigsten seiner Fragen beantwortet waren, wunderte John sich, dass nicht einmal eine Stunde vergangen war. Seinem Gefühl nach hatte die Diskussion deutlich länger gedauert, doch vielleicht funktionierten telepathische Gespräche in anderen Zeitskalen als jene, die er bis vor kurzem noch als normal angesehen hatte.

Nun ergriff Roy das Wort und sagte: »Bevor du mir deine Entscheidung mitteilst, gebührt es unserer Tradition, dem Auserwählten noch zwei letzte Fragen zu stellen.«

John nickte. »Sind es Standardfragen, bei denen es nur *eine* richtige Antwort gibt? Und wenn man sie falsch oder nicht nach dem Gutdünken der Wächter beantwortet, schaltet dann der *Auserwählten*-Status auf den *Ausgeschieden*-Status um?« John lächelte und war auf das Folgende gespannt.

»Es sind keine Standardfragen. Jeder Wächter stellt seine eigenen Fragen – Fragen, die dem Auserwählten entsprechen. Es muss nicht zwangsweise ein *Richtig* oder *Falsch* bei den Antworten geben – beides kann seine Berechtigung haben.«

»Was passiert, wenn ich nicht bestehe?«

»Du wirst bestehen. Ich stelle dir nun die erste Frage: *Würdest du dich opfern, damit die ganze Menschheit überleben kann?*«

John war überrascht. Er überlegte, ließ sich dabei Zeit. Dann antwortete er: »Vielleicht. Wahrscheinlich schon, aber ich bin mir nicht sicher. Es käme auf die Umstände an. Viele würden in solch einer Entscheidungssituation vielleicht meinen: ›Weshalb sollte ich das tun, mich opfern für Milliarden Menschen, die ich nicht einmal kenne?‹«

John machte eine kurze Pause. Dann: »Du weißt, ich habe

keine Kinder ... und das ist auch gut so. Also für wen sollte ich mich opfern? Und da ich keine Nachkommen habe, worin liegt dann mein persönlicher Gewinn und Vorteil?«

John war über sich selbst erstaunt, denn er hätte die Frage auch einfach mit ›ja‹ oder ›nein‹ beantworten können, doch er hatte eine Antwort geliefert, die in erster Linie für ihn selbst und erst dann für Roy gedacht war.

John sprach weiter: »Es war schon immer so – in meinem ganzen Leben. Häufig hatte ich zu den unterschiedlichsten Themen und Problemen einen gänzlich anderen Zugang, hatte andere Lösungsansätze als meine Freunde oder Kollegen. Mir ist bewusst, dass sich mein Blickwinkel sehr oft von dem anderer Menschen unterscheidet. Und daher bin ich der Überzeugung, dass mein Opfer, falls ich *jetzt* Kinder hätte, viel schwerer zu leisten sein wäre, vielleicht sogar *unleistbar* wäre. Der Grund liegt einfach darin, dass ich weiß, wie es ist, ohne Vater aufzuwachsen. Und auch jetzt, ohne zu sterben, ist es ein großes Opfer für mich, meine Mutter zurückzulassen, auch wenn es Zeiten der Begegnung geben wird, wie du mir versprochen hast.«

»Zweite Frage!«

John fühlte sich durch Roys Nichtreaktion, in ein emotionales Vakuum verfrachtet. Doch diese Leere wurde nach einer weiteren Sekunde durch die Worte des Wächters verdrängt: »*Würdest du deine Mutter opfern, damit die ganze Menschheit überleben kann?*«

John zögerte und hätte ihn ein Fremder beobachten können, hätte es für diese Person so ausgesehen, als ob John intensiv nachdenken würde, doch dies war ganz und gar nicht der Fall. John kannte die Antwort sofort. Es war eine einfache Frage und er antwortete mit ernster und fester Stimme: »Nein, das würde ich nicht! Meine Mutter ist eine rechtschaffene Frau, die in ihrem Leben niemandem etwas zu Leide getan hat. Keiner verdient es mehr zu leben als sie und jeder hätte es mehr verdient zu sterben als sie!«

Nach Johns Worten herrschte Stille im Raum.

Wieder ging Roy nicht auf seine Antwort ein. Doch John war völlig entspannt, denn er wusste, dass es vielleicht nicht die richtigen Antworten für Roy gewesen waren, doch es war jedes Mal die unumstößliche Wahrheit gewesen und das war mehr als genug!

»Diese zwei Fragen waren die Fragen der Wächter. Doch nun kommen wir zu ›deiner‹ Frage – zur letzten Frage an den Auserwählten. Jeder Wächter stellt diese Frage exakt gleich.«

John hatte in Gedanken diese Situation immer wieder durchgespielt, hatte im Hintergrund, wenn Roy die Frage aussprechen würde, laute Fanfaren und Trommelwirbel gehört, die dieses unglaubliche, aber vor allem irrationale Ereignis ankündigten. Doch es gab weder Trommeln noch Fanfaren, nicht einmal einen Flötenspieler; es gab nur Roy und ihn, die sich gegenüberstanden und anblickten.

Als John den schwarzen, dreieckförmigen Kopf vor sich betrachtete, lächelte er und dachte: ›Letzte Chance, um abzuspringen!‹

»John, hast du eine Entsch...«

»Ja, ich will!«

John grinste los, er konnte nicht anders. Die Situation war real und zugleich dermaßen irreal, dass er sich wie in einem Karussell vorkam, das sich unglaublich schnell und gleichzeitig in Zeitlupe drehte, oder wie, wenn er mit einem Spaceshuttle mit 27.000 Kilometern pro Stunde zur nächsten McDonalds Filiale unterwegs wäre, um sich eine Apfeltasche und einen Cappuccino zu bestellen.

»Ich will! Ja, eindeutig!«

Das zweite absolut Surreale an diesem Moment war, dass ihn diese Situation an seine Hochzeit erinnerte. Doch damals hatte es seine Frau nicht erwarten können und die Antwort dem Pfarrer entgegengeschleudert ... ›Ja, ich will!‹

An das unangenehme Ergebnis, das sich aus diesem Satz ergeben hatte, wollte John in diesem Moment jedoch nicht denken. Doch hätte sich seine Geschichte nicht so zugetragen, wie sie verlaufen ist, sondern hätte einen anderen Zukunftsstrang gewählt, er wäre nicht in dieser Situation, in der er gerade steckte. Und eines war John mehr als nur bewusst: *Er war nicht in einer einzigartigen Situation!* Er war in einer Situation, in der etwa 13.000 andere Menschen ebenso steckten, und all diese Menschen würden, zusammen mit ihm, versuchen ein großes Ziel zu erreichen.

Roy sagte: »So sei es!«

Und mit diesen drei Worten war Johns Schicksal besiegelt.

39

Montag, 4. Juli (20:29 Uhr)

In wenigen Minuten würde die zweite von drei Entwicklungsstufen beginnen und damit würde sich sein Leben unumkehrbar verändern.

John stand vor dem Kellerabgang, blickte in das schwarze Loch vor ihm, doch in seinem Inneren gab es kein Zögern. Er wollte die letzten Minuten, die er als *Hundert-Prozent-Mensch* hier auf seiner Erde verbrachte, vollständig in sich aufnehmen, wollte jeden Gedanken, jedes Gefühl, jede Berührung und Bewegung in seinem Geist und Körper bewahren. Während er das Licht einschaltete und seine Füße sich über die ersten Stufen nach unten bewegten, versetzten ihn seine Gedanken einen Tag zurück in die Vergangenheit, zu jenen Minuten, bevor er dem Wächter seine Entscheidung mitgeteilt hatte, jener Zeit, die seine unzähligen Fragen an den Wächter ausgefüllt hatten.

Eine der Fragen an Roy war gewesen, wie die Wächter ihn und auch die anderen tausenden Menschen in ihre Gemeinschaft aufnehmen würden.

Roy hatte geantwortet: »Ihr durchwandert eine

Transformation. Danach seid ihr keine Menschen mehr, aber ihr werdet auch keine reinen Wächter sein – du würdest solch ein Geschöpf vielleicht als ›Hybridwesen‹ bezeichnen.

Nach der Transformation bist du und ist jeder deinesgleichen nicht mehr nur das Individuum, das er einst war, sondern es wird auch dem Kollektiv der Wächter angehören. Dann bist du ›wir‹! Ihr alle werdet ›wir‹ sein!

Doch die Gruppe der ›Vermittler‹ ist noch viel mehr! Ihr seid von unschätzbarem Wert, denn euer Wissen und Gespür für die menschliche Natur und eure intuitive Einschätzung über schwer vorhersehbare Handlungen der Menschen heben euch über den Rang der Wächter – ihr werdet großes Ansehen genießen.«

»Aber werden wir wirklich *akzeptiert* werden? Oder spricht man hinter unserem Rücken von uns nur als Überläufer oder Verräter?«

»Nur derjenige, der bereit ist, das größte Opfer zu bringen, um andere zu schützen, ist bereit, sich in den Dienst des Ganzen zu begeben.« Nach einer kurzen Pause: »Wenn ich ein Mensch wäre, würde ich es vielleicht so ausdrücken: »Du wirst mit offenen Armen von unserer Gemeinschaft aufgenommen werden!«

*

John war im Kellergang angekommen. Plötzlich überzog Gänsehaut seinen Körper, doch nicht aus Angst oder Unsicherheit vor dem Kommenden, sondern Aufregung hatte von ihm Besitz ergriffen, erfüllte seinen Körper. Langsam ging er weiter, berührte mit seiner rechten Hand die Kellerwand, spürte die Kühle und die Unebenheiten. Seine Augen registrierten kleine Risse in der weißen Farbe und die Spinne, die sich in der Ecke ein kleines Netz gesponnen hatte. Als John die Tür zum Gewölbekeller öffnete, fühlte er einen kühlen Luftstrom, der seine Gänsehaut weiter verstärkte.

Er schaltete das Licht ein.

Roy wartete bereits.

John blieb etwa eine Armlänge vor dem eigentümlichen Wesen stehen und betrachtete es von oben bis unten, nicht versteckt oder gar aus dem Augenwinkel, sondern wie man einen Menschen taxiert. John schüttelte – wie schon so oft – den Kopf und dachte: ›*Völlig irre.*‹

Roy blieb unbeeindruckt und sah John nur stumm an. So verstrichen die Sekunden und nach einer Weile fragte John: »Ist etwas geschehen?«

Roy beugte sich leicht nach vor und diese steife Bewegung hinterließ keinen Eindruck von der tödlichen Schnelligkeit und Präzision des Wächters, die John im Kampf gegen David und Nick miterlebt hatte. »Nein«, antwortete der Wächter, »aber ihr Menschen seht so ... eigenartig aus.«

»Was du nicht sagst«, antwortete John mit einem Lächeln und fügte hinzu: »Und jetzt?«

»In wenigen Minuten wird die Geburt beginnen.«

John hatte gestern keine Bewegung im Brutbeutel, der mittlerweile beachtliche Ausmaße angenommen hatte, gespürt.

»Du kannst dich nun ausziehen.«

»Ausziehen?«

Roy antwortete nicht. John zog sein T-Shirt aus der Jogginghose und als er es ausgezogen hatte, warf er es auf den Sessel, der sich immer noch im Keller befand. Es folgten Hausschuhe, Socken und Jogginghose. Danach entfernte er das Band, mit dem er den Brutsack an seinem Körper fixiert hatte.

»Weiter!«

»Weiter?«

John fühlte sich wie ein bescheuertes Echo in Menschengestalt. Und merkwürdigerweise empfand John Scham. Es fiel ihm schwer sich vor Roy vollständig zu entblößen und diesem seine Geschlechtsteile zu ›*präsentieren*‹.

»Na gut.« Damit zog er seine Boxershorts aus und warf sie

auf die Jogginghose. Gleichzeitig war er knapp davor gewesen, mit den Händen seinen Penis zu verdecken.

Roy rührte sich keinen Millimeter. John sah an sich herab und betrachtete die Öffnung in seiner Haut, die den grauen Beutel aus seinem Inneren entließ. Er stellte sich vor, wie er wohl aussehen würde, wenn der Brutbeutel unter seiner Bauchdecke herangewachsen wäre. Sein Bauch wäre gewaltig gewesen, vielleicht wäre sogar die Haut aufgerissen.

»Betaste die Brut.«

John tat, wie ihm geheißen worden war. Mit seiner rechten Hand berührte er das Gewebe, nur … es hatte sich verändert, nicht farblich, es besaß noch immer den typisch grauen Farbton, sondern die flexible weiche ›Haut‹ hatte sich, ähnlich einer Gebärmutter knapp vor der Geburt, verhärtet und fühlte sich lederartig an.

»Er ist hart«, sagte John, schüttelte gedanklich seinen Kopf und dachte: ›Einmal ein Mann, immer ein Mann.‹ Schnell fügt er hinzu: »… der Brutbeutel.«

Roy schien die Zweideutigkeit nicht aufgefallen zu sein. Doch John wusste, dass es bei den Wächtern ebenso Sexualität gab, wenn auch in einer anderen Form wie bei den Menschen. Er hatte danach gefragt.

Statt auf Johns Worte einzugehen, sagte Roy: »Es hat begonnen. Nimm deinen Verband ab. Jede Stelle deines Körpers muss bloßliegen.«

Bedächtig legte John das lange Stoffband ab und wie jedes Mal konnte er seinen Blick nur schwer von der Knochenhand abwenden. Dann atmete er tief durch. Nicht, dass John Furcht vor dem Kommenden hatte, doch er wollte auf das, was ihm bevorstand, bestmöglich vorbereitet sein.

»Ich möchte nun wissen, wie die Erhalter zur Welt kommen? Ich bin schließlich keine Frau.« Es war ein unnötiger Nachsatz gewesen, das wusste John, aber Roy hatte auf diese Frage bis jetzt immer nur ausweichend geantwortet.

Kühl und sachlich antwortete Roy: »Die Geburt deiner

Erhalter hat nichts mit der Geburt eurer menschlichen Nachkommen gemeinsam – sie funktioniert gänzlich anders. Das Gebären von Erhaltern ist nicht an das menschliche Geschlecht gebunden. Das Einzige, was in gewisser Weise vergleichbar sein wird, ist die Tatsache, dass du während des Vorganges konzentriert bleiben musst und nicht in Panik geraten darfst. Dann wird alles gut gehen.«

»Also, ganz im Vertrauen, *dass ich nicht in Panik geraten darf*, klingt nicht unbedingt beruhigend. Weshalb gibst du mir keine weiteren Informationen?«

»Die Natur wird ihren Lauf nehmen.«

Nun wurde John doch nervös. ›*Diese verdammte insektenhafte gnadenlose Sturheit!*‹

Plötzlich spürte John ein Ziehen in seinem Bauch direkt über dem Bauchnabel. Dieses verebbte jedoch so schnell, wie es gekommen war und John dachte: ›*Wenn es dabei bleibt, kann ich damit leben.*‹

Doch dann dachte er an Roys Worte und gleichzeitig mit diesem Gedanken bildete sich ein neuer Schmerz. Er steigerte sich langsam, doch plötzlich änderte sich alles. Das Ziehen wurde zu einem dumpfen Pulsieren, das sich wiederum in eine Unzahl kleiner ›*Stiche*‹ in seinem Inneren wandelte. Zuerst nur leicht unangenehm, so als ob man sich selbst mit den Fingernägeln vorsichtig in die Haut bohrt. Doch deren Intensität steigerte sich und auf einmal waren es keine Fingernägel mehr, sondern ›*Stiche von Wespen*‹, die sich nur auf eine Stelle in seinem Bauch fokussierten.

John schnappte nach Luft, beugte sich instinktiv nach vor, um den Schmerz zu mildern, doch dieser steigerte sich dadurch noch weiter. Er presste seine rechte Hand auf jene Körperstelle, an der in seinem Inneren gerade eine Wunde entstand.

»Roy?!« John blickte fragend zum Wächter – noch immer ohne Furcht, aber mit schmerzverzerrtem Gesicht.

»Ab jetzt musst du ruhig bleiben und meinen Anweisungen

genau folgen.«

John nickte.

»Stelle dich nun aufrecht mit leichtem Hohlkreuz hin und lege den Kopf in den Nacken, sodass auch dein Hals gut durchgestreckt ist.«

Kurze Pause.

»Dann öffne den Mund.«

›*Mist!*‹ Er hatte es geahnt, nein, er hatte es gewusst, dass die Geburt nicht so verlaufen würde, wie er es sich erhofft hatte. Seiner Ansicht nach sollten die Erhalter den kürzestmöglichen Weg ins Licht nehmen und der führte direkt durch diesen Sack ins Freie! Wenn sie es durch die dicke Haut nicht schaffen sollten, könnte er selbst behilflich sein. In seiner Werkstatt gab es Stanley-Messer, Stemmeisen oder sogar, wenn nötig, eine Axt. Nur bitte nicht durch ...

Und dann begann es!

*

Ein undefinierbares Gefühl in der Magengegend. Bewegungen dort, wo sich im Normalfall zerkaute Nahrungsmittel hinabbewegten und sich nur in Ausnahmesituationen, wie nach kapitalen Saufgelagen, in die entgegengesetzte Richtung hochschoben.

John stand da, und seine Pose erinnerte an die eines Schwertschluckers, dem allerdings ein völlig neuartiges Kunststück für sein Publikum eingefallen war, bei dem er kein Stechwerkzeug benötigte. Kleine Schweißperlen bildeten sich auf seiner Stirn.

»Ich spüre etwas im Magen.«

»Du hast es bald hinter dir. Spanne deinen Körper an und bleib genau in dieser Position. Wenn die Geburt beginnt, bleib ruhig!«

»Verdammt, das hast du schon einmal gesagt!« Und nun kam sich John doch vor wie eine Schwangere, die durch den Stress der Situation und den Schmerz der Wehen ihren Ehemann anfaucht.

›*Nimm dich zusammen!*‹ Und John tat in den nächsten Minuten sein Bestes.

*

Die ersten schoben sich, unterstützt durch den Druck der Nachhut, durch den kleinen Riss in Johns Speiseröhre, wurden an die gegenüberliegende Seite gedrückt und bahnten sich sodann ihren Weg nach oben.

Als John die Erhalter in seiner Speiseröhre spürte, schaltete sein Geist in den Ruhezustand und sein Körper übernahm die Kontrolle, handelte instinktiv. Er hatte seine Arme leicht nach hinten angewinkelt, sodass er wie eine menschliche Rakete aussah, die sich knapp vor der Zündung befand. Wenn man ihn jetzt mit einer Stahlkugel beworfen hätte, hätte das Metall eine Delle abbekommen, so sehr spannte er jeden seiner Muskeln an.

Als Roy die ersten vereinzelten Ankömmlinge erblickte, rief er: »Ab jetzt nicht mehr einatmen!« John wusste natürlich weshalb, doch er spürte, dass er – entgegen Roys Aufforderung – seine Lungen füllen musste, um in wenigen Sekunden keinen Ärger mit Erstickungsanfällen zu bekommen. Er sog hastig Luft in seine Luftröhre und begann sofort zu husten, versuchte verzweifelt seine Haltung nicht zu verändern. Nachdem er alle Erhalter ausgehustet hatte, ahnte er, dass er nur noch einen letzten Versuch hatte. Wenn dieser fehlschlug, würde es wohl oder übel unangenehm für ihn werden, egal welche Worte Roy ihm über den *Lauf-der-Natur* gesagt hatte.

John befahl seinen Lungen sanft und behutsam einzuatmen, sodass die Erhalter, die sich in seinem Mund befanden, ungehindert austreten konnten und nicht in die Luftröhre gesogen wurden. Seine Lungen füllten sich langsam mit Luft. Einmal, zweimal, dreimal – John war erleichtert.

Und dann brachen sie durch.

*

Als die Erhalter die gespannte Haut in Johns Innerem durchdrangen, fühlte es sich wie das Zerplatzen eines Luftballons an. Unzählige winzig kleine Wesen drängten sich in seine Speiseröhre. John würgte, versuchte sofort diesen Reflex zu unterdrücken und befahl seinem Körper sich nicht zu verkrampfen, sondern die kontrollierte Spannung aller seiner Muskeln weiter zu erhöhen.

Und dann waren sie in seinem Mund! Nicht nur vereinzelt, sondern es schien, als ob der gesamte Schwarm gleichzeitig seinen Weg ins Freie bahnen wollte.

»Ruhig bleiben! Nicht atmen!«, kamen die Befehle von Roy.

›Ich werde dich massakrieren!‹, brüllte Johns Geist seinem insektenähnlichen Freund entgegen. ›Schmerzhaft und bestimmt nicht mit Eile!‹

Dann brachte John, als der Schwarm sich mit Gewalt durch seinen Körper drängte, nur drei Gedanken zustande. Erstens: *Du musst deinen Mund offenhalten, soweit du kannst!*

Zweitens: *Nicht einatmen! Bloß nicht einatmen!* Denn sollte der Strom der Erhalter einen Umweg über seine Lungen nehmen, dann würde diese Geschichte für ihn bestimmt böse enden. Er vermutete, dass Roy bis zum Ende der Geburt nur Beobachter bleiben würde und nicht helfend einschreiten konnte, einerlei, wie die Geschichte hier verlief.

Drittens: John begann zu rechnen.

›Meine Speiseröhre – wie ein Gartenschlauch, ein bis zwei Zentimeter im Durchmesser. Ein Gartenschlauch braucht, um einen Liter abzugeben, wie lange? Fünf Sekunden? Zehn Sekunden? Verdammt, wie lange dauert es, bis meine zwölf Liter Gießkanne voll ist? Eine Minute? Vielleicht zwei?‹

John hatte niemals das Volumen des Brutsacks berechnet oder gemessen, aber der Vergleich mit seiner übergroßen Gießkanne erschien ihm nicht abwegig.

›Also sagen wir zwei Minuten.‹ Im Freibad hatte John die Luft unter Wasser locker eineinhalb Minuten anhalten können. Er konnte es schaffen – nein, er musste es schaffen. John presste seine Augen zusammen, fokussierte sich auf das ›NICHTS‹ und versuchte die Zeit zu vergessen. So verharrte er in seiner Position und entspannte seine Augenlider.

*

Wie ein überreifer aufgeplatzter Riesenbovist, der eine gewaltige Sporenwolke ausstößt, stand John im Keller seines Hauses – unbewegt und mit geschlossenen Augen. Der Strom der Erhalter schien nicht enden zu wollen und an der Form des Brutbeutels konnte man nicht erkennen, wie weit er sich geleert hatte.

›John! Es werden immer weniger – Sekunde für Sekunde! Bald hast du es geschafft.‹ Es waren nicht Roys Worte gewesen, die seinen Geist durchglitten, es waren seine eigenen gewesen.

Und dann war es soweit. Der letzte Schwall an Wesen, mit denen John einen Bund fürs Leben eingehen würde, der mehrfach stärker war, als jedes Ehegelübde sein konnte, verließ den Brutsack. Sie folgten dem Weg ihrer Artgenossen und vollendeten den Schwarm, der bald ebenso zu Johns ›Ich‹ zählen würde, wie er selbst. Als dies geschah und die Geburt vollendet war, fühlte sich John allmächtig, spürte ein Hochgefühl in sich, das sein rationales Denken sofort auf den Adrenalinschub zurückführte. Er atmete immer wieder tief und geräuschvoll ein und aus, blieb dabei jedoch mit gestrecktem Hals und geschlossenen Augen stehen.

Roy (leise): »John, du hast es geschafft.«

Ja, er wusste es. Trotzdem behielt er seine Augen weiterhin geschlossen.

»John?«

Er ließ sich nicht irritieren, geschweige denn hetzen. Er fragte sich, wie er sich fühlen würde, welche Gefühle ihn überkommen würden, wenn er seine Erhalter jetzt das erste Mal erblicken würde. Einen emotionalen Ausbruch von Mutter- oder besser gesagt Vaterliebe bezweifelte er.

»John?«

»Ja, alles ist gut.« Und das stimmte vollkommen. Er fühlte sich erleichtert und frei, spürte weder das Gewicht des Brutbeutels noch den Beutel selbst; er fühlte sich auf gewisse Weise schwerelos.

»John, es wird Zeit.«

John öffnete seine Augen, langsam, damit sein Geist in Ruhe alles Neue aufnehmen konnte. Denn vor ihm schwebte eine Wolke – schwarz, wabernd –, die sich plötzlich in eine schwerelose Flüssigkeit verwandelte und sich selbstständig zu durchmischen schien und deren unterschiedliche Strömungen sich hektisch ineinander verwanden. Der Schwarm wirkte auf seltsame Weise verloren, wie ein Kleinkind, vielleicht sogar wie ein Baby, das zu seiner Mutter wollte, es jedoch aus eigener Kraft nicht schaffte.

Von diesem Lebewesen – als Gesamtheit gesprochen – ging eine ungeheure Anziehungskraft aus. John war irritiert, denn bis vor fünf Minuten wäre dies für ihn undenkbar gewesen, doch es war Zuneigung, die er empfand.

»Jetzt strecke deine Arme aus und grätsche deine Beine.«

John gehorchte augenblicklich. Roy hatte ihm die ersten Schritte nach der Geburt erläutert, trotzdem war er nun über dessen Anleitung erleichtert.

John atmete tief durch: »Was soll ich jetzt machen?«

Die Antwort kam unverzüglich: »Du gibst das Kommando!«

Im Grunde war Johns Frage unnötig gewesen, denn er, der nun nicht mehr nur Mensch war, sondern sich bereits im frühen Anfangsstadium eines Mischwesens befand, kannte jenen Weg, den er zu beschreiten hatte. John sammelte sich.

Nach einigen Sekunden flüsterte er, sanft beinahe liebevoll, »jetzt«, und der Schwarm stürzte sich auf ihn, wie ein Raubtier auf seine wehrlose Beute. Nur stimmte dieser Vergleich hier ganz und gar nicht, oder zumindest nicht vollkommen, denn die Erhalter stürzten sich zwar auf John, doch war er keine

Beute, sondern er war die ›*Mutter*‹ und der ›*Vater*‹ zugleich – das ›*Ich*‹ und das ›*Wir*‹.

*

Jeder Erhalter fand seinen Platz auf Johns Haut. Er schloss die Augen, damit auch seine Lider von seinem Schwarm, wie von Wasser, benetzt werden konnten. Johns Körper hatte sich indessen schwarz verfärbt. Es war ein Schwarz, das das Licht wie ein schwarzes Loch aufzusaugen und nicht wieder abzugeben schien. Es war Roys Schwarz.

Dann spürte er es.

Zuerst ein Gefühl wie ein sanftes Streicheln oder Kitzeln über die gesamte Haut seines Körpers, sodass sich augenblicklich eine Gänsehaut bildete.

Dann begann die Vereinigung. Sie war schmerzhaft, sein gesamter Körper schien in Flammen aufzugehen, und beglückend zugleich. Jeder Erhalter erzeugte eine eigene Andockstelle auf Johns Haut und baute somit eine immerwährende Verbindung mit seinem Körper und seinem Geist auf.

Nach wenigen Minuten spürte John nichts mehr vom Schmerz, denn die Erhalter hatten die Haut und das gesamte Gewebe darunter mit einem körpereigenen Anästhetikum betäubt.

John war völlig ruhig.

Er wollte nur eines wissen ...

Roys Antwort lautete: »Du hast drei Stunden!«

40

Montag, 4. Juli (21:19 Uhr)

»Nun ist es also wirklich so weit.« Marie blickte ihrem Sohn ins Gesicht. Sie saßen am Esstisch einander gegenüber. Man hätte meinen können, John wäre einer wahnsinnig gewordenen Meute, die vorgehabt hatte, ihn zu lynchen, gerade noch entkommen. Geteert schienen sie ihn bereits zu haben, nur bevor die Federn ins Spiel gekommen waren, war ihm offensichtlich die Flucht gelungen.

John hatte ihr erklärt, was geschehen war, dass er mit seinen Erhaltern gerade eine Bindung einging; noch war diese rein körperlich, jedes einzelne dieser winzigen Wesen verband sich gerade mit seinem Körper – der Blutkreislauf und andere Systeme, vor allem das Immunsystem, wurden angezapft. Dadurch war eine außergewöhnlich gute Regeneration für die Erhalter möglich. Im Gegenzug würden die Erhalter ihn ernähren und ihm Schutz und Tarnung bieten. Es war viel mehr als nur eine Symbiose. Doch noch war es nicht so weit. Erst durch die › *Transformation*‹ würden sie ›*eins*‹ werden.

Bei der Transformation, die in Kürze beginnen und Monate andauern würde, würde Johns Körper umgeformt – modifiziert – werden. Unnötige Organe, wie der Magen, würden beinahe abgebaut werden, manche sogar vollkommen verschwinden, dafür würden andere gestärkt oder verbessert und weiterentwickelt werden und neue würden hinzukommen. Seine Sinnesorgane würden geschärft, um den Anforderungen seiner neuen Aufgaben gerecht zu werden.

Doch das war nur der erste Teil.

Etwa einen Monat, nachdem die *körperliche Transformation* begonnen hatte, würde die *geistige Transformation* einsetzen. Johns Gehirn wird, nachdem die Transformation endgültig abgeschlossen sein würde, die Fähigkeit erlangen, sich in den Gedankenkreis der Wächter einzuklinken. Er wird am gigantischen Gedankenbild teilhaben können und seine Erfahrungen und Meinungen einbringen können. Alle würden diese hören und sehen können. Telepathie würde seine neue Muttersprache werden und doch würde er mit den Menschen weiterhin akustisch kommunizieren können. Wächtern war dies nicht möglich; deren Münder waren nicht zum Essen oder Sprechen gemacht, sondern zum Jagen.

»Wann wirst du gehen?«, fragte Marie.

»In knapp drei Stunden.«

John hatte es nicht für notwendig erachtet, sich vollständig anzuziehen, er hatte seine Mutter lautstark vom Keller aus vorgewarnt und so saß er ihr nun nur mit seiner Unterhose bekleidet gegenüber.

»Zerdrückst du nicht deine Erhalter?«

»Nein, sie sind knochenhart. Sie befinden sich sogar auf meinen Fußsohlen.«

Marie starrte ihren Sohn an. Es war ein prüfender Blick, mit dem sie jedoch nicht versuchte, seinen Körper zu ergründen, sondern sie versuchte zu erkennen, wie sich ihr Sohn fühlte. Sie senkte ihren Blick, erhob sich dann und sagte: »Rutsch rüber.«

Die schwarze Gestalt gab den Platz auf der Holzbank für Marie frei. Marie setzte sich neben John und nur kurz zögerte sie; dann nahm sie ihren Sohn in die Arme. Ihre Hände lagen auf seinem Rücken, sein Kopf lag an ihrem Hals. Johns schwarze Oberfläche, von Haut konnte man in seinem jetzigen Zustand wohl nicht mehr sprechen, fühlte sich kühl an und sie war glatt. Marie hatte mit einer rauen Struktur gerechnet, ähnlich einem sehr feinen Schleifpapier.

»Bist du noch immer überzeugt von deiner Entscheidung?«

John löste sich aus der Umarmung und sagte: »Ja.«

Marie hatte sich insgeheim vor diesem Augenblick gefürchtet, jenem Moment, an dem Johns Entscheidung unumkehrbar zur Tatsache geworden war. Sie sah ihm in die blauen Augen. Es waren die einzigen Teile seines Körpers, die sich nicht verändert hatten.

»Das ist gut. Wie geht es dir?«

»Ich spüre noch keine weitere Veränderung, außer natürlich ...« John blickte an sich herab. Er hatte sich nicht die Mühe gemacht, den leeren Brutbeutel zu verbergen. Er lag neben ihm auf der Holzbank und würde bald abfallen. Johns

Körper hatte bereits damit angefangen ihn abzustoßen. Seine Bedenken hinsichtlich des Loches in seiner Speiseröhre hatte Roy sofort zerstreut.

Marie blickte auf seine linke Hand, sie war wieder einbandagiert. Doch John wartete nicht auf die entsprechende Frage, kam dieser zuvor und erzählte seiner Mutter die Geschichte seines ersten Kontakts mit Roy.

*

»Gehen wir die wichtigsten Dinge nochmals durch«, sagte Marie vollkommen sachlich.

John nickte und seine Mutter begann.

»Am Mittwochabend, also in zwei Tagen, werde ich die Vermisstenanzeige bei der Polizei aufgeben. Ich werde sagen, dass du am Mittwochmorgen gegen sieben Uhr zu einem Spaziergang aufgebrochen bist. Seit diesem Moment gab es kein Lebenszeichen von dir. Am Donnerstag werde ich in deiner Arbeit anrufen und diese Information dort verteilen; werde Nachbarn anrufen und ...« Sie brach ab − dann: »Ich hoffe, ich schaffe das.« Sie holte tief Luft und fuhr fort: »Morgen werde ich den Keller nochmals nach Spuren des Kampfes absuchen und, falls ich welche finde, beseitigen. In etwa zwei Wochen werde ich mich mit deinem Kontakt bei der Baufirma in Verbindung setzen, damit sie jemanden vorbeischicken, um die Kellerwand zu flicken ...«

Sie machte eine Pause, dann fragte sie: »Wann werde ich dich wiedersehen?«

Der Gedankensprung seiner Mutter überraschte ihn nicht, natürlich hatte er auf diese Frage gewartet: »Roy meinte, die Transformation dauert durchschnittlich dreizehn Monate. Nach dieser Zeit kommt eine kurze Eingewöhnungsphase an den neuen Zustand. Dann beginnt das Training.« Es war hart und bedrückend seine Mutter zurückzulassen. »Ich werde so schnell wie möglich heimkommen.«

Marie nickte, lächelte sogar kurz. »Ja, ich weiß!«

Kurze Stille.

Dann fuhr sie mit ihrer Aufzählung fort: »Deine Liste mit allen wesentlichen Kontakten für Heizungstechniker, Handwerker, Mechaniker, Handy- und Internettarife und so weiter habe ich in der Dokumentenmappe verstaut und zusätzlich eingescannt.«

»Gut!«, sagte John. Dann flüsterte er: »Mama, ich hab dich lieb.« Und John umarmte seine Mutter am heutigen Abend ein zweites Mal.

Erst Minuten später besprachen sie die Punkte der Abschlussliste, die Marie und John in den letzten Tagen gemeinsam zusammengestellt hatten, zu Ende. Als John sich auf den Weg in den Keller begab, war es knapp vor Mitternacht, und vor dem Abschied hatten er und seine Mutter sich ein drittes Mal umarmt. Es war das letzte Mal als Mensch.

TEIL 5

Der Weg

41

Roy stand vor dem dunklen Loch in der Kellerwand.

»Wie geht es dir?«

John ging nicht auf die Frage ein, sondern antwortete: »Alles ist erledigt. Ich hoffe nur, dass alles, was du mir gesagt hast, stimmt und ich nach den Monaten der Transformation wieder zu meiner Mutter zurückkehren kann.«

»Zurückkehren schon, aber nicht bleiben, das weißt du. Und, natürlich habe ich die Wahrheit gesagt.«

John wollte noch etwas nachfragen, doch Roy kam ihm zuvor. »Du kannst jetzt den Brutbeutel abnehmen.«

John nickte. Er nahm den grauen, in sich zusammengefallenen Beutel in seine Hand, fühlte die Festigkeit der Oberfläche, aber auch, dass das Gewebe nahe der Eintrittsstelle in seinem Bauch weniger elastisch geworden war. Und direkt am Übergang in seinen Körper fühlte es sich an wie Karton – unflexibel, fest und starr.

Behutsam, dann etwas stärker, zog John am Beutel, bewegte ihn gleichzeitig hin und her, nach oben und unten, so als wollte er einen Holzpfahl, der in seinem Bauch steckte, herausziehen.

Plötzlich spürte John, wie sich der Beutel zu lösen begann – es war schmerzlos. John zog stärker und der Brutbeutel, in dem jene Wesen entstanden und gewachsen waren, die nun seine Haut verdunkelten, rutschte lautlos aus seinem Körper. Er blickte ihn ungläubig an und konnte bereits nach wenigen Sekunden nicht mehr glauben, dass dieses Ding aus ihm herausgewachsen war.

»Roy?«

»Ja?«

»Warum dieser Weg durch meinen Rachen und Mund?

Warum lösen die Erhalter diesen Beutel nicht von innen auf?«

Ohne zu antworten, nahm Roy den leeren Beutel aus Johns Hand, wischte dessen Gewand vom Sessel und legte stattdessen die leere Haut darauf. Dann holte er mit seinem rechten Fangarm aus und stieß ihn auf den Beutel hinab. Er tat dies nicht behutsam, sondern mit der Geschwindigkeit und der Kraft, wie Roy es bei David gemacht hatte. Damals war Davids Bauch aufgeplatzt und das Fleisch, selbst die Knochen, hatten nur kurz Widerstand geleistet und waren dann zersplittert. Das Einzige, das jetzt zerbrach, war der Holzsessel. Kleine Holzstücke flogen durch den Keller. John musste zur Seite blicken, um seine Augen zu schützen. Als er sich wieder Roy zuwandte, sah er den Beutel am Kellerboden liegen und der tödliche Fangarm, den Roy beinahe mit der Geschwindigkeit einer Gewehrkugel ›abgefeuert‹ hatte, stieß immer wieder nach.

Als Roy seine Demonstration beendet hatte, der Sessel war umgekippt und in mehrere Teile zerbrochen, legte er das graue Ding wieder zurück in Johns Hand und sagte: »Er ist wie ein Schild, der deine Erhalter geschützt hat. Durch deinen Körper war es der einfachere Weg.«

John betrachtet den Beutel. Deutliche Abschürfungen waren darauf zu erkennen, aber keine tiefen Stichwunden oder gar Risse. Er war beeindruckt.

Roy fügte hinzu: »Es gibt aber noch einen zweiten, viel wichtigeren Grund für den Weg durch deinen Körper. Es geht um den Erstkontakt deiner Erhalter mit dir. Durch die Geburt hat dich jeder einzelne Erhalter ›in sich aufgenommen‹. Man könnte sagen, die Erhalter wurden auf dich geprägt und erst dadurch wurden sie zu ›deinen‹ Erhaltern.«

Es klang logisch. John wusste, dass ähnliches im Tierreich vorkam – Neugeborene werden auf die Elterntiere *programmiert*, um ihre Überlebenschancen zu erhöhen.

»Wie geht es jetzt weiter?«

»Es ist ganz einfach. Du folgst mir und dann wirst du

schlafen – länger als ein Jahr. Wenn du erwachst, wird die Transformation deines Körpers abgeschlossen sein. Nach wenigen Stunden wirst du beginnen können, ihn zu trainieren. Dein Geist jedoch wird weitere Wochen benötigen, um die neuen Fähigkeiten, die in ihm stecken werden, beherrschen zu können. Manches, wie die Kommunikation mit den Wächtern, wird dir leichtfallen, aber bei vielen anderen Dingen wirst du verzweifeln, bis der geistige starre Knoten plötzlich zerfallen wird.«

»Wohin gehen wir?«

»Ich habe in den letzten Tagen dein Lager vorbereitet. Dorthin gehen wir.«

»Aber du wusstest doch nicht, wie ich mich entscheide.«

»Doch, ich kenne dich – in manchen Dingen vielleicht sogar besser als du selbst.«

›*Verdammte Telepathie!*‹, dachte John.

»Genau«, antwortete Roy. »Möchtest du noch etwas mitnehmen?«

Während John überlegte, zog er seine Kleidung wieder an. Dann schüttelte er seinen Kopf und legte den Brutbeutel auf den zerstörten Sessel. Roy drehte sich um, ging zur Kellerwand und sagte: »Komm!« Dann schlüpfte er in das finstere Loch in der Erde.

Als John mit seinen Händen die Erde befühlte – sie war kalt –, änderte er jedoch seine Entscheidung. Er drehte sich um und ging zurück zum Sessel, blickte auf den grauen *Sack* und dachte, ›*das schrägste Andenken, das man sich vorstellen kann*‹, ergriff ihn und ließ ihn bis zu seinem Lager nicht mehr los.

42

Nach kurzer Zeit wurde der kreisförmige Kanal höher. Die Breite blieb etwa gleich – nur zwei Körper hätten sich aneinander vorbeibewegen können. John konnte sich daher etwas aufrichten, sodass das Krabbeln kraftsparender funktionierte. Sie legten an Tempo zu.

*

Je länger er Roy durch die stockfinsteren Gänge auf allen Vieren nachgekrabbelt war, desto schneller wurde er und desto größer wurde sein Vertrauen gegenüber seinen eigenen Sinnen. Als er sich an die Dunkelheit gewöhnt hatte, hatte er einen Moment lang vermutet, dass seine Augen trotz der absoluten Dunkelheit sehen könnten – vielleicht hervorgerufen durch seine Erhalter – und keine Restlichtverstärker mehr waren, die auf eine geringe Anzahl von Photonen angewiesen waren. Er vermutete, dass seine Augen zusätzlich zum normalen Licht auch elektromagnetische Strahlung eines anderen spektralen Bereiches verarbeiten konnten.

Doch gleich darauf wurde ihm bewusst, dass nicht er sich verändert hatte, sondern es war Roy, der ihn schon wie so oft überraschte, denn Roy schimmerte. Jede Stelle seines Körpers, auch seine Flügel, sendeten ein sanftes gelblich-grünes Licht aus. Es reichte aus, um die Dunkelheit in ihre Schranken zu verweisen und die nahe Umgebung wenigstens erahnen zu können. John vermutete jedoch, dass nicht Roy es war, der den Gang durch die Erde erhellte, sondern dass die Erhalter diese Fähigkeit besaßen.

›*Vielleicht funktioniert es so ähnlich wie bei Glühwürmchen?*‹, überlegte John und folgte dem Schimmern.

*

Wieder kam ihm ein Gedanke in den Sinn, der auf gewisse Weise beunruhigend war. Er fragte sich, ob, und wenn wie, sich sein Charakter durch den Umbau seines Gehirns ändern würde. Ein weiterer Punkt war, ob er selbst eine Charakteränderung registrieren würde. Roy hatte auf diese Frage nur mit »Du wirst alles viel klarer sehen und Zusammenhänge erkennen, die dir bis jetzt verborgen geblieben sind« geantwortet.

Er hoffte, er würde die Menschen immer als das ansehen, was sie – seiner Meinung nach – waren: *als einzelne Individuen zumeist nett, umgänglich, hilfsbereit und einsichtig, doch als Gesamtheit waren sie das Virus, das das Leben bedrohte.* Er hatte lange über die Konsequenz, die sich daraus ergeben musste, nachgedacht und war zu folgendem Resultat gelangt: *Gnade jedem Menschen, aber Kompromisslosigkeit der Menschheit gegenüber.*

Bedenklich wäre natürlich, wenn die Transformation eine Wahrnehmung in ihm auslösen würde, die in jedem einzelnen Menschen einen Gegner oder gar einen Feind erkannte.

Obwohl er dies nicht annahm, hatte John eine Vorkehrung getroffen, um solch einem Sinneswandel auf die Spur zu kommen. Er hatte seine jetzigen Gedanken über die Menschheit, die Natur, die Wächter, seine Ängste und Befürchtungen hinsichtlich eines anstehenden Konfliktes in sein Notizbuch niedergeschrieben. Er würde es nach seiner Transformation zur Hand nehmen, darin lesen und dann erkennen, ob sich seine Einstellungen, Meinungen, Auffassungen und Überzeugungen verändert hatten. Vielleicht würde ihm sein altes Gedankengut in seinem neuen Zustand völlig egal sein, doch möglicherweise wären diese Zeilen ein Denkanstoß, der einen menschlicheren Blickwinkel ins bevorstehende Spiel bringen würde.

Für John waren diese Aufzeichnungen wie ein Schatz, den er in sein bald beginnendes unbekanntes Leben mitbrachte. Er hatte das Büchlein in eine Klarsichtfolie gesteckt, deren Öffnung er mit einem breiten Klebeband sorgfältig zugeklebt hatte, und diese Folie steckte nun in seiner Hosentasche.

*

Nach etwa einer Stunde im Schachtsystem hatte John das Raum- und Zeitgefühl verloren. Nicht vollständig natürlich, doch jeder Meter, den er zurücklegte, sah gleich aus wie der vorherige.

Als plötzlich Roys Stimme seinen Kopf ausfüllte, schreckte John aus seinen Gedanken hoch: »Dieses System ist Jahrhunderte alt. Viele Wege sind jedoch noch viel älter.«

Das ›Gangsystem‹ musste gigantisch sein. Sie waren hin und wieder an Abzweigungen vorbeigekommen, doch John hatte bis jetzt nicht weiter darüber nachgedacht.

»Wie lange noch?«

»Bald.«

Doch ›bald‹ war relativ. Also fragte John nochmals, dieses Mal mit Nachdruck: »Roy, wie lange noch!?«

»Je nachdem, wie schnell du vorankommst. In deinem jetzigen Tempo etwa … dreizehn Stunden.«

»Dreizehn Stunden?«

Und John dachte, ›Verdammt, das Echo ist wieder da!‹

Roy antwortete nicht, nur sein Rascheln und sanftes Leuchten waren zu vernehmen.

*

»Roy?«

»Ja.«

»Du hast vor langer Zeit«, John kam es jedenfalls so vor, »etwas zu mir gesagt, etwas das ich nicht verstehe. Du hast zu mir gesagt: ›Du bist der Richtige!‹ Was hast du damit gemeint?«

Roy blieb stehen und antwortete: »Die richtige Wahl der Anwärter ist nicht einfach. Nur etwa eine Person unter einer Million besitzt die nötigen Voraussetzungen für einen Vermittler. Es gibt allerdings Individuen unter euch Menschen, die zusätzlich noch eine weitere außergewöhnliche Eigenschaft in sich tragen. Sie können mit uns Wächtern bereits vor dem Erstkontakt eine schwache telepathische Verbindung aufbauen. Diese Menschen sind speziell und für die kommenden Jahre von unschätzbarer Bedeutung.«

John wurde still, verarbeitete das Gehörte.

Dann: »Roy, du bist ein Mistkerl! Du hast mich

manipuliert!«

Roy antwortete nicht.

»Roy, hast du mich manipuliert?«

Es dauerte einige Sekunden, dann: »Nicht richtig, aber es kommt der Sache nahe.«

Ein irrationales Puzzleteil, das John bis jetzt nicht einordnen hatte können, hatte nun seinen Platz gefunden – nun war es offensichtlich. Völlig ruhig sagte er: »Daher bin ich auf die glorreiche Idee gekommen, die Mauer im Keller aufzustemmen ... und habe nicht auf einen Fachmann gewartet.«

»Ich habe dir nur einen gedanklichen Anstoß dazu geliefert. Irgendwann hat sich dieser Gedanke als gute Idee bei dir eingepflanzt.«

»Es war nicht nur ein Anstoß, es war eindeutig Manipulation!«

Nach einer kurzen Stille: »Wir brauchten einen geschützten Ort zum Reden.«

Und damit war für Roy alles gesagt. Er setzte sich wieder in Bewegung.

*

Irgendwann war John in den Zustand des *Tuns-ohne-zu-denken* gelangt. Er war gerobbt, gekrabbelt und Zeit hatte jede Bedeutung verloren. Wie weit sie sich dann von seinem Haus entfernt hatten, war schwer abzuschätzen, denn der Gang war nur anfangs waagrecht gewesen, danach hatte er in die Tiefe geführt und war kurvig geworden.

Dann trafen sie in seiner Herberge ein. Sie hatte die Form einer waagrecht liegenden länglichen Kartoffel, war etwa sechs Meter lang und hatte eine Höhe und Breite von etwa drei Metern. Zusätzlich zu jenem Eingang, durch den Roy und er gekommen waren, gab es drei weitere – an jeder ›Seite‹ einen. Doch John hatte dies nur kurz registriert, denn er starrte fasziniert zu jenen Fäden, die den gesamten Raum durchspannten. Acht weiße seilartige Stränge führten symmetrisch von den Erdwänden weg – etwas erhöht, sodass man darunter hindurchgehen konnte – und trafen sich im Zentrum des Raums. Dort hielten sie eine Art Hängematte gespannt.

John war beeindruckt, aber nicht nur vom Anblick, der sich ihm hier bot. Er fragte sich, wie tief er sich jetzt wohl unter der Erdoberfläche befand und mit welchen Methoden die Gänge und dieser Raum hier errichtet worden waren.

John wurde sich abermals bewusst, wie wenig er über die Wächter wusste. Doch wenn Roy die Wahrheit gesprochen hatte, dann würde er kurz nach der Transformation telepathischen Zugriff auf deren Wissen erhalten.

Erst jetzt registrierte er, dass nicht mehr Roy den Raum erhellte, sondern die Fluoreszenz von den Wänden des Raums selbst abgegeben wurde. Es handelte sich um das gleiche grünlich-gelbe Leuchten, nur war es durch die große Fläche heller und John konnte die Einzelheiten des Raums gut erkennen.

»Es ist Zeit.«

John nickte und sagte: »Ja, ich weiß.«

Ohne auf eine weitere Anweisung zu warten, entkleidete er sich. Er betrachtete die Hängematte, die wie ein gewobener Teppich aussah. Dann schob er einen Faden beiseite – er war warm und weich –, legte sich auf die Matte und begab sich in eine angenehme Position. John hatte vermutet, dass sich die Auflage stark durchbiegen würde, doch diese Fäden waren elastisch und starr zugleich. Wie eine gute Matratze verteilte das Gewebe den Druck seines Körpers nahezu perfekt. Vier Stränge fingen das Gewicht um Johns Mitte vollständig ab, somit behielt das Bett seine waagrechte Form bei.

›Dreizehn Monate‹, dachte John.

So als wüsste sein Körper, was nun von ihm erwartet wurde, gähnte John. Es war ähnlich wie bei einer Rakete, bei der alle Vorkehrungen für den Start getroffen worden waren und bei der der Countdown für die Zündung bald abgelaufen war.

»Brauche ich Nahrung?«

»Ja.«

»Wache ich auf, um zu essen?«

»Nein. Die Erhalter werden dich ernähren.«

»Trinken?«

»Erhalter.«

»Werde ich mich wundliegen?«

»Nein, während der Transformation befindest du dich nicht in einem Koma, sondern wie in einem sehr tiefen Schlaf. Du wirst dich selbstständig von einer Seite zur anderen drehen, wenn es dein Körper benötigt.«

»Toilette? Auch die Erhalter?«

»Ja.«

Johns Gedanken schlugen nun eine andere Richtung ein. »Wo bin ich eigentlich?«

Roy ging nun einen Schritt auf ihn zu und sagte: »Du hast dich in den letzten Stunden gut gehalten. Wir haben eine Strecke von über fünfundzwanzig Kilometern zurückgelegt. Und du befindest dich nun gute dreißig Meter unter der Oberfläche. Unser Weg hat uns unter den Wäldern nahe Rabenstadt hindurchgeführt und wir befinden uns nun am Fuße des Kreuzbergs. Das Gebiet um diesen Hügel ist bereits seit dem Mittelalter eine unserer zentralen Anlaufstellen in diesem Landstrich.«

Roy machte eine kurze Pause, dann fügte er hinzu: »Nach der Transformation kann ich dir alle Informationen leichter und schneller übermitteln. Ich werde dir dann alles zeigen.«

John sah Roy ins Gesicht. »Okay. Und jetzt? Soll ich einfach einschlafen?«

»Bald. Die Vorbereitungen sind beendet. Ich werde dir nun verschiedene Substanzen verabreichen, die deinen Körper und deine Erhalter zur Transformation anregen.«

John ahnte, was auf ihn zukam, fragte trotzdem: »Ich nehme an, du hast keine Tabletten für diese Prozedur mit dabei?«

»Nein. Schließe deine Augen und entspanne dich!«

Nach einem tiefen Atemzug schloss John seine Augen. Dann sprach er einen vermeintlich rettenden Gedanken aus: »Funktioniert es nicht auch, wenn ich schlafe?«

Als Antwort kam nur: »Entspanne dich.«

Und John entspannte sich, beruhigte weiter seinen Atem, öffnete leicht seinen Mund, um durch diesen zu atmen und wartete, bis das Unvermeidliche geschah. Kurz darauf spürte er, wie sich der Stachel durch sein rechtes Nasenloch nach oben schob. Die Versuchung die Augen zu öffnen, wuchs ins Unendliche. Plötzlich ein Stich, zeitgleich ein greller Lichtblitz, der seinen Kopf ausfüllte. Der Schmerz verging binnen weniger Augenblicke, doch das grelle Licht blieb ihm erhalten. John versuchte seine Augen zu öffnen. Es gelang ihm nicht. Als die Sekunden weiter verstrichen, sprach Roy letzte Worte zu ihm – zu ihm, den Menschen.

»Habe keine Angst! Ich werde über dich wachen und hier sein, wenn du erwachst.«

Diese Worte waren tröstlich. John versuchte zu antworten, doch weder sein Mund bewegte sich, noch schien er mit Roy telepathischen Kontakt herstellen zu können.

›*Es hat begonnen. Gut.*‹

Und John begab sich vollständig in Roys Obhut. Seine Gedanken flogen in die Zukunft und er freute sich darauf, das Wissen der Wächter kennenzulernen.

Dann schlief er lächelnd ein.

43

›*Wird er es schaffen?*‹

›Natürlich!‹

›*Aber die Frage ist, wie ›weit‹ wird er es schaffen?*‹

›Er wird den Weg bis zum Ende gehen. Er wird die

Transformation vollständig durchlaufen.‹

›*Du weißt, was geschieht, wenn er es nicht schafft.*‹

›Natürlich! Aber ich bin mir sicher. Ich habe es gespürt, in dem Moment, als ich ihn das erste Mal getroffen haben.‹

›*Du magst ihn.*‹

›Natürlich.‹

›*Könnte das zu einem Problem werden?*‹

›Nein!‹

44

›*Was ist los, wo bin ich?*‹

Wieder wurde er gerüttelt.

»Hör auf damit! Ich brauche Ruhe! Ich muss schlafen – für die Transformation. Aufhören!«

Seine Augen öffneten sich und erblickten die leichte Fluoreszenz der Wände, die seine Netzhäute traf wie Fäuste, und grelle Blitze hinterließ. Schon bevor sich seine Augen an die ›*Helligkeit*‹ gewöhnt hatten, drehte er sich von der Seitenlage auf den Rücken. Die Liegefläche bewegte sich dabei ähnlich der Oberfläche eines Wasserbettes, die Fäden der Auflage gaben an den Druckpunkten seines Körpers nach.

»Auch wenn ich keine Ahnung habe, welcher Tag heute ist, ich bin mir sicher, dass keine dreizehn Monate vergangen sind. Also was soll das?«

Er blickte an sich herab: zwei Arme, zwei Hände und zwei Beine, ein Brustkorb, ein Penis – zwar alles in gleichmäßigem Schwarz, aber eindeutig rein menschlich. »Die Transformation hat anscheinend noch nicht einmal eingesetzt! Also wer …«

Er verstummte, abrupt, so als ob Gott persönlich diesem Gezeter ein Ende bereiten hatte wollen und ihm einfach die Stimmbänder aus dem Hals gerissen hätte. Nach Sekunden des Schweigens – gepaart mit Erstaunen, welches bald darauf einer Verwirrung wich – zeigte Gott Gnade und schenkte ihm wieder seine Stimme: »Wie bist du hierhergekommen?«

Er richtete sich in seiner Liegestätte auf. »Wie hast du es geschafft, den Weg zu finden?« Dann erinnerte er sich wieder. »Hier stimmt doch etwas nicht! Du kannst gar nicht hier sein! Du bist tot, Nick!«

Nick grinste. »Nein, bin ich nicht. Es war ein Trick, um den Weg in eine der zentralen Schaltstellen der Wächter herauszufinden. Um es kurz zu machen: Ich bin beim Geheimdienst − bei einer Spezialeinheit. Unsere Einheit gibt es erst seit etwa drei Jahren, als wir − die Menschheit − das erste Mal intensiveren Kontakt mit diesen Insekten hatten. Wir haben einige dieser Dinger getötet und obduziert, haben sie in Scheibchen geschnitten und von oben bis unten analysiert. Wir kennen ihre Anatomie, ihre körperlichen Stärken und vor allem ihre Schwächen. Wir wussten nur nicht, *wo* wir sie angreifen können. Wir hatten noch keines ihrer Nester entdeckt. Und eines muss man deinen Wächtern lassen, sie sind bemerkenswerte Täuschungskünstler. Und … sie sind gefährlich!

Und du, John, bist ein verdammter *Idiot*. Hast du nicht kapiert, was hier los ist? Du hast es doch am eigenen Leib gespürt − schau deine Knochenhand an! *John*, wir Menschen sind nur ihr Vieh − sie wollen uns fressen. Gleichzeitig werden sie den Planeten übernehmen, sich stark vermehren und uns nur aus einem Grund nicht ausrotten − es ist unser Fleisch, das sie haben wollen.«

John hatte mit offenem Mund zugehört, hatte jedes Wort verstanden, auch den Sinn dahinter, allerdings versuchte sein Verstand unablässig die Ereignisse, die sich in seinem Keller abgespielt hatten, mit jener Person, die keinen Meter vor ihm entfernt stand, zu vereinen.

»Wie? Wie hat der Trick funktioniert? Der Schwarm hat dich aufgelöst.«

»Nein, im Keller − das war nicht ich. Es war ein Doppelgänger! Er hatte unglaubliche Ähnlichkeit mit mir.

Was für eine Verschwendung! Aber besser er als ich.«

›*Konnte es tatsächlich Nick sein?*‹

»Weshalb bist du hier?«

»Was für eine Frage?! Aber du kannst es noch nicht verstehen, gottlob bin ich noch rechtzeitig gekommen.« Beinahe andächtig sagte Nick: »Du bist der Schlüssel! Du bist jener, den sie brauchen, um zuerst die gesamte menschliche Zivilisation zu zerstören und dann werden sie Jagd nach uns Menschen machen, uns einen nach dem anderen aufstöbern und uns als Futter für ihre Brut verwenden. Frauen werden wichtiger für die Wächter sein als Männer, denn sie werden in Menschenställen zum Gebären von Futter gehalten werden.«

Nick sprach mit Nachdruck und sein Gesichtsausdruck war vollkommen ernst, trug keine Spur von Falschheit in sich. Trotzdem vertraute John dem Polizisten − Geheimagenten? − in keinster Weise. Seine Geschichte klang absolut unglaublich und vor allem falsch.

»Wie hast du mich gefunden?«

»Ich habe dich nicht gefunden, sondern ich bin dir und dieser Kreatur in sicherer Entfernung durch die Gänge gefolgt.«

»Wie hast du davon erfahren, wann wir losstarten wollen und wann die Transformation beginnt?«

»Mikrophone im Keller. Ich habe alles abgehört; alle eure Gespräche.«

John begann zu lächeln. »Du hast uns also belauscht − mit einem Mikrophon!« Mit fester Stimme fügte er hinzu: »Ich glaube dir kein Wort! Verschwinde jetzt!«

Nicks Gesicht verzog sich zu einem Flehen: »Bitte, komm mit mir! Wir müssen hier weg! Wir müssen dich und mich, uns alle auf diesem Scheißplaneten, retten! Vertrau mir!«

John sagte sanft und leise: »Verschwinde jetzt. Ich glaube dir kein Wort. Und vertrauen? Vergiss es!«

Nick fuhr hoch: »Was soll das heißen, du glaubst mir nicht?

Bist du irre? Es geht hier um die Menschheit.« Doch gleich darauf beruhigte er sich wieder und sagte: »Ok! Du hast recht, unser erstes Treffen im ›Last Resort‹ hat möglicherweise keine Wiedersehensfreude in dir geweckt, das kann ich verstehen, und auch die Sache in deinem Keller war nicht der große Bringer, um Vertrauen aufzubauen, und wenn du nicht mir glaubst oder vertraust, dann ist das okay. Aber es gibt eine Person, der du uneingeschränkt vertrauen wirst …«

Nick lächelte und begann sich mit den Fingern der rechten Hand an der Wange zu kratzen. Er kratzte immer wilder, immer schneller. Seine Fingernägel bohrten sich in die Haut und zerrissen diese. Und dann nahm Nick seine zweite Hand zu Hilfe. Diese Finger gruben sich knapp unter dem rechten Augenlid ins Fleisch, zogen daran, bis auch dort die Haut und das Gewebe aufriss und sich vom darunterliegenden Knochen ablöste.

Blut tropfte auf den Fußboden. Seine Anstrengungen, sein Gesicht zu zerfleischen, zeigten ein grauenvolles Ergebnis. Er wandte sich ab, beugte sich im Takt nach vor und zurück, schüttelte sich, warf abgerissene Haut- und Fleischstücke zur Seite … und plötzlich hörte er auf.

Nick richtete sich auf und drehte sich um.

»Aber mir kannst du glauben, jedes einzelne Wort«, sagte Marie, die ihrem Sohn ins Gesicht lächelte. Dann flüsterte sie: »Mein Kind, es wird genau so eintreten, wie es dir dein Schulfreund prophezeit hat. Es wird furchtbar und grausam werden und du musst es beenden – jetzt. Komm mit mir, komm nach Hause und wir führen ein normales Leben bis zu unserem Ende. Bitte!«

»Du bist nicht real.« Ohne zu zögern, fügte John hinzu: »Geh jetzt! Ich brauche meine Ruhe. *VERSCHWINDE ENDLICH!*«

Marie verstummte. Sie brauchte sich nicht das Gesicht zu zerkratzen, um sich zu verwandeln, denn Haut und Haare, Fingernägel und Fleisch, alles fiel vom Körper ab und wurde ersetzt durch Schwärze. Alles zerfiel, auch der Raum, in dem John sich befand, und zum Schluss er selbst.

*

Nur in den seichten Schlafphasen einer Transformation war es dem Unterbewusstsein möglich, mit all seinen zur Verfügung stehenden Erinnerungen und Erfahrungen, seine tiefsten und verborgensten Ängste zu verarbeiten.

Nicht selten waren Albträume die Folge. Johns Geist hatte diese Situation jedoch erfasst und als er langsam wieder in einen tiefen traumlosen Schlaf sank, umspielte ein feines Lächeln seine Lippen. Obwohl er nicht vollständig erwacht war, war er in gewisser Weise amüsiert, dass sein trickreicher Verstand einen Fehler – möglicherweise als Rettungsanker für sich selbst – eingebaut hatte, denn Mikrophone hätten für eine Observation von Roy und ihm absolut nichts gebracht.

45

›*Sein Gehirn reagiert heftig! Es ist um beinahe drei Grad zu heiß – sein Körper um zwei.*‹

›Das ist gut! Sein Geist und sein Immunsystem sprechen ausgezeichnet auf die Umgestaltung an! Sein Körper ist kein Problem, wenn sich aber das Gehirn weiter erwärmt, müssen wir einschreiten.‹

› *Wir hatten erst fünf Menschen, die so reagiert haben, ... und du weißt, was mit drei von ihnen geschehen ist.*‹

›Ich habe es nicht vergessen. Er wird es schaffen!‹

› *Wir werden sehen.*‹

›Ja, das werden wir!‹

TEIL 6

Ein neues Leben

46

Dreizehn Monate später

Wohlige Wärme, unendliche Entspanntheit, Ruhe und Seelenfrieden, das war alles, was er fühlte, kurz nachdem er aufgewacht und dann minutenlang regungslos verharrt war. Nun bewegte er seine Finger, seine Lider zuckten leicht, das linke hob sich an und er drehte den Kopf mühsam zur Seite, als Photonen seine Netzhaut trafen. Sofort schloss er das Auge, verzog die Lippen, doch kein Laut drang aus seinem Mund. Er streckte seinen Rücken, wurde sich seines Körpers bewusst, spürte sogleich, dass sich etwas verändert hatte.

Wieder öffnete er vorsichtig die Lider – die Iris seiner Augen war stahlblau – und langsam erkannte er seine Umgebung. Er befand sich in einer Art Kokon, der aus gelbgrün glimmenden Fäden bestand. Es waren die gleichen Fäden, die er vor langer Zeit – oder war es erst vor Stunden gewesen – das erste Mal gesehen hatte.

Er erinnerte sich an die Liege, auf der er noch immer gleich bequem lag. Nur die ›Einfassung‹ und ›Überdachung‹ waren neu. Er spürte die Wärme und die Geborgenheit, die von seinem Nest ausgingen. Einfach mit geschlossenen Augen liegen zu bleiben und das restliche Leben in völliger Ruhe und in Frieden zu genießen, war verlockend.

Doch die Zeit verstrich und mit jeder Sekunde wurden sowohl sein Geist als auch sein Körper wacher. Beide schüttelten die Monate des Schlafes ab. Und langsam begannen von allen Seiten Gedanken auf ihn einzuprallen. Er bremste sie ein und versuchte, sich an alles zu erinnern:

Joseph, nein, *John*.
Marie.

Der Keller.

Roy.

Wächter und Menschen.

Transformation.

Zukunft, seine Zukunft.

Ein weiterer Gedanke schob sich in den Vordergrund – seine Hand. Er hatte nur mehr eine Hand gehabt. Langsam hob er die linke Hand vor seine Augen. Sie bestand nicht mehr aus jenen weißen, auf Hochglanz geputzten Knochen, sondern aus Fleisch und Blut und darüber spannte sich eine schwarze Haut. John war nur kurz erstaunt.

Er berührte mit seiner neuen Hand die Oberfläche des Kokons, strich darüber. Das Geflecht fühlte sich wie Wolle an. Seine beiden Hände drückten gegen das Netz aus Fäden, es gab nach. Dann bohrten sich seine Finger in die weiche Hülle, die ihn monatelang, im Zusammenspiel mit seinen Erhaltern, beschützt und versorgt hatte. Die Schicht war mehrere Zentimeter dick, doch das Fasergeflecht brach auf, ähnlich wie es Watte tat, wenn man diese zerriss; es bildete sich ein Schlitz, der ohne große Kraftanstrengung immer länger wurde und bald von seinem Kopf bis hinunter zu seinen Knien reichte.

Er schob ein Bein durch die Öffnung, dann das zweite. Der Innenraum des Kokons war niedrig, sich aufzurichten war nicht möglich, daher schob er erst sein Gesäß und dann seinen restlichen Körper hinaus, bis er sich stehend am Erdboden wiederfand.

Er ließ sich einige Sekunden Zeit, um stabil zu stehen und um sich zu orientieren. Fasziniert betrachtete er den offenen Kokon, sah seine Liegefläche, die die Grundlage für seine Schlafstelle gebildet hatte und die acht kräftigen, durch den Raum gespannten Fäden, die den schimmernden Kokon hielten. Die längliche Form erinnerte ihn an den Kokon eines Schmetterlings, aus dem das transformierte Insekt bereits geschlüpft war.

›Hier ist aber kein Insekt geschlüpft, sondern ich!‹

Johns Blick wanderte durch den Raum. Er konnte sich an alles erinnern. Seine gesamte Vergangenheit bis hin zu seinem langen Schlaf.

Doch wo war Roy?

›*Er wollte mich erwarten, wenn ich erwache. Vielleicht ist etwas Unerwartetes in den vielen Monaten geschehen.*‹

Doch dann, sanft und leise, hörte er Roys Stimme in seinem Kopf. Sie füllte ihn aus, viel mehr als er dies als Mensch gespürt hatte: »Ich bin da. Aber die ersten Minuten sollten dir alleine gehören.«

John ging um den Kokon herum und hörte ein Rascheln wie von Laub, mit dem der Wind spielt – Roy musste ganz in der Nähe sein. Doch es war sonderbar, denn John erkannte eine winzige Veränderung an Roys Geräusch. Er blieb stehen. Das Geräusch verstummte. John sah sich um. Nichts.

»Roy?« Er ging einige Schritte weiter und da war es wieder. »Roy, was soll das?«

Und von einer Sekunde zur anderen war alles klar. Wenn eine Person in diesem Moment in Johns Augen gesehen hätte, sie hätte vermutlich befürchtet, dass diese aus ihren Höhlen quellen könnten. Mit beiden Händen betastete er seinen Rücken, nur fanden sie nicht sein Rückgrat. Zwischen seinen Händen und der Oberfläche seines Rückens spürte er eine weitere Schicht. Sie war einerseits hart und starr, doch die Oberfläche war weich und elastisch. Mit seinen Händen fuhr er nach oben und spürte unter seinem Schulterblatt jene Stelle, an der diese Schicht an ihm ›*befestigt*‹ war. Um seinen Rücken besser betrachten zu können, verdrehte John seinen Oberkörper und machte dabei einen kleinen Schritt. Sofort hörte er wieder Roys Rauschen. Nur dass es nicht Roy war, der die Illusion von Blättern im Wind erzeugte, sondern er selbst – dieses neuartige Gewebe hatte zu vibrieren begonnen. Seine Hände glitten links und rechts an seinem Rücken hinab. Jene beiden vibrierenden Körperteile reichten bis knapp über seine Hüften.

Er machte einen Schritt – *Rauschen*. Er machte einen weiteren und stellte das *Rauschen* ab. Es war ganz einfach gewesen; nur ein Gedanke, ein Befehl seines Gehirns hatte ausgereicht.

»Gib gut auf sie acht! Noch sind sie verletzlich, auch wenn sie von deinen Erhaltern geschützt werden, doch sie werden aushärten.«

John hatte aufgehört zu atmen. Mit dem Gedanken, ›*Egal wie lange sie aushärten müssen ... aber, oh Gott, ich habe FLÜGEL!*‹, sog er Luft tief in seine Lungen. John untersuchte seinen Körper auf mögliche weitere Veränderungen, die sich aus der Transformation ergeben hatten und die Roy ihm, warum auch immer, verschwiegen hatte.

Haut: schwarz, glatt

Hände: zwei

Finger: fünf je Hand

Beine und Füße: jeweils zwei

Penis: einer

Gesicht: John betastete es; wieder alles normal, bis auf ... seine Haare fehlten, sein Kopf war kahl. Sofort fuhr er mit seiner rechten Hand über den linken Unterarm, der noch vor Monaten ein Nährboden für Haare gewesen war. Auch hier – nichts.

Dann merkte John eine weitere Veränderung. Sein Körper! Er war – ja, es war keine Einbildung – größer geworden. Vor der Transformation war er etwa einen Meter achtzig groß gewesen, aber jetzt war er mit Sicherheit über eins neunzig ... und er war muskulös, aber nicht so wie ein Bodybuilder, sondern wie ein durchtrainierter Zehnkämpfer. John betastete seinen Oberarm und spürte feste harte Muskeln.

Und dann war er da – Roy. Er stand am gegenüberliegenden Ende des Raumes.

John betrachtete ihn und seine Augen verengten sich zu Schlitzen. ›*Etwas stimmt nicht!*‹ Es war nicht unmittelbar offensichtlich, aber an Roy hatte sich ...

Und dann, völlig unerwartet, warf Roy ihm einen Gegenstand zu, mit der Geschwindigkeit und der Präzision einer zuschnappenden Gottesanbeterin. John beobachtete fasziniert diesen Vorgang, der sich trotz Roys ungewöhnlich schneller Bewegung wie in Zeitlupe abspielte. Er erkannte den Gegenstand trotz der Dunkelheit augenblicklich; es war seine Hose – zusammengeballt zu einer Stoffkugel. Deren Flugbahn konnte er exakt vorausberechnen. John fing sie ohne Schwierigkeit ... und doch fing er sie nicht. Er war verwirrt. Er hielt nichts in seinen Händen, doch er hatte sie gefangen. Dessen war er sich absolut bewusst gewesen.

»Roy? Ich verstehe das nicht.«

»Die Transformation hat dir ...«

Während Roy sprach, senkte John seinen Blick und sah die Stoffkugel. Und dann erkannte er, wie er diese gefangen hatte.

»... zwei Fangarme geschenkt!« Gleichzeitig mit seinen Worten streckte Roy seine eigenen in die Höhe.

Wie von selbst, ohne dass John bewusst nachdachte, entfalteten sich seine fremden Arme. Er betrachtete sie – sprachlos. Sie waren gleich aufgebaut wie Roys nur etwas kürzer. Wie ein Klappmesser konnten sie sich öffnen und zuschnappen – und sie hatten kleine Widerhaken. Einerseits hielt John noch immer die Verblüffung über seine neuen Arme gefangen, andererseits war er überrascht, beinahe fassungslos darüber, dass er sie nicht entdeckt hatte. Doch sie waren perfekt an seinen Körper angepasst. Sie traten knapp unter seinen Schultern aus dem Körper aus, waren knochiger und deutlich weniger muskulös. Sie bestanden aus drei Teilen, die alle ähnlich lang waren und sie ließen sich vollkommen zusammenklappen und an den Körper anlegen, sodass sie beinahe unkenntlich wurden. Zusätzlich kaschierten sein deutlich muskulöserer Körper und das tiefe Schwarz seiner Haut die neuen Gliedmaßen.

Roy näherte sich John – langsam.

»Roy, was ist mit dir los?«

Roy antwortete nicht. Er hatte sich verändert, ohne Zweifel. Einerseits schien er der gleiche zu sein, aber andererseits ...

Und dann erkannte John die Veränderung. Doch in Wahrheit war es keine Veränderung. Roy war noch immer Roy, so wie er ihn kennengelernt hatte. John, als Mensch, hatte es nicht erkannt. Nun, da er sich Roys Spezies angeschlossen hatte und sein transformiertes Gehirn sukzessive auch menschheitsfremde Wahrnehmungen verarbeiten konnte, war es so offensichtlich, wie der Unterschied zwischen Mond und Sonne.

Roy war nicht männlich, nein, Roy war weiblich. Doch ihm blieb keine Zeit, um darüber nachzudenken, ob das irgendetwas zwischen ihnen änderte, denn Roy lieferte ihm bereits seinen weiteren Weg: »Wir werden bald über dich, über mich, über die Transformation und alle weiteren Fragen sprechen. Deine körperliche Transformation ist abgeschlossen. Daher ist es nun an der Zeit, auch deine geistige zu beenden. Dafür ist es notwendig, dich in den Kreis der Wächter aufzunehmen. Es ist die Vollendung deines neuen Seins. Vereinfacht ausgedrückt, ist es wie der Punkt am Ende eines Satzes, der diesen erst verwirklicht. Ich werde mit dir gemeinsam diesen Punkt schreiben.«

John hatte keine Zeit zu antworten, denn Roy fügte hinzu: »Jetzt sofort! Komm!«

*

Roy ging voran, verließ Johns Raum und bewegte sich deutlich schneller durch den Gang als noch vor einem Jahr.

John folgte ihm ... ›Nein‹, dachte er, ›ich folge ihr.‹ Die Bewegungen fielen ihm in seinem modifizierten Körper nicht nur deutlich leichter, sondern er erkannte jede Unebenheit am Weg, obwohl Roy keine Fluoreszenz abgab.

»Wie lange habe ich geschlafen?«

»Es waren dreizehn Monate und achtzehn Tage.«

Dann musste alles normal verlaufen sein. Jedenfalls fühlte

sich John nicht nur gut, er fühlte sich hervorragend.

»Wohin gehen wir?«

»In die große Halle. Sie ist jetzt frei, ist für dich und mich reserviert.«

Eine Frage beschäftigte John schon seit der Zeit vor der Transformation: »Weshalb habt ihr – haben wir – Flügel? Lebt ihr nicht unter der Erde?«

»Wir haben keine Zeit für genaue Erklärungen. Vorerst nur so viel: Wir haben vor vielen Jahrhunderten beschlossen, uns teilweise unter die Erde zurückzuziehen. Wir wollten unentdeckt bleiben und in Frieden leben. Unsere Flügel brauchen wir aber noch immer – für die Jagd und den Kampf und vor allem sind sie notwendig, um große Distanzen zu überwinden, um von einer Gemeinschaft zur anderen zu gelangen.«

Dann erreichten sie die große Halle.

*

›Große Halle‹ – dieser Ausdruck schien John nicht unbedingt gerechtfertigt zu sein, doch andererseits, wenn er bedachte, dass er sich noch immer einige zehn Meter unter der Erdoberfläche befand, konnte er dieser Beschreibung durchaus etwas abgewinnen.

Er sah sich um. Der Raum hatte die Größe eines ausgehöhlten Einfamilienhauses. John schätzte seine Länge auf mindestens zwölf Meter. Der Boden war eben und bestand so wie auch die Wände aus trockener glatter Erde. Die Wände waren leicht nach außen gewölbt, sodass der Raum aussah wie ein Quader, den man leicht aufgebläht hatte. An der gegenüberliegenden Wand befand sich ein zweiter Eingang. In der Mitte des Raumes sah John eine Art Holztisch mit kreisrunder Tischplatte. Darauf stand ein Gefäß. Als er sich der Raummitte näherte, erkannte er eine leicht schimmernde Flüssigkeit darin.

Roy und John stellten sich gegenüber auf, nur der Tisch trennte sie.

»Trink!«, sagte Roy.

»Kein Publikum?«

»Doch! Sie sind alle da.«

John sah sich um. Kein einziger Wächter war zu sehen.

»Sie sind alle da, doch zurzeit sehen sie nur mich. Du bist für sie noch nicht sichtbar, so wie sie für dich unsichtbar sind. Diese Flüssigkeit wird dein Gehirn aktivieren. Trink jetzt!«

John nahm das Gefäß, hob es an seine Lippen, zögerte nur kurz, was nichts mit der Flüssigkeit zu tun hatte, sondern vielmehr mit Roy, die sich so sehr gewandelt hatte. Es war, als ob nicht nur er selbst eine Transformation durchgemacht hätte, sondern auch Roy.

Er trank. Es schmeckte bitter, aber vor allem extrem scharf. Er stellte das Gefäß wieder zurück auf den Tisch.

Nach wenigen Sekunden begann es.

John sah aus den Augenwinkeln, wie sich die Wände des Raumes von ihm wegbewegten. Als er hinsah, war jedoch alles so wie es sein sollte. Plötzlich jedoch wuchs der gesamte Raum an – egal, in welche Richtung John blickte. Er wurde immer größer. Gleichzeitig schienen sich der Tisch und auch Roy immer weiter von ihm zu entfernen. Der Tisch wurde immer kleiner, doch Roys Größe blieb unverändert. Der Raum begann sich zu krümmen und formte immer mehr ein Gewölbe.

Und dann zersplitterte die Realität, löste sich auf, und John sah nur noch Dunkelheit, in der Roy und er schwebten. Trotz der Schwärze ihrer Körper hoben sie sich mühelos von der Finsternis dahinter ab, es war, als ob sie von unsichtbaren Lichtquellen beleuchtet wurden. Roy näherte sich und packte mit ihren Fangarmen zu. Beide umfingen seinen Brustkorb und Rücken und ließen John keinen Spielraum den Oberkörper zu bewegen; doch er hatte ohnehin nicht die Absicht, das zu tun.

Alles ging blitzschnell.

Zuerst drängte sich Roys Geist in den seinen, um diesen

gleich darauf aus seinem Körper zu katapultieren.

Johns losgelöstes *Ich* betrachtete nun die beiden Wesen, die sich in ihrem Aussehen zwar angenähert hatten, jedoch noch immer aus zwei unterschiedlichen Welten hätten stammen können.

Dann verließen Roy und er die unendliche Dunkelheit der großen Halle, ließen ihre Körper dort zurück. Sie stiegen auf aus der Dunkelheit in das Erdreich. Sie passierten die Grenze zwischen Erde und Luft und rasten ungebremst in Richtung Firmament, sodass John weit entfernt in der Nacht die Lichter von Rabenstadt erblicken konnte. Immer höher stiegen sie auf, überblickten bald weite Landschaften mit Feldern, Wiesen, Wäldern, Hügeln und Bergen. Immer höher. Bald sahen sie Seen und ganze Gebirgszüge und dann sogar Küsten und Meere.

Unversehens – zuerst unmerklich, dann immer stärker – sah er sie – *die Wächter.* Er sah sie als Lichtpunkte, so wie man Sterne an einem mondlosen Nachthimmel erblicken konnte. Manche waren orange, andere rötlich, doch die Mehrzahl war gelblich-weiß und grell-leuchtend. Sie verteilten sich über das gesamte Festland, nicht in den Seen oder den Meeren. In Städten kamen sie nur vereinzelt vor. Aber dort, wo freies unberührtes Land oder riesige Wälder herrschten, dort waren ihre Kolonien und großen Gemeinschaften zu finden.

Und dann breitete sich der gesamte Erdball vor ihm aus. In Europa und Afrika, Amerika, in den großen Wäldern Russlands und dem Outback Australiens oder in den Wüsten Chinas und noch in vielen Ländern mehr fand er das Leuchten der Wächter. John konzentrierte sich, nahm alle Eindrücke in sich auf.

Wenige Sekunden später geschah etwas, auf das er keinen Einfluss nehmen konnte. Sein Geist hatte sich nicht nur von seinem Körper losgelöst, sondern arbeitete einen vorprogrammierten Algorithmus ab, den die schimmernde Flüssigkeit zuerst vollendet und danach gestartet hatte. Genau in diesem Moment sah John das erste Mal Ansätze des ›*Bildes*‹. Informationen, die für jeden *Vermittler* grundlegend waren, bauten sich vor seinen imaginären Augen auf, wie ein riesiges Gemälde aus Milliarden Farben und Einzelheiten.

»John, sei vorsichtig«, leitete Roy ihn an, »arbeite langsam und erhöhe erst später die Geschwindigkeit!«

Doch bereits in den ersten Sekunden hatte John Dinge erfahren, die ihn nicht zur Langsamkeit veranlassten, sondern im Gegenteil, die ihn immer aufgeregter und intensiver nach weiteren Informationen suchen ließen. Sein modifiziertes Gehirn war von Beginn an in der Lage gewesen, jegliche Information, die sich im Gedankenkonstrukt der Gemeinschaft der Wächter verbarg, aufzunehmen, zu verarbeiten und zu beurteilen. Selbst etwas zu diesem gewaltigen Informationsfluss beizutragen, wagte er nicht. Noch war er Beobachter, doch das würde sich bald ändern.

John suchte nach Informationen zu seiner kommenden Aufgabe als Vermittler. Augenblicklich veränderte sich das Bild. Er war fasziniert, fand sich mit der geänderten Kommunikation und Informationsaufnahme sofort zurecht.

Grobe Einzelheiten über die Pläne der Wächter waren unglaublich schnell verarbeitet und bestätigten Roys Angaben in jeder Hinsicht. John suchte weiter. Alles auf seinem bevorstehenden Weg schien von den Wächtern durchdacht worden zu sein.

Doch plötzlich geschah etwas Unvorhergesehenes. John fand Informationen und Emotionen, auf die er in keinerlei Hinsicht vorbereitet gewesen war und an die er in seiner Naivität niemals gedacht hatte. John unterbrach den Informationsfluss und das ›*Bild*‹ verblasste und verschwand danach. Er fragte sich, ob er diese Informationen gefunden hatte oder ob sie ihm von jemandem absichtlich bereitgestellt worden waren. Und weiters fragte er sich, weshalb Roy nichts davon erwähnt hatte. Doch möglicherweise war dies gezieltes Kalkül von ihr gewesen. Und vielleicht war es ebenso gezieltes

Kalkül gewesen, dass er genau jetzt davon erfahren hatte. Er würde es herausfinden und klinkte sich wieder in den gewaltigen Gedankenstrom ein.

Dann rief er: »*Roy! Was ist hier los?! Wir müssen reden!*«

47

Schwarzer Peter

Die Erhalter hatten wild und ungezügelt auf seiner Haut zu pulsieren begonnen, als sie mögliche Zukünfte, aber vor allem deren Wahrscheinlichkeiten, mit der diese eintreten würden, gesehen hatten. Das Ende dieser Zukunftsstränge war bei allen nahezu identisch gewesen.

»Roy, warum?«

»Wir konnten euch Anwärtern nicht die Gesamtheit der Auswirkungen des Handelns der Menschen erklären – auch nicht die Auswirkungen unserer Gegenwehr. Wir konnten es nur andeuten und euch den bestmöglichen Weg beschreiben. Doch ihr musstet mit eigenen Augen sehen, dass es unglaublich viele und wahrscheinlichere Wege in die Zukunft gibt, die aber zu erbitterten Kriegen zwischen den Menschen und uns Wächtern führen würden. Die Ohnmacht und Ausweglosigkeit, die das Nichthandeln der Menschheit mit sich zieht, sind beispiellos, du wirst dies bald verstehen, da nun die Transformation hinter dir liegt.

In den nächsten Tagen werden wir jeden Aspekt über die kommenden Zeiten besprechen, über jene Zukunftsstränge, die unsere Lichtblicke bilden, aber auch über die hoffnungslosen.«

John ahnte wovon Roy sprach, denn während seiner Suche im Gedankenstrom waren Zukunftsstränge auf ihn eingedrungen, die mehr als nur das Ende des menschlichen Lebens und dem der Wächter in sich trugen. Sie zeigten das tatsächliche Ende des Lebens auf der Erde.

John fühlte sich durch Roys unvollständige Offenbarung keineswegs betrogen, denn es war unmöglich mit Worten oder kleinen Gedankenreisen auszudrücken, was er bereits jetzt in diesen wenigen Minuten im ›Bild‹ der Wächter erfahren hatte.

War er naiv gewesen? Keine Frage! Natürlich war er das gewesen und wahrscheinlich war er es noch immer. Wie hatte er nur glauben können, dass sich die zurzeit herrschende Spezies des Planeten Erde einfach in den Gully spülen lassen würde, ohne zum Äußersten zu greifen? Auch wenn der Plan der Wächter ausgeklügelt war, lag vieles – möglicherweise zu vieles – von der Zukunft im Dunkeln und konnte von den Wächtern nicht oder nur mäßig erfasst werden.

Doch durch die Transformation hatte sich John verändert. Er war nicht mehr jener John aus Rabenstadt. Seine Gedanken waren uneingeschränkt analytisch.

John holte sich die zweite bedeutungsvolle Erkenntnis aus dem Gedankengebäude der Wächter in den Sinn. In der Gemeinschaft der Wächter gab es nicht nur eine homogene Richtung an Meinungen und Ansichten, sondern er hatte einige radikale Strömungen gesehen, die befürworteten – teilweise sogar forderten –, dass die Menschheit vom Antlitz der Erde getilgt werden sollte, und zwar mit aller notwendigen Gewalt. Diese Gruppen hatten jeglichen Respekt vor den Menschen verloren. Diese Strategie der totalen Vernichtung der Menschheit hatte Roy niemals ausgesprochen. John verspürte bei diesen Gedanken jedoch keinen inneren Konflikt. ›Weshalb nicht zum Äußersten greifen, wenn es doch um so viel einfacher und ungefährlicher wäre?‹

John spürte, dass er in der Lage war, seine Gedanken vor Roy abzuschirmen. Er sagte zu seinem Gegenüber: »Du hast mir beileibe nicht alles erzählt!«

Stille.

Noch immer griff John auf Daten des ›Gedankenbildes‹ zu

und verarbeitete diese.

»Es ist nicht nur schlimmer, als du es mir gezeigt hast, sondern wenn der Konflikt zum Krieg werden sollte, ist ein zukünftiges friedliches Zusammenleben zwischen Menschen und Wächtern nahezu unmöglich. Und die Aktionen, die *ihr* in den drei Wellen geplant habt? Nur eine winzige Abweichung von eurem Plan, eine Kleinigkeit, die unbedacht geblieben ist und ein Erfolg wird Lichtjahre weit entfernt sein!«

Stille.

Etwas veränderte sich in ihm. Härte und Entschlossenheit erfassten seinen Körper und sein Denken.

»Roy, ich kenne eure Pläne nur andeutungsweise, aber viele eurer Zukunftsextrapolationen zeigen, dass es klüger und vorausschauender wäre, wenn wir uns nicht zu erkennen geben würden. Es wäre vernünftiger, die Menschheit zu überrennen und auszumerzen – so wie es viele von euch verlangen! In nur wenigen Szenarien wird die Menschheit Einsicht zeigen und nur in einer verschwindend kleinen Anzahl davon funktioniert der Aufbau einer gemeinsamen neuen Zivilisation. Denn der Großteil der Menschen wird die Wächter niemals als gleichwertige Spezies ansehen, sondern – so wie es auch Nick bis zu seinem Tod getan hat – als niedriges Insekt.

Ich habe gesehen, dass die Menschen kämpfen werden – unbarmherzig – mit allen ihnen zur Verfügung stehenden Waffen. Sie werden kämpfen, bis sie ihren und unseren Untergang besiegelt haben! Sie werden nicht aufgeben.«

Nach einer Sekunde fügte er hinzu: »Wir sollten in Betracht ziehen, sie zu vernichten.«

Stille.

Johns Worte waren nur das Produkt seines rationalen Denkens. In ihm herrschte kein Groll oder gar Zorn gegen sein ehemaliges Volk.

Dann bildete sich eine Frage in seinem Kopf: »Auch deine

Mutter?«

Johns Verblüffung zerfiel nach nur einem *Wimpernschlag* und er antwortete: »Ja, du hast recht. Es gibt Menschen, für die es wert ist zu kämpfen. Menschen, denen es nicht egal ist, wie sich die Welt entwickelt hat und noch weiterentwickeln wird. Doch das ist die verschwindende Minderheit! Die Mehrheit ruft zur Vernichtung des Lebens auf − manche unbewusst, viele jedoch mutwillig und in vollem Bewusstsein ihrer Taten, weil sie ignorant und egoistisch sind, und dies auch bleiben wollen.«

Seine Gedanken waren radikaler und hart geworden, aber dennoch fair. Und es war gut so. Es würde dem Erreichen ihres Ziels dienlich sein. Seit John Zugriff auf die Informationen der Wächter erhalten hatte, hatte er begonnen, die Unzahl der von ihm abgerufenen Daten, Meinungen, Interpretationen, Extrapolationen und Schlussfolgerungen zu sortieren und daraus, in Kombination mit seinem Wissen als Mensch, eigene Schlüsse zu generieren. Jeder einzelne davon hatte zu einer weiteren Bewertung der Menschheit geführt.

Sein persönliches Gedankengemälde hatte sich mit einer unglaublichen Geschwindigkeit weiterentwickelt. Aber beinahe jede neue Entwicklungsstufe hatte dazu geführt, dass John sich ein kleines Stück weiter von seiner ehemaligen Gemeinschaft entfernt hatte.

»John, hör auf!« Strenge und Entschlossenheit waren in Roys Stimme getreten. »Du warst Mensch und solltest Verständnis aufbringen − muss *ich* als Wächter dich daran erinnern?«

John nahm Roys Worte an, doch sie waren irrelevant. Denn es war nahezu aussichtslos, einen Krieg zu vermeiden.

Johns neuer, noch fremder Verstand arbeitete nüchtern, rational und emotionslos und er wollte das Richtige tun. Die Frage war nur, ob es in seiner Situation ein *Richtig* oder *Falsch* gab. Denn fast jede zur Auswahl stehende Option barg Millionen von Opfern in sich und nur wenige würden in eine lebenswerte Zukunft führen. Es waren steinige und grausame Pfade, die sich vor ihm aufgetan hatten.

»John, es ist genug! Hab Geduld, du hast noch längst nicht alle Daten, um dir eine Meinung bilden zu können – weder über die Menschheit noch über unsere Pläne. Gib dir und uns die nötige Zeit.«

Plötzlich fiel John wieder das Kinderspiel ›Schwarzer Peter‹ ein und kurz darauf hatte er eine Entscheidung getroffen, nicht als Mensch oder Wächter, sondern als hybrides Wesen. Nur kurz lächelte er, denn er wusste, dass er nun selbst zum ›Schwarzen Peter‹ geworden war und wenn nötig, zu einem tödlichen Wesen. Wenn ein feindlicher Gegenspieler ihn erblickte, so hatte dieser bereits verloren und würde aus dem Spiel der Wächter entfernt werden. Und so als ob die Erhalter seine Gedanken bestätigen wollten, spürte er am ganzen Körper ihr aufgeregtes und berauschendes Vibrieren.

»Roy, richte *unserer* Gemeinschaft aus, dass ich – John – gewillt bin, jede Entscheidung, jede Maßnahme und jedes Handeln mitzutragen, die dem ›Leben‹ dienen. Ich bin gewillt die Menschheit zu schonen, doch wenn sie selbst um ihren Untergang kämpft, wenn es für sie bedeutungslos ist, dass sie sich weiterhin gegen ihre eigenen Kinder stellt, werde ich nicht zögern, sondern dann werde *ich* von euch Wächtern harte, wenn nötig grausame Konsequenzen einfordern!«

Nach einer Sekunde fügte er hinzu:

»Ich bin der ›*Schwarze Peter*‹!

Roy, lass uns beginnen!

Jetzt!«

Nachwort und ergänzende Worte

»Oh Gott, ein offenes Ende!«, werden nun bestimmt einige Leserinnen und Leser ausrufen. Doch es ist kein offenes Ende, nein absolut nicht! Denn Johns Geschichte – als Mensch – ist erzählt. Nun beginnt ein neues Kapitel in seinem Leben, das eines *Schwarzen Peters* – eines *Hybriden* – und das ist eine gänzlich andere Geschichte.

Ich hoffe, Johns und Roys Geschichte war für Sie sowohl spannend wie auch informativ, vielleicht sogar aufrüttelnd!

*

Oft fragen mich Menschen, die besorgt in die Zukunft blicken: »Was kann ich bloß gegen die Klimakrise tun?«

Meine Antwort lautet dann stets: »Wenn Sie *wirklich* etwas bewegen wollen, so gibt es zwei wesentliche Dinge, die Sie tun sollten!

<u>Erstens:</u> *Sie müssen Ihre persönliche Zeit investieren, um Änderungen herbeiführen zu können.*
Der Großteil der Gesellschaft sieht es als ein ›Opfer‹ an, Freizeit zu investieren und diese Menschen sind nicht gewillt, sich um Dinge zu kümmern, die über ihr eigenes Wohl hinausgehen.

<u>Und zweitens:</u> *Sie müssen politisch aktiv werden!*
Das bedeutet nicht, dass Sie sich einer politischen Partei anschließen sollen, nein absolut nicht, sondern dass Sie und ich und wir alle den Politiker*innen – bildlich gesprochen – ›ans Schienbein treten‹ müssen, um sie endlich zum Handeln zu *zwingen*!

Wir müssen die jetzige destruktive Klima-Politik in ihren Grundfesten erschüttern und die Regierungs- und Oppositionsparteien zu einer Koalition für unsere Nachkommen verpflichten!

Also investieren Sie so viel Zeit, wie Sie aufbringen können. Bilden Sie Gemeinschaften und Plattformen, die die Politik reformieren. Machen Sie Aktionismus, der zu Ihnen passt – lassen Sie sich nicht unterkriegen!

Es geht um unsere Kinder und deren Kinder … aber nicht nur, sondern es geht um das ›Leben‹ selbst!

Ihr Gernot Mauthner (November 2024)

E-Mail-Adresse: gernot.mauthner@gmx.net
Internetseite: www.gernot-mauthner.at
Facebook: www.facebook.com/Gernot.Mauthner.Autor

Anhang

Fortsetzung des wissenschaftlichen Artikels
von
Prof. Thomas Buttermoor
und
Prof. Frank Glockenmaier

(siehe Seite 170)

ZUSATZINFORMATIONEN
zu
Kippelementen im Erdklimasystem und deren Folgen

Aufzählung der wichtigsten Kippelemente des Erdsystems, die ihren Kipppunkt bereits überschritten haben und daher durch menschliche Maßnahmen _NICHT_ mehr gestoppt werden können.

(1) **_Albedo: Abschmelzen der Gletscher, des Grönländischen Eisschilds, der Arktis und der Antarktis:_**
Die folgende Abbildung (siehe unten) zeigt die ›Albedo‹[1] (lateinisch: „Weiße"), d. h. das Maß für das Rückstrahlvermögen (Reflexionsstrahlung) von diffus reflektierenden, also nicht selbst leuchtenden Oberflächen. Man erkennt den ›Teufelskreis‹ der Selbstverstärkung in der globalen Temperaturerhöhung, wenn planetares Eis abschmilzt.

Erläuterung des Effektes der ›Positiven Rückkopplung‹:

Trend ⇒ Temperatur ↑

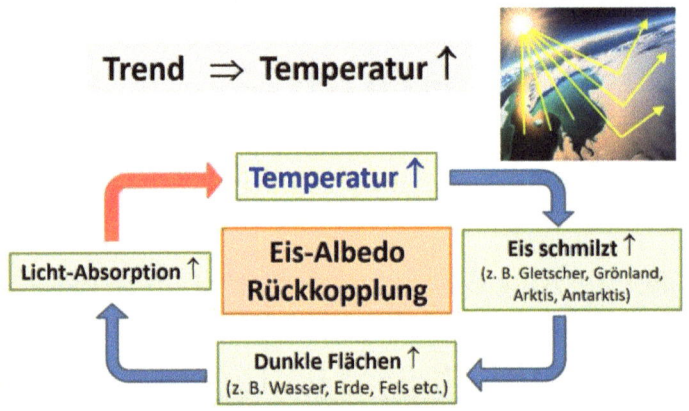

```
                  ┌──────────────────────┐
      ┌──────────▶│    Temperatur ↑      │────────┐
      │           └──────────────────────┘        ▼
┌──────────────┐  ┌──────────────────────┐  ┌──────────────────────┐
│Licht-        │  │    Eis-Albedo        │  │  Eis schmilzt ↑      │
│Absorption ↑  │  │    Rückkopplung      │  │ (z. B. Gletscher,    │
└──────────────┘  └──────────────────────┘  │  Grönland,           │
      ▲                                      │  Arktis, Antarktis)  │
      │           ┌──────────────────────┐  └──────────────────────┘
      └───────────│   Dunkle Flächen ↑   │◀───────┘
                  │ (z. B. Wasser, Erde, │
                  │   Fels etc.)         │
                  └──────────────────────┘
```

1) Mit steigender globaler Temperatur schmilzt Eis. Daher gibt es für das Sonnenlicht weniger reflektierende weiße Eisfläche.
2) Es bilden sich neue Bereiche an Wasseroberflächen und dunklen Festlands, welche die Strahlungsenergie der Sonne aufnehmen kann. Wasser und Erdboden heizen sich deutlich stärker und schneller auf als Eis.
3) Dadurch steigt die globale Temperatur und somit führt Punkt (3) wieder zurück zu Punkt (1) und der Kreislauf beginnt von Neuem ⇒ dies führt zu einem sich selbst verstärkenden Effekt.

(2) Arktis:
Positive Rückkopplung: Die Arktis ist seit dem Jahr 2047 im Sommer eisfrei. Wärmestrahlung, die in den Jahrtausenden zuvor reflektiert wurde, wird nun durch die fehlende Eisschicht vom Meerwasser aufgenommen und führt zu einer Erhöhung der globalen Durchschnittstemperatur.
Die Eisschmelze führt jedoch zu keinem Anstieg des Meeresspiegels, da das Eis der Arktis ein ›Meereis‹ ist, das heißt, es schwimmt auf dem Meerwasser.

(3) Grönland und Antarktis:
Der Kipppunkt für das Abschmelzen des _Grönländischen Eisschildes_ wurde bereits in den 2040er Jahren überschritten. Da der Eisschild auf dem Festland liegt, also ein sogenanntes ›Landeis‹ ist, bringt das vollständige Abschmelzen einen Meeresspiegelanstieg von etwa 7 Metern mit sich.[K]

Der Rest des *Westantarktischen Eisschilds* (teilweise Landeis) wird in den nächsten Jahrzehnten vollständig zerbrechen und nach dem Schmelzen zu einem Meeresspiegelanstieg von drei bis vier Metern führen.[L]

Der in den Folgejahrhunderten andauernde Schmelzprozess wird dazu führen, dass die *Antarktis* im Sommer eisfrei wird. Die Albedo-Entwicklung ist vergleichbar mit der Arktis. Der hervorgerufene Meeresspiegelanstieg durch das Abschmelzen des gesamten Antarktiseises liegt bei ca. 60 Metern.[M]

(4) Amazonas Regenwald:

Der Amazonas stößt deutlich mehr Kohlendioxid aus, als dieser aufnimmt. Der Kipppunkt wurde bereits zwischen 2035 und 2040 überschritten.

Auch ohne weitere intensive menschliche Rodung und die natürlichen und künstlichen Waldbrände hat der Amazonas seine Fähigkeit verloren, ausreichend Wasser zu verdunsten, um tägliche Regenfälle, welche für den Fortbestand des Urwalds unabdingbar sind, hervorzubringen. Dies führt zu einer beschleunigten Austrocknung und in weiterer Folge zu einer Versteppung des Amazonasgebiets.

Völlige Vernichtung des Regenwaldes durch fortschreitende Rodung, Brandrodung und vor allem durch Dürren: in 30 bis 50 Jahren.[N]

(5) Golfstrom und Kippen der Ozeane:

a) Eine weitere signifikante Abschwächung des Golfstromes, um 30 bis 40 Prozent, ist bis zum Jahr 2100 zu erwarten. Der Kipppunkt wird dann überschritten sein, und die Meeresströmung wird instabil werden.[O]

b) Anoxische Regime[P] in den Weltmeeren (Todeszonen für Meereslebewesen, in denen das Wasser unterhalb der Oberflächenschicht vollständig an Sauerstoff verarmt) werden sich durch die Abschwächung und das folgende Kollabieren des Golfstromes stark ausbreiten. Durch die Verwesung organischen Materials in den tieferen Wasserschichten wird die Abgabe von hochgiftigen Schwefelwasserstoffgasen (H_2S) aus dem Meer stark zunehmen. Ufergebiete (bzw. deren Tier- und Pflanzenwelt) werden durch diese Verwesungsgase ab etwa 2150 verstärkt vergiftet und sind somit unbewohnbar.

Ozeanische anoxische Ereignisse dauern in der Regel *etwa*

500.000 Jahre, d. h. so lange benötigen Weltmeere, um sich zu regenerieren.

(6) Permafrostböden:
Die riesigen Permafrostböden der Nordhalbkugel der Erde speichern – von Wissenschaftlern geschätzt – zwischen 1300 und 1600 Gigatonnen Kohlenstoff. Sie geben diesen bereits seit Jahrzehnten durch das fortschreitende Auftauen der Böden hauptsächlich in Form von Methan, aber auch als Kohlendioxid, in die Atmosphäre ab.

Um das riesige Treibhausgas-Potenzial der Permafrostböden zu vergegenwärtigen, sei als Vergleich der zurzeit in der gesamten Erdatmosphäre enthaltene Kohlenstoff erwähnt: rund 1050 Gigatonnen Kohlenstoff.

(7) *Weitere positive Rückkopplungseffekte im Klimasystem,*
wie *Methanhydrat* in den Weltmeeren, Brände in den *Borealen Wäldern*[Q], die Veränderungen des *Jetstream*[R] und des *El Niño Phänomens*[S] etc. finden Sie im Anhang des Artikels.

HINWEIS:
Die Autoren dieses Artikels möchten darauf hinweisen, dass in der Liste der Rückkopplungseffekte nur die wichtigsten und schwerwiegendsten angeführt sind. Diese Liste kann aus einem Grund nicht vollständig sein, denn die Erde mit ihren Systemen wurde zwar über Jahrhunderte erforscht, jedoch sind auch heute noch viele Zusammenhänge nicht genau verstanden oder bekannt.

Eines hat die Natur uns Menschen in Bezug auf die Klimaänderung allerdings immer wieder gelehrt: ›*Die Ereignisse laufen stets schneller ab, als es die Vorausberechnungen gezeigt haben, da nicht alle Rahmenbedingungen, die uns unser Planet vorgibt, bekannt sind.*‹

Dass die berechneten Ereignisse aber eintreten werden, daran besteht niemals ein Zweifel; in der Regel schneller als erwartet!

Anmerkung des Autors:
Weitere Zusatzinformationen zu **Kippelementen**
im Erdklimasystem und deren Folgen finden Sie
in den **Referenzen (I) bis (S) ab Seite 343.**

Verzeichnis der Referenzen

[A] Küstenregionen und darauf entstandene Millionenstädte werden durch den Meeresspiegelanstieg, ausgelöst durch die globale Eisschmelze, untergehen:

Beispiel Bangladesch: *ca. 169,4 Millionen Einwohner. Die Bevölkerungsdichte ist mit ca. 1000 Einwohnern pro Quadratkilometer der am dichtesten besiedelte Flächenstaat der Welt. Die Geländetopografie ist sehr flach. Die meisten Gebiete liegen weniger als 10 m über dem Meeresspiegel. 10 % der Landfläche liegt weniger als 1 Meter über dem Meeresspiegel.*

> *https://www.raonline.ch/pages/edu/st4/wawa_fluss0101b.html*

Beispiel Niederlande: *ca. 17,8 Millionen Einwohner. Ungefähr die Hälfte des Landes liegt weniger als einen Meter über dem Meeresspiegel. Rund ein Viertel des Landes liegt unterhalb des Meeresspiegels. Die flachen Gebiete werden in der Regel durch Deiche vor Sturmfluten geschützt, die insgesamt eine Länge von etwa 3.000 km haben.*

> *https://de.wikipedia.org/wiki/Niederlande*

Beispiel Manhattan:
> *https://de.wikipedia.org/wiki/Manhattan*
> *https://de.wikipedia.org/wiki/Manhattan#/media/Datei:Manhattan_10_2017.jpg*

Beispiel Malediven:
Die Malediven sind ein Inselstaat im Indischen Ozean südwestlich von Sri Lanka. Der Archipel besteht aus mehreren Atollen und 1196 Inseln, von denen 220 von Einheimischen bewohnt und weitere 144 für touristische Zwecke genutzt werden. Das Fortbestehen des Archipels ist durch den steigenden Meeresspiegel im Rahmen des Klimawandels bedroht.

> *https://de.wikipedia.org/wiki/Malediven*
> *https://de.wikipedia.org/wiki/Malediven#/media/Datei:Male-total.jpg*

Beispiel Jakarta:
Jakarta ist die Hauptstadt der Republik Indonesien. Mit 10,04 Millionen Einwohnern (2018) in der eigentlichen Stadt ist sie die größte Stadt Südostasiens und mit etwa 34 Millionen Einwohnern (2019) in der Metropolregion Jabodetabek der zweitgrößte Ballungsraum weltweit.
Schwere Regenfälle führen während des Monsuns immer wieder zu Überschwemmungen in Jakarta. Anfang Februar 2007 standen drei Viertel der Millionenstadt unter Wasser, Hunderttausende Menschen wurden

obdachlos, es wurden 80 Todesopfer gezählt. Damit übertraf das Hochwasser die Flutkatastrophe von 2002, bei der 21 Menschen starben und mehr als 300.000 obdachlos wurden. Auch 2013 und 2020 ereigneten sich katastrophale Überschwemmungen.

> *https://de.wikipedia.org/wiki/Jakarta*

Jakarta nach und nach überflutet, Indonesien baut neue Hauptstadt im Regenwald (n-tv.de, 19.01.2022)

> *https://www.n-tv.de/panorama/Klimawandel-Indonesien-laesst-neue-Hauptstadt-bauen-Jakarta-drohen-Uberschwemmungen-article23067368.html*

B **Kippelemente im Erdklimasystem:**

> *https://de.wikipedia.org/wiki/Kippelemente_im_Erdklimasystem*

Was sind die 16 Kippelemente beim Klimawandel?

> *https://www.fortomorrow.eu/de/post/kippelement-klima?mtm_campaign=google-ads-kippelemente&gclid=Cj0KCQiA6fafBhC1ARIsAIJjL8k-ZEsyIM0SgQULQh5qO4sgSsAxzLADytMrgP81wWJCXaN7zAsmNvga AkiFEALw_wcB*

C **Kipppunkte des Klimasystems der Erde:**

Einige Teilsysteme des Klimasystems haben bestimmte Kipppunkte bzw. kritische

Schwellenwerte, bei deren Überschreiten es zu starken und teils unaufhaltsamen und

unumkehrbaren Veränderungen kommt. Diese Teilsysteme (zum Beispiel die Atlantikzirkulation) werden „Kippelemente" genannt („tipping elements"). (Quelle: Potsdam-Institut für Klimafolgenforschung)

Kipppunkte im Klimasystem – Eine kurze Übersicht (Potsdam-Institut für Klimafolgenforschung,

im Juni 2019)

> *https://www.pik-potsdam.de/~stefan/Publications/Kipppunkte%20im%20Klimasyst em%20-%20Update%202019.pdf*

Hintergrundpapier: KIPP-PUNKTE IM KLIMASYSTEM – Welche Gefahren drohen? (Deutsches Umweltbundesamt, Juli 2008)

> *https://www.umweltbundesamt.de/sites/default/files/medien/pu blikation/long/3283.pdf*

D **Positive Rückkopplung:**

Eine positive Rückkopplung ist ein durch die Erderwärmung ausgelöster Prozess im Klimasystem der Erde, welcher sich selbst verstärkt und dadurch zu einer weiteren Beschleunigung der globalen Erderwärmung führt.

Anders ausgedrückt ist eine positive Rückkopplung ein sich selbst verstärkender Effekt z. B. Eis-Albedo-Rückkopplung.

Klimafolgen können zudem kaskadenartige Prozesse auslösen oder Rückkopplungen aufweisen.
Positive Rückkopplungen (ZAMG, Zugriff: 03.03.2023)
➤ *https://www.zamg.ac.at/cms/de/klima/informationsportal-klimawandel/klimasystem/rueckkopplungen/positive-rueckkopplungen*
Rückkopplungseffekte – wenn Eines zum Anderen führt (Spiegel, 22.01.2022)
➤ *https://www.spiegel.de/wissenschaft/natur/klimakrise-rueckkopplungseffekte-wenn-eines-zum-anderen-fuehrt-a-402d084a-c929-421f-83dd-eac1c6b4f4de*

[E] **Abbildung Stabilitätszustände des Erdklimas & Hot-house Earth.**
Quelle: Gernot Mauthner; *nach Steffen et al. (2018), stark vereinfacht dargestellt.*

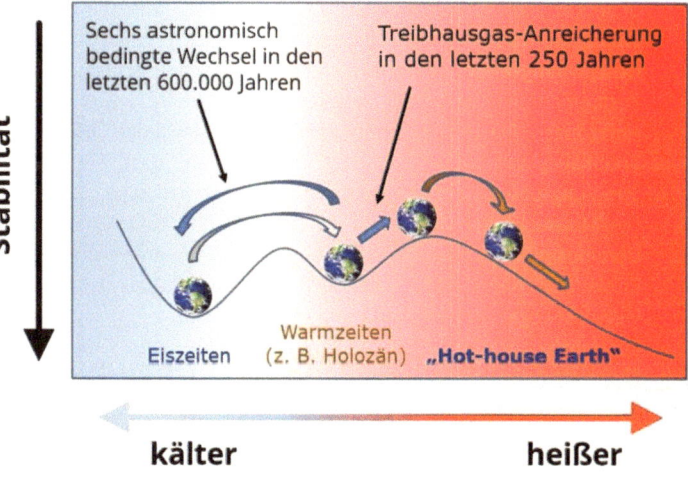

ERKLÄRUNG der Abbildung:
1) Durch natürliche astronomische Einflüsse wechselt die Erde in zyklischen Zeitabständen zwischen Eiszeiten und Warmzeiten. Beides sind stabile Zustände des Klimasystems und werden durch die sogenannten Milanković-Zyklen[E] hervorgerufen.
2) In der Abbildung wird ein klimatisch stabiler Zustand durch ein „Kurvental" (Eiszeiten und Warmzeiten) dargestellt.
3) Wir bzw. die Erde befinden uns jetzt gerade in einer Warmzeit, dem sogenannten „Holozän".

4) Durch das ungebremste Verbrennen von fossilen Energieträgern wie z. B. Erdöl, Erdgas oder Kohle werden Unmengen vom Treibhausgas Kohlendioxid freigesetzt und in die Atmosphäre abgegeben. Das ist die Hauptursache des menschengemachten (anthropogenen) Treibhauseffektes und die damit verbundene Erderwärmung.

5) Durch die Emission weiterer Treibhausgase wie Methan oder Lachgas, die zwar in kleineren Mengen als Kohlendioxid abgegeben werden, allerdings eine deutlich stärkere Treibhauswirkung besitzen, erhitzen wir Menschen die Erde weiter.
D. h. die Menschheit „schiebt" die Erde – ausgehend von der jetzigen Warmzeit (stabiler Zustand) – durch deren fortschreitende Erwärmung entlang der Kurve die Energiebarriere hoch.

6) Wenn wir jetzt sofort die Treibhausgasemissionen radikal reduzieren würden oder sogar auf null senken würden, könnte sich das aufgeheizte Weltklima erholen und sich wieder zurück in das *Stabilitätstal* der „normalen Warmzeit" entwickeln.

7) Wenn wir aber durch kontinuierliche Treibhausgas-Emissionen und die einhergehende Erderwärmung diese Barriere überwunden haben, dann bedeutet dies nichts anderes, als dass im klimatischen Erdsystem Kippelemente angestoßen werden. Diese werden mit unterschiedlichen Geschwindigkeiten „fallen". „Fallen" bedeutet in diesem Zusammenhang, dass diese Systeme (z. B. Permafrost, Methanhydrat, Amazonas, Arktis etc.) entweder selbst gewaltige Mengen an Treibhausgasen ausstoßen oder dazu führen, dass die Erde die Strahlungsenergie der Sonne effizienter aufnehmen kann.

8) Die Misere an der Geschichte ist, dass fallende Kippelemente – wie Dominosteine – weitere Kippelemente anstoßen werden und somit der Effekt der steigenden globalen Temperaturen über Jahrtausende, vielleicht sogar Jahrzehntausende, andauern wird.

9) Zusätzlich *beschleunigen* fallende Kippelemente die globale Erderwärmung weiter.

10) Nun kommen wir zum Hauptproblem an der Geschichte. Es ist sehr wahrscheinlich, dass es **nach dem Überwinden dieser Barriere keinen stabilen Zustand geben wird**, in dem die Menschheit annehmbar gut überleben kann.

11) Die Erde wird sich selbstständig und bis zu einem weiteren klimatisch stabilen Punkt erhitzen. Dieser Zustand wäre für die gesamte Menschheit äußerst gefährlich und Zivilisationen haben dann längst aufgehört zu existieren. Solch ein Zustand wird *„Hot-house Earth"*[E] genannt.

12) **Bereits auf dem Weg zum „Hot-house Earth"**, können die Menschen durch ständige Wetterkatastrophen wie Hitze, Dürren, Unwetter, Hurrikans, Starkregen und Überflutungen und dadurch ausgelöste Wasser- und Hungersnöte, Konflikte und Kriege, nur mehr auf das

Wetter und die Katastrophen reagieren und nicht mehr selbstständig agieren.

13) Dieser *Hot-house Earth* **Zustand** könnte für **zehntausende Jahre** oder gar **Jahrhunderttausende stabil** bleiben, da sich nacheinander die Kippelemente der Erde in das Klimasystem einschalten.

14) Die **Menschheit** wird wahrscheinlich nicht aussterben, aber die **Zivilisation**, so wie wir sie heute kennen (dazu zählen nicht nur der technische und wissenschaftliche Fortschritt oder die medizinische Versorgung, sondern auch der banale Supermarkt, in dem es Nahrung und Wasser zu kaufen gibt), wird **aufhören zu existieren**!

Hot-house Earth: Klimaschutz, Klimawandelanpassung und Resilienz
- ➢ *https://wua-wien.at/klimaschutz-klimawandelanpassung-und-resilienz/193-weiterfhrende-informationen-zum-thema2/2260-gefahr-dominoeffekt*

F **Datawrapper: Blog**

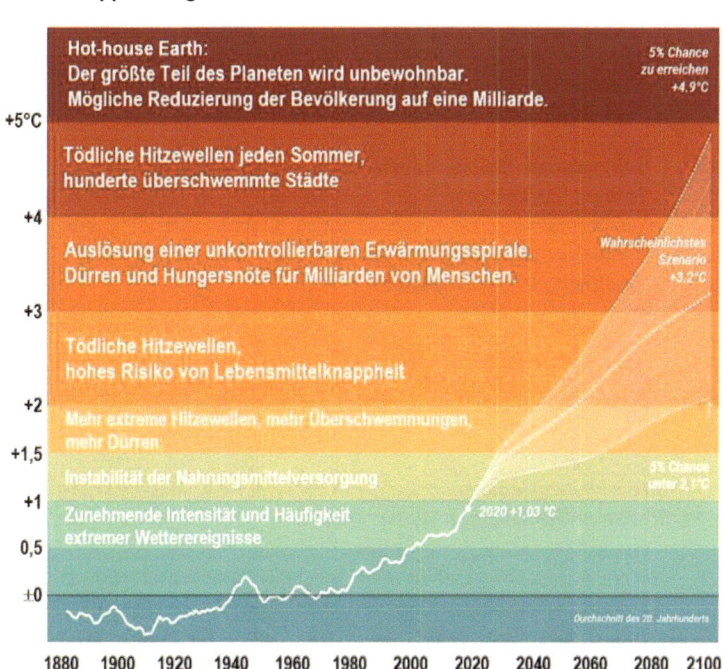

Inspiriert von „The Guardian". (Chart: Gregor Aisch, Datawrapper; Created by Datawrapper: https://blog.datawrapper.de/climate-crisis-global-warming/)

Erklärung der Abbildung:

➢ Die weiße durchgezogene Linie zeigt die weltweiten durchschnittlichen Temperaturanomalien über Land und Meer im Zeitraum 1885 bis 2019 (NOAA).

➢ Die punktierten Linien sind die Perzentile der Vorhersagen zur Erderhitzung nach Raftery et. al, 2017.

➢ Die Linie bei ±0.0 ist der Durchschnitt im 20. Jahrhundert.

Erklärung: +3-Grad-Welt; durchschnittliche globale Temperaturerhöhung

Um die Aussage der eben gesehenen Abbildung noch besser zu verstehen, sollte man den Begriff der ›*durchschnittlichen globalen Temperaturerhöhung*‹ genauer betrachten:

Es ist ein Irrtum, wenn man glaubt, eine **mittlere globale Erderwärmung von +3 °C** bedeutet in Österreich: ›*Ok, wir haben im Sommer statt 32 °C eben 35 °C Lufttemperatur. Also, was soll's?!*‹

So eine Annahme ist naiv und ohne Wissen getätigt.

Die Natur ist nicht so einfach.

Um zu wissen, was eine durchschnittliche globale Temperatur-Erhöhung‹ von +3 °C bedeutet, sollte man das Folgende wissen:

1) **1 Kilogramm Wasser** (auch Meerwasser) benötigt deutlich mehr Energie (Strahlungsenergie der Sonne) als **1 kg Festland** (Erde, Wälder, Gestein etc.), um es um 1 °C (z. B. von 20 °C auf 21 °C) erwärmen zu können. Die dazugehörige physikalische Größe ist die **spezifische Wärmekapazität c.**

2) Die spezifische Wärmekapazität von Wasser ist **etwa viermal so groß** wie die des Festlandes.

3) Das bedeutet, dass sich bei gleicher Sonneneinstrahlung das **Festland drei- bis viermal so schnell aufheizt wie das Wasser**, obwohl sie die gleiche Wärmemenge aufnehmen.

*Nun ein **kleines Gedankenbeispiel** mit der Annahme, dass die **Erde gleiche Oberflächen an Festland und Wasser besitzt**:*

1) Wenn wir global gesehen eine **mittlere Temperaturerhöhung von +3 Grad Celsius** erreichen würden und sich das **Wasser durchschnittlich nur z. B. um +2 °C erwärmen** würde (durch die höhere spezifische Wärmekapazität), so müsste sich das **Festland durchschnittlich um +4 °C erhitzen**, um den Mittelwert von +3 °C erreichen.

$$\frac{2\,°C + 4\,°C}{2} = 3\,°C$$

*Das große Problem ist aber, dass die **Oberfläche der Erde zu etwa 71 %** aus **Wasser** besteht. Das bedeutet, dass sich nicht die Hälfte, sondern eben **etwa 70 % der Erdoberfläche langsamer aufheizen**, dafür aber die **restlichen 30 % umso schneller**, damit der Mittelwert von +3 °C gewährleistet bleibt.*

1) Eine recht „unwissenschaftliche" **Überschlagsrechnung** für den Fall einer mittleren globalen Temperaturerhöhung von +3 °C (Meere: + 2 °C Erwärmung) zeigt:

$$\frac{7}{10} \cdot 2 \,°C + \frac{3}{10} \cdot x \,°C = 3 \,°C \quad \Rightarrow \quad x = 5{,}3 \,°C$$

2) In Wirklichkeit würden sich die **Ozeane also um +2 °C erwärmen**, das **Festland** aber um **durchschnittlich +5,3 °C aufheizen**!

*Und jetzt kommt leider noch **das dritte Problem** des oft als simpel eingeschätzten Begriffs einer durchschnittlichen globalen +3 °C-Erderwärmung: Das Problem liegt im Wort ›**durchschnittlich**‹!*

1) Wir sind für das **Festland** bereits bei einer mittleren globalen Erwärmung von **+5,3 °C** Erwärmung angelangt.

2) Dieser Wert ist aber nur ein statistischer Durchschnittswert. Das bedeutet, in manchen Erdregionen wird es zu **regionalen Erwärmungsmittelwerten** kommen, die über diesen +5,3 °C liegen werden (z. B. im Inneren eines Kontinents (Staaten wie Österreich oder der gesamte Alpenraum ist davon betroffen) und in anderen Regionen wird dieser daher darunter liegen (z. B. Küstengebiete).

3) Außerdem muss man bedenken, dass die einzelnen **täglichen Temperaturwerte** sehr stark von diesem statistischen Mittelwert abweichen werden.

4) Somit könnte aus der anfangs gedachten 32 °C + 3 °C = **35 °C Tageshöchsttemperatur** möglicherweise **45 °C bis 50 °C Lufttemperatur** werden!

*Als letzten Gedankenanstoß sollte man noch darauf hinweisen, dass die Prognosen darauf hindeuten, dass bereits **unsere Kinder und Enkel** eine durchschnittliche globale Erderwärmung **von über +3 °C** erleben werden.*

Stellen Sie sich nun eine **mittlere globale Erderwärmung von +6 °C** oder gar **+10 °C** vor. Bitte verschließen Sie vor solch einem Szenario nicht Ihre Augen!

Dazu folgt eine Abbildung des Deutschen Klimarechenzentrum (DKRZ).
(https://www.dkrz.de/de/kommunikation/klimasimulationen/de-cmip5-ipcc-ar5/ergebnisse/Mitteltemperatur)

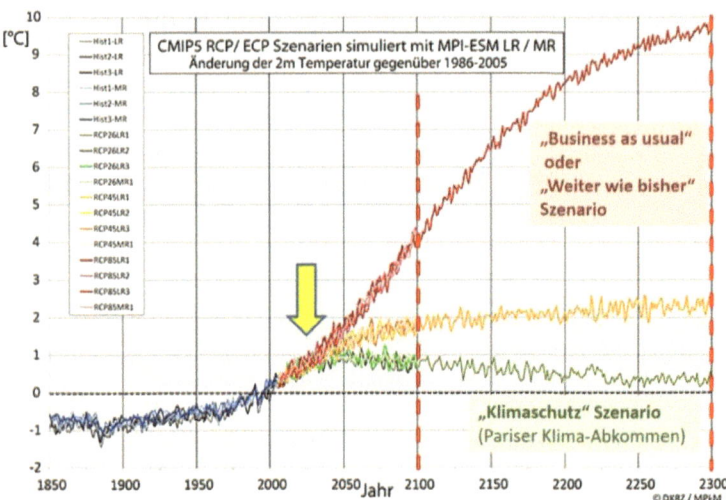

Abbildung: Mögliche Pfade der globalen mittleren Temperaturerhöhung von 1850 bis 2300.*Fehler! Textmarke nicht definiert.*

1) Die „Repräsentativen Konzentrationspfade" (Representative Concentration Pathways – RCPs, Szenarien bis 2100) für die mittlere globale Temperaturerhöhung wurden weiterentwickelt, um ferner in mögliche Zukunftsszenarien blicken zu können.

2) Dazu wurden die Szenarien bis zum Jahr 2300 erweitert und als „Extended Concentration Pathways" (ECPs) bezeichnet.

Less than 2 °C warming by 2100 unlikely (Nature Climate Change volume 7, pages 637–641 (2017))
- ➤ *https://www.nature.com/articles/nclimate3352*
- ➤ *https://pubmed.ncbi.nlm.nih.gov/30079118/*

1,5 Grad sind doch gar nicht schlimm!
- ➤ *https://www.mimikama.org/15-grad-sind-doch-gar-nicht-schlimm/*

[G] **CO₂-Budget (Emissionsbudget) weltweit und CO₂-Budget von Österreich:**
Das CO$_2$-Budget, auch Kohlenstoffbudget genannt oder Emissionsbudget, bezeichnet die Gesamtmenge an CO$_2$ aus anthropogenen (menschlichen) Quellen, die beginnend mit der Industrialisierung maximal in die Erdatmosphäre abgegeben (emittiert) werden darf, wenn mit einer bestimmten Wahrscheinlichkeit eine globale Erwärmung über eine definierte Grenze hinaus vermieden werden soll.
- ➤ *https://de.wikipedia.org/wiki/CO2-Budget*

> *https://wiki.bildungsserver.de/klimawandel/index.php/Verbleiben des_CO2-Budget#cite_ref-4*

Verbleibendes globales CO_2-Budget – So schnell tickt die CO_2-Uhr.

> *https://www.mcc-berlin.net/forschung/co2-budget.html*

Wegener Center: Wir müssen jedes Jahr 4,5 Mio t CO_2 einsparen, um bis 2040 klimaneutral zu werden

> *https://at.scientists4future.org/2021/10/04/wegener-center-wir-muessen-jedes-jahr-45-mio-t-co2-einsparen-um-bis-2040-klimaneutral-zu-werden/*

Treibhausgasbudget für Österreich auf dem Weg zur Klimaneutralität 2040

> *https://wegcwww.uni-graz.at/publ/downloads/RefNEKP-TreibhausgasbudgetUpdate_WEGC-Statement_Okt2020.pdf*

Klimaschutz: Wie groß ist Österreichs verbleibendes Kohlenstoff-„Budget"? (kurier.at, 26.03,2021)

> *https://kurier.at/politik/inland/klimaschutz-wie-gross-ist-oesterreichs-verbleibendes-kohlenstoff-budget/401333292*

[H] Science4Future: CO_2-Budget Uhr

Die Zeit läuft uns davon: Die CO_2-Uhr und tagesaktuelle CO_2-Messwerte

> *https://at.scientists4future.org/die-zeit-laeuft-uns-davon-die-co2-uhr/*

[I] Albedo:

Ist ein Maß für das Rückstrahlvermögen (Reflexionsstrahlung) von diffus reflektierenden (aber nicht spiegelnder) Oberflächen, angegeben als Verhältnis von reflektierter zu einfallender Strahlung (Licht). Eine Oberfläche mit einer Albedo von z. B. 0,3 reflektiert 30 % der einfallenden Strahlung und absorbiert 70 %.

> *https://www.dwd.de/DE/service/lexikon/Functions/glossar.html?lv2=100072&lv3=100250*
> *https://de.wikipedia.org/wiki/Albedo*

[J] Eis-Albedo-Rückkopplung:

Schnee und Eis haben eine hohe Albedo (Rückstrahlvermögen des Sonnenlichts), nur ein kleiner Teil der einfallenden Sonnenenergie wird absorbiert. Schneebedecktes Eis hat mit einer Albedo bis 0,9 das höchste Rückstrahlvermögen. Im Gegensatz dazu beträgt die Albedo von Wasser nur ca. 0,06, d. h., 94 % der einfallenden Sonnenenergie wird absorbiert, nur 6 % wird reflektiert.

Eis-Albedo-Rückkopplung ist die Wechselwirkung zwischen Kryosphäre (schnee- und eisbedeckter Erdoberfläche) und globalem Klima. Nach den Begriffen der Regelungstechnik handelt es sich um eine positive

Rückkopplung, welche die wirkende Ursache weiter verstärkt. Wasser und Boden absorbieren ca. 90 % der eingestrahlten Energie und heizen sich auf, was zum Abschmelzen weiterer Schnee- und Eisflächen führt.

- ➢ *https://de.wikipedia.org/wiki/Eis-Albedo-R%C3%BCckkopplung*
- ➢ *https://wiki.bildungsserver.de/klimawandel/index.php/Eis-Albedo-R%C3%BCckkopplung*

---

^K **Grönländischer Eisschild:**

Ein vollständiges Abschmelzen des Grönländischen Eisschilds wird den **globalen Meeresspiegel um 7,42 m ansteigen** lassen. (wiki.bildungsserver.de, Zugriff: 01.03.2023)

- ➢ *https://wiki.bildungsserver.de/klimawandel/index.php/Gr%C3%B6nl%C3%A4ndischer_Eisschild*

Eis in Grönland schmilzt: Oh weh, es kippt (TAZ.de, 11.11.2022)

- ➢ *https://taz.de/Eis-in-Groenland-schmilzt/!5891319/*

Beispiel Bangladesch: ca. 169,4 Millionen Einwohner. Die Geländetopografie ist sehr flach. Die meisten Gebiete liegen weniger als 10 m über dem Meeresspiegel. 10 % der Landfläche liegt weniger als 1 Meter über dem Meeresspiegel.

- ➢ *https://www.raonline.ch/pages/edu/st4/wawa_fluss0101b.html*

Beispiel Niederlande: ca. 17,8 Millionen Einwohner. Ungefähr die Hälfte des Landes liegt weniger als einen Meter über dem Meeresspiegel. Rund ein Viertel des Landes liegt unterhalb des Meeresspiegels. Die flachen Gebiete werden in der Regel durch Deiche vor Sturmfluten geschützt, die insgesamt eine Länge von etwa 3.000 km haben.

- ➢ *https://de.wikipedia.org/wiki/Niederlande*

---

^L **Studie: Westantarktischer Eisschild schmilzt unwiederbringlich**

(futurezone, 02.04.2021)

- ➢ *https://futurezone.at/science/studie-westantarktischer-eisschild-schmilzt-unwiederbringlich/401340144*

Weiterer Rieseneisberg abgebrochen (ORF, 02.11.2018)

- ➢ *https://science.orf.at/v2/stories/2945031/*

---

^M **Antarktis im Klimawandel:**

Wenn das gesamte Antarktiseis abgeschmolzen ist, wird sich der Meeresspiegel um etwa 60 Meter erhöhen.

Klimafaktor Antarktis (Planet Wissen, 24.01.2021)

- ➢ *https://www.planet-wissen.de/natur/polarregionen/suedpolarkreis/klimafaktor-antarktis-100.html*

Die Antarktis im Klimawandel (Science Media Center, 02.07.2021):
- *https://www.sciencemediacenter.de/alle-angebote/science-response/details/news/die-antarktis-im-klimawandel/*

Antarktis – Meereisbedeckung so gering wie nie (ORF.at, 02.03.2023)
- *https://science.orf.at/stories/3217930/*

Antarktis: Hitzewelle im letzten gallischen Dorf der Klimaerwärmung (zeit.de, 22.03.2022):
- *https://www.zeit.de/wissen/umwelt/2022-03/antarktis-temperatur-rekord-hitzewelle-klimawandel-forscher/komplettansicht*

---

^N **Amazonas:**

Der Amazonas vor dem Kollaps (WWF, 24.11.2022)
- *https://www.wwf.de/themen-projekte/projektregionen/amazonien/der-amazonas-vor-dem-kollaps*

Rekordwaldbrände im Amazonas: Vorboten der Vernichtung (nationalgeographic.de, 22.08.2019)
- *https://www.nationalgeographic.de/umwelt/2019/08/rekordwaldbraende-im-amazonas-schueren-angst-vor-waldsterben*

Die Zerstörung der Regenwälder Südamerikas (planet-wissen.de, 19.10.2018)
- *https://www.planet-wissen.de/kultur/suedamerika/amazonien/pwiediezerstoerungder regenwaeldersuedamerikas100.html*

---

^O **Abschwächung des Golfstroms:**

Golfstrom so schwach und lahm wie seit 1.600 Jahren nicht – mehr Hurrikans, mehr Hitzewellen, mehr Winterstürme (eetter.de, 02.03.2021)
- *https://www.wetter.de/cms/golfstrom-so-schwach-und-lahm-wie-seit-1-600-jahren-nicht-mehr-hurrikans-mehr-hitzewellen-mehr-winterstuerme-4614885.html*

GOLFSTROM – Die Wärmepumpe für Nordeuropa (ARD alpha, 03.05.2022)
- *https://www.ardalpha.de/wissen/umwelt/klima/golfstrom-meeresstroemung-klimawandel-erwaermung-100.html*

Golfstrom-Abschwächung bedroht das nordatlantische Klimasystem (Deutsche Welle, 06.08.2021)
- *https://www.dw.com/de/golfstrom-abschw%C3%A4chung-bedroht-das-nordatlantische-klimasystem/a-56702091*

Studie weist auf dramatische Abschwächung des Golfstroms hin (Zeit Online, 26.02.2021)
- *https://www.zeit.de/wissen/umwelt/2021-02/klimawandel-golfstrom-abschwaechung-stroehmungssystem-studie?utm_referrer=https%3A%2F%2Fwww.google.com%2F*

Anoxische Regime in Gewässern – Todeszonen:
Ozeanisches anoxisches Ereignis (Wikipedia, Zugriff: 03.03.2023)
Ein ozeanisches anoxisches Ereignis findet immer dann statt, wenn die Weltozeane unterhalb der Oberflächenschicht vollständig an Sauerstoff verarmen. Ein euxinisches Ereignis beschreibt ein anoxisches Ereignis mit Bildung von Schwefelwasserstoff (H_2S). Selbst wenn ein derartiges Ereignis in den letzten Jahrmillionen nicht stattfand, so finden sich in Sedimenten der weiter zurückliegenden geologischen Vergangenheit eindeutige Hinweise auf mehrere solcher Vorfälle. Möglicherweise bewirkten anoxische Ereignisse auch Massenaussterben. Es wird vermutet, dass ozeanische anoxische Ereignisse sehr wahrscheinlich mit Störungen der großen Meeresströmungen, mit Treibhausgasen und globaler Erwärmung in unmittelbarem Zusammenhang stehen.

- o *Auch das **Paläozän/Eozän-Temperaturmaximum (PETM)** – ein globaler Temperaturanstieg mit einhergehender Ablagerung von kohlenstoffreichen Tonschiefern in einigen Schelfmeeren – zeigt starke Ähnlichkeiten mit ozeanischen anoxischen Ereignissen.*
- o *Ozeanische anoxische Ereignisse dauern in der Regel **etwa 500 000 Jahre**, bis sich das Weltmeer wieder regeneriert.*
  - ➢ *https://de.wikipedia.org/wiki/Ozeanisches_anoxisches_Ereignis*

TODESZONEN – Warum der Ostsee Sauerstoff fehlt (ARD alpha, 13.05.2022)
- ➢ *https://www.ardalpha.de/wissen/umwelt/todeszonen-ozeane-sauerstoffmangel-klimawandel-umwelt-100.html#:~:text=Auch%20der%20Klimawandel%20sorgt%20daf%C3%BCr,abgestorbener%20Biomasse%20auf%20dem%20Meeresgrund.*

Studie: Durch Klimawandel entstehen weltweit Todeszonen in Seen (kurier.at, 02.06.2021)
- ➢ *https://kurier.at/wissen/wissenschaft/studie-durch-klimawandel-entstehen-weltweit-todeszonen-in-seen/401400420*

Sauerstoffarmut im Meer drängt Tiere in andere Lebensräume (focus.de, 09.09.2015)
- ➢ *https://www.focus.de/wissen/klima/klimaerwaermung/erderwaermung-sauerstoffarmut-im-meer_id_4784665.html*

Subarktische boreale Wälder:
Wilde Taiga: Das boreale Waldökosystem erklärt (WWF, 03.05.2021)
*Boreale Wälder machen mehr als **ein Drittel der weltweiten Waldfläche** aus. Der Begriff „boreal" stammt aus dem Lateinischen und bedeutet „nördlich". Die zum Teil n och unerschlossenen und schwer erreichbaren*

*borealen Wälder Russlands und Kanadas sind **die größten noch verbliebenen Urwälder der Erde.***
- ➤ *https://www.wwf.de/themen-projekte/waelder/wilde-taiga-das-boreale-waldoekosystem-erklaert*

Wie Brände in den Borealen Nadelwäldern Russlands den Klimawandel beschleunigen können (WWF, 03.05.2021)
- ➤ *https://www.wwf.de/themen-projekte/waelder/wald-und-klima/beschleuniger-des-klimawandels*

Klimawandel: Die dunkle Taiga lichtet sich (Max-Planck-Gesellschaft, 18.02.2016)
- ➤ *https://www.mpg.de/10305999/taiga-waldbrand-sibirien-klimawandel*

Klimawandel macht dem borealen Nadelwald zu schaffen (derStandard.at, 20.08.2015)
- ➤ *https://www.derstandard.at/story/2000021042196/klimawandel-macht-dem-borealen-nadelwald-zu-schaffen*

R **Jetstream:**

Ein Jetstream (Strahlstrom) ist ein Starkwind, der rund um den Globus in 8 bis 12 km Höhe von Westen nach Osten weht. Da in dieser Höhe die Reibung sehr gering ist, entstehen außerordentlich starke Höhenwinde mit 200 bis 500 km/h Windgeschwindigkeit. Durch die Erderwärmung schwächt sich der Jetstream ab. Dies führt zu stabileren, d. h. länger andauernden Extremwetterlagen.
- ➤ *https://wiki.bildungsserver.de/klimawandel/index.php/Jetstream*

Jetstream-Simulation – Warum der Klimawandel die Gefahr von Hitzewellen erhöht (Spiegel Wissenschaft, 01.11.2018)
- ➤ *https://www.spiegel.de/wissenschaft/natur/hitzewellen-im-sommer-klimawandel-koennte-jetstream-veraendert-a-1235959.html*

Jetstream: Wenn der Klimamotor stottert (ews-schoenau.de, 10.09.2019)
- ➤ *https://www.ews-schoenau.de/energiewende-magazin/zur-sache/jetstream-wenn-der-klimamotor-stottert/*

Mehr Hitzewellen wegen Jetstream (Tagesschau, 05.07.2022)
- ➤ *https://www.tagesschau.de/wissen/klima/klimawandel-europa-hitze-erderwaermung-101.html*

S **El Niño:**

El Niño nennt man das Auftreten ungewöhnlicher, nicht zyklischer, veränderter Meeresströmungen im ozeanografisch-meteorologischen System des äquatorialen Pazifiks. Das Phänomen tritt in unregelmäßigen Abständen von durchschnittlich vier Jahren auf. (Quelle: Wikipedia)
- ➤ *https://de.wikipedia.org/wiki/El_Ni%C3%B1o*

Wie wirkt der Klimawandel auf den El Niño? Künftig könnte es mehr starke El-Niño-Ereignisse geben. Das bedeutet auch, dass Wetterextreme wie Starkregen in Südamerika und Hitze und Dürre in Australien und Asien künftig vermehrt vorkommen. (wissenschaft.de, 12.12.2018)

> *https://www.wissenschaft.de/erde-umwelt/wie-wirkt-der-klimawandel-auf-den-el-nino/*

Folge des Klimawandels: El Niño wird stärker – Jahrzehnte früher als erwartet (spiegel.de, 17.11.2022)

> *https://www.spiegel.de/wissenschaft/el-nino-wird-staerker-jahrzehnte-frueher-als-erwartet-a-d7a14032-5ff5-4ba9-a77a-29d5b6b297b5*

Forscher sehen dramatische Veränderung: Klimawandel macht El Niño zur Bestie (inkl. Erklärvideo) (focus.de, 2020)

> *https://www.focus.de/wissen/klima/wandert-richtung-westen-forscher-sehen-dramatische-veraenderung-klimawandel-macht-el-nino-zur-bestie_id_11273111.html*